KB096763

인문학을 위한 한문 읽기

## 인문학을 위한 한문 읽기

김남기, 김윤희, 김종복, 안병걸, 정진영, 한양명 편저

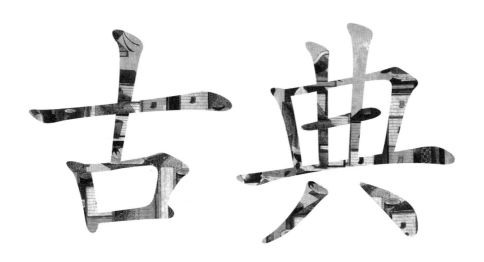

알렙

# 한국학을 위한 길잡이, 인문학을 위한 한문

사람들은 살아가면서 말과 글, 곧 언어를 배우고 사용한다. 언어가 없는 세상은 상상조차 할 수 없다. 언어가 없다면 그 무엇도 생각할 수 없고, 그 무엇도 표현할 수 없다. 그래서 인간을 규정하는 말 중에서 '인간은 언어적 동물'이라는 개념이 있다. 인간은 언어를 통하여 사유하고 소통하고, 동시에 이를 바탕으로 자신을 정립하고 확장시켜 나간다는 뜻이다.

사유와 소통을 원활하게 하기 위하여 우리는 어릴 적부터 언어를 배우고 사용하지만 모든 사람들이 자신의 생각과 감정을 온전하게 표현할 수 있는 언어의 마술사가 되지는 못한다. 이것이 바로 언어가 갖는 의미이자 한계라고 할 수 있다. 그러나 언어의 한계에도 불구하고 사람들은 항상 언어를 배우고 사용해야 하는 숙명을 지닌 채 살아가야만 한다.

우리는 현재 국어를 사용하고 있다. 우리말은 발생 시기를 헤아리기 어려울 정도로 오랜 역사를 갖고 있지만 우리글은 세종대왕이 한글을 창제한 1443년 이후부터이기 때문에 그 역사가 600년이 채 되지 않는다. 구비 전승되는 문화를 제외한다면 우리의 문자가 없던 시기에 조상들은 부득이하게 한자 또는 한문을 수용하여 자신들의 생각과 감정을 기록할 수밖에 없었다. 따라서 전통시대에 한자와 한문의 학습과 사용은 부득이한, 아니 어쩌면 필연적인 선택이었다. 그리고 조상들이 한자와 한문을 사용한 기간은 무려 2000년이 넘는다. 유구한 세월 속에서 한자와 한문은 우리 역사와 삶 속에 상당 부분 침투되어 있다. 현재 우리가 사용하는 국어에서 80%를 상회하는 단어가 한자어인 것이 그 단적인 예라 할 수 있다. 그래서 우리의 말과 글을 정확하게 이해하고 올바르게 사용하기 위해서라도 한자에 대한 이해와 학습은 필요하다.

그런데 현재 한자의 학습은 차치하고라도 한문의 학습이 정말로 필요할까? 한자와 한문 교육에 대해 일부 부정적인 의견이 있는 것도 엄연한 사실이다. 그렇다면 영어는 왜 그렇게 기를 쓰고 배우려고 하는가? 여러 가지 이유가 있겠지만 간단하게 말하면 필요하기 때문이다. 많은 사람들은 영어가 세계화의 흐름 속에서 자신의 삶의 조건을 개선하고, 자신의 꿈을 성취할 수 있는 필수적이고도 좋은 방편이라고 생각한다. 그렇다면 한자와 한문의 경우는 어떠한가? 어떤 이는 고개를 젓고 어떤 이는 고개를 끄덕이기도 한다. 현재 중국의 부상을 포함하여 동아시아의 가치가 높아지고 있다. 한자와 한문의 학습은 경제적인 측면 못지않게 동아시아의 전통과 문화에 대한 이해, 특히 우리의 정체성과 주체성을 확립하기 위해서도 필요하다. 또한 우리말의 올바른 사용, 인문학적 소양을 증진시키는 전공 공부를 위해서라도 필요하다.

이러한 측면에서 많은 사람들은 한자와 한문 교육의 필요성에 대해서는 인정하면서도 난색을 표한다. 한자와 한문이 어렵다고 느끼기 때문이다. 그렇다면 영어는 어렵지 않은가? 모든 외국어가 다 어렵다. 어렵지만 필요하기 때문에 배우는 것이다. 한자와 한문의 학습도 마찬가지이다. '간절히 원하면 이루어진다.'는 말이 있다. 목표의식이 있고 노

인문학을 위한 한문 읽기

력이 수반된다면 좋은 결실을 맺게 될 것이다.

본서는 현재 한자와 한문 교육을 어려워하는 학생과 교수의 고민에서 출발하고 이를 조금이나마 해소하려는 의도에서 기획되었다. 인문학, 특히 한국학을 배우려는 학생들에게 하나의 좋은 길잡이가 되고자 하는 마음에서 교재 편찬에 착수하였다. 교재 편찬에는 문학·역사·철학·민속을 전공하는 교수 6명이 참여하여 한국학 관련 자료를 수집·정리·편찬하였다.

본서는 크게 한문 원전 강독 자료, 한국학 논고 읽기 자료, 한국학 전공 및 기초 자료로 구성하였다. 먼저 한문 원전 강독 자료는 고전의 세계, 선인의 지혜, 영남 선비의 정신, 우리 역사에 대한 인식, 사회 현실과 비판 정신, 문학의 세계, 한시의 세계 등 모두 7장으로 이루어져 있다. 각 장은 원전 강독을 어려워하는 학생들을 위하여 작품마다 구두점을 찍고 필요한 경우 주석을 첨부하였으며, 앞부분에는 한문 원문에 토를 단 글을 제시하였다. 또한 일부 글의 경우 참고 자료로 번역문을 첨부하기도 하였다. 이들 원전 자료에는 인간의 도리, 학문하는 자세, 올바른 가치관, 삶의 지혜, 역사와 현실에 대한 인식, 자연과 사랑, 문학의 세계 등 다양한 자료가 망라되어 있다.

두 번째로 한국학 논고 읽기 자료에는 우리의 인물, 역사, 철학, 민속, 생활, 종교, 놀이, 물산 등과 관련한 논고를 실어 향후 전공 학습에 필요한 지식과 정보를 얻도록 하였다. 그리고 한자 어휘를 한자로 변환하여 한자 읽기 능력을 향상시키도록 하였다. 마지막으로 부록에는 문사철(文史哲) 기초 자료와 한문 기초 자료를 실었다. 이들 자료는 향후 한국학 관련 전공을 학습하는 데 있어서 많은 도움을 줄 것으로 기대한다.

본서의 편찬에는 김남기(한문학과), 김윤희(국문학과), 김종복(사학과), 안병걸(동양철학과), 정진영(사학과), 한양명(민속학과) 교수가 참여하였다. 본서의 학습이나 수업을 통하여 많은 지식과 지혜가 소통되고 창조적 결실이 이루어지는, 교학상장(敎學相長)의 계기가 되기를 간절히 바란다.

2015년 8월 중순
엮은이 일동

**차례**

**머리말** 한국학을 위한 길잡이, 인문학을 위한 한문 •5


# 제1장 고전의 세계

父生我身, 자식의 도리 •18
賓客來訪, 세상을 사는 도리 •19
不以困窮而改節, 군자의 도리 •20
勸學文, 학문을 권하다 •21
學問之道, 학문하는 길 •22
敎學相長, 가르치며 배우다 •24
擊蒙要訣序, 몽매함을 깨우치다 •25
學, 배움이란 •27
大學之道, 큰 배움의 길 •29
人道, 사람의 길 •31
道, 도란 무엇인가 •32
出藍, 배워야 하는 이유 •34
稼說, 학문하는 방도 •36


# 제2장 선인의 지혜

不言長短, 타인에 대한 배려 •40
兄弟投金, 형제간의 우애 •41

夫妻訟鏡, 부부가 거울을 두고 다투다 •42

許生傳, 허생 만금을 빌리다 •44

卜居, 사람이 살만한 곳 •46

殖貨論, 먹고사는 문제 •47

入學圖說, 인이란 무엇인가 •49

醫山問答, 허옹과 실옹의 대화 •50

愛惡箴幷序, 사랑과 미움에 대한 인식 •51

壞土室說, 자연의 섭리를 따라야 한다 •53

家訓, 삼가 가법을 지켜라 •54

答東峯山人書, 술을 끊겠습니다 •55

盜子說, 도둑 부자 이야기와 자득의 중요성 •57

太極說, 태극에 관한 논설 •59

殿試策問題, 정치와 학문의 관계를 논하라 •61

## 제3장 영남 선비의 정신

東賢事略, 우탁 선생의 삶 •64

弔義帝文, 의제의 억울한 죽음을 애도하다 •66

陶山十二曲跋, 시조 속에 지취와 학문을 담다 •70

　　　　[참고] 陶山十二曲 •72

畜猫說, 고양이를 기르는 뜻 •75

人雞說, 자기 새끼만 사랑하다니 •77

安東無碑, 안동에는 선정비가 없다 •78

丹槎三記事, 포수 이노미 할배 •79

# 제4장 우리 역사에 대한 인식

檀君王儉, 우리 역사의 시작 •82

鄒牟王, 고구려의 건국신화 •84

       [참고] 東明王篇 •86

世俗五戒, 화랑의 규범 •87

       [참고] 壬申誓記石 •89

玄妙之道, 풍류의 연원 •90

上眞平王書, 죽어서도 왕에게 사냥을 경계하다 •92

花王戒, 우언으로 충언을 올리다 •94

訓民正音序, 백성을 가르치는 바른 소리 •96

龍飛御天歌, 육조의 공덕과 조선의 번영을 노래하다 •98

# 제5장 사회 현실과 비판 정신

經理, 가난한 자, 송곳 꽂을 땅도 없다 •102

       [참고] 번역문 •104

論門閥之弊, 문벌만 중시하는 폐단을 논하다 •106

       [참고] 번역문 •109

兩班傳, 양반의 위선과 폭압을 질타하다 •112

許生傳, 북벌론의 허상 •115

       [참고] 번역문 •117

北學議序, 선진문물의 수용과 이용후생 •121

湯論, 임금을 세우는 건 백성이다 •124

       [참고] 번역문 •126

# 제6장 문학의 세계

天高日月明, 자연의 아름다움 •130

松竹雪月頌, 솔과 대, 눈과 달을 노래함 •131

黃鳥歌, 유리왕의 사랑과 고독 •132

願往生歌, 왕생을 기원한 간절함의 노래 •134

　　　[참고] 願往生歌 해독 •136

金現感虎, 김현과 호녀의 사랑 그리고 호원사 •137

溫達傳, 온달과 평강공주의 사랑 •140

鄭澈의 三別曲, 자국어 문학의 가치 •143

九雲夢, 인생의 의미를 반추하다 •145

　　　[참고] 完板本 現代語譯 •147

傳奇叟, 소설을 읽어주는 노인 •149

動動, 월령체로 노래한 사랑 •151

閨怨歌, 규방 여인의 고독을 노래하다 •154

歎窮歌, 가난에 대한 해학적 승화 •157

成春香歌, 불변의 사랑 •160

# 제7장 한시의 세계

乙支文德, 贈隋右翊衛大將軍于仲文 •168

崔致遠, 秋夜雨中 •169

朴寅亮, 伍子胥廟 •170

崔冲, 絶句 •171

金富軾, 甘露寺次惠遠韻 •172

鄭知常, 送人 •173

李仁老, 山居 •174

李穡, 浮碧樓 •175

禹倬, 映湖樓 •176

鄭道傳, 訪金居士野居 •177

權近, 耽羅 •178

徐居正, 春日 •179

魚無迹, 流民歎 •180

曹植, 題德山溪亭柱 •182

黃眞伊, 詠半月 •183

西山大師, 野雪 •184

林悌, 無語別 •185

李玉峰, 閨情 •186

李好閔, 龍灣行在 聞下三道兵進攻漢城 •187

柳夢寅, 題寶蓋山寺壁 •188

李安訥, 四月十五日 •189

吳達濟, 寄內 •191

朴趾源, 燕巖憶先兄 •192

金正喜, 悼亡 •193

黃玄, 絶命詩 •194

安重根, 哈爾濱歌 •195

# 제8장 한국학 논고 읽기

마을 民俗의 價値와 調査의 必要性 •198

生態條件을 考慮한 마을民俗 새로 보기 •204

韓國 衣食住生活의 地域性과 階層性 •210

妻家살이 風習과 半親迎 •216

다시 男子가 丈家가는 世上을 위하여 •223

韓國 民俗宗敎의 槪念과 性格 •228

日帝强占期 村落 政策과 마을 社會의 變化 •235

1960年代 以前, 農村의 '서리' 慣行과 그 意味 •244

安東의 祝祭와 놀이 傳統 •254

內陸에서 만들어진 安東간고등어 •262

百濟와 高句麗 故地에 對한 唐의 支配 樣相 •270

兩班, 그들은 누구인가 •273

19世紀 後半 嶺南儒林의 政治的 動向 •277

抗日鬪爭期의 進步와 保守 區分 問題 •281

禹倬의 易學과 思想 •285

뜻으로 본 李滉의 聖學十圖 •293

敬堂 張興孝 先生의 하루 •302

## 〔부록 1〕 文史哲 기초 자료

六書, 漢字의 形成 原理 •316

漢文의 構造 •318

漢詩의 型式과 分類 •319

漢文 散文의 文體와 分類 •322

韓國 歷代 詩選集 •328

詩話集의 編纂과 特徵 •331

收取制度의 種類와 變化 樣相 •333

身分制의 變遷 樣相 •334

科擧制의 種類 •335

朝鮮時代의 中央政治機構 •336

地方制度의 整備와 地方官職 •337

諸子百家와 主要 思想 •338

儒學의 古典 •341

儒學의 歷史와 主要 概念 •342

〔부록 2〕 한문 기초 자료

나이를 나타내는 漢字 語彙 •346

五行과 象徵 意味 •347

干支와 六十甲子 •348

二十四節氣 •350

口訣과 口訣表 •352

일러두기

1. 이 책에 수록한 글은 한문 원전 자료와 한국학 논고 자료를 선발하여 구성하였다. 한문 원전 자료의 경우 대부분 우리나라의 글이지만, 일부는 중국의 글도 포함하였다.

2. 한문 원전의 경우 분량이 긴 글은 일부만 발췌하여 수록하였으며, 독자의 이해를 돕기 위하여 제목 옆에 내용을 쉽게 파악하도록 소제목을 새로 붙였다. 제목이 원제목과 일치하지 않거나 임의적으로 제목을 붙인 경우 출전의 해설 부분에서 원제목을 밝혔다.

3. 한문 원전의 경우 본문에는 구두점을 찍어 문맥을 이해하기 쉽도록 하였고 본문의 하단에 저자와 출전에 대한 해설을 간단하게 적었고, 필요한 경우 원문 이해를 위한 주석을 붙였다. 또한 독자가 한문에 쉽게 접근할 수 있도록 각 장의 앞부분에는 원문에 토를 단 작품을 배치하였다.

4. 한문 원전의 경우 본문의 기록이 작은 글씨로 표시된 부분, 주석에서 원문을 한글로 번역하고 원문을 제시한 경우 등은 [ ]로 표기하였다.

5. 한문 원전의 경우 일부의 글은 관련 자료와 번역문을 참고 자료로 첨부하고, 이를 목차와 본문에서 밝혔다.

6. 한국학 논고 자료는 대부분 이미 게재되었던 것이지만 일부는 새로 작성한 것도 있다. 이미 게재되었던 논고의 경우에도 논고를 발췌·축약, 또는 개고하여 분량을 조정하였다. 말미에 출전을 명기하였다.

7. 한국학 논고의 경우 논고의 어휘가 본래 한글로 표현되었던 부분이라도 독자들의 한자 읽기 능력을 향상시키기 위한 목적에서 대부분 한자로 변환하였다.

8. 부록의 문사철 기초 자료와 한문 기초 자료는 향후 전공 학습의 토대 구축이라는 측면에서 기획하였고, 참여 교수들이 항목을 나누어 기술하였다.

9. 한자어는 모두 한자로 표기함을 원칙으로 하였다. 다만 한자어가 같은 글에 중복되거나 여러 글에 출현 빈도가 높은 경우 한글로 표기하기도 하였다.

10. 단행본이나 문집의 경우에는 『 』로, 편과 장, 논문, 작품의 경우 「 」로 표기하였다.

# 제1장 고전의 세계

# 父生我身, 자식의 도리

父生我身하시고 母鞠[1]我身이로다.

腹以懷我하시고 乳以哺我로다.

以衣溫我하시고 以食飽我로다.

恩高如天하시고 德厚似地하시니

爲人子者가 曷[2]不爲孝리오?

欲報其德인댄 昊天罔極이로다.[3]

      ―『四字小學』


● 四字小學: 朝鮮時代의 兒童用 漢文 敎材. 朱子의『小學』과 其他 經傳 중에서 어린이가 알기 쉬운 內容들을 뽑아 四字一句로 엮었다. 主로 父母에 대한 孝道, 스승 섬기기, 兄弟間의 友愛와 親舊間의 友情, 바람직한 對人關係 등의 內容들로 構成되어 있다.

---

1  鞠: '기르다'는 뜻으로 育과 같다.

2  曷: '어찌'라는 뜻의 疑問詞이다.

3  父生我身하시고……昊天罔極이로다: 『詩經』「蓼莪」에 "아버지는 나를 낳으시고, 어머니는 나를 기르셨다. 나를 다독이고 나를 기르시며, 나를 자라게 하고 나를 키우시며, 나를 돌아보시고 나를 다시 살피시며, 출입할 땐 나를 배에 안으셨다. 이 은혜를 갚으려면 하늘이라 한량이 없다.[父兮生我, 母兮鞠我. 拊我畜我, 長我育我, 顧我復我, 出入腹我. 欲報之德, 昊天罔極.]"라는 말이 나온다.

# 賓客來訪, 세상을 사는 도리

賓客來訪하면 接待必誠하라.
賓客不來면 門戶寂寞하니라.
人之在世에 不可無友니라.
以文會友하고 以友輔仁하라.[1]
近墨者墨하고 近朱者赤하니
居必擇隣하고 就必有德하라.
言而不信이면 非直之友니라.
見善從之하고 知過必改하라.
莫談他短하고 靡恃己長하라.
己所不欲을 勿施於人하라.[2]

　　　—『四字小學』

---

1　以文會友하고 以友輔仁하라: 『論語』「顔淵」에 "군자는 학문을 통해서 벗을 모으고, 벗을 통해서 자신의 인덕을 보강한다.[君子以文會友, 以友輔仁.]"라는 말이 나온다.

2　己所不欲을 勿施於人하라: 『論語』「顔淵」에서, 仲弓이 仁을 묻자 孔子가 대답하기를 "문을 나갔을 때에는 큰 손님을 뵙는 듯이 하며, 백성에게 일을 시킬 때에는 큰 제사를 받들 듯이 하고, 자신이 하고자 하지 않는 것을 남에게 베풀지 말아야 한다.[出門如見大賓, 使民如承大祭, 己所不欲, 勿施於人.]"라고 하였다.

# 不以困窮而改節, 군자의 도리

芝蘭[1]生於深林하여 不以無人而不芳[2]하고
君子修學立德하여 不以困窮而改節이라.
　　一『孔子家語』


◉ 孔子家語: 孔子의 言行 및 弟子들과의 問答과 論議를 收錄한 冊. 本來는 27卷이었으나 失傳되어 魏나라의 王肅(195~256)이 發見하여 註釋을 단 10권 44편이 現在 傳한다. 『論語』에 실리지 않은 逸話들이 많지만, 대부분 『春秋左傳』, 『禮記』 등에서 拔萃하였다.

---

1 芝蘭: 香草인 芝草와 蘭草를 合稱한 것으로 善人, 또는 君子의 굳은 志操를 비유한다.
2 不以無人而不芳: '사람이 없다고 하여 향기를 풍기지 않는 것은 아니다.'라는 뜻이다.

# 勸學文, 학문을 권하다

勸學文, 학문을 권하다

勿謂今日不學而有來日하고
勿謂今年不學而有來年하라.
日月[1]逝矣라 歲不我延[2]이요
嗚呼老矣라 是誰之愆[3]고?
　　　— 朱熹,「勸學文」

少年易老學難成하니
一寸光陰[4]不可輕하라.
未覺池塘春草夢에
階前梧葉已秋聲이라.
　　　— 朱熹,「偶成」

◉ 朱熹: 1130~1200. 中國 南宋의 儒學者. 周敦頤·張載·程顥·程頤 등의 思想을 이어받아 性理學을 完成하였다. 그는 宇宙가 形而上學的 '理'와 形而下學的인 '氣'로 構成되어 있으며, 人間에게는 善한 '理'가 本性으로 나타난다고 하였다. 주요 著述로는 先輩 學者들의 語錄을 編輯한 『近思錄』, 四書에 대해 性理學의 觀點에서 註釋을 단 『四書集註』 등이 있다.

---

1 日月: 해와 달, 轉하여 歲月을 뜻한다.
2 歲不我延: '세월은 나를 기다려주지 않는다.'는 뜻이고, 延은 待와 같다.
3 愆: '허물'이라는 뜻으로 過와 같다.
4 光陰: 햇빛과 그늘, 곧 낮과 밤이라는 뜻으로 轉하여 歲月 또는 時間을 의미한다.

# 學問之道, 학문하는 길

學問之道는 無他라 有不識이면 執途之人[1]이라도 而問之가 可也라.
童僕이라도 多識我一字면 姑學이라. 汝恥己之不若人이나 而不問
勝己[2]면 則是終身自錮於固陋無術之地也라. 舜은 自耕稼陶漁하여 以
至爲帝이어도 無非取諸人이라.[3]

    — 朴趾源, 『燕巖集』

● 朴趾源: 1837(영조 13)~1805(순조 5). 朝鮮 後期의 文章家·實學者로
本貫은 潘南, 자는 仲美·美仲, 호는 燕巖이다. 學問이 뛰어났으나 科擧에 뜻을
두지 않고 오직 學問과 著述에만 專念하였다. 執權層의 子弟이면서도 淸나라의
優秀한 점을 배우자는 北學論을 主張하고, 商工業을 重視하는 利用厚生의 實學
을 强調하였다. 著書로 『熱河日記』와 『燕巖集』 등이 있다.

● 燕巖集: 朝鮮 後期의 文臣이자 學者인 朴趾源의 詩文集. 金澤榮이
1900~1901년 사이에 初刊本(原集 6권 2책, 續集 3권 1책)을 간행하였고, 1914년
에 7권의 重編本을 간행하였다. 그 뒤 朴榮喆이 1932년에 수집 가능한 것들을

---

1 執途之人: '길을 가는 사람을 붙잡는다.'는 뜻이다.

2 勝己: '나보다 뛰어난 사람'이라는 뜻이다.

3 舜은……無非取諸人이라: 舜 임금은 중국 古代의 帝王으로, 五帝 중의 한 사람이다. 성은
虞, 이름은 重華이다. 孝行이 뛰어나 堯 임금으로부터 天下를 물려받았다. 『孟子』 「公孫丑
上」에 舜 임금은 "밭 갈고 질그릇 굽고 물고기 잡을 때로부터 황제가 되어서까지 남에게서 취
하지 않는 것이 없었다.[自耕稼陶漁, 以至爲帝, 無非取於人者.]"라고 하였는데, 그 註釋에
"舜 임금은 微賤할 때 歷山에서 밭을 갈고, 河濱에서 질그릇을 굽고, 雷澤에서 물고기를 잡았
다.[舜之側微, 耕于歷山, 陶于河濱, 漁于雷澤.]"라고 하였다.

모두 모으고 박지원의 아들 朴宗侃 등이 편집한 57권 18책의 필사본을 底本으로 하고 『熱河日記』와 『課農小抄』를 別集으로 더하여 合刊하였다. 위의 글은 朴趾源이 1781년(정조 5)에 지은 「北學議序」의 緖言 部分이다.

# 敎學相長, 가르치며 배우다

玉不琢이면 不成器요 人不學이면 不知道라.

是故로 古之王者는 建國君民에 敎學[1]爲先하니라.

雖有佳肴라도 不食이면 不知基旨也오

雖有至道라도 不學이면 不知其善也라.

是故로 學然後에 知不足하고 敎然後에 知困하니라.

知不足然後에 能自反也오 知困然後에 能自强也라.

故로 曰 敎學相長也라 하니라.

　　　—『禮記』


● 禮記: 儒學의 經傳인 五經의 하나로 禮의 理論과 實際를 記述한 책. 孔子와 그 弟子들이 지은 著作들이 흩어지자 漢나라 때 여러 학자들에 의해 수집·정리되었는데, 그중 代表的인 것이 戴德의 『大戴禮記』, 戴聖의 『小戴禮記』이다. 後漢의 訓詁學者 鄭玄이 『小戴禮記』에만 註釋을 달면서 널리 알려졌다. 이를 줄여 『禮記』라고 부르게 되었다. 모두 48편이다.

---

1 敎學: 立敎와 立學, 곧 '가르침을 세우고 학교를 세운다.'는 뜻이다.

# 擊蒙要訣序, 몽매함을 깨우치다

人生斯世에 非學問이면 無以爲人이라.

所謂學問者는 亦非異常別件物事也이니 只是爲父하여는 當慈하
고 爲子하여는 當孝하고 爲臣하여는 當忠하고 爲夫婦하여는 當別하
고 爲兄弟하여는 當友하고 爲少者하여는 當敬長하고 爲朋友하여는
當有信이니 皆於日用動靜之間에 隨事하여 各得其當而已오 非馳心
玄妙하여 希覬奇效者也라.[1]

但不學之人은 心地가 茅塞하고 識見이 茫昧라. 故로 必須讀書窮理
하여 以明當行之路然後에 造詣가 得正하고 而踐履[2]가 得中矣니라.

今人이 不知學問이 在於日用하고 而妄意高遠難行이라. 故로 推與
別人[3]하고 自安暴棄하니 豈不可哀也哉아?
　　　　— 李珥, 『擊蒙要訣』


● 李珥: 1536(중종 31)~1584(선조 17). 朝鮮 中期의 文臣·學者로 本貫은
德水, 자는 叔獻, 호는 栗谷·石潭이다. 戶曹·吏曹·兵曹의 判書, 右贊成 등을
지냈다. 徐敬德의 學說을 이어받아 主氣論을 發展시켜 李滉의 主理的 理氣說
과 對立하였다. 著書에 『栗谷全書』, 『聖學輯要』, 『經筵日記』 등이 있다.

---

1 非馳心玄妙하여 希覬奇效者也라: '마음을 玄妙한 곳으로 내달려 기이한 효과를 바라서는
안 된다.'는 뜻이다. 希覬[희기]는 '바라다, 희구하다'는 뜻이다.

2 踐履: 實踐과 같은 뜻이다.

3 推與別人: '특별한 사람에게 미룬다.'는 뜻이다.

● 擊蒙要訣: 李珥가 지은 兒童用 漢文 敎材. 立志·革舊習·持身·讀書· 事親·喪制·祭禮·居家·接人·處世의 10章으로 構成되어 있다. 李珥는 42세 되던 1577년에 副提學을 사퇴하고 3월에 坡州 栗谷으로 돌아갔고, 10월에 海州 石潭으로 가서 隱屛精舍를 짓고 제자를 가르칠 때에 本書를 편찬하였다. 본서의 서문은 1577년 12월에 지은 것으로『栗谷全書』27권에도 실려 있다.

# 學, 배움이란

子曰 "學而時習之, 不亦說[1]乎? 有朋自遠方來, 不亦樂乎? 人不知而不慍, 不亦君子乎?"

曾子曰 "吾日三省吾身. 爲人謀而不忠乎? 與朋友交而不信乎? 傳不習乎?"

子曰 "弟子立則孝, 出則弟.[2] 謹而信, 汎愛衆而親仁. 行有餘力則以學文."

子夏曰 "賢賢易色.[3] 事父母, 能竭其力. 事君, 能致其身. 與朋友交, 言而有信. 雖曰 '未學.' 吾必謂之學矣."

子曰 "君子食無求飽, 居無求安. 敏於事而愼於言, 就有道[4]而正焉, 可謂好學也已."

子曰 "不患人之不己知, 患不知人也."

— 『論語』 「學而」 抄


● 論語: 孔子의 言行과 弟子들의 問答을 記錄한 책. 모두 20편이다. 孔子가 世上을 떠난 뒤에 그 弟子들이 記錄하였다고 전하나, 그 編纂者와 編纂 時期가 明確하지 않다. 그러나 儒家의 古典 중에서 공자의 思想을 알 수 있는 가장 오래

---

1 說: 悅과 같다.

2 弟: 悌와 같다.

3 賢賢易色: '어진 이를 어질게 여기되 女色을 좋아하는 것처럼 해야 한다.'는 뜻이다.

4 有道: 有道者, 곧 도가 있는 사람이라는 뜻이다.

된 資料임에는 틀림이 없다. 본디 齊論, 魯論, 古論 3종이 있었는데, 현재 우리가 보는 것은 魯나라 儒者들이 전해온 魯論이다.

● 孔子: 기원전 551년~479년. 중국 春秋時代 末期를 살았던 魯나라의 思想家이고 政治家. 이름은 孔丘이다. 仁 사상을 중심으로 하는 修己安人의 도를 實踐할 것을 主張하였고, 많은 제자를 養成하여 儒家의 鼻祖가 되었으며, 이로부터 春秋 戰國時代의 諸子百家의 活動이 시작되었다. 『史記』에 의하면 晚年에 詩書禮樂을 정리하였고, 『周易』의 十翼을 撰述하였으며, 『春秋』를 지었다고 전한다.

인문학을 위한 한문 읽기

# 大學之道, 큰 배움의 길

大學之道, 在明明德, 在親[1]民, 在止於至善. 知止而后有定, 定而后能靜, 靜而后能安, 安而后能慮, 慮而后能得. 物有本末, 事有終始, 知所先後, 則近道矣.

古之欲明明德於天下者, 先治其國. 欲治其國者, 先齊其家. 欲齊其家者, 先脩其身. 欲脩其身者, 先正其心. 欲正其心者, 先誠其意. 欲誠其意者, 先致其知. 致知在格物.

物格而后知至, 知至而后意誠, 意誠而后心正, 心正而后身脩, 身脩而后家齊, 家齊而后國治, 國治而后天下平.

自天子以至於庶人, 壹[2]是皆以脩身爲本. 其本亂而末治者否矣, 其所厚者薄, 而其所薄者厚, 未之有也.

　　—『大學』


● 曾參: 중국 春秋時代 末期와 戰國時代 初期에 걸쳐 살았던 魯나라 出身 學者. 曾子라고 불린다. 孔子의 首弟子로서 마음[心]을 통한 心身의 修養과 實踐에 힘쓴 학자이고, 특히 孝行의 實踐으로 有名하다. 性善說을 主唱한 孟子[이름은 孟軻]는 曾參 系列의 儒學者이다.

---

1 親: 新과 같은 뜻이다. 『禮記』에 들어 있는 古本의 『大學』은 親이라고 되어 있으나, 이 책을 주목한 宋나라의 程子와 朱子는 이 책의 뒷부분에 보이는 "苟日新, 日日新, 又日新"과 "作新民" "其命維新"을 근거로 하여 新으로 글자를 바꾸었다.
2 壹: 一과 같은 뜻이다.

● 大學: 본디 『禮記』의 한 편이었는데, 司馬光과 程子, 朱子 등 宋나라 學者들이 이 책을 重視하였다. 특히 朱熹는 『中庸』과 이 책을 표출하여 『論語』『孟子』와 함께 공자에게서 맹자에 이르는 道統이 담긴 책이라는 의미를 부여하고, 先賢들의 관련 주석을 모아 『四書集註』를 지었다. 이후 중국의 元, 明시대와 朝鮮의 유학자들이 이 책을 매우 중시하여 儒學을 처음 배우는 이들의 入門書라고 하였다. 윗글은 『大學』의 첫 머리 글로서 이 책의 總論에 해당한다.

# 人道, 사람의 길

誠者, 天之道也. 誠之者, 人之道也. 誠者不勉而中, 不思而得, 從容中道, 聖人也. 誠之者, 擇善而固執之者也.

博學之, 審問之, 愼思之, 明辨之, 篤行之.

有弗學, 學之弗能弗措[1]也. 有弗問, 問之弗知弗措也. 有弗思, 思之弗得弗措也. 有弗辨, 辨之弗明弗措也. 有弗行, 行之弗篤弗措也.

人一能之, 己百之.[2] 人十能之, 己千之. 果能此道矣, 雖愚必明, 雖柔必强.

　　　— 傳 孔伋,『中庸』


● 孔伋: 중국 春秋時代 말기와 戰國時代 초기를 살았던 學者. 孔子의 孫子로서 字가 子思이므로, 子思 또는 子思子라고 불린다. 晩年에 宋나라에서 살면서 少年 時節 그 祖父인 공자에게 배운 中庸 관련 언론을 모아『中庸』을 편찬하였다고 전한다.

● 中庸: 본래『禮記』의 한 편이었으나, 北宋의 程子 兄弟가 이 책을 注目한 이래로 宋나라 學者들이 즐겨 읽었다. 朱熹가『大學』,『論語』,『孟子』와 함께 四書의 하나로 표장하고,『四書集註』를 지은 이래로 孔子에게서 曾子, 子思, 孟子로 이어지는 道統을 담은 책이라고 하여 중국 元, 明시대와 朝鮮의 유학자들이 愛讀하였다. 윗글은 이 책의 뒷부분인『中庸章句』제20장에 실려 있다.

---

1 措: '놓아버리다, 그만두다'의 뜻이다.

2 人一能之, 己百之: '남이 한 번에 능하거든 나는 백 번을 한다.'는 뜻이다.

# 道, 도란 무엇인가

道可道,[1] 非常道. 名可名, 非常名. 無名天地之始, 有名萬物之母. 故常無欲以觀其妙, 常有欲以觀其徼.[2] 此兩者同出而異名, 同謂之玄. 玄之又玄, 衆妙之門. (第1章)

不尙賢, 使民不爭. 不貴難得之貨, 使民不爲盜. 不見可欲, 使民心不亂. 是以聖人之治, 虛其心, 實其腹. 弱其志, 强其骨. 常使民無知無欲, 使夫智者不敢爲也. 爲無爲, 則無不治. (第3章)

三十輻, 共一轂. 當其無, 有車之用.[3] 埏埴以爲器, 當其無, 有器之用. 鑿戶牖以爲室, 當其無, 有室之用. 故有之以爲利, 無之以爲用. (第11章)

五色令人目盲. 五音令人耳聾. 五味令人口爽. 馳騁畋獵, 令人心發狂. 難得之貨, 令人行妨. 是以聖人爲腹, 不爲目. 故去彼取此. (第12章)

大道廢, 有仁義. 智慧出, 有大僞. 六親不和, 有孝慈. 國家昏亂, 有忠臣. (第18章)

絶聖棄智, 民利百倍. 絶仁棄義, 民復孝慈. 絶巧棄利, 盜賊無有. 此三者以爲文不足, 故令有所屬.[4] 見素抱樸, 少思寡欲. (第19章)

---

1 道可道: 앞의 道는 불변의 道이고, 뒤의 道는 '말하다'라는 뜻이다.

2 故常……其徼: 妙는 잘 보이지 않는 것, 또는 쉽게 설명이 되지 않는 것을 말하고, 徼는 '돌아다니다', 또는 '주변'이라는 뜻이다. 妙는 인식하기 어려운 妙理, 곧 道體를 가리키고, 徼는 눈에 보이는 현상계를 가리킨다.

3 三十輻……有車之用: 輻은 바퀴살, 轂은 30개의 바퀴살로 이루어진 바퀴를 말한다. 이 구절은 '서른 개의 살대가 모두 하나의 작은 굴대에 모여드니, 텅 빈 공간이 바로 수레바퀴가 제 구실을 하도록 하는 곳'이라는 뜻이다.

4 屬: 從屬의 뜻이다.

爲學日益, 爲道日損. 損之又損, 以至于無爲. 無爲而無不爲. 取天下常以無事, 及其有事, 不足以取天下. (第48章)

小國寡民. 使有什伯之器而不用, 使民重死而不遠徙. 雖有舟輿, 無所乘之. 雖有甲兵, 無所陳之. 使民復結繩而用之. 甘其食, 美其服, 安其居, 樂其俗. 鄰國相望, 雞犬之聲相聞. 民至老死, 不相往來. (第80章)

信言不美, 美言不信. 善者不辯, 辯者不善. 知者不博, 博者不知. 聖人不積,⁵ 旣以爲人, 己愈有, 旣以與人, 己愈多. 天之道利而不害, 聖人之道爲而不爭. (第81章)

──『老子』

● 老子: 중국 春秋時代 말기의 思想家. 無爲自然을 宗旨로 하는 道家의 鼻祖로 알려져 있다. 『史記』에 의하면 本名은 李耳인데, 老聃이라고도 불린다. 周의 柱下史를 지냈을 당시 젊은 시절의 孔子가 찾아가 禮를 물었다고 전한다. 뒤에 函谷關을 거쳐 西方으로 떠나면서 關門지기의 要請에 의하여 남긴 五千言의 기록이 현존하는 『老子』라고 전한다.

● 老子: 老子가 지었다고 전하는 道家書. 『道德經』이라고도 불린다. 모두 81章으로서 인간의 現實的 價値意識이 지닌 問題와 限界를 否定하고, 無爲를 說破하고 있는 그대로의 自然之道를 따를 것을 주장하였다. 그러나 孔子의 儒家에 의하여 仁義와 孝悌를 부정한 것으로 보아 周의 柱下史를 지낸 老子의 著作만이 아니라는 것이 후대 학자들의 중론이다.

---

5 不積: 쌓아 두지 않는다, 곧 無私無欲의 뜻이다.

# 出藍, 배워야 하는 이유

君子曰, 學不可以已. 靑取之於藍, 而靑於藍. 氷水爲之, 而寒於水. 木直中繩, 揉以爲輪. 其曲中規, 雖有槁暴,**1** 不復挺者, 揉使之然也. 故木受繩則直, 金就礪則利, 君子博學而日參省**2**乎己, 則知明而行無過矣.

故不登高山, 不知天之高也, 不臨深溪, 不知地之厚也, 不聞先王之遺言, 不知學問之大也. 干越**3**夷貉之子生而同聲, 長而異俗, 敎使之然也. …(中略)…

吾嘗終日而思矣, 不如須臾之所學也. 吾嘗企而望矣, 不如登高之博見也. 登高而招, 臂非加長也, 而見者遠. 順風而呼, 聲非加疾也, 而聞者彰. 假輿馬者, 非利足也, 而致千里. 假舟楫者, 非能水也, 而絶江河. 君子生非異也, 善假於物也. …(中略)…

積土成山, 風雨興焉. 積水成淵, 蛟龍生焉. 積善成德, 而神明自得, 聖心備焉. 故不積跬步, 無以至千里, 不積小流, 無以成江海. …(中略)…

君子之學也, 入乎耳, 著乎心, 布乎四體, 形乎動靜. 端而言, 蝡而動,**4** 一可以爲法則. 小人之學也, 入乎耳, 出乎口, 口耳之間則四寸耳.

---

1 槁暴: 槁는 말리다, 暴는 햇볕에 쬐어 말리다.

2 參省: 三省과 같다. 『論語』 「學而」에서 曾子는 "나는 하루에 세 가지로 자신을 반성한다. 남을 위해 도모함에 충성스럽지 않았던가? 벗과 사귐에 신의가 있지 않았던가? 전수받은 것을 복습하지 않았던가?[吾日三省吾身. 爲人謀而不忠乎? 與朋友交而不信乎? 傳不習乎?"라고 말하였다.

3 于越: 長江 하류에 있던 춘추시대 吳나라 땅이름인데, 『春秋』에는 於越이라고 적혀 있다.

4 端而言 蝡而動: 端의 음은 천이다. 端而言은 微言, 蝡而動은 微動의 뜻이다.

曷足以美七尺之軀哉? 古之學者爲己, 今之學者爲人.[5] 君子之學也,
以美其身. 小人之學也, 以爲禽犢.

　　― 荀況, 『荀子』


● 荀況: 戰國時代 말기 趙나라 출신 思想家. 孔子의 제자로서 禮에 밝았던
卜商[子夏] 계열의 影響을 받아 禮를 중심으로 하는 사상 체계를 構築하였다.
인간의 本性이 악하다고 하는 性惡說을 주장하였던 그는 性惡을 극복하고 문명
을 이루기 위하여 배움을 중시하였는데, 그 배움의 내용이 바로 禮라고 하였다.
法家 思想家인 韓非와 李斯는 모두 荀況의 제자들이다. 성악설을 주장한데다가
법가에 영향을 주었다고 하여 뒷날의 유학자들에게 異端이라는 批判을 받았다.

● 荀子: 荀況의 著作. 『漢書』 「藝文志」에는 孫卿子 33편이 있다고 기록되었
는데, 唐나라의 楊倞이 주석을 붙이면서 32편을 20권으로 편차하였고, 지금 전하
는 것은 이것을 底本으로 한 것이다. 윗글은 배움의 중요성을 설파한 글로서 『순
자』 첫머리에 실린 「勸學」 편에서 추린 것이다. 이 글과 관련하여 읽은 것은 「性
惡」, 「禮論」, 「天論」이다.

---

5 古之學者爲己 今之學者爲人: 『論語』 「憲問」 25장에 나오는 孔子의 말이다.

# 稼說, 학문하는 방도

子知夫稼乎? 稼之道有三. 曰時, 曰漸, 曰勤而已矣. 能盡三者, 則爲良農, 不能盡三者, 則是淺農夫也.

何謂時? 春者播之時, 夏者耘之時, 秋者獲之時也. 播失於春, 五穀不生. 耘失於夏, 苗而不秀. 苗而不秀則痒, 獲其可得乎? 然則稼之者可不及時乎?

夫君子之於學也, 亦然. 學之時, 必在少壯之年. 不於少壯而努力, 則老而失其時矣, 猶稼者之失於春而無其秋也. 孔子曰, "後生可畏, 安知來者之不如今也."[1] 蓋爲年富而力强也. 年富則期效遠, 力强則用功深矣. 然則學之者可不以時乎? 稼之與學, 視其時.

何謂漸? 甸然後播, 播然後耘, 耘然後獲. 若播今而求耘於明, 朝耘而暮求其獲, 則是其心急於助長, 與宋人一其愚矣. 然則稼之者可不以漸乎?

夫君子之於學也, 亦然. 學之漸, 必在循序而進. 若欲躐等而速成則反不達,[2] 猶稼者之揠苗而助之[3]者也. 夫子曰, "三十而立, 四十而不惑,

---

1 孔子曰……不如今也: 『論語』「子罕」에 "후생을 두렵게 여겨야 할 것이니, 앞으로 후생들이 지금의 나보다 못하리라고 어떻게 장담할 수 있겠는가? 그러나 40세나 50세가 되도록 세상에 알려짐이 없는 사람이라면, 또한 두려워할 것이 없다고 하겠다.[後生可畏, 焉知來者之不如今也? 四十五十而無聞焉, 斯亦不足畏也已.]"라는 공자의 말이 있다.

2 速成則反不達: 『論語』「子路」에 "子夏가 莒父의 邑宰가 되어 정치에 대해 묻자, 공자가 "빨리 이루려 하지 말고 작은 이익에 연연하지 말라. 빨리 이루려 하면 도달하지 못하고 작은 이익에 연연하면 큰일이 이루어지지 않는다.[無欲速, 無見小利. 欲速則不達, 見小利則大事不成.]"라고 하였다.

3 揠苗而助之: 『孟子』「公孫丑 上」孟子가 말하기를 "송나라 사람 중에 싹이 쑥쑥

至於七十然後, 從欲而不踰矩."4 然則學之者可不以漸乎? 稼之與學,
視其漸.

何謂勤? 勤者, 不怠之謂也. 稼者不怠, 則有種而有獲. 學者不怠, 則
成始而成終. 反乎是則稼與學俱喪其功矣. 然則三者固不可一廢, 而勤
者又三之本也.

嗚呼! 稼, 鄙夫野人之所能也. 學, 非君子不能, 其爲道而甚於稼乎?
稼之失, 止於餓而已. 學之失, 人不人矣. 人而不人, 則雖有粟, 吾得而
食諸?

　　　── 河受一,『松亭集』


● 河受一: 1553(명종 8)~1612(광해군 4). 조선 중기의 문신으로
본관은 晉州, 자는 太易, 호는 松亭이다. 벼슬은 刑曹正郎을 거쳐 縣
監까지 지냈다. 文章과 詞章으로 당대에 널리 알려졌다. 저서로『松亭
集』이 있다.

---

자라지 않는 것을 안타깝게 여겨 뽑아 올려 주고는 집에 와서 '내 오늘 피곤하다. 싹이
자라는 것을 도와주었다.' 하기에, 그 아들이 가보니 이미 싹이 다 말라죽었다고 하였다.
세상에 저와 같이 하지 않는 이가 적다. 이로움이 없다고 버려두는 자는 김을 매지
않는 자이고, 조장하는 자는 싹을 뽑아 올려준 자이다. 이는 무익할 뿐만이 아니라 도로
해친다.[宋人有閔其苗之不長而揠之者. 芒芒然歸, 謂其人曰, '今日病矣. 予助苗長矣.'
其子趨而往視之, 苗則槁矣. 天下之不助苗長者, 寡矣. 以爲無益而舍之者, 不耘苗者也.
助之長者, 揠苗者也, 非徒無益, 而又害之.]"라고 하였다.
4 夫子曰……不踰矩:『論語』「爲政」"공자가 말하기를 '나는 열다섯 살에 배움에 뜻을
두었고, 서른 살에 자립하였고, 마흔 살에 미혹되지 않았고, 쉰 살에 천명을 알았고, 예순 살에
귀가 순해졌고, 일흔 살에 마음이 하고자 하는 바를 좇아도 법도에서 벗어나지 않았다.'라
하였다.[子曰, 吾十有五而志于學, 三十而立, 四十而不惑, 五十而知天命, 六十而耳順,
七十而從心所欲, 不踰矩.]"라는 내용이 있다.

● 松亭集: 조선 중기의 문신인 河守一의 문집. 初刊本은 저자의 6대 손 河正中 등이 6권 3책으로 간행하였고, 重刊本은 저자의 11세손 河謙鎭이 1939년에 原集 5권 續集 3권 合 4책으로 간행하였다. 위의 글은『松亭集』原集 권3에 실려 있다.

# 제2장 선인의 지혜

# 不言長短, 타인에 대한 배려

昔者에 黃相國喜[1]가 微時에 行役하다가 憩于路上하며 見田夫[2]駕二牛耕者라. 問曰 "二牛何者爲勝인가?" 하니 田夫不對하고 輟耕而至하여 附耳細語曰 "此牛勝이니이다."라고 하다. 公怪之曰 "何以附耳相語인가?" 하니 田夫曰 "雖畜物이라도 其心與人同也이라. 此勝則彼劣이니 使牛聞之면 寧無不平之心乎아?"라고 하다. 公이 大悟하여 遂不復言人之長短云이라.

— 李睟光, 『芝峰類說』

● 李睟光: 1563년(명종 18)~1628년(인조 6). 문신·학자로 본관은 全州, 자는 潤卿, 호는 芝峯이다. 사회 變動期에 새로운 사상적 전개 방향을 탐색한 학자이자 實學派의 先驅的 人物이다. 저서로 『芝峰集』과 『芝峯類說』이 있다.

● 芝峯類說: 李睟光이 1614년(광해군 6)에 편찬한 일종의 百科事典. 20권 10책의 木版本으로, 주로 古書와 古文에서 選拔한 奇事逸聞集이다. 아들 李聖求와 李敏求가 1634년(인조 12)에 간행하였다.

---

1 黃喜: 1363~1452. 본관은 長水, 初名은 壽老, 자는 懼夫, 호는 厖村이다. 開城 출신으로 여러 逸話가 전하며, 조선시대 최고의 淸白吏로 꼽힌다. 저서로 『厖村集』이 있다.
2 田父: 農夫와 같은 뜻이다.

# 兄弟投金, 형제간의 우애

　　高麗恭愍王[1]時에 有民兄弟偕行하다가 弟得黃金二錠하여 以其一與兄하다. 至孔巖津[2]하여 同舟而濟하다가 弟忽投金於水라. 兄怪而問之하니 答曰 "吾平日에 愛兄篤하더니 今而分金하니 忽萌忌兄之心이니 此乃不祥之物也이라. 不若投諸江而忘之."라 하다. 兄曰 "汝之言이 誠是矣."[3]라 하고 亦投金於水라.

　　　　　— 李荇 等編, 『新增東國輿地勝覽』

　● 李荇: 1478(성종 9)~1534(중종 29). 조선 중기의 문신으로 본관은 德水, 자는 擇之, 호는 容齋·滄澤漁水·靑鶴道人이다. 문장이 뛰어났으며, 글씨와 그림에도 능하였다. 中宗 廟廷에 배향되었다. 저서로 『容齋集』이 있다. 시호는 文定이었으나 뒤에 文獻으로 바뀌었다.

　● 新增東國輿地勝覽: 李荇·尹殷輔·申公濟·洪彦弼·李思鈞 등이 1530년(중종 25)에 『東國輿地勝覽』을 증수하여 편찬한 官撰地理書. 55권 25책으로 구성되어 있다. 조선 전기의 대표적인 지리서로 세 차례의 수교 과정을 거쳐 완성되었다. 원래 『東國輿地勝覽』은 1481년(성종 12) 50권으로 편찬되었다. 윗글은 本書의 권10 陽川縣 山川 條에 실려 있다.

---

1 恭愍王: 1330~1374. 고려 31대 국왕으로 재위 기간은 1351년부터 1374년까지이다.
2 孔巖津: 현재의 서울시 강서구 개화동 江岸에 있던 나루터이다. 강가에 구멍 뚫린 바위[孔巖]가 있던 데에서 지명이 유래하였다.
3 誠是矣: '진실로 옳다'는 뜻이다.

# 夫妻訟鏡, 부부가 거울을 두고 다투다

　　山村女子聞京市有所謂靑銅鏡이 圓如望月하고 常願一得見이나而無由[1]러니 其夫適[2]上京할새 時當月望이라. 女子忘鏡名하고 而謂夫曰 "京市有如彼月之物云이라 하니 君必買來하여 使我一見케 하소서."라고 하다. 夫到京하여 乃買鏡이나 而不解照面하고 至家發之하여使其妻視之한대 妻照見하니 其夫之傍에 有女坐焉이라. 平生未嘗自見其面일새 故로 不知己影之在夫傍하고 以爲其夫買影人來야라 하여 大怒發妬하다. 夫怪驚曰 "吾且試觀之라"라고 乃窺鏡面하니 其妻傍에 有男坐焉이라. 夫亦未嘗自見其面일새 故로 不知己影之在妻傍하고 以爲其妻得好夫也라 하여 亦大怒相鬪하다. 夫持鏡入官하니 互相呼訴하되 妻則曰 "夫得新妻라"하고 夫則曰 "妻得他夫라"하다. 官曰 "第[3]上其鏡하라"하여 遂上之하고 開鏡於案上하니 官亦未嘗見鏡者라 不自知其面貌하고 而威儀官服與己同者在座하니 以爲新官來到라 하다.

　　　　― 洪萬宗, 『蓂葉志諧』

● 洪萬宗: 1643(인조 21)~1725(영조 1). 문신·학자·詩評家로 본관은 豊山, 자는 宇海, 호는 玄默子·夢軒·長洲이다. 학문과 문장에 뜻을 두어 歷史·

---

1 無由: '방도가 없다'는 뜻이다.
2 適: '마침'이라는 뜻이다.
3 第: '다만'이라는 뜻이다.

　　　　　　　　　　인문학을 위한 한문 읽기

地理·說話·歌謠·詩 등의 著述에 專念하였는데, 특히 詩評에서 많은 업적을 남겼다. 編著로 『海東異蹟』·『小華詩評』·『旬五志』·『詩評補遺』·『詩話叢林』·『蓂葉志諧』·『東國地志略』등이 있다.

◉ 蓂葉志諧: 조선 顯宗·肅宗 때의 文臣 洪萬宗의 漢文民譚集. 74편의 글이 『古今笑叢』에 들어 있다. 홍만종이 西湖에 있을 때 마을 사람들의 閑談을 듣고 記錄한 글로 社會 諷刺的이고 敎訓的이며 警戒하는 글이 主從을 이루고 있다.

# 許生傳, 허생 만금을 빌리다

許生은 居墨積洞[1]이러니 直抵南山下하여 井上[2]에 有古杏樹하고 柴扉가 向樹而開하며 草屋數間이 不蔽風雨라. 然이나 許生은 好讀書하고 妻爲人縫刺하여 以糊口러라.

一日에 妻甚飢하여 泣曰 "子平生에 不赴擧하니 讀書何爲오?"

許生이 笑曰 "吾讀書未熟이로다."

妻曰 "不有工乎아?"

生曰 "工未素學하니 奈何오?"

妻曰 "不有商乎아?"

生曰 "商無本錢하니 奈何오?"

其妻家 恚且罵曰 "晝夜讀書하고 只學奈何오? 不工不商이면 何不盜賊고?"

許生이 掩卷하고 起曰 "惜乎라! 吾讀書에 本期十年이러니 今七年矣로다."

出門而去하니 無相識者라. 直之雲從街[3]하여 問市中人曰 "漢陽中에 誰最富오?" 有道卞氏者라.

遂訪其家하여 許生이 長揖曰 "吾家貧이나 欲有所小試하니 願從君借萬金하노라." 卞氏曰 "諾하노라." 하고 立[4]與萬金하니 客이 竟不

---

1 墨積洞: 지금의 서울 중구 忠武路와 筆洞 부근.
2 井上: 우물가. 上은 위가 아니라 가의 뜻이다.
3 雲從街: 지금의 서울 종로 일대.
4 立: '곧바로, 곧장'이라는 뜻이다.

謝而去러라.

子弟賓客이 視許生하니 丐者也라. 客既去에 皆大驚曰"大人이 知客乎이까?"曰"不知也라.""今一朝에 浪空擲萬金於生平所不知何人하고 而不問其姓名은 何也니까?"

卞氏曰"此非爾[5]所知니라. 凡有求於人者는 必廣張志意하고 先耀信義나 然이나 顔色媿屈하고 言辭重複이어늘 彼客은 衣屨雖弊나 辭簡而視傲하고 容無怍色하니 不待物而自足者也라. 彼其所試術이 不小하니 吾亦有所試於客이라. 不與면 則已어니와 既與之萬金인댄 問姓名은 何爲리오?"라고 하더라.

　　　　　　　　— 朴趾源, 『熱河日記』


　◉ 朴趾源: 앞의 「學問之道, 학문하는 길」 설명 참조.

　◉ 熱河日記: 조선 正祖 때의 실학자 燕巖 朴趾源의 중국 紀行文集. 朴趾源은 1780년(정조 4) 從兄 錦城尉 朴明源을 따라 燕京을 지나 청나라 황제의 여름 별장지인 熱河까지 여행하면서 견문한 사항을 적었다. 중국의 역사·지리·풍속·習尙·攷據·토목·건축·선박·의학·인물·정치·경제·사회·문화·종교·문학·예술·古董·지리·천문·병사 등 다양한 분야를 상세히 기술하여 燕行錄 중에서도 白眉로 꼽힌다.

　◉ 許生傳: 朴趾源이 지은 漢文小說. 『熱河日記』 권10 「玉匣夜話」에 실려 있다. 「玉匣夜話」는 박지원이 열하 여행을 마치고 북경으로 귀환하는 도중 옥갑이라는 곳에서 하룻밤 머물면서 裨將들과 밤에 歡談한 이야기다. 「許生傳」은 尹映에게서 들은 卞承業의 致富 유래가 이야기하는 형식으로 삽입되어 있다. 본래 題目이 없어서 편의상 「許生傳」이라 부른다.

---

5 爾: '너희들'이라는 二人稱代名詞이다.

# 卜居, 사람이 살만한 곳

大抵卜居之地는 地理爲上이요 生利[1]次之요 次則人心이요 次則山水라.

四者缺一이면 非樂土也니 地理雖佳라도 生利乏則不能久居요 生利雖好라도 地理惡則亦不能久居요. 地理及生利具好라도 而人心이 不淑하면 則必有悔吝이라.

近處에 無山水可賞處면 則無以陶冶性情이라 何以論生利오? 人生於世하여 旣不吸風飮露衣羽蔽毛면 則不得不從事於衣食이라.

— 李重煥, 『擇里志』


● 李重煥: 1690(숙종 16)~1752(영조 28). 조선 英祖 때의 實學者로 본관은 驪州, 자는 輝祖, 호는 淸潭·靑華山人이다. 벼슬은 兵曹 佐郞에 이르렀다. 李瀷의 實事求是의 學風을 繼承하여 全國을 떠돌아다니면서 地理·社會·經濟를 硏究하였다. 저서로 『擇里志』가 있다.

● 擇里志: 李重煥이 現地踏査를 기초로 하여 1751년(영조 27)에 저술한 우리나라 地理書. 1책의 筆寫本으로 전국 8도의 地形·風土·風俗·交通에서부터 故事 또는 人物에 이르기까지 다양한 내용을 詳細히 記錄하였다. 朝鮮光文會에서 李重煥 撰, 崔南善 校로 閔濟鎬 藏本에 의거하여 1912년에 신활자로 간행하였다.

---

1 生利: 生活에 필요한 物資나 方法, 生計 등을 의미한다.

인문학을 위한 한문 읽기

# 殖貨論, 먹고사는 문제

古之君子는 憂道하되 不憂貧이라 故로 無所垂訓於資生之事어니와 而今之士子는 憂道之心이 不及於古之君子하고 而恥於資生之心은 反有過焉者라.

貧困至死로되 而猶不肯作衣食之謀하여 父母菽水之供[1]이 時亦有缺이요 妻兒飢寒到骨하고 奴婢涕泣辭去라. 環堵[2]蕭然에 不蔽風雨하고 沒齒[3]受窮하여 不見一快樂世界요 甚則不免於餓死之慘하니 豈不哀哉리오?

蓋貨殖而不背於道理면 則何鄙之有乎리오? 若或專心利慾하여 每以益己害人으로 爲能事者는 是賊也니 無足道者矣니라.

— 柳重臨,『增補山林經濟』

---

1 菽水之供: 가난한 생활 속에서도 어버이를 극진히 봉양함을 말한다.『禮記 檀弓下』에, 孔子의 제자 子路가 집안이 가난하여 孝道를 제대로 할 수 없다고 탄식하자, 공자가 "콩죽을 끓여 먹고 물을 마시더라도 기쁘게 해 드리는 일을 극진히 행한다면, 그것이 바로 효이다.[啜菽飮水盡其歡, 斯之謂孝.]"라고 위로했던 고사가 전한다.

2 環堵: 사방 10자 되는 작은 방을 말한다.『禮記』「儒行」에 "선비는 가로 세로 각각 10步 이내의 담장 안에서 거주한다. 좁은 방 안에는 사방에 벽만 서 있을 뿐이다. 대를 쪼개어 엮은 사립문을 매달고, 문 옆으로 圭 모양의 쪽문을 낸다. 쑥대를 엮은 문을 통해서 방을 출입하고, 깨진 옹기 구멍의 들창을 통해서 밖을 내다본다.[儒有一畝之宮, 環堵之室, 篳門圭窬, 蓬戶甕牖.]"라고 하였다.

3 沒齒: 이가 빠짐, 곧 '죽을 때까지'라는 뜻이다.

● 柳重臨: 1705(숙종 31)~1771(영조 47). 조선 후기의 醫官으로 본관은 文化, 자는 大而이다. 肅宗 때의 痘醫였던 柳瑺의 아들로 英祖 때에 太醫院 醫藥을 지냈다. 1766년(영조 42)에 『增補山林經濟』(15권 8책)를 편찬하였다.

● 增補山林經濟: 조선 肅宗 때에 洪萬選(1643~1715)이 農業과 醫藥 및 農村의 日常生活에 관하여 쓴 『山林經濟』(4卷 4冊)에 대해 柳重臨이 1766년(영조 42)에 15권 8책으로 增補한 農家 日常의 必須的인 寶鑑.

# 入學圖說, 인이란 무엇인가

仁者는 人也라. 仁은 則天地所以生物之理니 而人得以生하여 而爲心者也라. 故로 人爲萬物之靈이오 仁爲衆善之長이니 合而言之道也라.

聖人之誠이 道與天同하고 君子는 能敬以修其道하고 衆人은 以欲而迷하여 惟惡之從이라. 故로 仁者는 其理一이로대 而所稟之質과 所行之事가 有善惡之不同이라.

　　　— 權近, 『入學圖說』

● 權近: 1352(공민왕 1)~1409(태종 9). 고려 말에서 조선 초의 문신·학자로 본관은 安東, 자는 可遠, 호는 陽村이다. 性理學者이면서 文章에도 뛰어났으며, 王命으로 河崙 등과 함께 『東國史略』을 編纂하였다. 著書에 『陽村集』, 『五經淺見錄』 등이 있다.

● 入學圖說: 權近이 1390년(공양왕 2)에 性理學의 基本 原理를 그림을 붙여 풀이한 책. 周敦頤의 『太極圖說』을 模倣하고 朱子의 『中庸章句』를 參考하여 만든 것으로, 天人心性의 合一을 다루었다.

# 醫山問答, 허옹과 실옹의 대화

實翁이 仰首而笑曰 "爾誠人也니 五倫五事[1]는 人之禮義也라. 羣行呴哺는 禽獸之禮義也오, 叢苟條暢은 草木之禮義也니 以人視物하면 人貴而物賤이요, 以物視人하면 物貴而人賤이나 自天而視之하면 人與物均也라. 今爾는 曷不以天視物하고 而猶以人視物也오?" 하니라.

　　　　— 洪大容, 『醫山問答』


● 洪大容: 1731(영조 7)~1783(정조 7). 조선 英祖 때의 實學者로 본관은 南陽, 자는 德保, 호는 湛軒이다. 北學派의 代表的 人物로, 天文과 律曆에 뛰어나 渾天儀를 만들고 地球의 自轉說을 提唱하였다.

● 醫山問答: 洪大容이 淸나라를 往來하면서 얻은 經驗을 土臺로 하여, 實翁과 虛子의 問答 型式으로 宇宙와 人間의 問題 등을 논한 책. 1권의 활자본이다. 1만 2,000여 자로 구성되었는데, 조선의 학자 虛子가 南滿洲의 명산 醫巫閭山에서 은둔하고 있는 實翁을 만나 학문을 토론한 問答體 글이다. 여기서 허자는 전통적인 조선의 학자를, 실옹은 특히 서양 과학을 받아들인 새로운 학자를 대변한 것으로 보인다.


---

1 五事: 『洪範』에서 말한 다섯 가지 일로 얼굴을 단정하게 하는 것, 말을 바르게 하는 것, 보는 것을 맑게 하는 것, 듣는 것을 자세하게 하는 것, 생각을 투철하게 하는 것을 말한다.

# 愛惡箴幷序, 사랑과 미움에 대한 인식

有非子造[1]無是翁曰, 日有群議人物者, 人有人翁者, 人有不人翁者, 翁何或人於人, 或不人於人乎? 翁聞而解之曰, 人人吾, 吾不喜, 人不人吾, 吾不懼, 不如其人人吾, 而其不人不人吾. 吾且未知人吾之人何人也, 不人吾之人何人也. 人而人吾, 則可喜也. 不人而不人吾, 則亦可喜也. 人而不人吾, 則可懼也. 不人而人吾, 則亦可懼也. 喜與懼, 當審其人吾不人吾之人之人不人如何耳. 故曰, 惟仁人, 爲能愛人, 能惡人,[2] 其人吾之人, 仁人乎? 不人吾之人, 仁人乎? 有非子笑而退, 無是翁因作箴以自警. 箴曰, 子都[3]之姣, 疇[4]不爲美? 易牙[5]所調, 疇不爲旨? 好惡紛然, 盍[6]亦求諸己?

　　　── 李達衷, 『霽亭集』

● 李達衷: 1309(충선왕 1)~1384(우왕 10). 고려 말의 유학자·문신으로 본관은 慶州, 자는 仲權, 호는 霽亭이다. 1326년 문과에 급제하여 成均館祭酒·典理判書·監察大夫·戶部尙書·密直提學·鷄林府尹 등을 역임하였다. 저서로

---

1 造: '나아가다'는 뜻으로 進과 같다.
2 惟仁人……能惡人: 『論語』「里仁」에 "공자가 말하기를 '어진 사람만이 남을 좋아할 수 있고, 남을 미워할 수 있다.'[子曰, 惟仁者, 能好人, 能惡人.]"라고 하였다.
3 子都: 中國 古代 美男子의 이름으로 후에 美男의 通稱으로 쓰인다.
4 疇: 誰의 뜻이다.
5 易牙: 春秋時代 齊나라 桓公의 嬖臣으로, 五味를 잘 조리했다고 한다.
6 盍: 何不의 뜻이다.

『霽亭集』이 있다. 시호는 文靖이다.

◉ 愛惡箴: 有非子와 無是翁의 문답 형식을 빌려 자신에 대한 세인의 평가는 결국 자신에게 달려 있다는 것을 주장한 글이다.『霽亭集』권2와『동문선』권49에 실려 있다. 가공의 인물인 有非子[그릇됨이 있는 사람]와 無是翁[옳음이 없는 늙은이]의 문답을 통하여 인물에 대한 평가가 엇갈릴 경우 평가 자체는 걱정할 것이 없으며, 평가하는 주체의 본성을 살펴야 한다고 하였다. 人을 번역할 때 문맥에 따라 '사람'이라는 명사, '사람답다'는 술어로 번역해야 한다. 참고로 箴은 箴銘類에 속하는 한문 문체의 하나로 勸勉과 警戒의 말을 적은 箴·戒·規 등을 포함한다.

인문학을 위한 한문 읽기

# 壞土室說, 자연의 섭리를 따라야 한다

十月初吉,**1** 李子**2**自外還. 兒子輩**3**鑿土作廬, 其形如墳. 李子佯愚曰, 何故作墳於家? 兒子輩曰, 此不是墳, 乃土室也. 曰, 奚爲是耶? 曰, 冬月, 宜藏花草瓜蓏. 又宜婦女紡績者, 雖盛寒之月, 溫然若春氣, 手不凍裂, 是可快也. 李子益怒曰, 夏熱冬寒, 四時之常數也. 苟反是則爲怪異. 古聖人所制, 寒而裘, 暑而褐, 其備亦足矣. 又更營土室, 反寒爲燠, 是謂逆天令也. 人非蛇蟾, 冬伏窟穴, 不祥莫大焉. 紡績自有時, 何必於冬歟? 又春榮冬悴, 草木之常性. 苟反是, 亦乖物也. 養乖物爲不時之翫, 是奪天權也, 此皆非予之志. 汝不速壞, 吾笞汝不赦也. 兒子等懼, 亟撤之. 以其材備炊薪, 然後心方安也.

　　　── 李奎報,『東國李相國集』


● 李奎報: 1168년(의종 22)~1241년(고종 28). 본관은 黃驪[지금의 驪州], 자는 春卿, 호는 白雲居士, 시호는 文順이다. 武臣 執權期의 고려 문단을 대표하던 大文豪로서 유명하다. 저술로『東國李相國集』이 있고, 고구려 시조 동명성왕의 사적을 읊은 장편 서사시「東明王篇」이 유명하다.

● 東國李相國集: 이규보의 시문집. 53권 13책에 달하는 거질의 문집이다. 작자가 세상을 떠나기 직전인 1241년 8월에 당시 집권자 崔瑀의 후원으로 문집 간행이 착수되었고 그 해 12월에 간행되었다. 윗글은 本書의 제21권에 실려 있다.

---

1 初吉: 초하루.

2 李子: 李奎報를 가리킨다.

3 兒子輩: 李奎報의 아들 李灌 · 李涵 · 李澄 · 李濟를 가리킨다.

# 家訓, 삼가 가법을 지켜라

我家先世, 初以文學發跡. 自是以來, 世守文學, 忠孝敦睦, 以爲家法, 相傳不失. 以叔舟不敏, 承先世積善餘慶, 受列聖知遇之隆, 乃有今日. 每念物忌盛滿, 爲之當寢不寐, 對案忘食, 戰戰兢兢. 思所以挹損,[1] 庶幾與爾輩夙夜盡心, 小酬聖恩, 以不墜我家業. 然恐爾輩後生, 久而漸忘, 錄其大略, 著爲家訓. 玆乃我家世守遺法, 爾輩各寫一通, 出入寓目, 念玆在玆. 夫才智俊逸豪傑之事, 實非所冀. 但願汝曹謹守家訓, 日愼又愼, 號爲謹飭之士, 不貽我先人羞, 足矣. 成化[2]戊子[3]秋, 書于保閑齋.

　　── 申叔舟,『保閑齋集』

● 申叔舟: 1417(태종 17)~1475(성종 6). 조선 전기의 문신이자 문장가로 본관은 高靈, 자는 泛翁, 호는 保閑齋이다. 集賢殿 學士로서 세종의 한글 창제에 공이 많았다. 세조가 즉위한 뒤에 그 신임을 받아 要職을 두루 거쳤는데, 외교와 아울러 북방의 야인 정벌에도 큰 공을 세웠다. 이후 예종과 성종에 이르기까지 首相으로서 나라의 안정에 공로가 많았다.『東國通鑑』편찬과『國朝五禮儀』改撰도 그의 공이다.

● 保閑齋集: 申叔舟의 시문집. 17권 4책이다. 윗글은 本書의 권13에 실려 있는데, 이 글 아래에 操心, 謹身, 勤學, 居家, 居官, 敎女의 6항목이 실려 있다.

---

1 挹損: 겸손 · 겸양과 같은 뜻이다.

2 成化: 明나라 憲宗의 年號이다.

3 戊子: 1468년(世祖 14).

# 答東峯山人¹書, 술을 끊겠습니다

僕自少酷好麴糵,² 中歲遭齒舌³不少, 肆爲酒狂, 自分永棄. 身爲物役, 心爲形使, 精神自耗於曩時, 道德日負於初心. 不意馴致不德, 肆酗於家, 大貽慈母之羞. 孟子以博奕好飮酒, 不顧父母之養爲不孝,⁴ 況於酗乎? 醒而自念則罪在三千之首,⁵ 何心復擧杯酒乎? 於是質之天地, 參之六神, 誓之吾心, 告諸慈堂, "自今以後, 非君父命, 不敢飮." …(中略)… 慈母育子, 每戒省酒, 及聞此語, 喜動於色, 斷酒之誓, 庸可渝乎?

　　─ 南孝溫, 『秋江集』

---

1 東峯山人: 金時習의 號이다.

2 麴糵: 술과 단술을 만들 때 쓰는 누룩과 엿기름인데, 여기서는 술을 가리킨다.

3 齒舌: 口舌 · 口舌數와 같은 뜻이다.

4 孟子……不孝: 『孟子』 「離婁下」에 "세속에서 말하는 불효라는 것이 다섯 가지이다. 사지를 움직이기 싫어 부모의 봉양을 돌보지 않는 것이 첫 번째 불효이고, 장기나 바둑을 즐기고 술 마시기를 좋아하여 부모의 봉양을 돌아보지 않는 것이 두 번째 불효이고, 재물을 좋아하고 처자식만 편애하면서 부모의 봉양을 돌아보지 않는 것이 세 번째 불효이고, 귀와 눈의 욕망만을 쫓다가 부모를 욕되게 하는 것이 네 번째 불효이고, 만용을 부리기 좋아하고 싸움과 사나운 짓을 하여 부모를 위태롭게 하는 것이 다섯 번째 불효이다.[世俗所謂不孝者五. 惰其四肢, 不顧父母之養, 一不孝也, 博奕好飮酒, 不顧父母之養, 二不孝也, 好貨財私妻子, 不顧父母之養, 三不孝也, 從耳目之欲, 以爲父母戮, 四不孝也, 好勇鬪狠, 以危父母, 五不孝也.]"라고 하였다.

5 罪在三千之首: 술주정으로 불효하는 것이 3천 가지 죄 중에서 가장 크다는 뜻이다. 『孝經』에서 孔子가 말하기를 "오형의 종류가 3천 가지이지만 죄는 불효보다 더 큰 것이 없다.[五刑之屬三千, 而罪莫大於不孝.]"라고 하였다.

● 南孝溫: 1454년(단종 2)~1492년(성종 23). 조선 전기의 문신이자 학자로 본관은 宜寧, 자는 伯恭, 호는 秋江, 시호는 文貞이다. 평생을 처사로 지내면서 바른말과 과격한 의론으로써 당시의 禁忌에 저촉하는 일을 하면서도 조금도 꺼리지 않았으니, 端宗의 節臣 6인의 전기인 「六臣傳」이 그 대표적인 일이다. 세상을 떠난 뒤 1504년 甲子士禍에 剖棺斬屍를 당하였다. 元昊 · 李孟專 · 金時習 · 趙旅 · 成聃壽 등과 함께 生六臣으로 불렀다.

● 秋江集: 南孝溫의 시문집. 8권 5책이다. 「秋江冷話」와 「師友名行錄」 등이 수록되었다. 윗글은 本書의 권4에 실려 있다.

# 盜子說, 도둑 부자 이야기와 자득의 중요성

民有業盜者, 敎其子盡其術, 盜子亦負其才, 自以爲勝父遠甚. 每行盜, 盜子必先入而後出, 舍輕而取重, 耳能聽遠, 目能察暗, 爲群盜譽. 誇於父曰, 吾無爽[1]於老子之術, 而强壯過之, 以此而往, 何憂不濟.[2] 盜曰, 未也, 智窮於學成, 而裕於自得, 汝猶未也. 盜子曰, 盜之道, 以得財爲功, 吾於老子功常倍之, 且吾年尙少, 得及老子之年, 當有別樣手段矣. 盜曰, 未也, 行吾術, 重城可入, 祕藏可探也. 然一有蹉跌, 禍敗隨之. 若夫無形迹之可尋, 應變機而不括, 則非有所自得者, 不能也. 汝猶未也. 盜子猶未之念聞.

盜後夜與其子, 至一富家, 令子入寶藏中, 盜子耽取寶物, 盜闔戶下鑰,[3] 攪使主聞, 主家逐盜返視, 瑣鑰猶故[4]也. 主還內. 盜子在藏中, 無計得出, 以爪搔爬, 作老鼠嚙嚙之聲. 主云, 鼠在藏中損物, 不可不去. 張燈解鑰, 將視之, 盜子脫走, 主家共逐. 盜子窘, 度不能免, 繞池而走, 投石於水. 逐者云, 盜入水中矣. 遮攔尋捕, 盜子由是得脫歸, 怨其父曰, 禽獸猶知庇子息, 何所負, 相軋乃爾.[5] 盜曰, 而後乃今汝當獨步天下矣. 凡人之技, 學於人者, 其分有限, 得於心者, 其應無窮, 而況困窮咈鬱, 能堅人之志而熟人之仁者乎. 吾所以窘汝者, 乃所以安汝也. 吾

---

1 爽: 過失·失敗와 같다.

2 濟: '이루다'는 뜻으로 成과 같다.

3 下鑰: 자물쇠를 잠그다.

4 猶故: '如前하다'는 뜻이다.

5 乃爾: '乃如此也'와 같다.

所以陷汝者, 乃所以拯汝也. 不有入藏迫逐之患, 汝安能出鼠嚙投石之奇乎. 汝因困而成智, 臨變而出奇, 心源一開, 不復更迷, 汝當獨步天下矣. 後果爲天下難當賊.

夫盜賊惡之術也, 猶必自得, 然後乃能無敵於天下, 而況士君子之於道德功名者乎. 簪纓[6]世祿之裔, 不知仁義之美, 學問之益, 身已顯榮, 妄謂能抗前烈而軼舊業, 此正盜子誇父之時也. 若能辭尊居卑, 謝豪縱, 愛淡薄, 折節志學, 潛心性理, 不爲習俗所搖奪, 則可以齊於人, 可以取功名. 用舍行藏,[7] 無適不然. 此正盜子因困成智, 終能獨步天下者也. 汝亦近乎是也. 毋憚在藏迫逐之患, 思有以自得於心可也. 毋忽.

　　　 ― 姜希孟, 『私淑齋集』


● 姜希孟: 1424(세종 6)~1483(성종 14). 조선 전기의 문신으로 본관은 晉州, 자는 景醇, 호는 私淑齋 · 雲松居士 · 菊塢 · 萬松岡이다. 저서로 『私淑齋集』, 『衿陽雜錄』, 『村談解頤』 등이 전한다. 시호는 文良이다.

● 私淑齋集: 조선 전기의 문신 · 학자 姜希孟의 시문집. 12권 5책의 목활자본으로 1805년(순조 5) 후손들에 의해 茂長 禪雲寺에서 간행되었다. 윗글은 문집 권9 「訓子五說」 중의 1편이다. 「訓子五說」은 강희맹이 아들 姜龜孫을 경계하기 위하여 1468년(세조 14)에 쓴 「盜子說」 · 「啗蛇說」 · 「登山說」 · 「三雉說」 · 「溺桶說」 등 5편의 글이다.

---

6 簪纓: 官員이 쓰던 비녀와 갓끈, 轉하여 兩班官僚의 別稱으로 쓰인다.

7 用舍行藏: 쓰이면 나아가 道를 행하고 버림받으면 물러나 숨는다는 뜻이다. 『論語』 「述而」에 "공자가 안연에게 말하기를 '쓰이면 나아가 도를 행하고, 버림을 받으면 물러가 숨는 일을 오직 나와 너만이 할 수 있다.'[子謂顔淵曰, 用之則行, 舍之則藏, 惟我與爾有是夫.]"라고 하였다.

# 太極說, 태극에 관한 논설

太極者, 無極也. 太極本無極也. 太極, 陰陽也. 陰陽, 太極也. 謂之太極, 別有極, 則非極也. 極者, 至極之義, 理之至極而不可加也. 大者, 包容之義, 道之至大而不可侔也.

陰陽外, 別有太極, 則不能陰陽. 太極裏, 別有陰陽, 則不可曰太極. 陰而陽, 陽而陰. 動而靜, 靜而動. 其理之無極者, 太極也. 其氣則動靜闢闔而陰陽也. 其性則元亨而利貞也. 其情則陰慘而陽舒也. 其用則天地以之圓方.

元氣以之發育, 萬物以之遂性. 其性之正者, 太極之爲陰陽也. 故易曰 憧憧往來, 朋從爾思.[1] 子曰 天下何思何慮? 天下同歸而殊塗, 一致而百慮, 天下何思何慮?[2] 所以不可思慮者, 誠也. 有思慮者, 妄也. 無妄眞實者, 誠也. 誠者, 不息也. 不息, 故不貳. 不貳, 故不測. 日往則月來, 日月代明, 而晝夜成焉. 寒往則暑來, 寒暑相推而歲功成焉. 天何言哉?

四時行, 百物生者, 唯一太極也. 鳶天魚淵, 造端乎夫婦, 人道. 不睹不聞, 而無物不有, 無時不然者, 只是一貫也. 故太極之道, 陰陽而已

---

1 憧憧往來 朋從爾思: 사사로운 마음으로 자주 왕래한다는 뜻이다. 『周易』「咸卦」에 "왕래하기를 자주 하면 벗들만이 네 생각을 따른다.[憧憧往來, 朋從爾思]"라고 하였는데, 이는 私心을 쓰면 廓然히 公正하지 못하고 자기편들끼리만 親密하게 됨을 뜻한다.

2 子曰……何慮:『周易』「繫辭傳 下」에서 孔子가 말하기를 "천하가 무엇을 생각하며 무엇을 생각하겠는가? 천하가 돌아감은 같으나 길은 다르며 이치는 하나이나 생각은 백 가지이니, 천하가 무엇을 생각하고 무엇을 생각하겠는가?[天下何思何慮? 天下同歸而殊塗, 一致而百慮, 天下何思何慮?]"라고 하였다.

矣. 一貫之道, 忠恕而已矣.[3] 惟此之外, 更無餘語. 餘語則皆淪於空寂,
而失其所謂極也審矣.

　　— 金時習,『梅月堂集』


◉ 金時習: 1435년(세종 17)~1493년(성종 24). 조선 전기의 문인으로 본관
은 江陵, 자는 悅卿, 호는 梅月堂 · 東峰, 법호는 雪岑이다. 3세에 글자를 배우자
바로 시를 지었고, 5세에 神童으로 소문이나 세종이 불러보았다고 하여 "五歲神
童"이라는 별명으로 불렸다. 그러나 21세인 1455년 首陽大君[世祖]의 찬탈을
보고서 통곡을 한 뒤에 책을 모두 불사르고 유랑생활을 시작한 뒤에 평생을 두고
전국을 방랑하였다. 뒤에 생육신의 한 사람으로 불렸으며,『金鰲新話』의 저자로
도 유명하다.

◉ 梅月堂集: 金時習의 시문집. 부록 포함하여 모두 23권 6책이다. 儒佛道에
걸쳐 자유로운 사상을 담은 시문으로 채워져 있다. 윗글은 太極에 대한 그의 생
각을 담은 글로써 본서 권20에 실려 있으며, 태극을 陰陽論, 곧 氣論으로 풀이한
것이 특색이다.

───────────

3 一貫之道 忠恕而已矣:『論語』「里仁」에 "공자가 말하기를 '參아! 우리 도는 한 가지 理가 만
가지 일을 꿰뚫고 있다.'라고 하니, 증자가 '예'라고 대답하였다. 공자가 나가자 문인이 '무슨
말씀입니까?' 물으니, 증자가 '夫子의 도는 忠과 恕일 뿐이다.'라고 대답하였다.[子曰, 參乎!
吾道一以貫之. 曾子曰唯. 子出, 門人問曰, 何謂也? 曾子曰, 夫子之道, 忠恕而已矣.]"라고 하
였다.

# 殿試策問題, 정치와 학문의 관계를 논하라

王若曰, 大學一書, 聖賢所以垂範萬世, 修己治人之道備焉. 先儒眞氏[1]推衍增益, 以成衍義[2]之書. 願治之君, 志學之士所當參究者也.

予以否德, 叨居君位, 思學治道, 期底乂安. 聽政之暇, 已嘗觀覽. 其間節次多有可疑, 悉論不能旣其目, 姑擧其大者言之耳.

大學八條之目,[3] 格物致知爲始, 治國平天下爲終. 是其序不可亂, 而功不可闕者也. 眞氏之書則於格物之上, 先之以帝王爲治之序, 次之以帝王爲學之本. 然後及於格物致知之要, 其下又列誠意正心修身齊家之要, 而不及於治國平天下之要者, 何歟?

抑所謂治國平天下者, 卽帝王爲治之事, 而爲治之道, 必先由學而進. 故大學先言格致之學, 而推之以及於治平之事. 眞氏之書則以爲治之序先於爲學之本者, 又何歟? 且爲學之方, 爲治之要, 子大夫講明已久. 如欲言治國平天下之要, 以補眞氏之所未備, 其說安在?

予自在位以來, 夙夜祗勤, 勵精圖治, 于玆三年. 水旱相仍, 災變屢興. 是予雖觀衍義之書, 行有所不逮而然歟? 抑政令有所未合而致之歟? 子大夫其悉言之, 以副予願治之意.

　　　── 權近, 『陽村集』

---

1 眞氏: 南宋 末期의 朱子學者인 眞德秀이다.

2 衍義: 眞德秀가 지은 『大學衍義』로 帝王의 修身齊家를 역설하였다.

3 大學八條之目: 格物 · 致知 · 誠意 · 正心 · 修身 · 齊家 · 治國 · 平天下를 가리킨다.

◉ 權近: 1352년(공민왕 1)~1409(태종 9). 고려 말 조선 초의 문신이자 유학자로 본관은 安東, 자는 可遠·思叔, 호는 陽村이다. 증조부 權溥 이래로 新儒學을 적극 받아들인 신흥사대부 가문 출신이고, 李穡의 문인이면서 排元親明을 적극 주장하였으며, 朝鮮이 개국하자 出仕하여 文翰職에 종사하면서 經書 口訣을 정하여 신왕조 초기의 교육에 공이 많았다. 저술로서『入學圖說』과『五經淺見錄』이 있다.

◉ 陽村集: 권근의 시문집. 모두 40권 10책이다. 1402년 작자가 知貢擧로서 과거를 주관하였을 당시 문과의 최종장인 殿試에 출제한 과거시험문제이다. 윗글은 본서의 권33에 실려 있는데, 남송 주자학자 眞眞秀의 저작인『大學衍義』를 주제로 하여 治道와 爲學의 관계를 논술하라는 주제의식이 흥미롭다.

# 제3장 영남 선비의 정신

# 東賢事略, 우탁 선생의 삶

公,[1] 丹山[2]人. 祖戶長仲, 父進士天珪. 公登科, 初調寧海司錄. 郡有妖神祠名八鈴, 民感靈怪, 奉祀甚瀆. 公至, 卽碎而沈于海, 淫祀遂絶. 累陞監察糾正. 于時忠宣王微有內失,[3] 公白衣, 持斧荷稿席, 詣闕上疏敢諫. 近臣難於讀疏, 公厲聲曰, 卿爲近臣, 未能格非匡救, 逢惡[4]至此. 卿知卿罪耶? 左右震慄, 上有慙色, 優容改行, 一國善之. 後退老于福州[5]之禮安. 忠肅王嘉其忠義, 再召, 不赴. 公通經史, 尤深於易學, 卜筮無不中. 程傳初來東方, 無能知者. 公乃閉門月餘, 參究乃知, 教授生徒, 義理之學始行矣. 官至成均祭酒, 致仕. 至正丁亥, 考終. 年八十一.

　　― 權近, 『陽村集』

---

1 公: 禹倬(1262~1342)을 가리킨다. 본관은 丹陽, 자는 天章·卓甫, 호는 白雲·丹巖, 시호는 文僖이다. 동방 주역의 1인자였기 때문에 易東先生이라 불렸다. 寧海司錄이 되어 민심을 현혹하는 妖神의 祠堂을 철폐하였고, 1308년 監察糾正 때 충선왕이 淑昌院妃와 密通한 것을 알고 이를 極諫한 뒤 벼슬을 내놓았다. 충숙왕이 그 충의를 가상히 여기고 누차 불렀으나 사퇴하고 학문에 정진하였고, 뒤에 成均祭酒를 지내다가 致仕하였다.

2 丹山: 丹陽의 別號이다.

3 忠宣王微有內失: 충선왕이 충렬왕의 妃인 淑昌院妃 金氏와 不義의 관계를 맺었던 일을 말한다. 『高麗史 卷22 禹倬列傳』참조.

4 逢惡: 임금의 악한 마음이 아직 싹트지 않았는데 신하가 악으로 유도하는 것을 말한다. 『孟子』「告子 下」에 "임금의 악함을 순종하는 자는 그 죄가 작고, 임금을 악으로 유도하는 자는 그 죄가 크다."라고 하였다.

5 福州: 慶尙北道 安東의 古號이다. 1308년(충렬왕 34)에 福州牧이 되었다가 1361년(공민왕 10)에 다시 安東大都護府로 지명이 바뀌었다. 이 글의 주인공인 禹倬이 禮安에서 살던 때가 이 시기이므로 본문에서 福州라고 적은 것이다.

◉ 權近: 앞의 설명 참조.

◉ 東賢事略: 권근이 1394년 조선 태조의 명을 받고 편찬한 책. 윗글은 『양촌집』 권35에 실려 있다. 「東賢事略」은 고려 후기에 살았던 賢人 24명의 간략한 전기를 기록한 것인데, 윗글은 忠宣王 때의 直臣으로, 또한 易學者로서 유명하였던 禹倬의 傳記인 「祭酒禹倬」 부분이다.

# 弔義帝文, 의제의 억울한 죽음을 애도하다

　丁丑[1]十月日, 余自密城[2]道京山, 宿踏溪驛. 夢有神人, 被七章之
服,[3] 頎然而來, 自言楚懷王孫心,[4] 爲西楚伯王項籍[5]所弑, 沈之郴
江.[6] 因忽不見, 余覺之愕然曰, 懷王, 南楚之人也. 余則東夷之人也.
地之相去, 不翅萬有餘里, 世之先後, 亦千有餘載. 來感于夢寐, 茲何祥
也? 且考之史, 無投江之語, 豈羽使人密擊, 而投其尸于水歟? 是未可
知也. 遂爲文而弔之.

　惟天賦物則以予人兮, 孰不知其遵四大與五常?[7]

　匪華豊而夷嗇兮, 曷古有而今亡?

　故吾夷人又後千祀兮, 恭弔楚之懷王.

---

1 丁丑: 1457년(세조 3)이다.

2 密城: 密陽의 옛 이름이다.

3 章服: 日月星辰 등의 도안을 새겨놓은 古代의 禮服이다. 각 도안마다 一章이 있는데, 天子는
12章, 群臣은 品階에 따라 9 · 7 · 5 · 3章의 차이가 있다.

4 楚懷王孫心: 項梁이 起義하여 楚의 마지막 임금인 懷王 熊槐의 손자 熊心을 추대하여
회왕으로 삼았다가 나중에 義帝로 높였다. 秦나라가 망한 후 項羽에게 피살되었다.

5 西楚伯王項籍: 秦나라가 망한 후 項羽는 자립하여 스스로 西楚霸王이라 하였다. 伯는 霸와
같은 글자이다. 籍은 項羽의 이름이고 羽는 字이다.

6 郴江: 中國 湖南省 桂陽 東쪽에 있는 강 이름이다. 秦나라 末期에 義軍들에게 추대된
義帝가 郴 땅에 도읍하였다.

7 四大與五常: 四大는 道家에서 말하는 네 가지, 즉 道大 · 天大 · 地大 · 王亦大이고, 五常은
儒家에서 말하는 仁 · 義 · 禮 · 智 · 信을 가리킨다.

　　　　　　　　　　　　인문학을 위한 한문 읽기

昔祖龍<sup>8</sup>之弄牙角<sup>9</sup>兮, 四海之波殷爲孟.

雖鱣鮪鰍鯢<sup>10</sup>曷自保兮? 思網漏而營營.

時六國之遺祚兮, 沈淪播越僅媲夫編氓.

梁<sup>11</sup>也南國之將種兮, 踵魚狐<sup>12</sup>而起事.

求得王而從民望兮, 存熊繹<sup>13</sup>於不祀.

握乾符而面陽<sup>14</sup>兮, 天下固無尊於芈氏<sup>15</sup>

遣長者<sup>16</sup>以入關兮, 亦有足覩其仁義.

羊狠狼貪擅夷冠軍<sup>17</sup>兮, 胡不收以膏齊斧?<sup>18</sup>

嗚呼! 勢有大不然者, 吾於王而益懼.

爲醢醋<sup>19</sup>於反噬<sup>20</sup>兮, 果天運之蹉蹉.

---

8 祖龍: 秦始皇을 가리킨다. 『史記』 「秦始皇紀」에 '금년에 祖龍이 죽었다.[今年祖龍死]'라는 구절이 보인다. 祖는 始, 龍은 人君을 뜻한다.

9 牙角: 軍中에서 부는 피리의 한 가지인데, 여기서는 포악한 무력을 상징한다.

10 鱣鮪鰍鯢: 철갑상어, 다랑어, 미꾸라지, 작은 물고기 등으로 힘없고 약한 백성들을 상징한다.

11 梁: 項羽의 叔父인 項梁을 말한다.

12 魚狐: 陳勝과 吳廣 등 秦나라에 항거하여 起義한 群雄들을 가리킨다.

13 熊繹: 周代 楚나라의 始祖이다.

14 面陽: 南面과 같은 뜻으로 임금의 지위에 오름을 말한다.

15 芈氏: 楚王室의 姓이다.

16 長者: 寬厚한 성품을 지닌 劉邦을 가리킨다. 여러 제후들 가운데 劉邦이 가장 먼저 函谷關에 들어갔다.

17 冠軍: 上將軍 宋義로 項羽에 의해 피살되었다.

18 膏齊斧: 斧는 斧鑕로 刑具 중의 하나이다. 膏齊斧는 도끼에 기름칠을 하여 죽인다는 뜻으로 膏鋒鏑과 같다.

19 醢醋: 사람을 죽여 소금에 절이는 형벌을 말한다.

20 反噬: 동물이 은혜를 잊고 주인을 무는 것인데, 여기서는 義帝가 항우에 의해 시해된 것을 이른다.

郴之山礒以觸天兮, 景晻曖而向晏.

郴之水流以日夜兮, 波淫泆而不返.

天長地久恨其曷旣兮? 魂至今猶飄蕩.

余之心貫于金石兮, 王忽臨乎夢想.

循紫陽之老筆[21]兮, 思墮墭[22]以欽欽.

擧雲罍以酹地兮, 冀英靈之來歆云.

　　—— 金宗直, 『佔畢齋集』


◉ 金宗直: 1431(세종 13)~1492(성종 23). 조선 전기의 문신·학자로 본관은 善山, 자는 孝盥·季昷, 호는 佔畢齋이다. 鄭夢周와 吉再의 학통을 계승하여 金宏弼·趙光祖로 이어지는 조선시대 도학 정통의 중추적 역할을 하였다. 생전에 지은 「弔義帝文」은 戊午士禍가 일어나는 원인이 되었고, 그는 剖棺斬屍되었다. 그는 문장에 뛰어나 많은 시문과 일기를 남겼다. 저서로는 『佔畢齋集』·『遊頭流錄』·『靑丘風雅』·『堂後日記』 등이 있으며, 편저로는 『一善誌』·『彛尊錄』·『東國輿地勝覽』 등이 전한다.

◉ 佔畢齋集: 金宗直의 시문집. 25권 7책의 목판본이다. 김종직이 죽은 다음 해인 1493년(성종 24) 그의 제자 曹偉가 편집하였고, 鄭錫堅이 1497년(연산군 3)이 간행하였으나 무오사화로 세상에 전해질 수 없었다. 甥姪 康仲珍이 1520년(중종 15)에 善山에서 간행한 것이 현전하는 가장 오래된 판본이다.

---

21 紫陽之老筆: 紫陽은 宋나라 朱熹의 별칭이다. 朱熹의 아버지 朱松이 紫陽山에서 讀書하였는데, 朱熹는 다른 곳에서 관리로 있으면서 紫陽書室을 지어 아버지를 잊지 않는 뜻을 보였기 때문에 후대 사람들이 紫陽을 朱熹의 별칭으로 삼았다. 朱熹는 春秋大義에 입각하여 司馬光이 撰한 『資治通鑑』에 나오는 曹操의 魏나라 정통론을 부정하고 劉備의 蜀漢 정통론을 주장하였는데, 이러한 주희의 正統觀念을 紫陽筆法이라고 한다.

22 墮墭: 가슴이 설레는 모양, 마음이 공연히 안정되지 못하는 모양을 뜻한다.

◉ 弔義帝文: 金宗直이 1457년(세조 3)에 義帝를 애도하여 지은 祭文. 1498년(연산군 4) 『成宗實錄』을 편찬할 때 堂上官 李克墩이 金馹孫이 기초한 史草에 삽입된 김종직의 「조의제문」이 세조의 찬위를 헐뜯은 것, 곧 端宗을 죽인 世祖를 義帝를 죽인 項羽에 비유하여 세조를 비난했다는 논란이 일어 무오사화가 일어나는 빌미가 되었다. 윗글은 『佔畢齋集』附錄 「戊午史禍事蹟」에 실려 있다.

# 陶山十二曲跋, 시조 속에 지취와 학문을 담다

右陶山十二曲者, 陶山老人之所作也. 老人之作此, 何爲也哉? 吾東方歌曲, 大抵多淫哇不足言, 如翰林別曲[1]之類, 出於文人之口, 而矜豪放蕩, 兼以褻慢戲狎, 尤非君子所宜尙. 惟近世有李鼈[2]六歌[3]者, 世所盛傳, 猶爲彼善於此, 亦惜乎其有玩世不恭之意, 而少溫柔敦厚之實也.

老人素不解音律, 而猶知厭聞世俗之樂. 閒居養疾之餘, 凡有感於情性者, 每發於詩. 然今之詩異於古之詩, 可詠而不可歌也, 如欲歌之, 必綴以俚俗之語, 蓋國俗音節, 所不得不然也.

故嘗略倣李歌,[4] 而作爲陶山六曲者二焉. 其一言志, 其二言學, 欲使兒輩朝夕習而歌之, 憑几而聽之, 亦令兒輩自歌而自舞蹈之, 庶幾可以蕩滌鄙吝, 感發融通, 而歌者與聽者, 不能無交有益焉.

顧自以蹤跡頗乖, 若此等閒事, 或因以惹起鬧端, 未可知也. 又未信

---

1 翰林別曲: 고려 高宗 때 翰林의 여러 儒者들이 지은 景幾體歌로 모두 8장으로 구성되어 있다. 『芝峯類說』에 "우리나라 樂府에 「한림별곡」이라는 것이 있는데 고려 때 翰林諸儒가 지은 것이다."라고 하였다. 『退溪集』攷證 卷7.

2 李鼈: 본관은 경주, 호는 藏六堂이다. 朴彭年의 외손이자 再思堂 李黿의 아우이다.

3 六歌: 眉叟 許穆의 「藏六堂六歌識」에, "燕山君 甲子年(1504)에 재사당이 화를 입자, 형제간이란 이유로 연좌되었다. 연산군이 폐위된 뒤에는 이미 은둔하고 세상에 나가지 않았으며, 六歌가 있어 세상에 전한다. 이선생[退溪]이 '너무 오만하다. 그러나 遺世放迹했다.'라고 하였으니, 그 말이 맞다. 또한 족히 魁梧傑出하고 高蹈拔俗하여 冷然히 箕山의 아래, 穎水의 가에서 산 許由의 풍도가 있었음을 상상해 볼 수 있다."라고 하였다. 『退溪集』攷證 卷7.

4 李歌: 李鼈의 「六歌」를 가리킨다.

其可以入腔調諧音節與未也, 姑寫一件, 藏之篋笥, 時取玩以自省, 又以待他日覽者之去取云爾.

嘉靖[5]四十四年 歲乙丑暮春既望 山老書

― 李滉,『退溪集』

◉ 李滉: 1501(연산군 7)~1570(선조 3). 조선 중기의 문신 · 학자로 본관은 眞寶, 자는 景浩, 호는 退溪 · 退陶 · 陶叟이다. 저서로『退溪集』,『聖學十圖』,『自省錄』,『朱子書節要』,『理學通錄』,『啓蒙傳疑』,『經書釋義』,『喪禮問答』등이 있다.

◉ 陶山十二曲: 李滉의「陶山十二曲」은 陶山書院을 背景으로 한 連時調 작품으로 前六曲 後六曲으로 區分되며 前者는 '言志', 後者는 '言學'으로 規定된다. 退溪는「陶山十二曲」의 主題가 '志'와 '學'임을 分明하게 밝히고 있는 것으로 이때의 '志'는 理性을, '學'은 朱子學의 深奧한 理致 또는 學問에 대한 姿勢와 마음가짐을 意味하는 것으로 볼 수 있다. 이「陶山十二曲」은 韓國의 時調文學史에 있어서 시조를 餘興의 次元을 넘어 心性 修養 및 敎化의 手段으로 認識할 수 있게 했다는 점에서 重要한 作品으로 評價된다.

---

5 嘉靖: 明나라 世宗의 年號이다. 가정 44년은 1565년(명종 20)이다.

# 〔참고〕陶山十二曲

前六曲 言志

〈제1곡〉
이런들 엇더ᄒ며 뎌런들 엇더ᄒ료?
草野愚生이 이러타 엇더ᄒ료?
ᄒ믈며 泉石膏肓을 고텨 므슴ᄒ료?

〈제2곡〉
煙霞로 집을 삼고 風月로 버들 사마,
太平聖代에 病으로 늘거가뇌.
이 듕에 ᄇ라ᄂᆫ 이른 허므리나 업고쟈.

〈제3곡〉
淳風이 죽다 ᄒ니 진실로 거즛말이,
人性이 어디다 ᄒ니 진실로 올흔 말이,
天下에 許多英才ᄅᆞᆯ 소겨 말슴ᄒᆞᆯ가?

〈제4곡〉
幽蘭이 在谷ᄒ니 自然이 듣디 됴희.
白雪이 在山ᄒ니 自然이 보디 됴해.
이 듕에 彼美一人을 더옥 닛디 못ᄒ얘.

〈제5곡〉

山前에 有臺ᄒᆞ고 臺下에 有水ㅣ로다.

ᄡᅦ 만흔 ᄀᆞᆯ며기ᄂᆞᆫ 오명가명 ᄒᆞ거든

엇더타 皎皎白駒ᄂᆞᆫ 머리 ᄆᆞᄋᆞᆷ ᄒᆞᄂᆞᆫ고?

〈제6곡〉

春風에 花滿山ᄒᆞ고 秋夜에 月滿臺라

四時佳興ㅣ 사ᄅᆞᆷ과 한가지라.

ᄒᆞᄆᆞᆯ며 魚躍鳶飛 雲影天光이야 어늬 그지 이시리?

後六曲 言學

〈제7곡〉

天雲臺 도라드러 玩樂齋 瀟灑ᄒᆞᄃᆡ,

萬卷 生涯로 樂事ㅣ 無窮ᄒᆞ얘라.

이 듕에 往來 風流ᄅᆞᆯ 닐러 므슴ᄒᆞᆯ고?

〈제8곡〉

雷霆이 破山ᄒᆞ여도 聾者ᄂᆞᆫ 몯 듣ᄂᆞ니

白日이 中天ᄒᆞ야도 瞽者ᄂᆞᆫ 몯 보ᄂᆞ니

우리는 耳目 聰明 男子로 聾瞽ᄀᆞᆮ지 마로리.

〈제9곡〉

古人도 날 몯 보고 나도 古人 몯 뵈.

古人을 몯 뵈도 녀던 길 알픽 잇닉.
녀던 길 알픽 잇거든 아니 녀고 엇델고?

〈제10곡〉
當時에 녀던 길흘 몃 히룰 브려 두고,
어듸 가 둔니다가 이제야 도라온고?
이제야 도라오나니 년 듸 무숨 마로리.

〈제11곡〉
靑山은 엇뎨호야 萬古애 프르르며,
流水는 엇뎨호야 晝夜애 긋디 아니는고?
우리도 그티디 마라 萬古常靑 호리라.

〈제12곡〉
愚夫도 알며 호거니 긔 아니 쉬운가?
聖人도 몯다 호시니 긔 아니 어려온가?
쉽거나 어렵거나 듕에 늙는 줄을 몰래라.

# 畜猫說, 고양이를 기르는 뜻

家本貧, 箱庫無儲, 不患有物之害. 而西成摯穀,[1] 則羣鼠忽集, 穿其壁, 窺其戶, 或鬧於樑, 或跳於床, 嚙衣百孔, 竊穀千穴, 害莫極焉. 除之無術, 乃丐鄰家小猫, 慈以育之. 踰數月, 有搏殺碩鼠之謀, 朝傍墻竇, 夕伺甕間, 必食盡其肉, 然後爲足. ⋯(中略)⋯ 嗚呼! 食肉於國者, 苟不除城狐社鼠,[2] 則將焉用彼相哉? 大率獸身而人心者有之, 人面而獸心者亦有之. 世之人而鼠者多矣. 惜乎! 衣君衣, 食君食, 不修其職者, 寧無愧於吾猫乎?

　　— 權好文, 『松巖集』


● 權好文: 1532(중종 27)~1587(선조 20). 조선 중기의 문인·학자로 본관은 安東, 자는 章仲, 호는 松巖이다. 30세에 진사시에 합격한 뒤에 참봉과 교관 등에 임명되었으나 벼슬에 나가지 않고 평생 고향 안동의 靑城山 아래에 은거하였다. 퇴계 이황의 문인으로서 江湖歌道를 노래한 문인으로 유명하다.

●『松巖集』: 권호문의 시문집. 원집 6권·부록·속집 6권·별집 2권 합 14권

---

1 西成摯穀: 西는 五行을 方位와 季節로 연관 지으면 가을이 된다. 東은 木氣가 강한 방위로서 계절로는 봄[春], 南은 火氣가 강한 방위로서 계절로는 여름[夏], 西는 金氣가 강한 방위로서 가을[秋], 北은 水氣가 강한 방위로서 겨울[冬], 中은 土氣가 강한 방위로서 換節期에 해당된다. 본문의 西成摯穀은 秋成摯穀으로 이해하면 된다.

2 城狐社鼠: 城에 굴을 파고 사는 여우나 社稷壇 밑에 구멍을 파서 사는 쥐는 밉기는 하나 잡을 수 없다는 말이다. 사직단은 헐 수도 없고 연기를 피울 수도 없기 때문이다. 전하여 奸惡한 小人이 임금의 곁에 붙어 있는 것을 비유한다.

5책으로 구성되어 있으며 목활자본이다. 안동 靑城書院에서 1679년(숙종 5)에 간행한 原集, 후손 權宅孚 등이 1809년에 간행한 續集과 年譜, 후손 權寧甲 등이 1895년에 간행한 別集이 있다. 윗글은 本書의 「續集」권6에 실려 있다.

# 人雞說, 자기 새끼만 사랑하다니

鄰家畜雞, 雞愛厥子, 或至與厥母爭食以哺其子者. 明年其子長, 而
又生子, 亦愛之, 如厥母之愛厥也. 一日厥母拾遺飯於竈廚之間, 將食
之. 厥子來, 與之鬪奪, 以哺厥所生, 若昨年厥母之爲其子而戰厥母也.
余適遇之, 歎曰 "噫噫! 昨年厥母養厥時, 豈謂今年其子又作厥母之於
厥祖樣也哉! 凡名爲人者亦若是, 不能盡父母之養者什什,[1] 不知愛厥
子者, 百而有一乎? 不能報父母之恩者百百, 不望報於子者, 千而有一
乎? 若此者, 卽昨年母雞也. 方鬪其母養其子, 不知厥子又鬪其母, 養
其子. 噫! 可以人而同於雞乎? 然則以是謂人耶? 雞耶? 謂之人不可,
則雖謂之人雞, 亦可也.

　　— 金若鍊,『斗庵集』


● 金若鍊: 1730년(영조 6)~1802년(순조 2). 조선 후기의 문신으로 본관은
禮安, 자는 幼成, 호는 斗庵이다. 1774년에 문과에 급제한 뒤에 전적, 병조정랑,
좌부승지를 지냈다. 중년에 은거하여 학문에 몰두하였다.

● 斗庵集: 金若鍊의 시문집. 10권 5책이다. 자기 자식만 사랑하는 이기적 세
태를 어미닭의 행태를 빌어 현실을 풍자한 윗글은 이 책의 5권에 실려 있다.

---

1 什什: 什什伍伍의 준말로 열 마리씩, 다섯 마리씩 줄지어 가는 것을 말한다.

# 安東無碑, 안동에는 선정비가 없다

吾州[1]自古無立碑頌邑宰德者, 人皆怪之. 退溪李先生[2]獨深韙[3]之, 以爲立碑近於評論地主賢否. 況一時毀譽, 未必盡出於公乎? 鄭斯文岦[4]來莅吾州, 承昏朝[5]叨憒之後, 政平人悅. 州人多欲立碑, 鳩材伐石, 而終未就. 自古及近, 布德施惠於吾州如鄭公者, 不知其幾人. 若使此碑一立, 非徒有損於鄭公, 吾州自麗迄今,[6] 八百年淳厚之風, 一朝盡矣. 其不顧大賢定論, 而創爲前古所無之事者, 不野則妄矣.

— 鄭伐, 『愚川集』


◉ 鄭伐: 1601(선조 34)~1663(현종 4). 조선 후기의 학자로, 본관은 淸州, 자는 仲則, 호는 愚川 또는 臥雲翁이며 안동 출신이다. 진사시에 합격한 뒤에 잠시 참봉을 지냈을 뿐, 평생을 향리에서 글만 읽고 지냈다.

◉ 愚川集: 鄭伐의 시문집. 7권 4책이다. 고려 시대 이래로 안동에 선정비가 없는 이유를 적은 윗글은 이 책의 4권에 실려 있다.

---

1 吾州: 安東을 가리킨다.

2 退溪李先生: 退溪 李滉 선생을 가리킨다.

3 韙: '옳다고 여기다, 바르다고 여기다'라는 뜻이다.

4 鄭岦: 1574~1629. 문신으로 본관은 延日, 자는 汝秀이다. 1600년 문과에 급제하여 정언, 승지, 충청도관찰사 등을 역임하였다.

5 昏朝: 光海君의 朝廷을 말한다.

6 自麗迄今: '高麗時代부터 오늘날까지'라는 뜻이다.

# 丹槎[1]三記事, 포수 이노미 할배

是漢[2]者, 寧海大谷里[3]人也. 其姓不傳, 其祖亦亡其名. 以砲隊中妙手鳴一世, 獵虎, 輒百發百中. 是漢每自言, 其不及祖遠甚云. 當仁廟[4]丙子,[5] 淸人之圍南漢也. 是漢之祖應募赴難, 而大駕已下城矣. 見淸皇騎橐駝, 張紅傘, 巡城而行. 慷慨奮泣曰, 忍使吾主上屈辱於彼邪? 築丸藏藥, 向彼欲放之. 傍有同郡應募者, 輒掣肘, 止之. 凡三擬三沮. 遂投銃丸, 悲歌而歸. 不復西向. 時或酒會醉後, 輒豪氣壹鬱, 瞠目奮擧, 止掣肘者曰, 咄咄乎. 伊時倘非若, 倘非若. 蓋非爾掣肘, 則一丸可快之謂也.

於乎! 雖微氓賤伍, 而其忠憤激烈, 果如何哉? 此可與南宋紹興衛士唐姓者, 見虜酋與李鄴並馬而行, 以一方磚, 逐打虜酋遇害者, 同其義烈事. 雖有生死成敗之不同, 而紹興人則爲之立廟崇祀, 至賜旌忠額,[6]

---

1 丹槎: 경상북도 寧海의 古號 중의 하나이다.

2 是漢: '이 사내'라는 뜻인데, 여기서는 우리말의 어감을 살려 '이노미'로 번역하였다.

3 大谷里: 오늘날의 경상북도 영덕군 축산면 대곡리이다.

4 仁廟: 仁祖.

5 丙子: 1636년.

6 南宋紹興衛士唐姓者……至賜旌忠額: 옛날 宋나라가 남쪽으로 쫓겨갈 때 오랑캐가 紹興府에 이르자 그곳의 守臣 李鄴이 그들에게 항복하였었다. 오랑캐가 다시 이르자 唐氏姓을 가진 한 衛士가 紹興에 머물러 있으면서 李鄴과 오랑캐의 頭目이 말 머리를 나란히 하고 나타나는 것을 보고 마침내 큰 벽돌 하나를 주워 그 오랑캐 두목을 저격하였는데, 거의 맞힐 뻔하였다. 그로 인하여 해를 입고 죽었는데, 소흥 사람들이 그 자리에 祠堂을 세워 旌忠하는 賜額을 받기까지 하였다. 그리고 朱子가 소흥에 있을 때 다시 그 사당을 확대하고 說을 지어 汪尙書에게 보내 崇奉하게 하였다.

而今則了無以此事襃而揚之者. 未免埋沒老死於草野之中, 悲哉!

　　— 李周遠, 『眠雲齋文集』

◉ 李周遠: 1714(숙종 40)~1796(정조 20). 조선 후기의 선비로 본관은 載寧, 자는 亘甫, 호는 眠雲齋이다. 巨儒 李徽逸의 증손자이다. 1754년 生員이 되었다. 고향인 경상도 영해에서 평생 처사로 살면서 讀書에 열중하였는데, 校正하던 책을 베고 잠자는 듯이 세상을 떠났다고 전한다.

◉ 眠雲齋文集: 李周遠의 시문집. 6권 3책이다. 이름 없는 義士의 기록을 담은 윗글은 本書의 2권, 「丹槎三記事」에 실린 3편의 글 중 하나이다.

# 제4장 우리 역사에 대한 인식

# 檀君王儉, 우리 역사의 시작

    魏書云 乃往二千載, 有壇君[1]王儉, 立都阿斯達, 開國號朝鮮, 與高[2]同時. 古記云 昔有桓因, 庶子桓雄數[3]意天下, 貪求人世. 父知子意, 下視三危太伯, 可以弘益人間. 乃授天符印三箇, 遣往理之. 雄率徒三千, 降於太伯山頂神壇樹下, 謂之神市, 是謂桓雄天王也.

    將風伯雨師雲師, 而主穀主命主病主刑主善惡, 凡主人間三百六十餘事, 在世理化. 時有一熊一虎, 同穴而居, 常祈于神雄, 願化爲人. 時神遺靈艾一炷蒜二十枚, 曰, 爾輩食之, 不見日光百日, 便得人形. 熊虎得而食之, 忌三七日.[4] 熊得女身, 虎不能忌, 而不得人身. 熊女者無與爲婚, 故每於檀樹下, 呪願有孕. 雄乃假化而婚之, 孕生子, 號曰, 檀君王儉.

    以唐高[5]卽位五十年庚寅,[6] 都平壤城, 始稱朝鮮. 又移都於白岳山阿斯達, 又名弓忽山, 御國一千五百年. 周虎王卽位己卯, 封箕子於朝鮮.

---

1 壇君: 『帝王韻紀』와 『世宗實錄』 「地理志」에는 檀君으로 되어 있다.

2 高: 본래 堯로 써야 하지만 고려 定宗의 이름이 王堯이기 때문에 이를 忌諱하여 高라고 적은 것이다. 『三國遺事』에 따르면 檀君이 고조선을 건국하고 아사달에 도읍을 정할 때가 중국 唐高, 곧 堯 임금 때와 같다고 하였다.

3 數: 음은 '삭'이고, 뜻은 '자주'이다.

4 三七日: 21일이다.

5 唐高: 중국 고대의 聖君인 陶唐氏 堯 임금을 가리킨다.

6 庚寅: 요임금은 甲辰年, 곧 紀元前 2357년에 즉위하였다. 요임금 즉위 50년은 丁巳年이므로 庚寅年이라 한 것은 잘못이다. 그리고 檀君이 朝鮮을 개국한 연대는 보통 戊辰年, 곧 기원전 2333년으로 비정하고 있다.

檀君乃移藏唐京, 後還隱於阿斯達, 爲山神, 壽一千九百八歲. 唐裵矩
傳云, 高麗本孤竹國, 周以封箕子爲朝鮮. 漢分置三郡, 謂玄菟樂浪帶
方, 通典亦同此說.

　　　── 一然,『三國遺事』


　◉ 一然: 1206(희종 5)~1289(충렬왕 15). 고려의 승려로 慶州의 屬縣 章山
郡(지금의 경상북도 경산) 출신. 1214년에 출가한 뒤에 평생 看話禪에 힘써 知訥
의 법을 이어받은 高僧이다. 南海의 大藏都監에도 참여하였고, 1281년 麟角寺
에서『三國遺事』를 찬술하였으며,『禪門拈頌事苑』등 많은 저작을 남겼다.

　◉ 三國遺事: 1281년(충렬왕 7) 무렵에 一然이 편찬한 책. 5권 2책에 王歷 ·
紀異 · 興法 · 塔像 · 義解 · 神呪 · 感通 · 避隱 · 孝善의 9편목이 있다. 윗글은
古朝鮮으로부터 後三國까지 단편적인 역사 사실을 기록한 紀異篇에 들어 있다.

# 鄒牟王, 고구려의 건국신화

惟昔始祖鄒牟王之創基也, 出自北夫餘, 天帝之子, 母河伯女郎. 剖卵降世, 生而有聖□□□□□. □命駕, 巡幸南下, 路由夫餘奄利大水. 王臨津言曰, 我是皇天之子, 母河伯女郎, 鄒牟王. 爲我連浮龜. 應聲卽爲連浮龜. 然後造渡. 於沸流谷, 忽本西, 城山上而建都焉. 不樂世位, 因遣黃龍來下迎王. 王於忽本東, 履龍頁昇天. 顧命世子儒留王, 以道興治, 大朱留王紹承基業. 遝至十七世孫國□上廣開土境平安好太王, 二九登祚, 號爲永樂大王. 恩澤洽于皇天, 武威振被四海. 掃除□□, 庶寧其業. 國富民殷, 五穀豊熟. 昊天不弔, 卅有九, 寔駕棄國, 以甲寅年九月卅九日乙酉, 遷就山陵. 於是立碑, 銘記勳績, 以示後世焉.

　　　—「廣開土大王碑」

● 廣開土大王碑: 고구려 제19대 국왕 廣開土大王의 陵碑. 중국 吉林省 集安縣에 있다. 높이 6.39m의 대리석 비석이다. 碑文의 내용은, 고구려의 건국신화와 鄒牟王의 世系와 광개토대왕의 행장과 업적 및 능비 관리에 대한 기록이다. 대왕이 세상을 떠난 이듬해인 414년에 세웠다. 윗글은 비문의 첫머리에 실린 고구려 시조 추모왕의 기사이다.

● 廣開土大王: 374(소수림왕 4)~413(광개토왕 23). 고구려 제19대 국왕으로 재위 기간은 391년에서 413년이다. 諡號는 國岡上廣開土境平安好太王이고, 本名은 談德이다. 재위 중에 영토와 세력을 크게 확장시키는 한편 내정을 정비하였고, 불교를 장려하였다.

● 鄒牟王: 기원전 58년~기원전 19년. 위 「廣開土大王碑」에 기록된 고구려의 開國始祖인 東明王이다. 재위는 기원전 37년에서 기원전 19년이다. 그러나 『삼국사기』와 『삼국유사』는 성이 高氏, 이름이 朱蒙이라 기록하였는데, 『삼국사기』는 鄒牟 또는 象解라는 이름도 있다고 하였다. 그런데 중국 後漢시대 王充은 『論衡』에서 東明을 夫餘의 始祖라고 기록하였다.

# 〔참고〕東明王篇

世多說東明王神異之事라. 雖愚夫駿婦라도 亦頗能說其事. …(中略)… 東明之事는 非以變化神異로 眩惑衆目이요 乃實創國之神迹이니 則此而不述이면 後將何觀이리오? 是用作詩以記之하여 欲使夫天下로 知我國이 本聖人之都耳라.

       — 李奎報, 『東國李相國集』


● 李奎報: 1168(의종 22)~1241(고종 28). 고려 중기의 문인으로 본관은 驪州, 자는 春卿, 호는 白雲居士·三酷好先生이다. 벼슬은 政堂文學을 거쳐 門下侍郎平章事 등을 지냈다. 經典과 史記와 禪敎를 두루 섭렵하였고, 호탕 활달한 시풍은 당대를 풍미하였으며 名文章家였다. 저서에 『東國李相國集』이 있다.

● 東明王篇: 고려 무신정권 때의 문인 李奎報가 東明聖王의 일대기를 적은 敍事詩. 詩序를 제외한 한시는 五言長篇 282구로 1410자에 이른다. 『東國李相國集』 제3권에 수록되어 있다. 동명왕 탄생 이전의 계보를 밝힌 序章, 출생에서 건국에 이르는 本章, 그리고 瑠璃王의 경력과 작가의 느낌을 붙인 終章으로 구성되어 있다.

# 世俗五戒, 화랑의 규범

貴山[1]沙梁部[2]人也. 父武殷阿干. 貴山少與部人箒項爲友. 二人相謂曰, 我等期與士君子遊, 而不先正心修身, 則恐不免於招辱, 盍聞道於賢者之側乎? 時圓光法師[3]入隋遊學. 還居加悉寺, 爲時人所尊禮. 貴山等詣門, 摳衣進告曰, 俗士頑蒙, 無所知識. 願賜一言, 以爲終身之誡. 法師曰, 佛戒有菩薩戒, 其別有十. 若等爲人臣子, 恐不能堪. 今有世俗五戒, 一曰事君以忠, 二曰事親以孝, 三曰交友以信, 四曰臨戰無退, 五曰殺生有擇. 若等行之無忽. 貴山等曰, 他則旣受命矣, 所謂殺生有擇, 獨未曉也. 師曰, 六齋日[4]春夏月不殺, 是擇時也. 不殺使畜, 謂馬牛雞犬. 不殺細物, 謂肉不足一臠, 是擇物也. 如此, 唯其所用, 不求多殺, 此可謂世俗之善戒也. 貴山等曰, 自今已後, 奉以周旋, 不敢失墜.

---

1 貴山: 미상~602(진평왕 24). 신라의 소년 장수로 武殷의 아들이다. 친구 箒項과 함께 원광법사에게 世俗五戒를 배워 실천하였다. 602년(진평왕 24) 백제군이 阿寞城을 에워싸고 공격하므로 少監의 관직을 띠고 출전하였다. 이 싸움에서 패한 백제군의 복병을 만나 심한 부상을 당하고 돌아오다가 사망했다. 왕은 阿那벌에까지 마중 나왔다가 애도하고 奈麻의 職品을 追贈하였다.

2 沙梁部: 新羅 六部 중의 하나로 南川 以北, 西川 以東, 北川 以南 一帶를 포함했던 것으로 추정된다. 신라가 망한 뒤 고려는 940년(태조 23)에 이를 南山部로 고쳤다.

3 圓光法師: 555년(진흥왕 16년)~638년(선덕여왕 7년). 신라의 승려로 원광은 법명이다. 13세에 출가하였고, 589년에 중국에 가서 涅槃宗과 攝論宗을 탐구하였다. 600년에 귀국한 뒤에 불교의 토착화에 힘썼다. 加悉寺에 머물러 있을 때에 貴山과 箒項이 찾아오자, 「세속오계」를 내려 주었다.

4 六齋日: 불교 용어로 한 달 가운데 부정한 것을 멀리하고 심신을 깨끗하게 하는 여섯 날로 음력 8, 14, 15, 23, 29, 30일을 말한다.

眞平王建福十九年,[5] 壬戌秋八月, 百濟大發兵, 來圍阿莫[一作暮]城. 王使將軍波珍干乾品武梨屈伊梨伐級干武殷比梨耶等, 領兵拒之. 貴山箒項幷以少監赴焉. 百濟敗, 退於泉山之澤, 伏兵以待之. 我軍進擊, 力困引還. 時武殷爲殿, 立於軍尾. 伏猝出, 鉤而下之. 貴山大言曰, 吾嘗聞之師曰, 士當軍無退. 豈敢奔北乎? 擊殺賊數十人, 以己馬出父, 與箒項揮戈力鬪. 諸軍見之奮擊, 橫尸滿野, 匹馬隻輪無反者. 貴山等金瘡滿身, 半路而卒. 王與群臣, 迎於阿那之野, 臨尸痛哭, 以禮殯葬, 追賜位貴山奈麻, 箒項大舍.

— 金富軾,『三國史記』

● 金富軾: 1075년(문종 29)~1151년(의종 5). 고려 중기의 문신, 유학자, 역사가, 문장가이다. 1096년 과거에 급제한 이래 주로 文翰職에 종사하였다. 신라계를 대표하는 문벌귀족으로서 西京 遷都를 주장하면서 반란을 일으킨 妙淸을 진압하였다. 1145년에는 인종의 명에 따라『삼국사기』50권을 편찬하였고, 이밖에도 그의 저작을 담은 문집이 20여 권이 되었으나 전하지 않는다.

● 三國史記: 金富軾 등이 1145년(인종 23)에 仁宗의 명을 받아 편찬한 삼국시대의 正史. 紀傳體의 역사서로서 本紀 28권(신라 12권, 고구려 10권, 백제 6권), 志 9권, 表 3권, 列傳 10권으로 구성되어 있다. 윗글은 이 책은 권45에「貴山列傳」이라는 제목으로 실려 있다.

---

5 建福十九年: 建福은 신라 眞平王의 年號이다. 건복 19년은 602년(진평왕 24)이다.

# 〔참고〕壬申誓記石

壬申年[1]六月十六日, 二人幷誓記, 天前誓. 今自三年以後, 忠道執持, 過失无誓. 若此事矢[2]天, 大罪得誓. 若國不安大亂, 世可容行? 誓之. 又別先辛未年七月二十二日, 大誓. 詩尙書禮傳[3]倫得誓三年.

    —「壬申誓記石」


◉ 壬申誓記石: 花郎의 盟誓文이 새겨진 신라의 金石文. 경북 경주시 현곡면 금장리 石丈寺터에서 1934년에 발견되었다. 제작 시기는 552년(진흥왕 13)과 612년(진평왕 34)의 두 설이 있다. 충성을 맹세하는 내용을 새긴 비석으로 신라 융성기에 화랑들의 유교도덕 실천상을 엿볼 수 있는 자료이다. 현재 국립경주박물관 소장되어 있다.

---

1 壬申年: 정확한 연대는 미상이나 552년(진흥왕 13)과 612년(진평왕 34)의 두 가지 설이 있다.
2 矢: '盟誓하다'라는 뜻이다.
3 詩尙書禮傳: 『詩經』, 『尙書』, 『禮記』, 『左傳』(또는 『春秋傳』)을 말한다.

# 玄妙之道, 풍류의 연원

崔孤雲鸞郎碑序及三國史曰, 國有玄妙之道, 曰風流. 實乃合包三
敎. 入則孝於親, 出則忠於君, 魯司寇[1]之旨也. 處無爲之事, 行不言之
敎, 周柱史[2]之宗也. 諸惡莫作, 諸善奉行, 筑乾太子[3]之化也.

　　　　　— 崔致遠, 『孤雲集』


◉ 崔致遠: 857년(문성왕 19)~? 신라 말기의 학자이자 문장가로 6두품 출신
이며 경주에서 출생하였다. 12세에 당나라로 유학을 떠나 7년 뒤에 賓貢科에 합
격하였고, 여러 벼슬을 거치면서 문명을 떨쳤다. 885년 29세에 귀국한 뒤에 10여
년간 중앙과 지방 관직을 역임하였으나 결국 40여 세에 관직을 버리고 가야산 해
인사 등 사찰과 선방을 떠돌다가 종적을 감추었다. 신라 말기의 가장 유명한 유
학자이면서, 불교와 도교에 대한 조예도 매우 깊었던 그는 高僧들의 일대기인 四
山碑銘을 남겼다. 고려 현종 때에 文昌候에 追諡되어 文廟에 配享되었다. 저술
로『桂苑筆耕』등이『崔文昌候全集』에 실려 있다.

◉ 孤雲集: 崔致遠의 시문집. 그의 저술은 60권을 넘는 방대한 분량이었으나,
지금은『계원필경』20권만이 온전하게 전하고, 문집 약간 권과 金石文 몇 편이
전하고 있을 뿐, 대부분 인멸되고 말았다. 현존하는 그의 시문들은 1926년에 후
손이 엮은 3권 1책의 분량에 지나지 않는다.

---

1 魯司寇: 魯나라에서 司寇를 지낸 孔子를 지칭한다.

2 周柱史: 老子를 지칭한다.

3 筑乾太子: 釋迦를 지칭한다.

　　　　　　　　　　인문학을 위한 한문 읽기

● 鸞郎碑: 신라 화랑 鸞郎의 일대기를 담은 崔致遠의 碑文. 全文은 전하지 않고, 윗부분만이 『삼국사기』 진흥왕 37년 기사에 인용되어 있다. 따라서 이 글은 『삼국사기』를 통하여 그 존재가 알려진 것인데, 윗글은 난랑의 일생을 기록하면서 적은 서설의 일부로 보인다. 비록 난랑에 대한 기록은 알 수 없어도 신라 화랑의 정신이 풍류이며, 儒佛道 三敎에서 그 실천 德目을 따왔던 것을 짐작할 수 있다.

# 上眞平王書, 죽어서도 왕에게 사냥을 경계하다

古之王者, 必一日萬機,[1] 深思遠慮, 左右正士, 容受直諫, 孜孜矻矻,[2] 不敢逸豫,[3] 然後德政醇美, 國家可保. 今殿下, 日與狂夫獵士, 放鷹犬逐雉兎, 奔馳山野, 不能自止. 老子曰, 馳騁田獵, 令人心狂.[4] 書曰, 內作色荒,[5] 外作禽荒,[6] 有一于此, 未或不亡.[7] 由是觀之, 內則蕩心, 外則亡國, 不可不省也. 殿下其念之.

　　─ 金后稷, 『東文選』

◉ 金后稷: 智證王의 曾孫이다. 官等은 伊飡이며, 580년(진평왕 2)에 兵部令

---

1 一日萬機: 하루하루 만 가지 일의 조짐을 살핀다는 뜻이다. '萬機'는 임금이 처리해야 할 수 많은 政務를 뜻한다.

2 孜孜矻矻: 근면하여 나태하지 않은 모습을 형용하는 말이다.

3 逸豫: 逸樂과 같다. 편안히 놀기를 즐긴다는 뜻이다.

4 馳騁田獵 令人心狂: 『老子』에 "五色은 사람의 눈을 멀게 하고, 五音은 사람의 귀를 먹게 하고, 五味는 사람의 입을 상쾌하게 하고, 말을 달리며 사냥하는 것은 사람의 마음을 미치게 하고, 얻기 어려운 재화는 사람의 행동을 방해한다.[五色令人目盲, 五音令人耳聾, 五味令人口爽, 馳騁田獵, 令人心發狂, 難得之貨, 令人行妨.]"라는 구절이 있다.

5 色荒: 女色에 빠지는 것을 뜻한다.

6 禽荒: 사냥질에 빠지는 것을 뜻한다.

7 內作色荒……未或不亡: 夏나라 임금 太康이 安逸을 일삼고 정치에 거칠었으므로 그의 다섯 아우가 할아버지 大禹의 교훈을 서술하여 「五子之歌」를 지었는데 그 노래 속에 이 구절이 보인다. 『書經』「夏書」「五子之歌」제2수에 "안으로 여색에 빠지거나, 밖으로 사냥만 좋아하거나, 술과 풍악에 탐닉하거나, 高臺廣室을 짓고 담장을 아로새기는 일, 이 중에 한 가지 일만 있어도 혹시라도 망하지 않은 자가 없었다.[內作色荒, 外作禽荒, 甘酒嗜音, 峻宇彫牆, 有一于此, 未或不亡.]"라고 하였다.

이 되었다. 眞平王이 사냥을 좋아하여 政事를 돌보지 않자 사냥을 挽留하고 위의 글을 지어 올렸다. 뒤에 病으로 臨終할 때, 세 아들에게 屍體를 왕이 사냥 다니는 길가에 묻도록 유언하였고 그 아들들이 그대로 하였다. 어느 날 왕이 사냥을 나갈 때 새로 만든 무덤을 보고 侍從에게 물으니, 시종이 김후직의 무덤이라 하고 그가 임종할 때 한 말을 전하자 왕이 크게 뉘우치고 다시는 사냥을 가지 않았다고 한다. 慶州에서 浦項으로 가는 國道 옆에 그의 무덤으로 알려진 墳墓가 있다. 標題는 편지글 형식으로 되어 있지만, 신하가 君王에게 올리는 글은 奏議類에 속한다.

◉ 東文選: 徐居正 등이 成宗의 명을 받들어 1478년(성종 9) 편찬한 우리나라 역대 詩文選集이다. 목록 3권 원편 130권 합 45책으로 이루어져 있다. 新羅부터 當代까지 500여 작가의 작품 4302편이 수록되어 있다. 『文選』의 체재를 좇아 시문을 55종으로 분류하여 선발하였다. 뚜렷한 선발 기준이 없이 다양한 작품을 선발하였기에 후대에 '博而不精'이라는 평가를 받기도 하였다.

# 花王戒, 우언으로 충언을 올리다

臣聞, 昔花王[1]之始來也, 植之以香園, 護之以翠幕, 當三春而發艷, 凌百花而獨出. 於是自邇及遐, 艷艷之靈, 夭夭之英, 無不奔走上謁, 唯恐不及. 忽有 一佳人, 朱顏玉齒, 鮮粧靓服, 伶俜而來, 綽約而前曰, 妾履雪白之沙汀, 對鏡淸之海面, 沐春雨以去垢, 快淸風而自適. 其名曰, 薔薇. 聞王之令德, 期薦枕於香帷, 王其容我乎?

又有一丈夫, 布衣韋帶, 戴白持杖, 龍鍾[2]而步, 傴僂而來曰, 僕在京城之外, 居大道之旁. 下臨蒼茫之野景, 上倚嵯峨之山色, 其名曰, 白頭翁.[3] 竊謂左右供給, 雖足膏粱以充腸, 茶酒以淸神, 巾衍儲藏, 須有良藥以補氣, 惡石以蠲毒. 故曰, 雖有絲麻, 無弃菅蒯. 凡百君子, 無不代匱.[4] 不識王亦有意乎?

或曰, 二者之來, 何取何捨? 花王曰, 丈夫之言, 亦有道理, 而佳人難

---

1 花王: 牡丹.

2 龍鍾: 나아가기 어려운 모양이다.

3 白頭翁: 할미꽃.

4 雖有絲麻……無不代匱: 『左傳』成公 9년에 逸詩를 인용하여 "비록 명주실과 삼실이 있더라도 왕골이나 띠풀을 버리지 말고, 비록 姬氏와 姜氏 같은 妃嬪이 있더라도 여위고 못난 여자를 버리지 말라. 무릇 어떤 사람이든 인재가 부족하면 대신 쓰이지 못하는 일이 없다네.[雖有絲麻, 無棄菅蒯, 雖有姬姜, 無棄蕉萃. 凡百君子, 莫不代匱.]"라고 하였다. 사마는 명주실과 삼실이니 비단과 삼베를 짤 수 있는 것이고, 관괴는 둘 다 띠[茅]와 같은 것으로 지붕을 이거나 새끼를 꼴 수 있는 풀이다. 姬는 周나라 성씨이고 姜은 齊나라 성씨이니 크고 문화가 발달한 국가의 아름다운 여자를 말하고, 蕉萃는 안색이 파리한 못난 여자를 말한다. 이 시는, 더 좋은 것이 있더라도 그보다 못한 것을 하찮게 여겨 함부로 버리지 말고 뒷날 비상시의 쓰임에 대비해야 한다는 것을 비유한 작품이다.

得, 將如之何? 丈夫進而言曰, 吾謂王聰明識理義, 故來焉耳, 今則非也. 凡爲君者, 鮮不親近邪佞, 疎遠正直, 是以孟軻不遇以終身, 馮唐[5]郞潛而皓首. 自古如此, 吾其奈何? 花王曰, 吾過矣, 吾過矣.

— 薛聰,『三國史記』

● 花王戒: 薔薇와 白頭翁[할미꽃]의 進言을 통해 花王을 경계하는 寓言 형식의 글이다. 神文王을 諷諫했다는 逸話가『三國史記』「薛聰列傳」에 실려 있다. 이 작품은「諷王書」라는 제목으로『東文選』권53에도 수록되어 있다.

● 薛聰: 655년(태종 무열왕 2)~미상. 자는 聰智이고, 元曉와 瑤石公主의 아들로 慶州薛氏의 始祖이다. 經史에 博通했으며, 우리말로 九經을 읽고 후생을 가르쳐 儒學의 宗主가 되었다. 新羅十賢의 한 사람이며, 또 强首 崔致遠과 더불어 新羅三文章의 한 사람으로 꼽혔다. 1022년(현종 13) 1월에 弘儒侯라는 諡號가 追贈되었다. 文廟 東廡에 新羅二賢인 崔致遠과 함께 配享되었으며, 경주 西嶽書院에 祭享되었다.

---

5 馮唐: 西漢 扶風 사람으로 文帝 때 郎中署長이 되어 直諫을 하였으며, 武帝 때 賢良으로 천거되었으나 나이가 이미 90여세라 관직을 맡을 수 없어 郎中으로 벼슬을 마쳤다.

# 訓民正音序, 백성을 가르치는 바른 소리


　　國之語音異乎中國, 與文子不相流通, 故愚民有所欲言, 而終不得伸
其情者多矣. 予爲此憫然, 新制二十八字, 欲使人人易習便於日用耳.
　　　　— 世宗,「訓民正音序」


◉ 世宗: 1397(태조 6)~1450(세종 32). 조선 제4대 국왕으로 재위는 1418~
1450년이다. 본관은 全州, 이름은 祹, 자는 元正이다. 태종의 셋째아들이며, 어머
니는 元敬王后閔氏이다. 비는 沈溫의 딸 昭憲王后이다.

◉ 訓民正音: 國寶 第70號로 木版本 2卷 2冊이며 現在 서울特別市 城北區
澗松美術館에 所藏되어 있다. 1940년까지 慶尙北道 安東郡 臥龍面 周下洞 李
漢杰家에 所藏되었던 訓民正音 解例本은 그의 先祖 李蕆이 女眞을 征伐한 功

으로 世宗으로부터 直接 받은 것이었다. 처음에 訓民正音 本文이 실려 있고, 다음에 訓民正音 解例가 있다. 解例는 '制字解'·'初聲解'·'中聲解'·'終聲解'·'合字解'·'用字例'로 다섯 가지 '解[풀이]'와 한 가지 '例[보기]'로 되어 있다. 위의 引用文은 世宗의 序文에 該當한다.

# 龍飛御天歌, 육조의 공덕과 조선의 번영을 노래하다

〈제1장〉

海東 六龍¹이 ᄂᆞᄅᆞ샤 일마다 天福이시니.

古聖이 同符ᄒᆞ시니.

海東六龍飛, 莫非天所扶, 古聖同符.


〈제2장〉

불휘 기픈 남ᄀᆞᆫ ᄇᆞᄅᆞ매 아니 뮐씨, 곶 됴코 여름 하ᄂᆞ니.

ᄉᆡ미 기픈 므른 ᄀᆞᄆᆞ래 아니 그츨씨, 내히 이러 바ᄅᆞ래 가ᄂᆞ니.

根深之木, 風亦不扤, 有灼其華, 有蕡其實.

源遠之水, 旱亦不竭, 流斯爲川, 于海必達.


〈제125장〉

千世 우희 미리 定ᄒᆞ샨 漢水 北에, 累仁開國ᄒᆞ샤 卜年이 ᄀᆞᆺ 업스시니,

聖神이 니ᅀᅥ샤도 敬天勤民ᄒᆞ샤ᅀᅡ, 더욱 구드시리이다.

님금하, 아ᄅᆞ쇼셔. 洛水예 山行 가 이셔 하나빌 미드니잇가?²

---

1 海東 六龍: 조선 건국에 공을 세운 穆祖, 翼祖, 度祖, 桓祖, 太祖, 太宗 여섯 임금을 말한다.

2 洛水예……미드니잇가: 夏나라 임금 太康이 정사에 힘쓰지 않아 백성의 마음이 모두 흩어졌
는데도 놀이에 빠져서 멀리 사냥을 나가 十旬이 지나도록 돌아오지 않음에 有窮의 임금 羿가
河에서 태강을 막아 돌아오지 못하게 하고 폐위하였다. 이에 태강의 다섯 아우가 그 어머니를

千世默定, 漢水陽,   累仁開國, 卜年無疆.

子子孫孫, 聖神雖繼, 敬天勤民, 迺益永世.

嗚呼!　　嗣王監此, 洛表遊淖, 皇祖其恃?


● 龍飛御天歌: 1445년(세종 27) 4월에 編纂되어 1447년(세종 29) 5월에 刊行된 作品으로 朝鮮王朝의 創業을 頌詠한 노래이다. 모두 125章이며 한글로 지어진 最初의 敍事詩이다. 鄭麟趾 · 安止 · 權踶 等이 짓고, 成三問 · 朴彭年 · 李塏 等이 註釋하였으며, 鄭麟趾가 序文을 쓰고 崔恒이 跋文을 썼다. 內容은 朝鮮 建國을 功을 세운 穆祖에서 太宗에 이르는 여섯 代의 行蹟을 노래한 것으로 太祖의 創業이 天命에 따른 것임을 밝힌 다음 後世의 王들에게 警戒하는 뜻으로 이루어져 있다. 「龍飛御天歌」의 章은 作品 全體를 이끌어 내는 序頭部인 제1장과, 作品 全體의 終結部인 제125장을 除外하고, 本詞 전체가 앞 1행과 뒷절 1행의 竝置로 짜여진 二行聯詩로 되어 있다. 앞 節에서 中國의 事蹟을, 뒷절에서 그에 相應하는 조선왕조의 사적을 담아내면서 조선 건국의 正當性을 强調하고 있다.


---

모시고 洛水의 북편에 나가 태강을 기다리며 禹 임금의 경계를 기술하여 노래를 지은 것이 있다. 『書經』 「五子之歌」 참조.

# 제5장 사회 현실과 비판 정신

# 經理, 가난한 자, 송곳 꽂을 땅도 없다

古者, 田在於官而授之民, 民之所耕者, 皆其所授之田. 天下之民, 無不受田者, 無不耕者. 故貧富强弱, 不甚相過, 而其田之所出, 皆入於公家, 而國亦富. 自田制之壞, 豪强得以兼幷, 而富者田連阡陌. 貧者無立錐之地, 借耕富人之田, 終歲勤苦, 而食反不足. 富者安坐不耕, 役使傭佃之人, 而食其太半之入. 公家拱手環視, 而莫得其利, 民益苦而國益貧. 於是限田·均田之說興焉. 是則不過姑息之計. 然亦治民之田, 授以耕之耳. …(中略)…

民之所耕, 則聽其自墾自占, 而官不之治. 力多者墾之廣, 勢强者占之多, 而無力而弱者, 又從强有力者, 借之耕, 分其所出之半, 是耕之者一而食之者二. 富者益富, 而貧者益貧, 至無以自存, 去而爲游手,[1] 轉而爲末業,[2] 甚而爲盜賊. 嗚呼! 其弊有不勝言者.

及其法壞之益甚, 勢力之家, 互相兼幷, 一人所耕之田, 其主或至於七八, 而當輸租之時, 人馬之供億[3]·求請抑買[4]之物·行脚[5]之錢·漕運[6]之價, 固亦不啻倍蓰於其租之數. 上下交征, 起而鬪力以爭奪之, 而禍亂隨以興, 卒至亡國而後已. …(下略)…

　　　— 鄭道傳,『三峰集』

---

1 游手: 일정한 직업 없이 놀고 있음, 또는 그런 사람을 말한다.

2 末業: 農業을 本業으로 보는 입장에서 商業과 工業을 천시한 표현이다.

3 供億: 수요에 따라 공급함, 또 그 물건을 말한다.

4 抑買: 강제로 산다는 뜻으로 强買와 같다.

5 行脚: 이리저리 돌아다닌다는 뜻이다.

6 漕運: 현물로 받아들인 각 지방의 조세를 서울까지 배로 운반하던 일을 말한다.

　　　　　　　　인문학을 위한 한문 읽기

◉ 鄭道傳: 1342(충혜왕 복위 3)~1398(태조 7). 고려 말 조선 초의 학자이자 정치가로 본관은 奉化, 자는 宗之, 호는 三峯이다. 性理學을 統治 理念으로 한 조선왕조를 건국하는 데 實質的인 役割을 하였다. 조선의 基本 政策을 規定한 『朝鮮經國典』은 유학에서 중시하는『周禮』를 모범으로 하여 중국 역대의 제도를 절충하고 다시 조선의 현실에 맞게 조정하였다.

◉ 三峰集: 鄭道傳의 시문집.『삼봉집』은 1397년(태조 6) 정도전이 살아 있을 때 그의 아들에 의해서 2권으로 처음 간행되었다. 그 뒤 1465년(세조 11) 그의 증손에 의해서 6책으로 중간되고, 다시 1486년(성종 17) 8책으로 증보되었다. 그러나 지금 전하는『삼봉집』은 1791년(정조 15)에 왕명으로 다시 간행한 책이다. 윗글은『삼봉집』권7「朝鮮經國典 上」에 실려 있다.

# 〔참고〕 번역문

옛날에는 土地를 官에서 所有하여 百姓에게 주었으니, 百姓이 耕作하는 土地는 모두 官에서 준 것이었다. 天下의 百姓으로서 土地를 받지 않은 사람이 없고 耕作하지 않는 사람이 없었다. 그러므로 百姓은 貧富나 强弱의 差異가 그다지 甚하지 않았으며, 土地에서의 所出이 모두 國家에 들어갔으므로 나라도 亦是 富裕하였다.

土地制度가 무너지면서 豪强者가 남의 土地를 兼倂하여 富者는 밭두둑이 잇닿을 만큼 土地가 많아지고, 가난한 사람은 송곳 꽂을 땅도 없게 되었다. 그래서 가난한 사람은 富者의 土地를 借耕하여 一年 내내 부지런하고 苦生하여도 食糧은 오히려 不足하였고, 富者는 便安히 앉아서 손수 農事를 짓지 않고 傭佃人을 부려서도 그 所出의 太半을 먹었다. 國家에서는 팔짱을 끼고 구경만 하고 그 利得을 차지하지 못하니, 百姓은 더욱 困窮해지고 나라는 더욱 가난해졌다.

이에 土地 所有를 制限하는 限田制나 土地를 均等하게 所有하는 均田制를 施行하자는 論議가 일어났다. 이것은 姑息的인 方法에 不過한 것이나, 亦是 百姓의 土地를 다스려서 이를 百姓에게 주어 耕作하게 하는 것이다. …(중략)…

百姓이 耕作하는 境遇에는 스스로 開墾하고 占有하는 것을 許諾하여 官에서 干涉하지 아니하였다. 그러므로 勞動力이 많은 사람은 開墾하는 땅이 넓고, 勢力이 强한 사람은 占有하는 땅이 많았다.

그러나 힘이 弱한 사람은 또 勢力이 强하고 힘이 센 사람을 따라가서 그의 土地를 빌어 耕作하여 그 所出의 半을 나누었으니, 이것은 耕

作하는 사람은 하나인데 먹는 사람은 둘이 되는 셈이다. 그리하여 富者
는 더욱 富裕해지고 가난한 사람은 더욱 가난해져서 마침내는 스스로
살아갈 길이 없어서 農土를 버리고 職業이 없이 떠돌아다니거나, 職業
을 바꾸어 末業에 從事하기도 했으며, 甚한 境遇에는 盜賊이 되기도
하였다. 아! 그 弊端을 어찌 다 말할 수 있으랴?

그 制度의 紊亂이 더욱 甚해지게 되면서는, 勢力家들이 서로 土地
를 兼倂하였으므로 한 사람이 耕作하는 土地에는 그 主人이 더러는
7~8名에 이르는 境遇도 있었고, 田租를 바칠 때에는 人馬의 接待며,
請을 들어 强制로 사는 물건이며, 路資로 쓰이는 돈이며, 漕運에 드는
費用들이 또한 租稅보다 倍, 또는 5倍 以上이나 되었다. 上下가 서로
利益을 다투어 일어나서 힘을 겨루어 빼앗으니, 禍亂이 이에 따라 일
어나고 마침내는 나라가 亡하고야 말았다. …(하략)…

# 論門閥之弊, 문벌만 중시하는 폐단을 논하다

噫! 兩班何其太僥倖歟? 名曰儒生而能讀經書史記者, 百分之一耳. 論其文理, 則未解蒙者滔滔, 而徒習類抄剽竊之技, 出入場屋, 望其僥倖. 雖愚駿百無用之物, 苟有勢力, 則人皆曰"此人初入仕, 光羅牧,[1] 自是自來物耳." 爲其父兄者亦曰, "門戶扶持, 勢不可不做官也." 人人如是, 箇箇如此.

雖不得及第, 至於蔭仕, 則十分之九, 皆爲名家子所做. 下於此者, 百般貪剋, 萬端牟利, 得成富家翁, 則便與宰相結婚, 圖得蔭仕.[2] 又下於此, 托名校宮, 作爲黨論, 投合時議, 以冀拔身, 高則做官爵, 下不失稱豪於鄕里. 人心世道之日入於無可奈何之境者, 非此而何?

噫! 自夫四祖無顯官充定軍役之說出, 而人人皆以官職, 爲決不可無之物. 雖名賢碩輔之後孫, 數代不得仕, 則稱以中微, 不通顯仕. 雖鄕品子枝, 崛起豪富, 聯姻巨族, 則便成兩班. 雖貪黷無行, 吮癰舐痔之人, 得做顯官, 則子孫蒙德無限. 國之官爵有限, 而一國之人, 非理求官者無數, 似此兩班何益於國哉?

開易得之門, 示僥倖之路, 驅之以必爭之勢. 故人不知禮義廉恥爲何等物, 唯以得做士大夫爲榮, 日夜營營, 如狂如癡, 蠅營狗苟, 無所不爲, 寧殺身湛宗, 而有所不憚. 人情固然, 亦何足異哉?

---

1 光羅牧: 光州와 羅州 牧使의 竝稱이다. 牧使는 觀察使의 밑에서 지방의 牧을 다스리던 정3품 外職 文官으로 兵權도 함께 지녔다.

2 蔭仕: 과거를 거치지 아니하고 조상의 공덕에 의하여 맡은 벼슬, 또는 그런 벼슬아치를 말한다.

인문학을 위한 한문 읽기

以私奴言之, 日夜所望, 贖身爲良民也. 良民則求爲哨官[3]·營軍官,[4] 營軍官又求爲座首[5]·別監,[6] 別監又求爲鄕校有司[7]·掌議,[8] 掌議又求爲初入仕, 初入仕又求爲素門平族, 素門平族又求爲高門大族, 大族又求其長保富貴, 皆生踰分之望, 盡有過量之願, 必欲躐等而拔身, 不肯安坐而守拙.

嗚呼! 富貴人所欲也, 古今何異, 而千萬不干涉之人, 望其僥倖, 晝夜奔競, 未有如我國人之特甚者, 此何故哉? 專尙門閥, 使人冒死相爭故也. 噫! 士農工商, 均是四民, 若使四民之子, 一樣行世, 則無高無下, 無彼無此, 魚相忘於江湖, 人相忘於道術, 決無如許爭端矣. 今乃不然, 朝廷所以用舍人, 世俗所以接待人者, 只就門地二字爲之間隔, 歆羨動於中, 恥憤形於外, 利害切於身, 機關生於心. 商恥商而工恥工, 農恥農而士恥士, 擧一國無守分之人, 擧一世無勤業之人, 爭鬪日甚於朝廷, 鬪狠日甚於鄕里. 噫! 先王設四民, 使各守其分, 而今乃不安分如此, 此非國家之憂耶? …(下略)…

— 柳壽垣,『迂書』


● 柳壽垣: 1694(숙종 20)~1755(영조 31). 조선 후기의 실학자로 본관은 文化, 자는 南老, 호는 聾菴이다. 10여 년간 작은 고을의 수령으로 재직한 경험을

---

3 哨官: 100명으로 구성된 부대[哨]를 거느리던 종9품 武官 벼슬이다.
4 營軍官: 지방의 軍營과 관청에 소속된 하급 무관이다.
5 座首: 지방의 자치 기구인 鄕廳의 우두머리로 守令權을 견제하는 기능을 담당하였다가 鄕員 인사권과 행정 실무의 일부를 맡아보았다.
6 別監: 조사·감독·取斂 따위를 위하여 지방에 보내던 임시 벼슬이다.
7 有司: 소속 단체의 사무를 맡아보는 직무, 또는 그런 일을 담당하는 사람이다.
8 掌議: 成均館이나 鄕校에서 공부하던 유생의 임원 가운데 으뜸 자리이다.

토대로 나라가 부강하고 백성들이 잘 살기 위해서는 무엇을 어떻게 개혁할지에 대해서 문답체로 『迂書』를 지었다.

◉ 迂書: 조선후기의 실학자 柳壽垣이 富國安民을 이루기 위한 사회개혁안을 기술한 책. 10권 9책의 필사본이다. 유수원이 지방관으로 근무하던 40세 전후 시절에 편찬한 책이다. 18세기 조선사회의 시대상을 정확하게 통찰하고, 그에 부응하는 전진적인 개혁안을 총괄적으로 체계 있게 제시한 저술로, 조선 후기 실학 및 사상사 연구에 주목되는 자료이다. 윗글은 『迂書』 권2에 실려 있다.

　　　　　　　　　　　　　　　　　인문학을 위한 한문 읽기

# 〔참고〕번역문

아! 兩班이 어찌 그리도 僥倖만 바라는가? 儒生이라 하면서도 經書와 史記를 能히 읽을 수 있는 사람은 百에 하나뿐이고, 글 뜻을 論하는 데 있어서는 어린애들만도 못한 사람들이 얼마든지 있다. 그런데도 다만 이것저것을 베끼며 남의 것이나 剽竊하는 技術을 익혀가지고 科擧 試驗場에 드나들면서 僥倖만을 바라고들 있다. 그리고 아무 쓸모가 없는 어리석은 사람이라도 勢力만 있으면, 사람들이 다 "벼슬길에 나아가기만 하면 光州나 羅州의 牧使가 저절로 굴러들어올 것이다"라고 말하고, 그 父兄들도 "家門을 維持하려면 形便上 벼슬하지 않을 수 없다"라고 말한다. 사람들이 모두 이와 같고 일들도 다 이와 같아서, 비록 科擧에 及第하지 못하더라도 蔭仕에 있어서는 열에 아홉은 名門家 子弟들이 차지하고 있다. 이보다 못한 사람은 이모저모로 貪慾을 부리고 利益을 取하여 富者가 된 다음, 宰相들과 婚姻하여 蔭仕를 얻으려고 한다. 또 이보다 못한 사람은 鄕校에 이름을 걸고 黨論을 만들어 輿論에 迎合함으로써 出世하기를 期待해서, 잘되면 官職을 얻고, 못되어도 시골에서 豪傑이라는 名聲을 얻게 된다. 그리하여 人心과 世上의 道理가 날로 어쩔 수 없는 地境에 빠져들게 하는 것이 이러한 것들이 아니고 무엇이겠는가?

아! 父·祖·曾祖父·外祖父의 四祖 중에 벼슬한 사람이 없으면 軍役에 充當해야 한다는 議論이 나오면서부터 사람들은 모두 官職이란 결코 없어서는 안 될 물건이라 생각하였다. 비록 有名한 學者와 臣下의 子孫일지라도 몇 代를 벼슬하지 못하면 中間에 寒微하다고 해서 벼슬길에 오르지 못하며, 비록 地方 鄕吏의 子孫일지라도 富裕하여 名門家와 婚姻을 맺으면 곧 兩班이 되며, 비록 貪慾스럽고 無禮하며 權勢에 阿諂하는 사람이 벼슬길에 오르면 子孫들이 限없이 德을 입는다. 나라의 官職은 限定되어 있는데 온 나라 사람 가운데 正當하지 않게 官職을 求하는 사람이 限없이 많으니, 이러한 兩班들이 나라에 무슨 利益이 되겠는가?

지금 世上은 쉽게 얻을 수 있는 門을 열어 주고, 僥倖한 길을 보여 주며, 꼭 다투어야만 할 形勢로 몰고 가고 있다. 그래서 사람들은 禮義와 廉恥가 무엇인지도 모르고 오직 士大夫가 되는 것만을 榮光으로 생각해서, 밤낮으로 奔走하게 미치광이처럼 날뛰며 파리처럼 들끓고 개처럼 苟且하게 하지 못하는 짓이 없다. 그러다가 자신이 죽고 宗族이 滅亡하더라도 꺼리지 않는다. 世上 사람들의 마음이 다 그러니 異常하다고 할 것도 없다.

奴婢로 말하면 언제나 바라는 것은 身分이 解放되어 良民이 되는 것이다. 그런데 良民은 哨官이나 營軍官이 되기를 求하고 있고, 軍官은 또 座首나 別監이 되기를 求하고, 別監은 또 鄕校의 有司나 掌議가 되기를 求하고, 掌議는 또 일단 벼슬하기를 求하고, 일단 벼슬한 사람은 平凡한 家門이라도 되기를 求하고, 平凡한 家門은 名門家가 되기를 求하며, 名門家는 그 富貴를 길이 保全하기를 求한다. 이처럼 모두가 分數에 넘치고 程度에 지나친 所願을 갖고 있어서 반드시 等級을 뛰어넘어 出世하고자 할 뿐 마음 便히 分數를 지키려고 하지 않는다.

아! 富貴는 사람들이 바라는 것이니 옛날이나 지금이 어찌 다르겠는가마는, 富貴에 當치도 않는 사람이 僥倖만을 바라고 밤낮으로 奔走히 競爭하는 것이 우리나라처럼 極甚한 곳이 없으니, 이것은 무엇 때문인가? 오로지 門閥만을 崇尙하여, 사람들로 하여금 죽기를 무릅쓰고

인문학을 위한 한문 읽기

競爭하도록 하였기 때문이다.

아! 土農工商은 다 같은 四民이다. 만일 四民의 아들이 똑같이 行世한다면 높낮이나 彼此의 差異가 없어서, 고기는 江湖에서 서로를 잊고 사람은 道術에서 서로를 잊듯이 결코 許多한 다툼이 없어지게 될 것이다. 그러나 只今 現實은 그렇지 않다. 朝廷에서 人材를 登用하거나 世上에서 사람을 接待하는 것이 오직 '門閥' 두 글자에서 差別되니, 안으로는 부러운 마음이 생기고 밖으로는 羞恥와 憤怒가 나타나게 되며, 利害關係에 敏感하고 奸邪한 꾀가 마음에서 생기게 된다. 그리하여 商人은 장사하는 것을 부끄럽게 여기고, 匠人은 물건 만드는 것을 부끄럽게 여기며, 農民은 農事짓는 것을 부끄럽게 여기고, 선비는 선비인 것을 부끄럽게 여겨서, 온 나라에 分數를 지키는 사람은 없고, 온 世上에 부지런히 일하는 사람이 없는 것이다. 그리하여 朝廷에서는 爭鬪가 날로 심하여지고, 시골에서는 暴惡함이 날로 甚해지고 있다. 슬프다. 옛 임금들이 四民을 만든 것은 各其 그 分數를 지키게 하려고 한 것인데, 이제 이처럼 分數에 滿足하지 않으니, 어찌 나라의 근심이 아니겠는가?

# 兩班傳, 양반의 위선과 폭압을 질타하다

　　兩班者, 士族之尊稱也. 旌善之郡, 有一兩班, 賢而好讀書, 每郡守新至, 必親造其廬而禮之. 然家貧, 歲食郡糶, 積歲至千石. 觀察使巡行郡邑, 閱糶糴,[1] 大怒曰, 何物兩班, 乃乏軍興,[2] 命囚其兩班. 郡守意哀其兩班貧無以爲償, 不忍囚之, 亦無可奈何. 兩班日夜泣, 計不知所出, 其妻罵曰, 生平子好讀書, 無益縣官糴, 咄兩班, 兩班不直[3]一錢.

　　其里之富人, 私相議曰, 兩班雖貧, 常尊榮, 我雖富, 常卑賤, 不敢騎馬, 見兩班, 則跼蹐屛營,[4] 匍匐拜庭, 曳鼻膝行, 我常如此其僇辱也. 今兩班, 貧不能償糴, 方大窘, 其勢誠不能保其兩班, 我且買而有[5]之. 遂踵門而請償其糴, 兩班大喜許諾.

　　於是, 富人立輸其糴於官. 郡守大驚異之, 自往勞其兩班, 且問償糴狀. 兩班氈笠,[6] 衣短衣, 伏塗謁, 稱小人, 不敢仰視. 郡守大驚, 下扶曰, 足下何自貶辱若是. 兩班益恐懼, 頓首俯伏曰, 惶悚, 小人非敢自辱, 已自鬻其兩班, 以償糴, 里之富人, 乃兩班也. 小人復安敢冒其舊號, 而自尊乎. 郡守嘆曰, 君子哉, 富人也, 兩班哉, 富人也. 富而不吝義也, 急人之難仁也, 惡卑而慕尊智也, 此眞兩班. 雖然, 私自交易, 而不立券, 訟

---

1 糶糴: 음은 조적이다. 三政의 하나로 還穀의 出納을 말한다.

2 軍興: 軍糧米이다.

3 直: 値와 같다.

4 跼蹐屛營: 몸을 공 모양으로 구부리고 두려워한다는 뜻이다.

5 有: 享有와 같다.

6 氈笠: 벙거지인데, 여기서는 동사로 전용되었다.

之端也, 我與汝約郡人而證之, 立券而信之, 郡守當自署之.

於是, 郡守歸府, 悉召郡中之士族及農工商賈, 悉至於庭. 富人坐鄉所[7]之右, 兩班立於公兄[8]之下, 乃爲立券曰, 乾隆十年[9]九月日, 右明文段, 庰 賣兩班, 爲償官穀, 其直千斛. 維厥兩班, 名謂多端, 讀書曰士, 從政爲大夫, 有德爲君子, 武階列西, 文秩敍東, 是爲兩班. 任爾所從, 絶棄鄙事, 希古尙志, 五更常起, 點硫燃脂, 目視鼻端, 會踵支尻, 東萊博議,[10] 誦如氷瓢, 忍饑耐寒, 口不說貧, 叩齒彈腦,[11] 細嗽嚥津,[12] 袖刷毛冠, 拂塵生波, 盥無擦拳, 漱口無過, 長聲喚婢, 緩步曳履, 古文眞寶, 唐詩品彙,[13] 鈔寫如荏, 一行百字, 手毋執錢, 不問米價, 暑毋跣襪, 飯毋徒髻, 食毋先羹, 歠毋流聲, 下箸毋舂, 毋餌生葱, 飮醪毋嗅鬚, 吸煙毋輔窊, 忿毋搏妻, 怒毋踢器, 毋拳毆兒女, 毋罵死奴僕. 叱牛馬, 毋辱鬻主, 病毋招巫, 祭不齋僧, 爐不煮手, 語不齒唾, 毋屠牛, 毋賭錢. 凡此百行, 有違兩班, 持此文記, 卞正于官. 城主旌善郡守押,[14] 座首別監[15]證署.

---

7 鄕所: 地方의 자치기구이다.

8 公兄: 서리의 별칭이다.

9 乾隆十年: 乾隆은 淸 高宗의 연호이고, 乾隆十年은 1745년이다.

10 東萊博議: 宋나라 呂祖謙이 지은 책 이름이다. 『春秋左氏傳』에 대한 史評으로 우리나라에서 널리 읽혔다.

11 叩齒彈腦: 道家의 養生法으로, 눈을 감고 조용히 앉아 이를 여러 번 마주치는 것을 叩齒라고 하고, 두 손을 목 뒤로 돌려 귀에 대고 둘째손가락으로 가운데 손가락을 퉁겨서 뒤통수를 가볍게 두들기는 것을 彈腦라고 한다.

12 嚥津: 道家 養生法의 하나로 이른 새벽에 침을 내어 입안에서 여러 번 뿜었다가 그것을 나누어서 가늘게 삼키는 방법이다. 이러한 것들은 선비들이 養生을 위해 흔히 쓰던 방법으로 『山林經濟』에도 이런 방법들이 설명되어 있다.

13 唐詩品彙: 明나라 高棅이 편찬한 唐詩 선발 책자이다.

14 押: 手決과 같은 뜻으로 오늘날 우리가 흔히 사용하는 '사인(sign)'의 의미이다.

15 座首別監: 모두 鄕廳의 有司이다.

於是, 通引搨印錯落, 聲中嚴鼓,[16] 斗縱參橫.[17]

戶長[18]讀旣畢, 富人悵然久之曰, 兩班只此而已耶. 吾聞兩班如神仙, 審如是, 太乾沒, 願改爲可利. 於是, 乃更作券曰, 維天生民, 其民維四.[19] 四民之中, 最貴者士. 稱以兩班, 利莫大矣. 不耕不商, 粗涉文史, 大決文科, 小成進士, 文科紅牌,[20] 不過二尺, 百物備具, 維錢之槖. 進士三十, 乃筮初仕, 猶爲名蔭, 善事雄南,[21] 耳白傘風, 腹皤鈴諾,[22] 室珥冶妓, 庭穀鳴鶴. 窮士居鄕, 猶能武斷, 先耕隣牛, 借耘里氓, 孰敢慢我. 灰灌汝鼻, 暈髻汝鬚, 無敢怨咨.

富人中其券, 而吐舌曰, 已之已之, 孟浪哉, 將使我爲盜耶. 掉頭而去, 終身不復言兩班之事.

— 朴趾源, 『燕巖集』

● 兩班傳: 朴趾源이 지은 漢文短篇小說. 『燕巖集』권8 別集「放璚閣外傳」에 실려 있다. 당시 양반들의 허위와 부패를 폭로하고 꾸짖어 實學思想을 고취한 소설이다.

---

16 嚴鼓: 시간을 알리는 북이다.

17 斗縱參橫: 北斗七星과 參星이 가로 세로로 늘어선 모양인데, 여기서는 도장이 어긋나게 찍힌 모습을 형용한 말이다.

18 戶長: 지방 아전 가운데 우두머리이다.

19 其民維四: 士農工商을 가리킨다.

20 紅牌: 과거에 급제한 사람에게 주는 붉은 종이로 된 합격 증명서이다.

21 雄南: 뛰어난 南行인데, 蔭職과 같다. 南行은 과거를 치르지 않고 문벌을 따라 벼슬을 내리는 것을 말한다.

22 鈴諾: 수령이 시렁 줄을 당기면 줄 끝에 달린 방울 소리를 듣고 下僚가 대답하는 것을 이른다.

# 許生傳, 북벌론의 허상

卞氏本與李政丞浣[1]善. 李公時爲御營大將,[2] 嘗與言委巷閭閻之中, 亦有奇才可與共大事者乎. 卞氏爲言許生, 李公大驚曰, 奇哉! 眞有是否, 其名云何? 卞氏曰, 小人與居三年, 竟不識其名. 李公曰, 此異人, 與君俱往.

夜公屛騶徒, 獨與卞氏俱步, 至許生. 卞氏止公立門外, 獨先入, 見許生, 具道李公所以來者. 許生若不聞者曰, 輒解君所佩壺. 相與歡飮. 卞氏悶公久露立, 數言之, 許生不應.

旣夜深, 許生曰, 可召客. 李公入, 許生安坐不起. 李公無所措躬, 乃叙述國家所以求賢之意. 許生揮手曰, 夜短語長, 聽之太遲. 汝今何官? 曰, 大將.

許生曰, 然則汝乃國之信臣. 我當薦臥龍[3]先生, 汝能請于朝三顧草廬[4]乎? 公低頭良久曰, 難矣. 願得其次. 許生曰, 我未學第二義. 固問之, 許生曰, 明將士以朝鮮有舊恩, 其子孫多脫身東來, 流離惸鰥. 汝能請于朝, 出宗室女遍嫁之, 奪勳戚權貴家, 以處之乎? 公低頭良久曰, 難矣. 許生曰, 此亦難彼亦難, 何事可能? 有最易者, 汝能之乎? 李公

---

1 李政丞浣: 조선후기의 무신 李浣(1602~1674)으로, 孝宗의 북벌계획에 깊이 관여하여 漢城判尹, 工曹判書 등의 文官職에 있으면서도 訓鍊大將을 16년간 겸직하였다.

2 御營大將: 조선시대에 수도를 방어하는 군대인 5軍營의 하나인 御營廳의 대장이다.

3 臥龍: 중국 三國屍臺 蜀漢의 諸葛亮의 별호에서 유래하여 앞으로 큰일을 할 草野에 묻혀 있는 큰 인물을 비유하는 말이다.

4 三顧草廬: 중국 삼국 시대에, 촉한의 劉備가 은거하던 諸葛亮의 草屋으로 세 번이나 찾아갔다는 데서 유래한 말로 인재를 맞아들이기 위하여 참을성 있게 노력하는 것을 말한다.

曰, 願聞之.

許生曰, 夫欲聲大義於天下而不先交結天下之豪傑者, 未之有也.
欲伐人之國而不先用諜, 未有能成者也. 今滿洲遽而主天下, 自以不親
於中國, 而朝鮮率先他國而服, 彼所信也. 誠能請遣子弟入學遊宦, 如
唐元故事, 商賈出入不禁, 彼必喜其見親而許之. 妙選國中之子弟, 薙
髮胡服, 其君子往赴賓擧,[5] 其小人遠商江南,[6] 覘其虛實, 結其豪傑, 天
下可圖而國恥可雪. 若求朱氏而不得, 率天下諸侯, 薦人於天. 進可爲
大國師, 退不失伯舅[7]之國矣.

李公憮然曰, 士大夫皆謹守禮法, 誰肯薙髮胡服乎?

許生大叱曰, 所謂士大夫, 是何等也? 産於彝貊之地, 自稱曰士大
夫, 豈非騃乎? 衣袴純素, 是有喪之服, 會撮如錐, 是南蠻之椎結也, 何
謂禮法? 樊於期[8]欲報私怨而不惜其頭. 武靈王[9]欲强其國而不恥胡服.
乃今欲爲大明復讎, 而猶惜其一髮, 乃今將馳馬擊釖刺鎗弓飛石, 而不
變其廣袖, 自以爲禮法乎? 吾始三言, 汝無一可得而能者, 自謂信臣.
信臣固如是乎? 是可斬也.

左右顧索釖欲刺之, 公大驚而起, 躍出後牖疾走歸. 明日復往, 已空
室而去矣.

　　　— 朴趾源,「許生傳」

---

5 賓擧: 중국 당나라 때에, 외국인 대상으로 실시하던 科擧로 賓貢科라고도 한다. 新羅의 崔致
遠 등이 급제하였다.

6 江南: 중국 揚子江 남쪽 지역을 말한다.

7 伯舅: 天子가 姓이 다른 諸侯를 존경하여 이르던 말이다.

8 樊於期: 중국 戰國시대에 秦나라 장수였다가 燕나라로 망명하였다. 연나라 荊軻가 秦始皇
을 암살하기 위해 그의 목을 요구하자 스스로 자결하였다.

9 武靈王: 戰國時代 趙나라의 임금으로 北方의 匈奴族을 물리치기 위해 騎兵部隊를
組織하고, 기병들에게 말을 타면서 화살을 쏠 수 있도록 흉노족의 바지를 입혔다.

# 〔참고〕 번역문

　　譯官 卞承業은 本來 政丞 李浣과 親했다. 李公은 때마침 御營廳 大將으로 있었는데, 언젠가 卞氏와 이야기하다가 지금 閭巷이나 一般 民家에 或是 쓸 만한 재주 있는 사람 중에 큰일을 함께 圖謀할 人物이 있는가를 물은 적이 있었다. 卞氏가 許生의 이야기를 했더니, 李公은 깜짝 놀라며 물었다.

　　"奇異한 일이로세. 정말 그런 人物이 있단 말인가? 그의 이름은 무어라 하던가?"

　　"小人이 그와 알고 지낸 지 三年입니다만, 아직껏 이름도 모릅니다."

　　"그이는 틀림없이 異人이야. 자네와 함께 찾아가 보세."

　　밤에 李公은 隨行員을 물리치고 卞氏와 둘이 걸어서 許生의 집에 갔다. 卞氏는 李公을 門밖에 기다리게 하고, 혼자 먼저 들어가서 許生을 보고 李公이 찾아온 事緣을 말했다. 許生은 짐짓 못들은 척하며,

　　"자네가 차고 온 술병이나 빨리 풀게."

　　하고는 서로 즐겁게 마셨다. 卞氏는 李公을 오랫동안 밖에서 기다리게 해 놓은 것이 憫惘하여 자주 말을 꺼내 보았으나, 許生은 아랑곳하지 않았다. 어느덧 밤이 깊자 許生이 말했다.

　　"손님을 불러 볼까?"

　　李公이 들어왔으나, 許生은 便安히 앉아서 일어서지 않았다. 李公은 몸 둘 바를 모르고 있다가 나라에서 人材를 求한다는 뜻을 說明하였다. 許生은 손을 저으며 말했다.

"밤은 짧고 말은 기니, 듣기에 몹시 지루하군. 지금 자네 벼슬은 무언가?"

"御營廳 大將입니다."

"그렇다면 자네는 나라에서 信賴받는 臣下로군. 내가 곧 臥龍先生과 같은 이를 薦擧할 테니 자네가 임금께 아뢰어 三顧草廬를 할 수 있겠는가?"

李公은 머리를 숙이고 한참 있다가 對答하였다.

"어렵겠습니다. 그 다음 것을 듣고자 합니다."

"나는 '그 다음'이란 말은 아직 배우지 못했네."

李公이 그래도 묻자, 許生이 말했다.

"明나라 將軍과 兵士들은 朝鮮이 예전에 입은 恩惠가 있다고 여겨서 그 子孫들이 淸나라에서 逃亡쳐 우리나라로 많이 왔으나, 떠돌이 生活에 홀아비로 苦生하고 있다네. 자네가 임금께 아뢰어 宗室의 女子들을 뽑아서 두루 시집보내고, 勳戚과 權貴의 집을 沒收하여 살림집으로 내어줄 수 있겠는가?"

李公은 또 머리를 숙이고 한참 있다가 대답하였다.

"어렵겠습니다."

"이것도 어렵다, 저것도 어렵다 한다면 무슨 일이 可能하겠는가? 아주 쉬운 일이 있는데, 그건 할 수 있겠지?"

"듣고 싶습니다."

"大體로 天下에 大義를 외치려면 먼저 天下의 豪傑을 먼저 사귀지 않으면 안 되고, 남의 나라를 征伐하려면 먼저 諜者를 쓰지 않으면 成功하지 못하네. 이제 滿洲族이 갑자기 天下의 主人이 되었으나 스스로 中國 사람과는 親하지 못하다고 생각하는 形便이네. 이럴 때 朝鮮이 다른 나라보다 먼저 降伏하였으니 저들이 信賴하고 있네.

만약 우리 子弟들을 보내어 學校에 入學하고 벼슬도 하고, 옛날 唐나라와 元나라 때처럼 장사치들의 出入도 禁하지 말도록 要請한다면, 저들은 반드시 우리가 親하게 지내려는 모습을 보고 기뻐하여 許諾할 것이네. 그러면 나라의 子弟를 가려 뽑아서 머리를 깎고 오랑캐 옷을 입혀서, 선비들은 賓貢科에 應試하고 一般 사람들은 멀리 江南까지 장사하러 가서, 저들의 虛實을 엿보고 저들의 豪傑과 사귀면, 天下를 圖謀하고 나라의 恥辱도 씻을 수 있을 것이네.

萬若 明나라 皇帝의 後孫인 朱氏를 찾지 못하면, 天下의 諸侯들을 모아다가 임금이 될 만한 사람을 하늘에 推薦하게나. 우리나라는 잘되면 大國의 스승이 될 것이요, 못되어도 伯舅의 나라라는 地位는 잃지 않을 것일세."

李公이 멍하게 있다가 말했다.

"士大夫들이 모두 禮法을 敬虔하게 지키고 있는데 누가 果敢하게 머리를 깎고 오랑캐 옷을 입겠습니까?"

許生이 큰 소리로 꾸짖었다.

"이른바 士大夫란 게 뭐하는 놈들이냐? 東쪽 오랑캐[彝貊] 땅에 태어나서 自稱 士大夫라고 뽐내니 어찌 어리석지 않느냐? 바지나 저고리가 모두 흰 옷이니 이는 喪服이요, 머리는 송곳처럼 뾰족하게 묶었으니 이는 南쪽 오랑캐[南蠻]의 방망이 상투이니, 어떻게 禮法이라 하겠는가? 옛날 樊於期는 怨恨을 갚기 위하여 자기 머리를 아끼지 않았고, 武靈王은 자기의 나라를 强하게 만들려고 오랑캐 옷을 부끄러워하지 않았다. 只今 大明을 爲해서 復讐하고자 하면서 오히려 상투 하나를 아끼고, 또 장차 말달리고 칼을 휘두르고 槍으로 찌르고 활을 당기고 돌을 던져야 하는데도 넓은 소매를 고치지 않고서, 스스로 禮法이라고 한단 말이냐? 내가 처음에 세 가지 計策을 말해주었는데, 너는 하나도 可能한 것이 없다고 하면서 스스로 信賴받는 臣下라고 하니, 信賴받는 臣下가 겨우 이따위냐? 이런 놈은 목을 베어야지."

左右를 돌아보며 칼을 찾아서 찌르려 했다. 李公이 깜짝 놀라 일어나 뒷문으로 뛰쳐나갔다. 이튿날 다시 찾아갔으나 이미 집은 비어 있고 許生은 떠나버렸다.

인문학을 위한 한문 읽기

# 北學議序, 선진문물의 수용과 이용후생

余幼時, 慕崔孤雲[1]趙重峯[2]之爲人, 慨然有異世, 執鞭之願. 孤雲爲唐進士, 東還本國, 思有以革新羅之俗, 而進乎中國. 遭時不競, 隱居伽倻山, 不知所終. 重峰以質正官入燕, 其東還封事,[3] 勤勤懇懇. 因彼而悟己, 見善而思齊, 無非用夏變夷之苦心. 鴨水以東, 千有餘季之間, 有以區區一隅, 欲一變而至中國者, 惟此兩人而已.

今年[4]夏, 有陳奏之使, 余与靑莊李君[5]從焉. 得以縱觀乎燕薊[6]之野, 周旋于吳蜀之士, 留連數月, 益聞其所不聞, 歎其古俗之猶存, 而前人

---

1 崔孤雲: 孤雲은 崔致遠(857~?)의 字이다. 12세에 唐나라에 유학하여 17세 때에 과거에 급제하였고, 黃巢가 난을 일으키자 「討黃巢檄文」을 지어 이름을 날렸다. 884년 귀국하여 時務十餘條를 내어 포부를 펼치려 하였으나 난세에 절망하여 伽倻山 海印寺에 들어가 일생을 마쳤다. 저서로 『桂苑筆耕』이 전한다.

2 趙重峯: 重峯은 趙憲(1544~1592)의 號이다. 자는 汝式, 호는 重峯・陶原・後栗, 시호는 文烈이다. 李珥・成渾의 문인으로 1574년에 質正官으로 명나라에 다녀왔다. 임진왜란이 일어나자 沃川에서 의병을 일으켜 靈圭 등 僧兵과 합세하여 청주를 탈환하고, 전라도로 향하는 왜군을 막기 위해 錦山으로 갔다가 왜병과 전투를 벌이다가 전사하였다. 1754년(영조 30) 영의정에 추증, 문묘에 배향되었다. 저서로 『중봉집』과 『동환봉사』 등이 있다.

3 東還封事: 1권 1책의 목판본이다. 조헌이 1574년(선조 7) 聖節使의 質正官으로 중국을 다녀온 뒤, 조선에서도 시행되었으면 하는 것을 상소로 초한 것을 묶은 것이다.

4 今年: 朴齊家가 燕行한 1778년(정조 2)이다.

5 靑莊李君: 靑莊은 李德懋의 호이다. 본관은 全州, 자는 懋官, 호는 炯庵・雅亭・靑莊館이다. 庶孽 출신이지만 시문에 능하였고 洪大容・朴趾源・成大中 등과 사귀고 朴齊家・柳得恭・李書九 등과 함께 四家詩人으로 불린다. 저서로 『士小節』, 『淸脾錄』, 『靑莊館全書』 등이 전한다.

6 燕薊: 燕은 河北省 昌平縣, 薊는 河北省 三河縣 동쪽 지명이다.

之不余欺也. 輒隨其俗之可以行於本國, 便於日用者, 筆之於書, 並附
其爲之之利与不爲之弊, 而爲說也. 取孟子陳良[7]之語, 命之曰北學議.
其言細而易忽, 繁而難行也. 雖然, 先王之敎民也, 非必家傳而戶諭之
也. 作一臼而天下之粒無穀者矣, 作一屨而天下之足無跣者矣, 作一舟
車, 而天下之物無險阻不通者矣. 其法又何其簡且易也?

夫利用厚生, 一有不修, 則上侵於正德. 故子曰, 旣庶矣而敎之.[8] 管
仲曰, 衣食足而知禮節.[9] 今民生日困, 財用日窮, 士大夫其將袖手, 而
不之救歟? 抑因循故常, 宴安而莫之知歟? 朱子之論學曰, 如此是病,
不如此是藥, 苟明乎其病, 則藥隨手而至. 故於今日受弊之原, 尤拳拳
焉. 雖其言之不必行於今, 而要其心之不誣於後, 是亦孤雲重峯之志也.
今上二年 歲次戊戌秋九小晦雨中 葦杭道人[10]書于通津[11]田舍

— 朴齊家, 『北學議』


◉ 朴齊家: 1750(영조 26)~1805(순조 5). 본관은 密陽, 자는 次修·在先·

---

7 陳良: 중국 전국시대 楚나라 사람으로 周公과 孔子의 道를 좋아하여 남방인 초나라로부터
북방인 중국으로 와서 유교의 도를 배워 북방의 학자들보다도 뛰어났다고 한다. 『孟子』 「滕文
公 上에 관련 기사가 있다.

8 旣庶矣而敎之: 『論語』 「子路」에 "孔子가 衛나라로 갔는데, 冉有가 수레를 몰았다. 공자가
'많구나.'라고 하자, 염유가 '이미 많다면, 무엇을 더 하시겠습니까?'라고 여쭈었다. 공자가 '부
유하게 해주겠다.'라고 하자 '이미 부유하다면 무엇을 더하시겠습니까?'라고 여쭈니, '가르치
겠다.'라고 하였다[子適衛, 冉有僕. 子曰, 庶矣哉. 冉有曰, 旣庶矣, 又何加焉. 曰 富之. 曰旣富
矣, 又何加焉. 曰敎之.]"라 하였다.

9 衣食足而知禮節: 『史記』 권62 「管晏列傳」에 "창고가 가득차야 예절을 알고, 의식이 풍족해
야 영욕을 안다.[倉廩實而知禮節, 衣食足而知榮辱.]"라고 하였다.

10 葦杭道人: 박제가의 호이다.

11 通津: 경기도 김포에 있는 고을 이름이다.

修其, 호는 楚亭 · 貞蕤·葦杭道人이다. 朴趾源을 비롯한 李德懋 · 柳得恭 등 서
울에 사는 北學派들과 교유하였다. 1778년 사은사 蔡濟恭을 따라 李德懋와 함께
청나라에 가서 李調元 · 潘庭筠 등의 청나라 학자들과 교유하고, 귀국한 뒤 청나
라에서 보고 들은 것을 정리해『北學議』를 저술하였다. 저서로『북학의』·『貞蕤
集』·『貞蕤詩稿』·『明農草藁』등이 있다.

◉ 北學議: 박제가가 1778년(정조 2) 청나라의 풍속과 제도를 시찰하고 돌아
와서 그 견문한 바를 쓴 책. 2권 1책의 필사본.『북학의』에서 '北學'이란『맹자』에
나온 말로 중국을 선진 문명국으로 인정하고 배운다는 뜻을 담고 있다. 內篇은
주로 일상생활에 필요한 모든 기구와 시설에 대한 개혁론을 제시해 현실의 문화
와 경제생활 전반을 개선하려 하였고, 外篇은 상공업과 농경 생활에 관한 기초적
인 문제를 집중적으로 다루었다.

# 湯論, 임금을 세우는 건 백성이다

湯¹放桀, 可乎? 臣伐君而可乎? 曰, 古之道也. 非湯刱爲之也.

神農氏²世衰, 諸侯相虐, 軒轅³習用干戈, 以征不享, 諸侯咸歸. 以與炎帝⁴戰于阪泉之野, 三戰而得志, 以代神農, 見本紀, 則是臣伐君, 而黃帝⁵爲之. 將臣伐君而罪之, 黃帝爲首惡, 而湯奚問焉?

夫天子何爲而有也? 將天雨天子而立之乎? 抑涌出地爲天子乎? 五家爲鄰, 推長於五者爲隣長. 五鄰爲里, 推長於五者爲里長. 五鄙爲縣, 推長於五者爲縣長. 諸縣長之所共推者爲諸侯, 諸侯之所共推者爲天子, 天子者, 衆推之而成者也.

夫衆推之而成, 亦衆不推之而不成. 故五家不協, 五家議之, 改鄰長. 五鄰不協, 二十五家議之, 改里長. 九侯⁶八伯⁷不協, 九侯八伯議之, 改天子. 九侯八伯之改天子, 猶五家之改鄰長, 二十五家之改里長, 誰肯曰臣伐君哉? 又其改之也, 使不得爲天子而已, 降而復于諸侯則許之.

---

1 湯: 중국 상고시대 夏나라 왕조의 신하로서 그 임금인 桀을 내쫓고 殷나라를 세웠다.

2 神農氏: 중국 고대 전설상의 제왕으로, 농업 · 의료 · 樂師의 神, 鑄造와 釀造의 신이며, 또 易의 신, 상업의 신이라고도 한다.

3 軒轅氏: 중국 고대 전설상의 제왕으로, 처음으로 곡물 재배를 가르치고 문자 · 음악 · 도량형 따위를 정하였다고 한다.

4 炎帝: 신농씨의 후손으로 불을 관장하였다.

5 黃帝: 헌원씨의 후손이다.

6 九侯: 중국 周나라 때에 王城으로부터 사방 千里를 王畿라 하고, 그 다음부터 五百里마다 차례로 侯服, 甸服, 男服, 采服, 衛服, 蠻服, 夷服, 鎭服, 藩服으로 구분한 아홉 구역의 제후이다.

7 八伯: 중국 고대에 전국을 9州로 나누었는데, 그중 京畿 이외의 8州를 다스리는 장관이다.

인문학을 위한 한문 읽기

…(中略)…

　　自漢以降, 天子立諸侯, 諸侯立縣長, 縣長立里長, 里長立鄰長. 有
敢不恭其名曰逆. 其謂之逆者何? 古者, 下而上, 下而上者, 順也. 今也,
上而下, 下而上者, 逆也. 故莽操懿裕[8]衍[9]之等, 逆也. 武王湯黃帝之等,
王之明帝之聖者也. 不知其然, 輒欲貶湯武以卑於堯舜, 豈所謂達古今
之變者哉? 莊子曰, "蟪蛄不知春秋."[10]

　　　　─ 丁若鏞,『與猶堂全書』


　● 丁若鏞: 1762(영조 38)~1836(헌종 2). 조선 후기의 실학자로 본관은 羅州,
자는 美鏞, 호는 茶山 · 俟菴 · 與猶堂이다. 정치, 경제, 사회, 문화 등 다방면에서
사회 개혁사상을 제시한 500여 권의 방대한 저술을 남겼다.

---

8 裕: 南朝의 첫 번째 王朝인 宋나라 武帝 劉裕이다.

9 衍: 남조의 세 번째 왕조인 梁나라 武帝 蕭衍이다.

10 蟪蛄不知春秋:『莊子』「逍遙遊」에 "조균은 밤과 새벽을 모르고 매미는 봄과 가을을 모르니
이것은 수명이 짧은 것들이다.[朝菌不知晦朔, 蟪蛄不知春秋, 此小年也.]"라고 하였다. 朝菌은
두엄더미 위에 피는 버섯으로 아침에 생겼다가 저녁에 스러져 극히 연약하고 생명력이 짧은
것을 비유한다.

# 〔참고〕번역문

湯이 桀을 追放한 것이 옳은 일인가? 臣下가 임금을 征伐한 것이 옳은 일인가? 이것은 옛날부터 지켜온 道理요 湯이 처음으로 한 것은 아니다.

神農氏 後孫들의 衰退하여 諸侯들이 서로 싸우자, 軒轅氏가 武力을 動員하여 王命을 받들지 않는 자를 征伐하니, 諸侯들이 모두 歸屬하였다. 그리하여 炎帝와 阪泉의 들판에서 戰爭을 벌여 세 번 싸워 모두 勝利함으로써 드디어 神農氏를 代身하였으니, 이것은 臣下가 임금을 征伐한 것으로, 黃帝가 처음으로 하였다. 따라서 臣下가 임금을 征伐했다고 해서 罪를 주려면 皇帝가 元兇이 되니, 湯을 어떻게 問罪하겠는가?

大抵 天子란 어떻게 해서 생겨났는가? 하늘에서 떨어져 天子가 된 것인가, 아니면 땅에서 솟아나 天子가 된 것인가? 5家가 1隣이고 5家에서 長으로 推戴한 사람이 隣長이 된다. 5隣이 1里이고 5隣에서 長으로 推戴된 사람이 里長이 된다. 5鄙가 1縣이고 5鄙에서 長으로 推戴된 사람이 縣長이 된다. 또 여러 縣長들이 함께 推戴한 사람이 諸侯가 되고, 諸侯들이 함께 推戴한 사람이 天子가 되니, 天子는 여러 사람이 推戴해서 생겨난 것이다.

大抵 여러 사람이 推戴해서 생겨난 것은 또한 여러 사람이 推戴하지 않으면 물러나야 하는 것이다. 그러므로 5家가 和合하지 못하면 5家가 의논하여 隣長을 바꾸고, 5隣이 和合하지 못하면 25家가 議論하여 里長을 바꾸고, 九侯와 八伯이 和合하지 못하면 九侯와 八伯이 議

論하여 天子를 바꾼다. 九侯와 八伯이 天子를 바꾸는 것은 5家가 隣長을 바꾸고 25家가 里長을 바꾸는 것과 같은 것인데, 누가 "臣下가 임금을 征伐했다"라고 말할 수 있겠는가?

또 바꾸더라도 天子 노릇만 못하게 할 뿐이지 降等하여 諸侯로 復歸하는 것은 許諾하였다. …(중략)…

漢나라 以後로는 天子가 諸侯를 세우고, 諸侯가 縣長을 세우고, 縣長이 里長을 세우고, 里長이 隣長을 세웠다. 그리고 敢히 恭遜히 따르지 않으면 '反逆'이라고 불렀다. '反逆'이란 무엇인가? 옛날에는 아랫사람이 윗사람을 推戴하였으니 아랫사람이 윗사람을 推戴한 것은 '順理'이고, 지금은 윗사람이 아랫사람을 任命해 내리니 아랫사람이 윗사람을 추대하는 것이 '反逆'이다. 그러므로 王莽·曹操·司馬懿·劉裕·蕭衍 등은 '反逆'이고, 武王·湯王·黃帝 등은 賢明한 王이요 聖스러운 皇帝이다.

이런 事實을 모르고 걸핏하면 湯王과 武王을 깎아내려 堯舜보다 낮추고자 하니, 어찌 이른바 '古今의 變化에 通達한 사람'이라고 할 수 있겠는가? 莊子는 이런 말을 하였다. "여름 한철만 사는 쓰르라미는 봄과 가을이 있다는 것을 모른다."

# 제6장 문학의 세계

# 天高日月明, 자연의 아름다움

天高日月明이요 地厚草木生이라.

月出天開眼이요 山高地擧頭라.

東西幾萬里요 南北不能尺이라.

天傾西北邊이오 地卑東南界라.[1]

春來梨花白하고 夏至樹葉靑이라.

秋涼黃菊發이요 冬寒白雪來라.

日月千年鏡이요 江山萬古屛이라.

東西日月門이요 南北鴻雁路라.

春水滿四澤하고 夏雲多奇峰이라.

秋月揚明輝하고 冬嶺秀孤松이라.[2]

　　　　—『推句』


● 推句: 朝鮮時代 兒童用 漢文 敎材. 著者는 未詳인데, 有名한 詩人과 學者들이 愛誦하던, 따라서 初學者들에게 推薦할 만한 五言詩句를 모았다. 그 內容은 天地自然에 關한 것을 맨 먼저 說明하고, 그 다음으로는 人間에 관한 것과 日常生活에 있어서 恒常 접하는 사물들, 末尾에는 勸學을 强調하였다.

---

1 天傾西北邊이오 地卑東南界라: 중국의 地形은 西北이 높고 東南이 낮기 때문에 이렇게 표현한 것이다.

2 春水滿四澤하고……冬嶺秀孤松이라: 陶潛의 「四時詞」 시의 全文이다.

# 松竹雪月頌, 솔과 대, 눈과 달을 노래함

松與竹은 貞又勁하니 貞又勁은 君子所敬이라.
月與雪은 明又潔하니 明又潔은 君子所悅이라.
徂無松하고 淇無竹하여[1] 君子移之에 在咫尺이라.
夏不雪하고 晝不月하나 君子有之에 無時節이라.
　　　　— 成三問, 『成謹甫集』


◉ 成三問: 1418(태종 18)~1456(세조 2). 조선 전기의 문신으로 본관은 昌寧, 자는 謹甫, 호는 梅竹軒이다. 集賢殿 學士로서 세종의 신임을 받았고 한글 창제에 큰 기여를 하였다. 세조의 찬탈 뒤에, 단종 복위를 꾀하다가 죽임을 당한 死六臣의 한 사람이다.

◉ 成謹甫集: 성삼문의 시문집. 4권 1책이다. 사육신이 복권된 숙종 이후에 편찬된 것으로 보인다. 성삼문의 節操가 엿보이는 윗글은 이 책의 2권에 실려 있다. 앞에 수록한 申叔舟의 「家訓」과 여러 면에서 대비가 되는 글이니, 두 글을 參看하기 바란다.

---

1 徂無松하고 淇無竹하여: 『詩經』 「閟宮」에 "조래산의 소나무[徂徕之松.]"라는 구절이 있고, 「淇奥」에 "저 淇水 벼랑을 보니 푸른 대가 무성하네.[瞻彼淇奥, 綠竹猗猗.]"라고 한 구절이 있다.

# 黃鳥歌, 유리왕의 사랑과 고독

翩翩黃鳥　雌雄相依
念我之獨　誰其與歸

三年[1]秋七, 作離宮於鶻川. 冬十月, 王妃松氏薨, 王更娶二女以繼室, 一曰禾姬, 鶻川人之女也, 一曰雉姬, 漢人之女也. 二女爭寵, 不相和, 王於涼谷造東西二宮, 各置之. 後, 王田[2]於箕山, 七日不返, 二女爭鬪, 禾姬罵雉姬曰, 汝漢家婢妾, 何無禮之甚乎? 雉姬慙恨亡歸. 王聞之, 策馬追之, 雉姬怒不還, 王嘗息樹下, 見黃鳥飛集, 乃感而歌曰, 翩翩黃鳥, 雌雄相依. 念我之獨, 誰其與歸?

　　　　— 金富軾,『三國史記』

◉ 黃鳥歌: 高句麗 第2代 瑠璃王이 지었다는 詩歌로 原歌는 傳하지 않고『三國史記』第13卷「高句麗本紀」瑠璃王條에 四言四句의 漢譯詩와 創作 動機가 傳하고 있다. 우리나라 最初의 抒情詩라는 文學史的 意義가 있다.

◉ 瑠璃王: 고구려 제2대 國王으로 在位 期間은 紀元前 19년부터 紀元後 18년이다. 夫餘로부터 아버지 東明聖王을 찾아 고구려에 入國, 太子로 冊立되고 동명성왕에 이어 卽位하였다.

◉ 三國史記: 金富軾 等이 1145年(인종 23) 頃에 高麗 仁宗의 命을 받아 編

---

1 三年: 瑠璃王 3년, 곧 紀元前 17년이다.
2 田: 사냥한다는 뜻이다.

纂한 三國時代의 正史. 紀傳體의 歷史書로서 本紀 28권(고구려 10권, 백제 6권, 신라  통일신라 12권), 志 9권, 表 3권, 列傳 10권으로 이루어져 있다.

# 願往生歌, 왕생을 기원한 간절함의 노래

文武王代, 有沙門名廣德嚴莊, 二人友善. 日夕約曰, 先歸安養者須告之. 德隱居芬皇西里[或云, 皇龍寺有西去房, 未知孰是.], 蒲鞋爲業, 挾妻子而居. 莊庵栖南岳, 火種刀耕.[1] 一日, 日影拖紅, 松陰靜暮, 窓外有聲. 報云, 某已西往矣, 惟君好住, 速從我來. 莊排闥而出顧之, 雲外有天樂聲, 光明屬地.

明日歸訪其居, 德果亡矣. 於是乃與其婦收骸, 同營蒿里.[2] 旣事, 乃謂婦曰, 夫子逝矣, 偕處何如? 婦曰, 可. 遂留夜宿, 將欲通焉. 婦靳之曰, 師求淨土, 可謂求魚緣木. 莊驚怪問曰, 德旣乃爾, 予又何妨? 婦曰, 夫子與我, 同居十餘載, 未嘗一夕同床而枕, 況觸汚乎? 但每夜端身正坐, 一聲念阿彌陀佛號, 或作十六觀,[3] 觀旣熟, 明月入戶, 時昇其光, 加趺於上. 竭誠若此, 雖欲勿西, 奚往? 夫適千里者, 一步可規. 今師之觀可云東矣, 西則未可知也.

莊愧赧而退, 便詣元曉法師處, 懇求津要.[4] 曉作淨觀法誘之, 莊於是潔己悔責, 一意修觀, 亦得西昇. 淨觀在曉師本傳與海東僧傳中. 其婦乃芬皇寺之婢, 蓋十九應身[5]之一.

---

1 火種刀耕: 나무를 베어 불태우고 밭을 일구어 농사짓는 것을 말한다.

2 蒿里: 중국 泰山 남쪽에 있는 지명으로, 사람이 죽으면 魂魄이 이곳으로 돌아간다고 하여 무덤이나 장사지낸다는 뜻으로 쓰인다.

3 十六觀: 중생이 죽어 극락세계로 가기 위해 닦는 16가지 수도 방법으로, 黙想을 통한 參禪의 일종이다.

4 津要: 極樂往生을 위한 중요한 방법 중의 하나이다.

5 十九應身: 중생을 구제하기 위해, 그 교화 상대에 따라 나타나는 觀音菩薩의 19가지 모습인

德嘗有歌云, 月下伊底亦, 西方念丁去賜里遣? 無量壽佛前乃, 惱叱古音[鄕言云報言也]多可支白遣賜立. 誓音深史隱尊衣希仰支, 兩手集刀花乎白良, 願往生願往生, 慕人有如白遣賜立. 阿邪! 此身遺也置遣, 四十八大願成遣賜去?

　　　　— 一然, 『三國遺事』

◉ 願往生歌: 新羅 文武王 때 廣德이 지었다는 10句體 鄕歌. 『三國遺事』권 5 '廣德嚴莊條'에 노래의 由來에 關한 背景說話와 鄕札로 表記된 原文이 함께 收錄되어 있다. 作者에 대해서는 廣德으로 보는 見解가 定說이나 廣德의 妻, 元曉, 民間 傳承 등 여러 가지 說이 있다. 이 作品은 新羅佛敎가 貴族佛敎의 限界를 넘어서 일반 庶民에까지 阿彌陀信仰으로 擴散되어 大衆 佛敎로 轉換되는 背景으로, 現世의 苦難을 이겨내고 來世의 極樂으로 往生하겠다는 强烈한 意志를 祈禱 型式으로 담은 祈願的 抒情歌謠로서, 注目되는 鄕歌로 評價된다.

◉ 三國遺事: 고려 후기의 僧侶 一然이 1281년(충렬왕 7) 경에 編纂한 史書. 全體 5卷 2冊으로 되어 있고, 王歷 · 紀異 · 興法 · 塔像 · 義解 · 神呪 · 感通 · 避隱 · 孝善 등 9편목으로 構成되어 있다.

---

데, 크게는 33가지로 나누기도 한다.

# 〔참고〕願往生歌 해독

들하 이데
西方ᄭ장 가샤리고?
無量壽佛 前에
닏곰다가 ᄉᆞᆲ고샤셔.
다딤 기프샨 尊어히 울워리
두손 모도호ᄉᆞᆲ바
願往生 願往生
그릴 사름 잇다 ᄉᆞᆲ고샤셔.
아으 이 몸 기텨 두고
四十八大願 일고샬까?

# 金現感虎, 김현과 호녀의 사랑 그리고 호원사

新羅俗, 每當仲春, 初八至十五日, 都人士女, 競遶興輪寺[1]之殿塔 爲福會. 元聖王[2]代, 有郞君金現者, 夜深獨遶不息. 有一處女, 念佛隨 遶, 相感而目送之, 遶畢, 引入屛處通焉. 女將還, 現從之, 女辭拒而强 隨之. 行至西山之麓, 入一茅店, 有老嫗問女曰, 附率者何人? 女陳其 情. 嫗曰, 雖好事, 不如無也, 然遂事, 不可諫也. 且藏於密. 恐汝弟兄之 惡也. 把郞而匿之奧.

小焉有三虎, 咆哮而至, 作人語曰, 家有腥膻[3]之氣, 療飢何幸. 嫗與 女叱曰, 爾鼻之爽乎? 何言之狂也? 時有天唱, 爾輩嗜害物命尤多, 宜 誅一以徵惡. 三獸聞之, 皆有憂色. 女謂曰, 三兄若能遠避而自懲, 我能 代受其罰. 皆喜, 俛首妥尾[4]而遁去.

女人謂郞曰, 始吾恥君子之辱臨弊族, 故辭禁爾. 今旣無隱, 敢布腹 心. 且賤妾之於郞君, 雖曰非類, 得陪一夕之歡, 義重結褵[5]之好. 三兄 之惡, 天旣厭之, 一家之殃, 予欲當之, 與其死於等閑人之手, 曷若伏於 郞君刃下, 以報之德乎? 妾以明日入市爲害劇, 則國人無如我何, 大王 必募以重爵而捉我矣, 君其無怯, 追我乎城北林中, 吾將待之. 現曰, 人

---

1 興輪寺: 新羅의 大刹로 慶州 鳳凰臺에서 五陵에 이르는 중간 동편에 있었다.

2 元聖王: 신라의 제38대 왕으로 재위 기간은 785년부터 798년까지이다. 이름은 敬信이다.

3 腥膻: 음이 성단으로 '비린내'라는 뜻이고, 腥羶과 같다.

4 妥尾: '꼬리를 늘어뜨리다'는 뜻이다.

5 結褵: 褵는 향주머니이다. 결리는 딸이 시집갈 때 어머니가 향주머니를 매어주는 일로, 出嫁 를 뜻한다.

交人, 彛倫之道, 異類而交, 蓋非常也. 旣得從容, 固多天幸, 何可忍賣
於伉儷[6]之死, 僥倖一世之爵祿乎? 女曰, 郎君無有此言. 今妾之壽夭,
蓋天命也, 亦吾願也, 郎君之慶也, 予族之福也, 國人之喜也. 一死而
五利備, 其可違乎? 但爲妾創寺, 講眞詮,[7] 資勝報, 則郎君之惠莫大焉.
遂相泣而別.

次日果有猛虎入城中, 剽甚無敢當. 元聖王聞之, 申令曰, 戡虎者爵
二級. 現詣闕奏曰, 小臣能之. 乃先賜爵以激之. 現持短兵, 入林中, 虎
變爲娘子, 熙怡而笑曰, 昨夜共郎君綣綣[8]之事, 惟君無忽. 今日被爪
傷者, 皆塗興輪寺醬, 聆[9]其寺之螺鉢聲則可治. 乃取現所佩刀, 自頸而
仆, 乃虎也. 現出林而詑曰, 今玆虎易搏矣. 匿其由不洩. 但依諭而治
之, 其瘡皆效. 今俗亦用其方.

現旣登庸,[10] 創寺於西川邊, 號虎願寺. 常講梵網經,[11] 以導虎之冥
遊, 亦報其殺身成己之恩. 現臨卒, 深感前事之異, 乃筆成傳, 俗始聞
知. 因名論虎林,[12] 稱于今.

　　　— 一然, 『三國遺事』

---

6 伉儷: 항려는 짝, 곧 부부를 말한다.

7 眞詮: 참된 깨달음, 곧 佛經을 말한다.

8 綣綣: 곡진하고 간절하다는 뜻으로, 情誼가 살뜰하여 못내 잊히지 않거나 떨어질 수 없음을
의미한다.

9 聆: 영은 聞과 같다.

10 登庸: 登用과 같다.

11 梵網經: 大乘의 보살이 지켜야 할 계율 중의 第一經이다. 상권에는 보살의 心地
를, 하권에는 대승의 계율을 설하였다.

12 論虎林: 경주 동북쪽 5리 柏栗寺 서쪽에 있는 숲으로 林井藪라고도 한다.

◉ 一然: 1206년(희종 2)~1289년(충렬왕 15). 고려 후기의 승려로 본관은 慶州, 俗姓은 金氏, 첫 法名은 見明, 자는 晦然·一然, 호는 睦庵, 법명은 一然이다. 경상도 경주의 屬縣이었던 章山郡[지금의 경상북도 경산] 출신으로 아버지는 金彦鼎이다. 왕에게 불법을 설하였으며, 看話禪에 주력하면서 『三國遺事』 등을 찬술하였다.

◉ 三國遺事: 一然이 1281년(충렬왕 7) 경에 편찬한 史書로 전체 5권 2책으로 되어 있고, 王歷·紀異·興法·塔像·義解·神呪·感通·避隱·孝善 등 9편목으로 구성되어 있다. 윗글은 『三國遺事』 권5 「感通」 제7에 실려 있다.

# 溫達傳, 온달과 평강공주의 사랑

溫達高句麗平岡王[1]時人也. 容貌龍鍾[2]可笑, 中心則睟然. 家甚貧, 常乞食以養母, 破衫弊履, 往來於市井間, 時人目之爲愚溫達. 平岡王少女兒好啼, 王戲曰, 汝常啼聒我耳, 長必不得爲士大夫妻, 當歸[3]之愚溫達. 王每言之. 及女年二八, 欲下嫁於上部高氏, 公主對曰, 大王常語, 汝必爲溫達之婦, 今何故改前言乎? 匹夫猶不欲食言, 況至尊乎? 故曰, 王者無戲言. 今大王之命謬矣, 妾不敢祇承. 王怒曰, 汝不從我敎, 則固不得爲吾女也. 安用同居? 宜從汝所適矣.

於是, 公主以寶釧數十枚, 繫肘後, 出宮獨行, 路遇一人, 問溫達之家, 乃行至其家, 見盲老母, 近前拜, 問其子所在. 老母對曰, 吾子貧且陋, 非貴人之所可近. 今聞子之臭, 芬馥異常, 接子之手, 柔滑如綿, 必天下之貴人也. 因誰之佴以至於此乎? 惟我息不忍飢, 取楡皮於山林, 久而未還.

公主出行至山下, 見溫達負楡皮而來, 公主與之言懷. 溫達勃然曰, 此非幼女子所宜行, 必非人也, 狐鬼也, 勿迫我也. 遂行不顧. 公主獨歸宿柴門下, 明朝更入, 與母子備言之. 溫達依違[4]未決, 其母曰, 吾息至陋, 不足爲貴人匹, 吾家至寠, 固不宜貴人居. 公主對曰, 古人言, 一斗

---

인문학을 위한 한문 읽기

粟猶可舂, 一尺布猶可縫,[5] 則苟爲同心, 何必富貴然後可共乎? 乃賣金釧, 買得田宅奴婢牛馬器物, 資用完具.

初買馬, 公主語溫達曰, 愼勿買市人馬, 須擇國馬病瘦而見放者, 而後換之. 溫達如其言, 公主養飼甚勤, 馬日肥且壯. 高句麗常以春三月三日, 會獵樂浪[6]之邱, 以所獲猪鹿, 祭天及山川神. 至其日, 王出獵, 群臣及五部[7]兵士皆從. 於是, 溫達以所養之馬隨行, 其馳騁常在前, 所獲亦多, 他無若者. 王召來問姓名, 驚且異之.

時後周武帝出師, 伐遼東, 王領軍逆戰[8]於拜山之野, 溫達爲先鋒疾鬪斬數十餘級, 諸軍承勝奮擊大克. 及論功, 無不以溫達爲第一. 王嘉歎之曰, 是吾女婿也. 備禮迎之, 賜爵爲大兄,[9] 由此寵榮尤渥, 威權日盛.

及陽岡王[10]卽位, 溫達奏曰, 惟新羅割我漢北之地爲郡縣, 百姓痛恨, 未嘗忘父母之國. 願大王不以臣愚不肖, 授之以兵, 一往必還吾地. 王許焉. 溫達臨行誓曰, 鷄立峴[11]竹嶺已西, 不歸於我, 則不返也. 遂行與新羅軍戰於阿且城[12]之下, 爲流矢所中, 路而死. 欲葬, 柩不肯動, 公主來撫棺曰, 死生決矣, 於乎歸矣. 遂擧而窆. 大王聞之, 悲慟.

　　― 金富軾,『三國史記』

---

5 一斗粟猶可舂, 一尺布猶可縫: 원래는 兄弟間의 和合을 말하는 속담이나, 여기서는 부부의 合心을 강조한 말이다.

6 樂浪: 지금의 平安道 지방을 이르던 말이다.

7 五部: 高句麗의 행정 단위이다.

8 逆戰: 맞아서 싸운다는 뜻이다. 逆은 迎과 같다.

9 大兄: 高句麗의 벼슬 이름이다.

10 陽岡王: 高句麗의 26대 국왕 嬰陽王으로 재위 기간은 590년부터 617년까지이다.

11 鷄立峴: 慶尙道 聞慶에 있는 고개 이름이다.

12 阿且城: 竹嶺 근처에 있던 성 이름이다.

● 金富軾: 1075년(문종 29)~1151년(의종 5). 고려 중기의 문신·학자로 본관은 慶州, 자는 立之, 호는 雷川이다. 1096년 과거에 급제하여 樞密院副使·政堂文學兼修國史·中書門下平章事·監修國事上柱國太子太保 등을 역임하고 樂浪郡開國侯에 봉해졌다. 1135년에 일어난 妙淸의 난을 진압하고, 1145년에 『三國史記』를 편찬하여 국왕에게 바쳤다. 1153년에 中書令에 추증되었으며, 시호는 文烈이다.

● 溫達傳: 『三國史記』 권45 列傳에 수록된 溫達의 傳記. 「온달전」은 羅末麗初의 민간 설화나 傳奇小說을 일부 변용하여 개작한 글로 추정된다.

인문학을 위한 한문 읽기

# 鄭澈의 三別曲, 자국어 문학의 가치

松江關東別曲,**1** 前後思美人歌,**2** 乃我東之離騷,**3** 而以其不可以
文字寫之, 故惟樂人輩, 口相授受, 或傳以國書而已. 人有以七言詩翻
關東曲而不能佳, 或謂澤堂少時作, 非也.**4**

鳩摩羅什**5**有言曰, 天竺**6**俗最尙文, 其讚佛之詞, 極其華美. 今以譯
秦語, 只得其意, 不得其辭. 理固然矣. 人心之發於口者爲言. 言之有節
奏者, 爲歌詩文賦. 四方之言雖不同, 苟有能言者, 各因其言而節奏之,
則皆足以動天地通鬼神, 不獨中華也.

今我國, 捨其言而學他國之言. 設令十分相似, 只是鸚鵡之人言, 而
閭巷間樵童汲婦咿啞而相和者, 雖曰鄙俚, 若論眞贋則固不可與學士
大夫詩賦者, 同日而論. 況此三別曲者, 有天機之自發, 而無夷俗之鄙
俚, 自古左海**7**眞文章, 只此三篇. 然又就三篇而論之, 則後美人尤高.
關東前美人, 猶借文字語, 以飾其色耳.

　　― 金萬重, 『西浦漫筆』

---

1 關東別曲: 鄭澈이 1580년에 강원도관찰사로 부임하여 지은 歌辭이다.

2 前後思美人歌: 정철이 1588년에 지은 「思美人曲」과 「續美人曲」을 말한다.

3 離騷: 戰國時代 楚나라 屈原이 자서전식으로 지은 楚辭의 한 편이다.

4 人有以七言詩翻關東曲……非也: 金萬重은 「關東別曲」 번역한시가 澤堂 李植의 작품이 아
니라고 보았으나 규장각 소장 필사본 『택당집』에 「關東別曲」 번역한시가 수록되어 있다.

5 鳩摩羅什: 인도의 승려로 중국에 와서 많은 佛經을 漢譯하였다. 구마라집을 줄여 라집이라
고도 하며 童壽라고 번역한다.

6 天竺: 漢나라 때부터 사용한 印度의 다른 이름이다.

7 左海: 중국에서 渤海 왼쪽에 있는 나라, 곧 우리나라를 달리 이르던 말이다.

◉ 金萬重: 1637년(인조 15)~1692년(숙종 18). 본관은 光山, 兒名은 船生, 자는 重叔, 호는 西浦, 시호는 文孝이다. 저서로『西浦集』,『西浦漫筆』,『九雲夢』,『謝氏南征記』등이 있다.

◉ 西浦漫筆: 金萬重의 隨筆 · 詩話評論集. 2권 1책의 필사본이다. 여러 異本들이 전하지만 내용은 거의 같으며, 1687년(숙종 13) 宣川 유배 이후인 말년에 지은 것으로 추정된다. 권1인 상권에 102조, 하권에 161조 등이 실려 있다. 내용의 대부분은 우리나라 시에 관한 詩話로 이루어져 있고, 또 소설이나 산문에 관계되는 것도 섞여 있다. 윗글은『西浦漫筆』下에 실려 있다.

# 九雲夢, 인생의 의미를 반추해 보다

大師曰, 善哉! 善哉! 汝等八人也, 至誠如此, 寧不感動? 遂引上法座, 講說經文. 白毫光射世界, 天花下如亂雨, 說法將畢, 乃誦四句之偈, 性眞及八尼姑, 皆頓悟本性, 大得寂滅之道.

大師見性眞戒行純熟, 乃會衆弟子, 乃言曰, 我本爲傳道 遠入中國, 今旣得傳法之人, 我今行矣. 以袈裟及一鉢淨瓶錫杖金剛經一卷, 給性眞, 遂向西天而去.

此後性眞率蓮花道場大衆, 大宣敎化. 仙與龍神, 人與鬼物, 尊重性眞如六觀大師. 八尼姑皆師事性眞, 深得菩薩大道, 畢竟皆歸於極樂世界. 嗚呼異哉!

**— 金萬重, 『九雲夢』漢文本, 임명덕 本의 結末 부분**

● 金萬重: 1637년(인조 15)~1692년(숙종 18). 자는 重叔, 호는 西浦, 시호는 文孝이다. 조선조 禮學의 대가인 金長生의 증손이다. 金萬重은 國文詩歌의 價値를 인정하여 鄭澈의 「思美人曲」 등의 歌辭를 高評하였고, 『謝氏南征記』 등의 國文小說을 창작하였다. 특히 김만중은 소설의 通俗性에 대하여 陳壽의 『三國志』나 司馬光의 『通鑑』, 그리고 羅貫中의 『三國志演義』를 서로 구별하여 通俗小說에 대한 예술적 기능을 높이 평가하고 있다.

● 九雲夢: 金萬重이 지은 우리나라 代表的인 古典小說. 人間의 富貴榮華가 一場春夢과 같으므로 이에 대한 精神的 克復이 必要함을 力說한 小說로 肅宗 때의 沒落해 가는 貴族들의 回顧的 꿈의 世界를 그렸다고 볼 수 있다. 줄거리는

衡山 蓮花峰에 隱居하는 六觀大師의 弟子 性眞이 스승의 명으로 洞庭龍王에게 使者로 갔다가 여덟 仙女와 戱弄하다 돌아와 禪學의 길이 막히니 대사가 大怒하여 성진과 8선녀를 地獄으로 보낸다. 閻羅大王이 가엾게 여겨 容恕하고 인간세계로 보내자 성진은 淮南 땅 楊處士의 귀한 아들로 還生하여 역시 각처에 謫降한 8선녀의 後身을 차례로 만나 佳緣을 맺는다. 少年에 壯元及第한 그는 邊方의 亂을 平定하고 天子로부터 燕王에 봉해져 부귀공명과 一世享樂을 누린다. 그러나 晚年에 8부인과 더불어 高僧의 說法에 크게 깨달아 다시 옛날의 성진과 8선녀가 되어 極樂世界로 돌아간다.

丞相이 말하였다.

"師傅께서 저를 깨닫게 하시겠습니까?"

老僧이 말하였다.

"이것은 어렵지 않다."

하고, 막대기를 들어 欄干을 치니, 문득 흰 구름이 일어나 四面에 두루 껴 咫尺을 分揀치 못하였다. 丞相이 크게 불러 말하였다.

"師傅는 바른 道理로 가르치지 아니하시고 어찌 幻術로 戲弄하십니까?"

말을 마치지 못하여 구름이 걷히며 老僧과 두 夫人과 六娘子는 간데 없었다. 丞相이 크게 놀라 仔細히 보니 樓臺 宮闕은 간 데 없고, 몸은 홀로 작은 庵子 가운데 앉아 있었다. 손으로 머리를 만지니 새로 깎은 痕迹이 송송하고 百八念珠가 목에 걸려 있으니 다시는 大丞相 威儀는 없고 不過 蓮花道場의 性眞 小和尙이었다. 다시 생각하되,

'當初 一念의 그르침을 師傅가 警戒하려 하여 人間世上에 나가 富貴榮華와 男女 情慾을 한 番 알게 하신 게구나.'

하고, 卽時 샘에 가 洗手한 後, 長衫을 바로 입고 고깔을 뚜렷이 쓰고 房丈에 들어가니 모든 弟子들이 다 모여 있었다.

大師가 큰 소리로 말하였다.

"性眞아, 人間世上의 재미가 어떠하더냐?"

性眞이 머리를 땅에 두드리며 눈물을 흘려 말하였다.

"이제야 깨달았습니다. 性眞이 함부로 굴어 道心이 바르지 못하니

마땅히 괴로운 世界에 있어 길이 殃禍를 받을 것을 師傅께서 한 꿈을
불러 일으켜 性眞의 마음을 깨닫게 하시니, 師傅의 恩德은 千萬年이
라도 갚지 못하겠습니다.”

大師가 말하였다.

“네 興을 띠어 갔다가 興이 다하여 왔으니 내가 무슨 干涉하겠느
냐? 또 네가 世上과 꿈을 다르게 아니, 네 꿈을 오히려 깨지 못하였구
나.”

性眞이 두 번 절해 謝罪하고, 說法하여 꿈 깸을 請하였다.

이때 八仙女가 들어와 謝禮하며 말하였다.

“弟子 等이 魏夫人을 모셔 배운 것이 없기에 情慾을 禁치 못해 重
한 責望을 입었는데, 師傅께서 救濟하심을 입어 한 꿈을 깨었으니, 願
컨대 弟子 되어 길이 갚기를 바랍니다.”

大師가 크게 웃으며 말하였다.

“너희들이 眞實로 꿈을 알았으니 다시는 妄靈된 생각을 하지 말라.”

하고, 卽時 大經法을 베풀어 性眞과 八仙女를 가르치니 人間世上
의 모든 變化는 다 꿈 밖의 꿈이요, 한 마음으로 佛法에 나아가니 極
樂世界의 萬萬歲 無窮한 즐거움이었다.

丁未年 完南開刊 九雲夢 終

—『구운몽』완판 105장본

# 傳奇叟, 소설을 읽어주는 노인

[傳奇]叟居東門外, 口誦諺課稗說, 如淑香[1]蘇大成[2]沈淸[3]薛仁貴[4]
等傳奇也. 月初一日坐第一橋下, 二日坐第二橋下, 三日坐梨峴, 四日
坐校洞口, 五日坐大寺洞口, 六日坐鍾樓前. 溯上旣, 自七日沿而下, 下
而上, 上而又下, 終其月也. 改月亦如之. 而以善讀, 故傍觀匝圍, 夫至
最喫緊甚可聽之句節, 忽默而無聲, 人欲聽其下回, 爭以錢投之曰, 此
乃邀錢法云.

兒女傷心涕自雰, 英雄勝敗劒難分. 言多默少邀錢法, 妙在人情最
急聞.

　　　── 趙秀三, 『秋齋集』

---

1 淑香傳: 작자 · 연대 미상의 고전소설. 熟香傳 · 요조숙향전 · 梨花亭記 · 梨花亭奇遇記 · 梨
花亭奇跡이라고도 한다. 국문본 · 한문본 및 목판본 · 필사본 · 활자본이 모두 전한다. 1754년
(영조 30)에 지은 「晩華本春香歌」에 이 작품이 언급되어 있는 점으로 보아 그 이전에 창작되
어서 당시에 이미 널리 알려져 있었음을 알 수 있다.
2 蘇大成傳: 작자 · 연대 미상의 한글본 고전소설. 1책으로 목판본 · 활자본 · 필사본이 모두
전한다. 영웅소설의 유형에 속한다.
3 沈淸傳: 작자 · 연대 미상의 고전소설. 1책으로 목판본 · 필사본 · 활자본이 모두 전한다. 수십
종의 이본이 있는데, 이들 중 성격이 뚜렷이 구별되는 것이 京板本 계열과 完板本 계열이다.
경판본은 판소리와 관계가 없이 설화가 소설화된 작품이며, 완판본은 판소리로 불리다가 소설
로 정착된 작품이다.
4 薛仁貴傳: 중국 소설 『薛仁貴征東』의 번역소설. 활자본 · 필사본 · 목판본이 모두 전한다.
활자본 『白袍少將薛仁貴傳』은 중국 소설 『설인귀정동』의 충실한 직역이고, 京板本
『설인귀전』은 그것의 축약 · 개작이다. 『설인귀전』은 18세기 중엽 혹은 그 직후에 우리나라에
들어온 것으로 추정된다. 『백포소장설인귀전』은 고전소설 가운데 이른바 영웅소설 혹은
군담소설에 속하는 『유충렬전』 · 『소대성전』 등에 영향을 준 것으로 평가된다.

● 趙秀三: 1762년(영조 38)~1849년(헌종 15). 조선후기의 閭巷詩人으로 본관은 漢陽, 初名은 景濂, 자는 芝園·子翼, 호는 秋齋·經畹이다. 松石園詩社의 핵심적인 인물로 활동했으며 李亶佃·趙熙龍·張混·朴允默 등 여항시인과 사귀었고, 金正喜·金命喜·趙寅永·趙萬永·李晩用 등 당시의 쟁쟁한 사대부 문인과도 친하게 지냈다. 저서로 『秋齋集』이 전한다.

● 秋齋集: 趙秀三의 시문집. 8권 4책의 신활자본이다. 손자 趙重默이 유고를 정리하고 金晉桓이 편집하고 張鴻植 李柱浣이 교감하여 1939년 서울의 寶晉齋에서 간행하였다. 『秋齋集』 권7의 「秋齋紀異」는 조선후기 도시 하층서민들의 시정생활을 그려낸 것으로 그 구성방식이 특이한데, 제목 아래 간단한 인물중심의 일화를 적고 그 내용을 다시 칠언절구로 압축하여 놓았다.

● 傳奇叟: 『秋齋集』 권7 「秋齋紀異」에 실린 글 중의 1편이다. 조수삼의 기록에 따르면 전기수는 소설의 상업적 전달의 한 형태로 고전소설을 직업적으로 낭독하는 사람을 말한다. 그는 사람이 많이 모이는 곳에 자리를 잡고 소설을 낭독하는데, 특히 흥미로운 대목에 이르면 소리를 그치고 청중들이 돈을 던져 주기를 기다렸다가 낭독을 계속했다고 한다.

인문학을 위한 한문 읽기

# 動動, 월령체로 노래한 사랑

德으란 곰비예 받줍고, 福으란 림비예 받줍고
德이여 福이라 호놀 나ᅀᆞ라 오소이다.
아으 動動 다리

正月ㅅ 나릿 므른 아으 어져 녹져 하논디
누릿 가온디 나곤 몸ᄒᆞ ᄒᆞ올로 녈셔.
아으 動動 다리

二月ㅅ 보로매 아으 노피 현 燈ㅅ블 다호라.
萬人 비취실 즈ᅀᅵ샷다.
아으 動動 다리

三月 나며 開ᄒᆞ 아으 滿春 들욋고지여
ᄂᆞ미 브롤 즈슬 디녀 나샷다.
아으 動動 다리

四月 아니 니저 아으 오실셔 곳고리새여
므슴다 錄事니ᄆᆞᆫ 녯 나ᄅᆞᆯ 닛고신뎌.
아으 動動 다리

五月 五日애 아으 수릿날 아츰 藥은

즈믄 힐 長存ᄒ샬 藥이라 받줍노이다.
아으 動動 다리

六月ㅅ 보로매 아으 별해 ᄇ론 빗 다호라
도라 보실 니믈 적곰 좃니노이다.
아으 動動 다리

七月ㅅ 보로매 아으 百種 排ᄒ야 두고
니믈 ᄒᆞᆫᄃᆡ 녀가져 願을 비읍노이다.
아으 動動 다리

八月ㅅ 보로ᄆᆞᆫ 아으 嘉俳 나리마ᄅᆞᆫ
니믈 뫼셔 녀곤 오ᄂᆞᆯᇝ 嘉俳샷다.
아으 動動 다리

九月 九日애 아으 藥이라 먹논 黃花
고지 안해 드니, 새셔 가만ᄒᆞ얘라.
아으 動動 다리

十月애 아으 져미연 ᄇ롯 다호라.
것거 ᄇ리신 後에 디니실 ᄒᆞᆫ 부니 업스샷다.
아으 動動 다리

十一月ㅅ 봉당 자리예 아으 汗衫 두퍼 누워
슬홀ᄉ라온뎌 고우닐 스싀옴 녈셔.

아으 動動 다리

十二月ㅅ 분디남ㄱ로 갓곤 아으 나슬 盤앳 져다호라.
니믜 알픠 드러 얼이노니 소니 가재다 므르숩노이다.
아으 動動 다리
　　　—『樂學軌範』


● 動動: 작자·연대 미상의 고려가요. 『高麗史』 '樂志'에 '동동의 놀이는 그 가사에 頌祝하는 말이 많이 들어 있는데, 대체로 神仙의 말을 본 따서 지은 것이다.'라고 기록되어 있다. 가사는 구전되어 오다가 조선 成宗代 『樂學軌範』에 수록되었다.

● 樂學軌範: 조선 초기 성종의 명에 따라 成俔 등이 편찬한 궁중 음악서. 儀軌와 악보 등이 정리되어 있으며 9권 3책으로 구성되어 있다. 「井邑詞」와 「動動」은 이 책에만 실려 있고, 「處容歌」와 「鄭瓜亭」은 각각 『樂章歌詞』와 『大樂後譜』에도 실려 있지만 이 책이 가장 앞선 것이므로 문학사적 의의가 매우 크다.

# 閨怨歌, 규방 여인의 고독을 노래하다

엇그제 저멋더니 ᄒ마 어이 다 늘거니.
少年行樂 생각ᄒ니 일러도 속절업다.
늘거야 서른 말ᄉᆞᆷ ᄒ자니 목이 멘다.
父生 母育 辛苦ᄒ야 이 내 몸 길러낼 제
公侯配匹은 못 바라도 君子好逑 願ᄒ더니
三生의 怨業이오 月下의 緣分ᄋ로,
長安遊俠 輕薄子를 꿈ᄀᆞᆫ치 만나 잇서,
當時의 用心ᄒ기 살어름 디듸는 듯,
三五 二八 겨오 지나 天然麗質 절로 이니,
이 얼골 이 態度로 百年期約 ᄒ얏더니,
年光이 훌훌ᄒ고 造物이 多猜ᄒ야,
봄바람 가을 믈이 뵈오리 북 지나듯
雪鬢花顔 어디 두고 面目可憎 되거고나.
내 얼골 내 보거니 어느 님이 날 괼소냐?
스스로 慚愧ᄒ니 누구를 怨望ᄒ리?
三三五五 冶遊園의 새사람이 나단 말가?
곳 피고 날 저물 제 定處 업시 나가 잇어,
白馬 金鞭으로 어디어디 머무는고?
遠近을 모르거니 消息이야 더욱 알랴?
因緣을 긋쳐신들 ᄉᆡᆼ각이야 업슬소냐?
얼골을 못 보거든 그립기나 마르려믄,

열 두 째 김도 길샤 설흔 날 支離ᄒ다.
玉窓에 심근 梅花 몃 번이나 픠여 진고?
겨울 밤 차고 찬 제 자최눈 섯거 치고,
여름날 길고 길 제 구즌 비ᄂ 므스 일고?
三春花柳 好時節의 景物이 시름업다.
가을 ᄃᆞᆯ 房에 들고 蟋蟀이 床에 울 제,
긴 한숨 디ᄂ 눈물 속절업시 헴만 만타.
아마도 모진 목숨 죽기도 어려울사.
도로혀 풀쳐 혜니 이리 ᄒ여 어이 ᄒ리?
靑燈을 돌라 노코 綠綺琴 빗기 안아,
碧蓮花 한 曲調를 시름 조ᄎ 섯거 타니,
瀟湘夜雨의 댓소리 섯도ᄂ 됏,
華表 千年의 別鶴이 우니ᄂ 됏,
玉手의 타는 手段 녯 소래 잇다마ᄂ,
芙蓉帳 寂寞ᄒ니 뉘 귀에 들리소니.
肝腸이 九曲 되야 구븨구븨 ᄭᅳᆫ쳐서라.
ᄎ라리 잠을 드러 ᄭᅮᆷ의나 보려 ᄒ니, 바람의 디ᄂ 닢과
풀 속에 우는 즘생, 므스 일 怨讐로서 잠조차 ᄭᅢ오ᄂ다?
天上의 牽牛 織女 銀河水 막혀서도,
七月 七夕 一年 一度 失期치 아니거든,
우리 님 가신 後는 무슨 弱水 가렷관듸,
오거나 가거나 消息조차 ᄭᅳ쳣는고?
欄干의 비겨 셔서 님 가신 ᄃᆡ 바라보니,
草露ᄂ 맷쳐 잇고 暮雲이 디나갈 제
竹林 푸른 고ᄃᆡ 새 소리 더욱 설다.

世上의 서룬 사람 數업다 ᄒ려니와,

薄命ᄒᆫ 紅顔이야 날 가ᄐᆞ니 ᄯᅩ 이실가?

아마도 이 님의 地位로 살동말동 ᄒᆞ여라.

　　　　　── 許蘭雪軒, 「閨怨歌」, 『古今歌曲』

● 閨怨歌: 조선시대의 女流詩人인 許蘭雪軒 또는 作者未詳의 여인이 지은 歌辭. 여인의 한과 원망을 직접적으로 표현함으로써 감정을 보다 진솔하게 표현한 작품으로 전기가사에서 후기가사로 넘어가는 과도적 역할을 담당하는 작품으로 꼽힌다. 이 작품에서 가장 쟁점이 되는 것은 작가 확정 문제이다. 1800년 편찬된 『고금가곡』에 따르면 허난설헌이 창작한 것으로 되어 있으나, 가사 작품을 최초로 평한 洪萬宗의 『旬五誌』(1678년 편찬)에는 규원가의 작가를 許筠의 첩인 巫玉으로 밝히고 있다. 어느 쪽이든 이 작품은 여성이 지은 최초의 규방가사라는 점, 이후 自歎類 규방가사의 원형이 되었다는 점에서 주목할 가치가 있다.

● 古今歌曲: 편자·편찬 연대 미상의 가집. 卷末에 '甲申春 松桂烟月翁'이라는 기록이 있는 것으로 보아, 松桂烟月翁이란 사람이 甲申年 봄에 편찬한 것이지만, 그 이상의 정확한 정보를 확인하기 어렵다. 이 가집은 비록 302수밖에 되지 않는 小歌集이지만 그 중에서 120수가 넘는 작품들이 『靑丘永言』이나 『海東歌謠』 그리고 『歌曲原流』 등 歌集에 수록되어 있지 않은 작품들이라는 점에서 중요한 문학사적 의의가 있다.

# 歎窮歌, 가난에 대한 해학적 승화

하놀이 삼기시믈 一定 고로 ᄒ련마는
엇지ᄒ 人生이 이대도록 苦楚ᄒ고?
三旬 九食을 엇거나 못 엇거나
十年 一冠을 쓰거나 못 쓰거나
顔瓢 屢空인들 날ᄀ치 뷔여시며
原憲 艱難인들 날ᄀ치 已甚홀가?
春日이 遲遲ᄒ야 布穀이 비야거늘
東隣에 따보 엇고 西舍에 호믜 엇고
집 안희 드러가 ᄡᅵ갓슬 마련ᄒ니
올벼ᄡᅵ ᄒ 말은 半나마 쥐 먹엇고
기장피 조 ᄑᆺᄐᆫ 서너 되 부터거늘
寒餓한 食口 일이ᄒ야 어이 살리?
이바 아희들아 아모려나 힘뻐 쓰라
쥭은 물 샹쳥 먹고 거니 건져 죵을 주니
눈 우희 바놀 졋고 코ᄒ로 ᄑ람 분다.
올벼는 ᄒ 볼 뜻고 조 ᄑᆺᄐᆫ 다 무기니
살히피 바랑이는 나기도 슬찬턴가?
還子 장이는 무어스로 당만ᄒ며
徭役 貢賦는 엇지ᄒ야 출와낼고?
百爾 思之라도 겨닐 셩이 젼혜 업다.
莨楚의 無知를 불어ᄒ나 엇지ᄒ리?

時節이 豊흔들 지어미 빈브르며
겨스를 덥다흔들 몸을 어이 フ리울고?
機杼도 쓸듸 업서 空壁의 씨쳐 잇고
釜甑도 브려 두니 불근 비티 다 되엿다.
歲時朔望 名日忌祭는 무어스로 享祀흐며
遠近親戚 來賓往客은 어이흐야 接待흘고?
이 얼굴 진여 이셔 어려운 일 하고 만다
이 怨讎 窮鬼를 어이흐야 녀희려뇨?
수리 餱糧을 フ초오고 일홈 불러 餞送흐야
日吉 辰良에 四方으로 가라 흐니
啾啾 憤憤흐야 怨怒흐야 니른 말이
自少 至老히 喜怒 憂樂을 너와로 흠씌 흐야
죽거나 살거나 져흴 줄이 업섯거늘
어듸 가 뉘 말 듯고 가라 흐여 니른느뇨?
이는 덧 꾸짓는 덧 온 가지로 恐嚇커늘
도롯서 싱각흐니 네 말도 다 올토다.
然情흔 世上은 다 나룰 브리거늘
네 호자 有信흐야 나룰 아니 브리거든
人威로 避絶흐여 좀씨로 녀흴너냐?
하눌 삼긴 이 내 窮을 혈마흔들 어이 흐리
貧賤도 내 分이어니 셜워 므슴흐리?
　　　　— 鄭勳,「歎窮歌」,『水南放翁遺稿』


● 鄭勳: 1563년(명종 18)~1640년(인조 18). 자는 邦老, 호는 水南放翁이다.

전형적 양반 집안에 태어났으나 관직에 나간 바 없이 남원 동문 밖에서 초야에 묻혀 살면서 77세의 일생을 보냈다. 임진왜란·인조반정·병자호란 등을 겪으며, 비록 정계에 나아가지는 않았으나 시대적인 영향을 많이 받았다. 불의를 참지 못하고 국가의 안위를 걱정하는 의식은 그의 가사작품「聖主中興歌」와 시조작품 일부에 그대로 드러나 있다. 또한 관직에 나아가지 않은 대신 생활주변의 아름다운 자연경관을 찾아다니며 그 심회를 시가로 표현했는데「水南放翁歌」·「龍湫遊詠歌」 등의 가사가 그 대표적인 예이다. 한글작품으로 가사 5편과 시조 20편이 있고, 한시문도 30여 편이 있다. 문집으로『水南放翁遺稿』가 전한다.

◉ 嘆窮歌: 鄭勳이 지은 歌辭. 鄭勳의 文集인『水南放翁遺稿』에 수록되어 있다.「嘆窮歌」는 蘆溪 朴仁老가 지은「陋巷詞」와 같은 계열에 들만한 가사로 곤궁한 생활을 탄식하면서 安貧樂道하려는 뜻을 노래했으며 모두 85구로 되어 있다.

# 成春香歌, 불변의 사랑


乙卯陽月念澈 弄腕[1]


## 춘향전 권지단

중원갑즈[2] 乙丑年間의 全羅道 南原府의 사쏘 子弟 흔 분이 잇시되 年光은 拾六이요 風彩은 杜牧之라 얼골은 冠玉이요 文章은 李白이며 筆法은 王羲之던 거시엿다. 平生의[3] 마음이 허랑흐여 놀기만 질기는 즁의 잇쩌난 언어 쩌고, 놀기 죠흔 三春이라. 九十春光 죠흘씨고 花柳佳節 이안인가? 방즈[4] 불너 분부흐되, "너의 골이 옹쥬거읍이라 흐니 놀만흔 곳지 어데민요? 山川景槪 구경가자." 방자놈 엿자오되, "공부하시난 도련임이 시셔문답 안이하고 경기 물어 무엇 할야시요?" "에라 이놈 네몰너라. 자고로 文章이 名勝之地을 짜라 자최을 들어너난이 디강 니르거던 들어보라. 採石江 明月夜의 李靑蓮도 노라잇고[5] 五柳村 北

---

1 乙卯……弄腕: 1915년 10월 28일에 팔꿈치를 놀려 필사를 시작했다는 말이다. 원문에는 椀으로 되어 있으나 잘못이므로 腕으로 바로잡았다. 본 책 맨 뒷장의 필사기에는 '南湖居士 弄腕'이라 되어 있다.

2 중원갑즈(中元甲子): 민속에서 時運의 한 주기를 세 갑자, 즉 180년으로 잡는데 그 전성기인 가운데 갑자 60년을 가리킨다. 이야기의 배경이 太平盛代라고하는 虛頭에 해당된다. 조선에서는 세종 때의 갑자년(1444)을 상원갑자의 기준 시점으로 삼았으므로, 「춘향전」의 배경을 조선 후기로 한정한다면 중원 갑자의 을축년은 대개 '숙종 11년'(1685) 혹은 '고종 2년'(1865)이다. 다른 이본을 참고할 때 전자를 지칭할 가능성이 크다.

3 平生의: 평소에.

4 방즈(房子): 조선시대 관청에서 심부름하던 남자 사환.

5 採石江……노라잇고: 唐나라 李白이 采石江에서 뱃놀이를 하면서 달을 잡으려고 하다 빠져

窓下의 陶處士가 노라시며[6] 赤壁江 七月秋의 蘇子瞻이 노라시며[7] 潯陽江 琵琶聲은 白樂天도 노라신이[8] 나도 본더 호걸사라 예 사름만 못할소야? 人生一世 싱각흐면 莊周의 春夢이요, 富貴榮華 됴타 흐나 靑天의 浮雲이라.

…(中略)…

으사 할일읍셔 문박그로 왕닉흐며 혼자 말로 흐난 말리, "이놈덜아, 지금은 호강을 흐다만은 죠곰 잇다 보아라. 닉 손의 싱똥[9]을 싸리라." 하고 이리져리 지웃지웃 흐다가 와락 쑤여 들어가며, "엿자와라! 連日不食 쥬린 스름 이와 갓탄 慶宴의 酒餅이 狼藉커던 不顧廉恥 들어와다." 상지동을 존쪽 안고,[10] "인져도[11] 웃던 장사익덜놈[12]이 쫓쳐닐가?" 잇찌 여러 슈영 즁의 운봉영장[13]이 원래 知人智鑑[14] 잇던 거시엿다. "그 양반 말셕의 참예흐게 가만 두어라." 잇찌 비반이 낭자흐여 당

────────────

죽었다고 한다. 그를 '采石仙人', '騎鯨客', '騎鯨李'라고도 부른다.

6 五柳村……노라시며: 晉나라 陶潛이 자기 집 주변에 다섯 그루 버드나무를 심어 五柳先生이라 자호하고, 오뉴월에는 북녘 창가에서 시원한 바람을 쐬며 스스로 羲皇上人이라 했다 한다.

7 赤壁江……노라시며: 宋나라 蘇軾이 적벽강에서 壬戌年 七月 旣望(16일)에 뱃놀이를 하면서 보름달을 즐기고 「赤壁賦」를 지었다.

8 潯陽江……노라신이: 唐나라 白居易가 九江郡 司馬로 좌천되어 있을 때 심양강가에서 객을 전송하다가 밤중에 비파 소리를 듣고 「琵琶行」을 지었다.

9 싱똥: '산똥'의 경상, 전라, 충청도의 방언으로 먹은 것이 다 소화되지 못하고 나오는 똥을 말한다. 여기서는 충격이나 고초를 이기지 못해 싸는 똥을 지칭한다.

10 상지동을 존쪽 안고: 미상. 혹 어깨, 팔, 손 등 상체의 뼈를 가리키는 '上肢' 부근을 잔뜩 손으로 감싸 안고 웅크린다는 뜻으로 추정된다.

11 인져도: 인제. 이제 와서.

12 장사(壯士−)익덜놈: 장사아들놈으로 장사를 얕잡아 부르는 말이다.

13 운봉영장(雲峰營將): 조선 숙종 34년에 南原 左營을 雲峰으로 옮기고 그 鎭營將을 운봉현감이 겸임했다.

14 知人智鑑: 智는 之의 잘못이고, 사람을 알아볼 줄 아는 감식력을 말한다.

상의 모든 슈영 ᄎ례로 밧들 적의 육산포임<sup>15</sup> 융슝ᄒ다. 으사의 상을 본니 모<sup>16</sup> 쩌러진 긔상반<sup>17</sup>의 쌕쌕쥬<sup>18</sup> ᄒ 잔 노코 콩나물 ᄒ 졉시 밤 ᄒ나 디쵸 ᄒ나 살 ᄒ 졈 읍난 쪄쓰지<sup>19</sup> ᄒ나 쩌들러 노와신니<sup>20</sup> 으사 ᄒ난 말이, "져 상보고 이 상 본니 飮食 層下<sup>21</sup> 너머 ᄒ오." 으사 심슐 ᄂ여 상을 당기다가 와락 업지르고 "아쓸사 악갑도다" ᄒ고 다 쩌러진 베 도포 쇼미의 무쳐다가 좌상의 활활 뿌리니 본관<sup>22</sup>의 얼골의 쒸엿난지라. 본관이 상을 씽글리고, "어허, 그 스름 고긱<sup>23</sup>이로고. 오날 이 욕은 운봉의 타시로다." 酒肴가 난만ᄒ야<sup>24</sup> 一等名妓로 勸酒歌을 불으고 各 色風樂 찰난ᄒ다. 으사가 부치로 운봉을 쏙 찔으면서, "갈리<sup>25</sup> ᄒ 디 먹고 지고."<sup>26</sup> 운봉이 쌈싹 놀니, "엿쇼, 다라도 줍슈시요." 으사쏘 ᄒ난 말이, "여보 운봉! 그즁의 뫼ᄒ 게셩과 죠흔 슐을 좀 보니오. 나도 흔번 勸酒歌로 먹어보게요." 운봉이 웃고, "아모 연이나 ᄒ나 가보와라." 하니, 그즁의 흔 연이 나려가며 ᄒ넌 말이, "안이쏘워라! 권쥬가 안이면 슐리

15 육산포임(肉山脯林): 산같이 쌓인 고기와 숲같이 모인 포.

16 모: 어떤 물건에서 각이 지거나 겉으로 들어나 튀어나온 부분. 모서리.

17 긔상반(-床盤): 개다리소반. 네모진 판에 다리가 바틋한 막치로 만든 상.

18 쌕쌕쥬[薄薄酒]: 텁텁하고 맛이 없는 술.

19 쪄쓰지: 뼈뜯이. 뼈에서 뜯어낸 질긴 쇠고기. 혹 살점을 뜯어먹고 남은 뼉다귀.

20 쩌들러 노와신니: 떠들어 놓았으니. 한쪽을 조금 들리게 비스듬히 놓았다는 말.

21 層下: 차별지게 대한다는 뜻.

22 본관(本官): 자기 고을의 수령. 여기서는 남원부사를 가리킨다.

23 고긱(苦客): 귀찮은 손. 성가신 나그네.

24 酒肴가 난만(爛漫)ᄒ야: 술과 안주가 흐드러지게 널려져 있어.

25 갈리: 가리. 갈비.

26 먹고 지고: 먹고 싶어라. '(하)고 + 지고'는 어떤 행위에 대한 욕망을 나타내는 古語의 보조 용언이다. 여기서는 일종의 해학적인 어조로 그 같은 고어의 용법을 쓴 듯하다.

인문학을 위한 한문 읽기

목궁게 안이 너머가나?" ᄒ고 슐 부어들고, "잡슈신오 잡슈신오. 니 슐 흔잔 잡부시면 천말연이나 ᄉ오리다. 이 슐이 슐이 안니라 漢武帝 承露 盤[27]의 니실 바든 거시온니 씨나 단아 줍으시오." 으사 바다 먹고, "어허, 그 슐 먹기 滋味 잇다." 쏘 흔 잔 부어들고, "잡으시요 잡으시요. 이 슐 흔 잔 잡 으시요. 잔 권할 제 잡으시요. 잡슈짜가 증 실커던 쇼여게로 권ᄒ쇼셔." 니 렁져렁 비반음식[28] 먹은 후의 晬宴韻[29]이 나던 거시엿다. 긔름 고자 노풀 고짜 두 자가 난난디 으사쏘 ᄒ난 말이, "나도 어려셔 千字卷이 나 비워쩐니 남의 슈연의 酒餠만 飽食ᄒ고 그져 가기 無味ᄒ니 나도 흔 슈 지으미 웃더ᄒ고?" 운봉이 허락ᄒ고 紙筆을 니여쥰니 으사가 글 두 귀을 지으난디, "金樽美酒은 千人血이요 玉盤佳肴萬姓膏라. 燭淚落時의 民淚落이요 歌聲高處怨聲高라." 그 글 쓰젼, 금 슐쥰[30] 의 아름다온 슐은 일쳔 ᄉ룸 피요 옥 쇼반의 아름다온 안쥬난 만 빅셩 의 긔름이라 촉불 눈물 쩌러질 쩐의 빅셩의 눈물 쩌러지고 노리 쇼리 노푼 곳에 원망 쇼리 놉펴쏘다. 운봉이 글 바다들고, "걸인 보고 그 글 본니 濟民之像[31] 宛然ᄒ다. 그 글 쯧던 원[32]을 시비ᄒ고 빅셩을 위홈이 라. 아모리 싱각ᄒ여도 슈상ᄒ다. 三十六計의 走爲上策이라[33] ᄒ여신

---

27 承露盤: 甘露(천상의 이슬)을 받는 쟁반. 漢나라 武帝가 신선술을 믿고 궁궐에다 스무 길 정도의 높이로 仙人이 손바닥에 銅盤과 玉杯를 받치고 있는 조형물을 만들었다고 한다.

28 비반음식(盃盤飮食): 술잔에 담기고 소반에 놓인 술과 안주.

29 晬宴韻: 생일잔치의 詩韻.

30 슐쥰(樽): 술동이.

31 濟民之像: 백성을 구제하려는 기상, 또는 형상.

32 원: 고을 원. 즉 남원부사를 가리킨다.

33 三十六計의 走爲上策이라: 많은 계책 중에서도 도망가야 할 때에는 도망가서 안전을 추구 하는 것이 병법상 최상책이라는 뜻이다. 『齊書 · 王敬則傳』의 "王敬則曰 檀公三十六策 走爲 上計"에서 연원하였다.

니 닉가 먼져 쎄리라."**34** ᄒ고 "님실, 엿소! 이 글 보오." 님실이 그 글을 보고 벌벌 ᄯ난구나. …(中略)…

"춘양아 정신 차려 날 보와라." 춘양이 ᄒ난 말리, "예가 어디요? 당상의 엄ᄒ 스또 어디 가고 셔방임이 안져씨며 게ᄒ의 죽근 날을 뉘라셔 살여난고?" 셔방임 손목 잡고 질거온 마음 못 니기여 우름 쇼리 진동ᄒ니 잇ᄯ 보난 사름 듯난 빅셩 뉘가 안이 죠와 ᄒ며 뉘가 안이 숑덕ᄒ야스랴? 으사[御使] 옥문을 통기ᄒ고**35** 기타 죠인[罪人] 얼 자욱**36** 방숑ᄒ고 영ᄒ읍**37** 슈영덜의 슌불슌**38**을 갈리여셔 탑전의 쟝게홀**39** 시 운봉영장은 善政을 表揚ᄒ여 雄州巨邑을 진닉여 만복을 누리게 ᄒ고 춘양의 사연을 낫낫치 쥬달ᄒ니 上이 大讚不已ᄒ사**40** 貞烈夫人**41** 가자**42**을 날이시고 삼품녹을 먹게 ᄒ신니 춘양이 국은을 축슈ᄒ고 제 집으로 도라온니 잇ᄯ 춘양 잡아가던 관쇽덜과 으사을 쬬차닉던 장교놈은 제발암의**43** 달아나고 등장 들던 과틱**44**덜은 골골마

---

34 쎄리라: 내빼리라. 도망가리라.

35 통기(洞開)ᄒ고: 문짝 등을 활짝 열어젖뜨리고. 죄의 경중을 묻지 않고 은사로 죄인을 모두 놓아주는 것을 洞開獄門이라 함.

36 자욱: 자욱히. 많은 수효를 형용하는 말인 듯함.

37 영ᄒ읍(營下邑): 監營이나 兵營이 있는 고을.

38 슌불슌(善不善): 수령들의 정사가 잘되고 못됨.

39 탑전(榻前)의 쟝게(狀啓)홀: 탑전은 임금을 가르킴. 장계는 외방에 나간 관원이 임금에게 서면으로 보고하는 일.

40 上이 大讚不已ᄒ사: 임금이 크게 칭찬해 마지않으셔서.

41 貞烈夫人: 조선조에서 정조를 굳게 지킨 부녀자를 표창하여 내린 칭호. 그러나 內命府의 품계로서 이같은 작위가 있었던 것은 아니고 다만 정려각을 세우거나 포상을 했다.

42 가자(加資): 正三品 堂上官 이상의 품계 또는 그 품계에 올리는 일.

43 제발암의: 제바람에. 남이 시키지 않고 제힘으로. 제풀에.

44 과틱(寡宅): 과댁. 과수댁(寡守宅).

다 춤을 추며 으사을 숑덕ᄒ난 쇼리 사천[45]이 진동ᄒ더라. 일러구려 슈월지ᄂᆡ의 政通人化[46]ᄒ야 山無盜賊ᄒ고 道不拾遺ᄒ니[47] 上이 全羅御使로 吏曹判書 ᄒ이시니 으사 북향ᄉᆞ비[48]ᄒ고 춘양과 춘양모와 상단을 치ᄒᆡᆼ[49]ᄒ여 올너갈 시 쌍교[50]을 타고 춘양모와 상단이난 쥰마을 터워 좌우 나졸 시위ᄒ고 으사난 뒤의 셔셔 간난 양은 낙양 ᄶᅵ 쇼진[51]이가 육국정승 인끈 차고 거기치듕[52] 압셰우고 고국으로 향ᄒ난듯[53] 各邑守令 餞別할 졔 풍악 쇼리 남원일읍이 뒤ᄯᅳᆯ나듸[54] 걸리걸리 귀경꾼이 三三五五 작반ᄒ여[55] 동인 스름은 셔린 스름을[56] 불우고 南村 스름

---

45 사천(四天): '四方'이라는 뜻인 듯함.

46 政通人化: 人化는 人和의 잘못이다. 정사가 순조롭게 수행되고 백성이 화락해졌다는 뜻이다. 范仲淹의 「岳陽樓記」에 "越明年, 政通人和, 百廢俱興, 乃重修岳陽樓."가 나온다.

47 山無盜賊ᄒ고 道不拾遺ᄒ니: 산에는 도적이 없고 길에는 떨어진 물건을 줏는 사람이 없다는 뜻. 蘇軾의 「論商鞅」에 "商鞅用於秦 …… 道不拾遺 山無盜賊 家給人足"이라고 하였다.

48 북향ᄉᆞ비(北向四拜): 임금이 계신 쪽을 향해 네 번 절하는 것.

49 치ᄒᆡᆼ(治行): 길 떠날 행장을 꾸리거나 꾸려줌.

50 쌍교(雙轎): 말 두 필이 각각 앞뒤 채를 메고 가는 가마. 종이품 이상의 벼슬아치, 사신, 승지를 지낸 고을원 등 지위 높은 사람이 탔음. 雙駕馬, 雙馬轎, 雙駕轎.

51 쇼진(蘇秦): 東周 洛陽 사람. 변론가로서 전국시대 六國에 유세하여 合從策을 세우고 육국의 재상이 됐다.

52 거기치듕(車騎輜重): 수레, 기병, 식량운송대 등의 대규모 행렬.

53 낙양(洛陽) ᄶᅵ…… 고국(故國)으로 향ᄒ난 듯: 소진의 금의환향하는 광경을 비유함. 『史記 蘇秦列傳』에 "於是六國從合而幷力焉 蘇秦爲從約長 幷相六國 北報趙王 乃行過雒陽 車騎輜重 諸侯各發使送之甚衆 疑於王者"라고 하였다.

54 뒤ᄯᅳᆯ나듸: 뒤끓어나되. '뒤끓어-난다'는 말인 듯함.

55 三三五五 작반(作伴)ᄒ여: 서너 명씩 대여섯 명씩 짝을 지어.

56 동인(東隣) 스름은 셔린(西隣) 스름을: 동쪽 마을 사람은 서쪽 마을 사람을. 부근의 이웃을 지칭할 때 '東隣西舍'라는 어휘를 쓰기도 함.

은 北村 스름을 부우난디, "어와57 셰상스름덜아, 쳔말연을 살지라도 져언 일을 보와난가. 남원옥즁 춘양이가 엄형즁치 죽을 쩌의 으사낭군이 졔격이라. 南山의 잣남우와 북산의 쇼남우가 쇼한 디한 지닉간덜 晶晶高節58 변할쇼랴. 天生貞烈 59 春양 마음 남원부사 겁을 닐야. 春風三月 불근 쏫치 狂風 마자 쩔러진덜 빗치야 변할숀야. 창히로 슐을 빗고 열섬 쌀을 밥을 지여 너도 먹고 나도 먹어 한포고복60 뉘 덕인고. 우리 스쏘 오신 후로 도젹이 양인 되고 악인이 현인 되야 泰平時節 다시 만나 憂者以樂61 지나갈졔 그 은혜을 이질숀야. 죠흘씨고 죠흘씨고 民樂其所62 죠흘씨고." …(下略)…

　　　　　　　　　　— 윤주필,『남호거사 성춘향가』, 태학사, 1999.

---

57 어와: 시조나 가사 등의 노래에서 문장 앞에 놓이는 감탄사.

58 晶晶高節: 晶晶은 亭亭의 잘못이다. 굳세고 꼬장꼬장한 절개.

59 天生貞烈 : 하늘로부터 타고난 여성의 정절.

60 한포고복[含哺鼓腹]: 배불리 먹고 배를 두드림.

61 憂者以樂: 이를 계기로 근심하던 사람이 즐거워졌다는 말. 蘇軾의「喜雨亭記」에 "大雨 三日乃止 官吏相與慶於庭 商賈相與歌於市 農夫相與抃於野 憂者以樂 病者以喜"라고 했다. 上下同樂하는 모습을 표현하는 고전적인 어구다.

62 民樂其所: 백성들이 각자 제 자리 얻은 것을 기뻐한다는 말. 유교 정치의 이상을 나타내는 개념인 '各得其所'를 변용시킨 표현이다.

# 제7장 한시의 세계

# 乙支文德, 贈隋右翊衛大將軍于仲文[1]

神策究天文　　　妙算窮地理
戰勝功旣高　　　知足[2]願云[3]止
　　―『東文選』권19


● 乙支文德: 고구려 嬰陽王 때의 名將으로 612년(영양왕 23)에 隋나라가
침입하자 薩水에서 대첩을 거두고 수나라 군사를 격퇴하였다.

---

1 于仲文: 隋나라 장수로 고구려 원정에 나섰다가 살수에서 乙支文德에게 대패하였다.
2 知足: 『老子』에 "족함을 알면 욕되지 않고, 그칠 줄 알면 위태롭지 않다.[知足不辱, 知止不
殆.]"라고 하였다.
3 云: 助字.

# 崔致遠, 秋夜雨中

秋風惟苦吟　　擧世[1]少知音[2]
窓外三更[3]雨　　燈前萬里心
　　　―『東文選』권19


● 崔致遠: 857~? 新羅 末의 文人으로 字는 孤雲 · 海雲, 諡號는 文昌侯이다. 唐나라에 유학하여 賓貢科에 급제하였다. 高騈의 從事官을 지내며「檄黃巢書」등 많은 名文을 지었다. 신라에 돌아와 翰林學士가 되었으나 국정의 문란을 보고 伽倻山에 은거하였다. 저서로『桂苑筆耕』이 전한다.

---

1 擧世: 온 세상. 擧世가『惺曳詩話』에는 世路,『稗官雜記』에는 世俗으로 되어 있다.
2 知音: 자기의 마음을 알아주는 친한 벗이다.『列子 · 湯問』에 보이는 伯牙와 鍾子期의 故事에서 유래하였다.
3 三更: 子時. 밤 11시에서 1시 사이.

# 朴寅亮, 伍子胥[1]廟

掛眼東門[2]憤未消　　碧江千古起波濤
今人不識前賢[3]志　　但問潮頭[4]幾尺高
　　　—『東文選』권19

　● 朴寅亮: ?~1096. 高麗의 문신으로 本貫은 竹山, 字는 代天, 號는 小華, 시호는 文烈이다. 文宗 때 遼나라에 「陳情表」를 올려 국경 문제를 해결하였고, 金覲과 함께 宋나라에 사신으로 가서 文章力을 과시하였다.

---

1 伍子胥: ?~기원전 484. 이름은 員이고, 자는 子胥이다. 춘추시대 楚나라 사람으로 오나라에 망명하여 오나라의 大夫를 지냈다. 오나라 왕 夫差가 西施의 미색에 빠져 정사를 게을리 하고 오히려 간하던 오자서에게 칼을 주어 자살하게 했다. 오자서는 자살하면서 자기의 눈을 오나라 성의 東門에 걸어서 자기의 말을 듣지 않고 자기를 죽이는 오나라가 멸망하는 것을 보도록 하라는 유언을 남겼다. 그로부터 9년 뒤 월나라가 오나라를 멸망시켰다.

2 掛眼東門: 吳나라 伍子胥가 참소를 입어 죽게 되자 "내가 죽으면 눈을 빼어서 동문 위에 걸어두라. 越나라가 吳나라를 망하게 하는 것을 보리라."라고 하였다.

3 前賢: 伍子胥를 가리킨다.

4 潮頭: 浙江의 潮水가 특별히 맹렬한데, 사람들이 "오자서의 憤氣 때문에 그렇다."라고 말한다.

# 崔冲, 絶句

滿庭月色無煙燭　　入座山光不速[1]賓
更有松絃[2]彈譜外　　只堪珍重未傳人
　　—『東文選』권19


◉ 崔冲: 984~1068. 본관은 海州, 자는 浩然, 호는 惺齋·月圃·放晦齋, 시호는 文憲이다. 1005년 甲科에 급제하여 한림학사, 문하시랑평장사, 중서령 등을 역임하고 九齋를 설립하여 우수한 제자를 많이 배출했는데, 이를 文憲公徒라 하였다. 우리나라 교육을 진흥시켜 당시 海東孔子라고 불렸다.

---

1 速: 부르다, 초대하다의 뜻이다.

2 松絃: 솔바람 소리를 비유한다.

# 金富軾, 甘露寺[1]次惠遠[2]韻

俗客不到處　　登臨意思淸

山形秋更好　　江色夜猶明

白鳥高飛盡　　孤帆獨去輕[3]

自慙蝸角[4]上　　半世覓功名

　　—『東文選』권9


◉ 金富軾: 1075~1151. 고려의 문신으로 본관은 慶州, 字는 立之, 號는 雷川,
시호는 文烈이다. 妙淸의 亂을 진압했으며, 『三國史記』를 편찬하였다.

---

1 甘露寺: 開城 북쪽 五峰山 자락에 있던 절이다.

2 惠遠: 東晉의 高僧으로 廬山에 있는 東林寺에서 18명의 學僧들과 더불어 修業하면서 白蓮
社를 결성하였다.

3 白鳥高飛盡 孤帆獨去輕: 당나라 李白의 「獨坐敬亭山」 시에 나오는 "새들은 높이 날아 사라지
고, 외로운 구름은 홀로 한가히 떠가네.[衆鳥高飛盡, 孤雲獨去閑.]라는 구절을 變容하였다.

4 蝸角: 달팽이 뿔로 작은 세상을 비유한다. 『莊子』에 달팽이의 왼쪽 뿔 위에는 觸國이, 오른쪽
뿔 위에는 蠻國이 서로 다투어 편안한 날이 없었다고 한다.

# 鄭知常, 送人[1]

雨歇長堤草色多[2]　　送君南浦[3]動悲歌
大同江[4]水何時盡　　別淚年年添綠波[5]
　　—『東文選』권19

● 鄭知常: ?~1135. 高麗의 문신으로 初名은 之元, 號는 南湖이다. 平壤 출신으로 妙淸, 白壽翰과 함께 西京 遷都와 稱帝建元을 주장하다가 金富軾에게 피살되었다.

---

1 送人: 시 제목이 「大同江」으로 된 데도 있다.

2 草色多: 풀빛이 짙푸른 것을 말한다.

3 南浦: 平壤에 있는 포구 이름이다. 중국에도 南浦라는 지명이 있는데, 이별하는 곳의 상징으로 쓰였다. 屈原의 『楚辭 九歌 東君』에 "그대와 손을 마주잡고 동쪽으로 가서 아름다운 사람을 남포에서 전송한다.[子交手兮東行, 送美人兮南浦.]"라는 구절이 있고, 江淹의 「別賦」에 "봄풀은 푸른빛이고, 봄물은 파란 물결이네. 남포에서 그대를 보내려니, 이 아픈 마음을 어찌할까?[春草碧色, 春水綠波. 送君南浦, 傷如之何?]"라는 구절이 있다.

4 大同江: 平壤에 있는 강이다.

5 別淚年年添綠波: 杜甫의 「奉寄高常侍」에 "하늘가에서 봄빛은 더딘 봄을 재촉하고, 이별 눈물은 멀리 금수의 물결에 보태지네.[天涯春色催遲暮, 別淚遙添錦水波.]"라는 구절이 있다.

# 李仁老, 山居

春去花猶在　　天晴谷自陰
杜鵑[1]啼白晝　　始覺卜居[2]深
　　—『東文選』권19


● 李仁老: 1152~1220. 高麗의 문신으로 본관은 仁州[仁川], 字는 眉叟, 號는 雙明齋이다. 林椿, 吳世才 등과 함께 竹高七賢의 한 사람으로 활약하였다. 저서로『破閑集』이 전한다.

---

1 杜鵑: 소쩍새.
2 卜居: 살 곳을 가려 정하다는 뜻인데, 여기서는 居處를 의미한다.

# 李穡, 浮碧樓[1]

昨過永明寺[2]　　暫登浮碧樓
城空月一片　　石老雲千秋
麟馬[3]去不返　　天孫[4]何處遊
長嘯倚風磴　　山靑江自流[5]
　　　　—『牧隱集』권2

● 李穡: 1328~1396. 高麗의 문신이자 학자로 本貫은 韓山, 字는 潁叔, 號는 牧隱, 諡號는 文靖이다. 李穀의 아들이자 李齊賢의 門人으로 門下에서 權近, 李崇仁, 鄭道傳, 卞季良 등이 배출되었다. 冶隱 吉再, 陶隱 李崇仁과 함께 三隱으로 불린다.

---

1 浮碧樓: 평양에 있는 누대이다.

2 永明寺: 평양에 있는 절이다.

3 麟馬: 麒麟馬로 東明王이 麒麟馬를 타고 하늘에 朝會하러 다녔다고 한다. 그 유적이 平壤에 있는 麒麟窟과 朝天石이다.

4 天孫: 고구려 시조 東明王을 가리킨다. 동명성왕은 天帝의 아들 解慕漱와 河伯의 딸 柳花와의 사이에서 태어났다.

5 江自流: 李白의 「登金陵鳳凰臺」에 "봉황대에 위에서 봉황이 노닐더니, 봉황 떠나 누대 비고 강만 절로 흐르네.[鳳凰臺上鳳凰遊, 鳳去臺空江自流.]"라는 구절이 있다.

# 禹倬, 映湖樓[1]

嶺南遊蕩閱年多　　最愛湖山景氣加
芳草渡頭分客路　　綠楊堤畔有農家
風恬鏡面橫烟黛　　歲久墻頭長土花[2]
雨歇四郊歌擊壤[3]　　坐看林杪漲寒槎
　　　　―『東文選』권15


● 禹倬: 1263~1342. 고려 말기의 문신·학자로 본관은 丹陽, 자는 天章·卓甫·卓夫, 호는 白雲·丹巖이다. 經史에 통달했고, 『고려사』列傳에 "易學에 더욱 조예가 깊어 卜筮가 맞지 않음이 없다."고 기록될 만큼 뛰어난 易學者였기 때문에 세상에서 '易東先生'이라 일컬었다. 시조 2수와 몇 편의 시가 전하고 있다.

---

1 映湖樓: 경상북도 안동시 亭下洞에 있는 정자이다. 영호루 현판은 恭愍王이 1366년에 하사한 것이다. 공민왕은 1361년 10월 홍건적이 침입하여 開城이 함락되자, 남쪽으로 몽진하여 경상북도 안동에 와서 영호루 주변을 유람한 적이 있었다.

2 土花: 이끼.

3 歌擊壤: 「擊壤歌」를 노래한다는 뜻이다. 「擊壤歌」는 堯 임금 때에 노인이 배불리 먹고 땅을 치며 부른 노래로 태평성대를 의미한다. 노래 가사는 "해가 뜨면 일어나고 해가 지면 쉬면서, 우물 파서 물을 마시고 밭을 갈아 밥을 먹으니, 임금님의 힘이 나에게 도대체 무슨 상관이랴?[日出而作, 日入而息, 鑿井而飮, 耕田而食, 帝力於我何有哉?]"라고 되어 있다.

# 鄭道傳, 訪金居士[1]野居[2]

秋陰漠漠[3]四山空[4]　　落葉無聲滿地紅
立馬溪橋問歸路　　不知身在畫圖中
　　　—『三峯集』권2


● 鄭道傳: 1342~1398. 朝鮮 초기의 문신으로 본관은 奉化, 字는 宗之, 號는
三峯이다. 조선 건국과 제도 정비에 큰 공을 세웠으나 제1차 왕자의 난으로 太宗
에게 죽임을 당하였다. 諡號는 文憲이다.

---

1 金居士: 미상.
2 野居: 들판의 집, 곧 시골집을 말한다.
3 漠漠: 넓고 아득한 모양을 말한다.
4 四山空: 온 산에 사람이 없어 텅 비었다는 뜻이다. 四山은 사방으로 둘러싸고 있는 산이다.

# 權近, 耽羅[1]


蒼蒼一點漢羅山　　遠在洪濤浩渺間
人動星芒來海國[2]　馬生龍種[3]入天閑[4]
地偏民業猶生遂　　風便商帆僅往還
聖代職方[5]修版籍[6]　此邦雖陋不須删
　　—『陽村集』권1「應製詩」[7]


　● 權近: 1352~1409. 朝鮮 초기의 문신으로 본관은 안동, 初名은 晋, 字는 可遠·思叔, 號는 陽村이다. 王命으로 『東國史略』을 撰하였고, 저서로 『陽村集』 등이 전한다.

---

1 耽羅: 제주도의 옛 이름이다.

2 人動星芒來海國: 권근의 自註에 "新羅 시대에 耽羅人이 來朝하였을 때 客星이 應하였기 때문에 왕이 기뻐 그에게 星子라는 號를 내렸다. 그 자손들이 지금까지 전하고 있다.[昔耽羅人來朝新羅, 有客星之應, 羅主喜之, 賜號星子. 其子孫至今傳稱.]"라고 하였다.

3 龍種: 八尺 이상으로 키가 큰 말을 일컫는다.

4 天閑: 天子의 마굿간인데, 제주도에서 말을 朝貢하였으므로 이렇게 표현하였다.

5 職方: 『周禮 夏官』에 보이는 관직으로 天下의 地圖와 四方의 朝貢을 담당하였다.

6 版籍: 土地 및 人口에 관한 것을 기록하는 장부인데, 여기서는 목판으로 만든 地圖를 가리킨다.

7 應製詩: 權近이 1395년 명나라와의 表箋 문제를 해결하기 위하여 중국에 가서 3차에 걸쳐 지은 24수의 시로 이루어져 있다. 1396년 9월 15일에 지은 8수, 9월 22일에 지은 10수, 10월 27일에 지은 6수가 있다. 「耽羅」는 1396년 9월 22일에 지은 10수 중 제9수이다.

# 徐居正, 春日

金入垂楊玉謝梅[1]　　小池新水碧於苔
春愁春興誰[2]深淺　　燕子[3]不來花未開
　　—『四佳詩集』권31


● 徐居正: 1420~1488. 조선 전기의 문신으로 본관은 대구, 자는 剛中 · 子
元, 호는 四佳亭 혹은 亭亭亭이다. 시문에 능하였고, 편저에『東文選』,『四佳集』,
『東人詩話』등이 전한다.

---

1 金入垂楊玉謝梅: 황금이 버들로 든다는 것은 버들 싹이 노랗게 터져 나온 것을 이른 말이고,
옥이 매화를 떠났다는 것은 하얀 매화가 다 졌음을 의미한다.
2 誰: 어느 것.
3 燕子: 제비.

# 魚無迹, 流民[1]歎

蒼生[2]難蒼生難　　　年貧爾無食

我有濟爾[3]心　　　　而無濟爾力

蒼生苦蒼生苦　　　　天寒爾無衾

彼有濟爾力　　　　　而無濟爾心

願回小人腹　　　　　暫爲君子慮

暫借君子耳　　　　　試聽小民[4]語

小民有語君不知　　　今歲蒼生皆失所

北闕雖下憂民詔　　　州縣傳看一虛紙

特遣京官問民瘼[5]　　馹騎[6]日馳[7]三百里

吾民無力出門限　　　何暇面陳[8]心內事

縱使一郡一京官[9]　　京官無耳民無口

---

1 流民: 고향을 떠나 流浪하는 백성을 가리킨다.

2 蒼生: 머리가 검은 사람, 곧 백성을 가리킨다.

3 爾: '너, 너희들'이라는 뜻의 2인칭 대명사이다.

4 小民: 미천한 백성이다.

5 民瘼: 백성의 고통이다.

6 馹騎: 驛站에 비치하는 말이다.

7 日馳: 하루 동안 말이 달리는 거리이다.

8 面陳: 직접 얼굴을 마주하고 사정을 말하다.

9 京官: 서울에 있는 중앙 관리이다.

不如喚起汲淮陽[10]　　　未死子遺猶可救

　—『國朝詩删』권8


　● 魚無迹: 朝鮮 燕山君 때의 시인으로 字는 潛夫, 號는 浪仙이다. 金海 官奴
신분이었으나 후에 免賤되었다. 詩를 지어 守令의 탐욕을 기롱한 후 다른 고을로
달아나 客死하였다.

---

10 汲淮陽: 漢代의 諫臣 汲黯이다. 直言을 잘 했으며, 淮陽太守가 되어 정사를 잘 돌보아 누
워 다스렸다 한다.

# 曺植, 題德山溪亭柱[1]


請看千石鍾[2]　　非大扣無聲[3]
爭似[4]頭流山　　天鳴猶不鳴
　　―『南冥集』권1


● 曺植: 1501~1572. 조선 중기의 학자로 본관은 昌寧, 자는 健中, 호는 南冥
이다. 저서로『남명집』과『南冥學記類編』·『神明舍圖』·『破閑雜記』등이 있다.

---

1 題德山溪亭柱:『南冥集』이외 다른 책에는 보통 제목이「天王峰」으로 되어 있고, 3구의 경
우도 '萬古天王峯'으로 되어 있다.
2 千石鍾: 천 섬의 쌀이 들어갈 정도의 큰 종, 곧 지리산 천왕봉을 가리킨다.
3 非大扣無聲: 천왕봉은 큰 것이 아니면 두드려도 소리가 나지 않는다는 뜻이다.
4 爭似: 어찌 같겠는가라는 뜻이다. 爭은 의문사이다.

# 黃眞伊, 詠半月

誰斲崑山<sup>1</sup>玉　　裁成織女<sup>2</sup>梳
牽牛<sup>3</sup>離別後　　謾擲碧空虛
　　—『大東詩選』권12


● 黃眞伊: 1516~? 朝鮮 전기의 女流詩人으로 本名이 眞이다. 開城의 名妓로서 妓名은 明月이다.「朴淵」·「詠半月」·「登滿月臺懷古」·「與蘇陽谷」등의 한시와 시조 작품 6수가 전한다.

---

1 崑山: 崑崙山으로 美玉이 많이 생산되는 곳이다.

2 織女: 銀河의 서쪽에 있는 별이다.

3 牽牛: 銀河의 동쪽에 있는 별이다.

# 西山大師, 野雪

踏雪野中去　　不須胡亂行[1]
今日我行跡　　遂作後人程

● 西山大師: 1520~1604. 조선시대의 高僧이자 僧兵將으로 俗名은 崔汝信,
호는 淸虛, 法名은 休靜이다. 安州 태생이며 妙香山에 오래 살았으므로 세상에
서 西山大師라고 불렀다. 임진왜란 때에 僧兵을 이끌고 왜군과 싸웠다. 저서로
『禪家龜鑑』,『淸虛堂集』 등이 있다.

---

1 胡亂行: 어지럽게 걸어간다는 뜻이다.

# 林悌, 無語別[1]

十五越溪女[2]　　羞人無語別[3]
歸來掩重門　　泣向梨花月[4]

　　—『林白湖集』권1


● 林悌: 1549~1587. 본관은 나주, 자는 子順, 호는 白湖 · 楓江 · 嘯癡 · 碧山 · 謙齋이다. 저서로『林白湖集』,『愁城誌』,『花史』,『元生夢遊錄』 등이 있고, 黃眞伊의 무덤에 가서 읊은 시조 등이 전한다.

---

1 無語別: 제목이 「閨怨」으로 된 데도 있다.

2 越溪女: 越나라 若耶溪의 西施, 곧 美人을 지칭한다.

3 羞人無語別: 남이 볼까 부끄러워 말도 못하고 헤어진다는 뜻이다.

4 梨花月: 배꽃에 비치는 달빛을 말한다.

# 李玉峰, 閨情

有約來何晚　　庭梅欲謝[1]時
忽聞枝上鵲[2]　虛畫鏡中眉[3]
　　―『大東詩選』권12


● 李玉峯: ?~1592. 조선 중기의 女流詩人으로 李逢의 庶女이자 趙瑗 (1544~1595)의 少室이다. 『明詩綜』·『列朝詩集』·『媛名詩歸』 등에 작품이 실려 있고, 한시 32편이 수록된 『玉峯集』1권이 『嘉林世稿』의 부록으로 전한다.

---

1 謝: 꽃이 떨어지다.

2 枝上鵲: 가지 위에 있는 까치인데, 여기서는 가지 위에서 우는 까치소리를 가리킨다. 우리나라 俗說에 아침에 까치가 울면 귀한 손님이 온다고 한다.

3 虛畫鏡中眉: 까치가 울어 님이 올 것이라고 기대하여 거울을 보고 곱게 화장하였지만 끝내 님이 오지 않아 헛되이 화장만 했다는 뜻이다.

# 李好閔, 龍灣¹行在² 聞下三道³兵進攻漢城

干戈⁴誰著老萊衣⁵　　萬事人間意漸微
地勢已從蘭子⁶盡　　行人不見漢陽歸
天心⁷錯漠⁸臨江水　　廟算⁹凄凉對夕暉
聞道南兵¹⁰近乘勝　　幾時三捷復王畿¹¹
　　　—『五峯集』권4


◉ 李好閔: 1553~1634. 朝鮮 중기의 문신으로 본관은 延安, 字는 孟彦, 號는
五峯이다. 壬辰倭亂 때에 지은 教書의 내용이 간절하여 보는 이의 눈물을 자아
내게 했다고 한다. 저서로『오봉집』이 전한다.

---

1 龍灣: 平安道 義州의 옛 이름이다.

2 行在: 行在所·行宮과 같은 말이다. 임금이 궁궐을 떠나 임시로 머무는 처소인데, 여기서는
의주의 행궁을 가리킨다.

3 下三道: 忠淸·全羅·慶尙道의 총칭이다.

4 干戈: 방패와 창, 곧 전쟁을 뜻한다.

5 老萊衣: 楚나라의 老萊子가 늙은 어버이를 즐겁게 하기 위해 70세에 색동옷을 입었다는 故
事에서 온 말이다. 1구는 전쟁 중이라 老萊子처럼 색동옷을 입고 부모에게 효도할 수 없다는
뜻이다.

6 蘭子: 蘭子島로, 義州 威化島 북쪽에 있는 섬이다.

7 天心: 임금님의 마음을 의미한다.

8 錯漠: 쓸쓸하고 아득하다.

9 廟算: 朝廷의 策略을 뜻한다.

10 南兵: 下三道 등의 남쪽 병사를 말한다.

11 王畿: 임금이 사는 서울과 그 주위 지역을 말한다.

# 柳夢寅, 題寶蓋山¹寺壁²

七十老孀婦³　　單居⁴守空壼

慣讀女史詩⁵　　頗知妊姒⁶訓

傍人勸之嫁　　善男顔如槿

白首作春容⁷　　寧不愧脂粉

　　　　　—『於于集』권2「金剛錄」


● 柳夢寅: 1559~1623. 본관은 興陽, 자는 應文, 호는 於于堂이다. 光海君의 復位를 음모했다는 죄명으로 아들과 함께 처형당했다. 諡號는 義貞이다. 저서로 『於于集』과 『於于野談』 등이 전한다.

---

1 寶蓋山: 京畿道 漣川과 江原道 鐵原 사이에 있는 산 이름이다.

2 題寶蓋山寺壁: 이 시는 유몽인이 仁祖反正 이후에 보개산의 山寺에 들러 지은 작품이다. 李适의 난 이후 西人들은 유몽인이 광해군의 복위를 도모한다는 역모죄로 얽고 이 시를 증거로 들어 유몽인을 옥중에서 죽게 만들었다.

3 孀婦: 寡婦와 같다.

4 單居: 홀로 산다는 뜻으로 獨居와 같다.

5 女史詩: 晋의 張華가 王后 賈氏一族을 경계하여 지은 「女史箴」을 말한다. 女史는 王后의 일을 맡았던 周代의 관직 이름이다.

6 妊姒: 周 文王의 어머니인 太姙과 왕비인 太姒를 말한다. 『詩經』「大雅」「思齊」에 "엄숙한 태임은 문왕의 어머니로, 시어머니 태강께 사랑을 받아 왕실의 며느리가 되었네. 태사는 시어머니 태임의 미덕을 이어받아 낳은 아들이 무려 백 명이나 되었네.[思齊太任, 文王之母, 思媚周姜, 京室之婦. 太姒嗣徽音, 則百斯男.]"라고 하였다.

7 作春容: 청춘의 고운 모습을 만들기 위하여 곱게 화장한다는 뜻이다.

# 李安訥, 四月十五日

四月十五日[1]　平明家家哭

天地變蕭瑟　凄風振林木

驚怪問老吏　哭聲何慘怛

壬辰[2]海賊至　時日城陷沒

惟時宋使君[3]　堅壁守忠節

闔境驅入城　同時化爲血

投身積屍底　千百遺一二

所以逢是日　設奠哭其死

父或哭其子　子或哭其父

祖或哭其孫　孫或哭其祖

亦有母哭女　亦有女哭母

亦有婦哭夫　亦有夫哭婦

兄弟與姉妹　有生皆哭之

嚬額聽未終　涕泗忽交頤

---

1 四月十五日: 李安訥이 東萊府使로 부임하여 1608년 4월 15일에 지은 작품으로, 1592년 4월 15일에 왜적이 동래에 쳐들어왔을 때 官民이 함께 막으려다 장렬하게 전사한 사연을 담고 있다. 이안눌은 1607년 12월에 동래부사로 부임하였고, 1609년 5월에 동래부사를 사직하였다. 杜甫의 「潼關吏」를 擬作하여 問答體 형식으로 작품을 구성하였으며 임란의 참상을 사실적으로 표현한 秀作이다.

2 壬辰: 1592년.

3 宋使君: 1592년 당시 동래부사 宋象賢(1551~1592)을 가리킨다. 송상현은 동래성에서 왜군과 격렬하게 싸웠으나 중과부적으로 성이 함락되자 순절하였다.

吏乃前致詞　　有哭猶未悲

幾多白刃下　　擧族無哭者

　　　—『東岳集』권8「萊山錄」


● 李安訥: 1571~1637. 본관은 德水, 자는 子敏, 호는 東岳이다. 좌의정 李荇의 증손이다. 작품 창작에 전념하여 문집에 4,379수라는 방대한 양의 시가 실려 있다. 저서로 『東岳集』이 전한다.

# 吳達濟, 寄內[1]

琴瑟恩情重　　相逢未二朞[2]

今成萬里別　　虛負百年期[3]

地闊書難寄　　山長夢亦遲

吾生未可卜　　須護腹中兒

　　　　—『忠烈公遺稿』


● 吳達濟: 1609~1637. 본관은 海州, 자는 季輝, 호는 秋潭, 시호는 忠烈이다. 병자호란 때 심양에 끌려가서 순절한 三學士 중의 한 사람이다. 저서로「忠烈公遺稿」가 전한다.

---

1 寄內: 제목이「瀋獄寄內南氏」로 된 데도 있다. 이 시는 오달제가 병자호란이 끝난 뒤 1637년 瀋陽에 끌려가서 감옥에 있을 때 부인 宜寧南氏에게 보낸 시이다.

2 二朞: 2년.

3 百年期: 百年佳約의 기약이다.

# 朴趾源, 燕巖[1]憶先兄[2]


我兄顔髮曾誰似　　每憶先君[3]看我兄

今日思兄何處見　　自將巾袂映溪行[4]

　　　—『燕巖集』 권4



● 朴趾源: 1737~1805. 조선 후기의 문장가로 본관은 潘南, 字는 美仲, 號는
燕巖이다. 洪大容과 함께 北學派의 영수로 활약하였다. 저서로 『연암집』과 『열
하일기』 등이 전한다.

---

1 燕巖: 황해도 金川에 있는 골짜기 이름이다. 박지원의 연암이라는 號는 여기에서 따온 것이다.

2 先兄: 박지원의 형 朴喜源(1730~1787)을 말한다.

3 先君: 박지원의 아버지 朴師愈(1703~1767)를 말한다.

4 映溪行: 시내에 얼굴을 비추며 걸어간다는 뜻이다.

　　　　　　　　　　　인문학을 위한 한문 읽기

# 金正喜, 悼亡[1]

那將月姥[2]訟冥司[3]　　來世夫妻易地[4]爲
我死君生千里外[5]　　使君知我此心悲
　　—『阮堂全集』권10


● 金正喜: 1786~1856. 조선 후기의 학자로 본관은 慶州, 자는 元春, 호는 秋
史·阮堂이다. 중국에 가서 阮元, 翁方綱 등과 교유하여 考證學의 學風을 세웠
다. 金石學에 조예가 깊었고, 書藝에 뛰어나 秋史體로 一家를 이루었다.

---

1 悼亡: 아내의 죽음을 애도하며 짓는 시이다. 金正喜의 둘째부인 禮安李氏는 1842년 11월에
사망하였다. 김정희는 이에 앞서 1840년 제주에 유배되어 있던 중에 부인의 임종 소식을 듣고
비통함을 이 시로 표현하였다.
2 月姥: 夫婦의 인연을 맺어주는 신이다.
3 冥司: 저승에서 죽은 자의 일을 담당하는 관리이다.
4 易地: 부부가 서로 남녀의 성별을 바꾼다는 뜻이다.
5 千里外: 김정희가 유배되어 있던 濟州를 가리킨다.

# 黃玄, 絶命詩[1]

鳥獸哀鳴海嶽嚬　　槿花世界[2]已沈淪
秋燈掩卷懷千古　　難作人間識字人[3]
　　——『梅泉集』권5「庚戌稿」


● 黃玹: 1855~1910. 韓末의 시인이자 憂國之士로 본관은 長水, 자는 雲卿,
호는 梅泉이다. 1910년 庚戌國恥의 소식을 듣고 위의 시를 지은 뒤 자결하였다.
姜瑋, 李建昌, 金澤榮과 함께 韓末四大家로 불린다. 저서로 『梅泉集』, 『梅泉野
錄』 등이 있다.

---

1 絶命詩: 4수 중 제3수이다.
2 槿花世界: 무궁화 세상, 곧 우리나라를 가리킨다.
3 識字人: 글자를 아는 사람, 곧 지식인을 가리킨다.

# 安重根, 哈爾濱歌<sup>1</sup>

丈夫處世兮　　蓄志當奇

時造英雄兮　　英雄造時

北風其冷兮　　我血則熱

慷慨一去兮　　必屠鼠賊<sup>2</sup>

凡我同胞兮　　毋忘功業

萬歲萬歲兮　　大韓獨立

　　　　— 金澤榮, 『韶濩堂集』 권9 「安重根傳」


◉ 安重根: 1879~1910. 韓末의 교육가 · 의병장 · 義士로 본관은 順興, 자는 應七이다. 황해도 海州 출신이다. 1909년 9월에 禹德淳 · 曹道先 · 劉東夏 등과 함께 伊藤博文 저격 실행을 모의하고 만반의 준비를 한 뒤 10월 26일에 하얼빈 [哈爾濱]에서 이등박문을 저격하였다. 3월 26일 오전 10시, 旅順監獄의 형장에서 殉國하였다.

---

1 哈爾濱歌: 安重根이 1909년 10월 하얼빈에서 伊藤博文을 저격하기 직전 밤에 지은 노래이다.
2 鼠賊: 伊藤博文을 가리킨다.

인문학을 위한 한문 읽기

# 제8장 한국학 논고 읽기

# 마을 民俗의 價値와 調査의 必要性

마을民俗의 調査 必要性은 마을 民俗文化가 지닌 價値에서 비롯된
다. 만일 마을民俗이 아무런 價値를 지니지 못한다면 굳이 調査할 必
要가 없다. 마을民俗은 크게 다섯 가지 文化的 價値 때문에 調査가 緊
要하다. 하나는 共同體 文化로서 價値이고, 둘은 傳統文化로서 價値
이며, 셋은 文化多樣性 價値이다. 그리고 넷은 生態文化的 價値이며,
다섯은 文化資源으로서 價値이다. 이러한 多樣한 價値가 있는 까닭에
마을民俗 調査가 절실하게 요청된다.

첫째, 共同體 文化의 價値는 民主的인 民衆文化의 理想이라는 데
있다. 따라서 第 三世界 文化實踐運動은 더불어 사는 삶의 터전을 마
련하고 共同體意識을 回復하여 民主主義와 民族統一을 이루는 民衆
文化 運動의 本質을 共同體文化로 標榜하고 있다. 共同體文化의 더
重要한 狀況은 文化를 아무런 代價없이 서로 共有하며 共同으로 生産
하고 享有하며 發展시킨다는 것이다. 따라서 經濟的 貧富나 知的 水
準의 높낮이에 따라 共同體文化로부터 疏外당하는 사람이 相對的으
로 적다. 누구나 文化 生産 主權을 行使하고 文化受容의 主體가 되며
文化傳承에 參與할 수 있다. 그러므로 文化正義와 文化主權이 實現
되는 가장 民主的인 文化가 마을共同體文化라 할 수 있다.

共同體는 '文化的 同質性'을 지니는가 하면, 他人과 一體가 되고자

하는 '情緒的 一體感'을 가지며, 限定된 '地域的 集團性'을 이루고 있는 社會를 일컫는다. 그러자면 첫째 地理的인 領域과, 둘째 社會的인 相互作用, 셋째 共同의 連帶意識을 갖추어야 한다. 이러한 共同體의 세 要素를 잘 갖추고 있는 社會가 農村마을이다. 그러므로 共同體文化로서 마을民俗을 調査하고 報告하는 일은 繁要한 課題라 하지 않을 수 없다.

둘째, 傳統文化로서 價値이다. 民俗文化는 民衆이 傳承하는 傳統文化이다. 文化遺産으로서 傳統文化 價値는 새삼스레 論議하지 않아도 좋을 것이다. 文化創造의 源泉이 바로 傳統文化의 創造力이며, 未來를 開拓하는 길잡이 구실을 하는 것이 傳統文化의 슬기인 까닭이다. 따라서 오랜 歷史가 國家의 자랑이듯이, 豊富한 傳統文化 遺産은 民族의 矜持이다. 文明國家들이 저마다 文化遺産 保護政策을 펼치고 博物館을 통해 文化財를 展示하는 것도 傳統文化에 대한 價値 때문이다.

여기서 注目하는 마을民俗은 특히 民衆的 傳統文化이다. 支配集團에 의한 貴族的 傳統文化는 強大國의 外來文化를 受容한 것이 一般的인데, 民衆的 傳統文化는 우리 民族의 自生的 文化創造力에 의해 形成된 民族文化의 正統性을 相當히 잘 간직하고 있다. 따라서 外國사람들이 우리 文化 가운데 民衆이 아닌 兩班들의 傳統文化만 보게 되면, 韓國文化는 中國文化의 亞流로 看做하게 마련이다. 실제로 支配集團의 傳統文化는 中國文化를 受容하여 이루어진 것이 많다. 하지만 民衆的 傳統文化인 마을의 民俗文化는 民衆들이 主體的으로 創造한 까닭에 우리文化다운 固有性과 民族的 正體性을 잘 갈무리하고 있다. 그러므로 마을民俗을 우리 固有의 傳統文化로 調査하고 傳承하는 일이 繁要하다.

셋째, 文化多樣性으로서 民俗文化의 價値이다. 生態系가 生物種

多樣性이 確保되었을 때 健康한 것처럼, 文化生態系도 저마다 다른 文化의 民族的 獨創性과 地域的 特殊性, 歷史的 時代性 등이 個性 있게 共存하여 文化多樣性을 이룰 때 健康하다. 文化多樣性이 確保 되어야 새로운 文化創造力도 積極的으로 發揮되는 까닭에 最近에 國 際社會에서도 文化多樣性을 重要한 文化 價値로 尊重한다.

現代 都市文化는 標準化되고 國際化되어 劃一的인 方向으로 나아 가고 있다. 都市에서 生産되는 大衆文化는 國籍을 超越하여 大量으로 普及되는 까닭에 文化帝國主義 問題와 關聯되어 指彈을 받고 있다. 大衆性은 小品種 低品質 大量生産의 市場論理에 依存한다. 따라서 大衆文化의 世界에서는 文化多樣性이 살아나기 어렵게 되었다. 高級 文化도 公的으로 教育되고 商業的으로 去來되는 까닭에 標準化가 두 드러진 反面에 多樣性이 弱化되고 創造的 想像力이 不足하다. 大衆 文化보다 一般化의 幅은 매우 좁지만, 知識人 集團 內部에서 標準化 되어 通用되는 國際文化가 高級文化이다. 그러므로 豊富한 多樣性을 期待하기 어렵다.

그러나 民俗文化는 나라마다 다르고 地域마다 다르다. 具體的으로 마을마다 다르다. 왜냐하면 大衆文化처럼 一方的으로 普及되지도 않 으려니와 高級文化처럼 教育機關에서 意圖的으로 가르치는 것도 아 니다. 共同體 속에서 자연스레 生産되어 다음 世代에 傳承되거나 이 웃地域에 傳播되는 까닭에 構造的으로 標準化나 大衆化가 될 수 없 다. 따라서 마을에서 形成된 마을 固有의 高級文化나 大衆文化는 存 在하지 않더라도, 마을 固有의 民俗文化는 반드시 存在한다. 마을 單 位로 自生된 土着文化가 바로 民俗文化이기 때문이다. 그러므로 마을 民俗調査 事業은 文化多樣性을 確保해 주는 意義를 지닌다.

넷째, 民俗文化의 生態學的 價値이다. 마을 住民들은 傳統的으로

農業을 主要 生業으로 삼고 오랜 동안 農事일을 해왔다. 農業은 農作物의 씨앗을 심어서 가꾸고 열매를 거두는 生命産業이다. 한 톨의 씨앗으로 數十 倍 또는 數百 倍의 열매를 거두어들이는 까닭에, 工業이나 서비스業과 달리 持續 可能한 産業이다. 工業과 서비스업은 資源의 收奪과 環境의 汚染, 生態系의 攪亂 등 地球生命을 끊임없이 病들게 하고 있지만, 農業은 自然 適應的이고 自然 親和的일 뿐 아니라 自然生命을 섬기고 위하는 文化 속에서 이루어지는 生命産業이다.

따라서 마을民俗이 살아 있던 마을共同體에서는 環境汚染이나 自然資源의 收奪은 恣行되지 않았다. 自然과 人間이 더불어 사는 共生의 理致와 自然資源을 再活用하는 循環의 理致가 生態學的 文化로 자리 잡고 있기 때문이다. 따라서 '汚物을 밥'으로, '쓰레기를 資源'으로, '죽음을 生命'으로 바꾸는 '살림의 文化'이자 '生命의 文化'가 바로 民俗文化라 할 수 있다. 그런데도 '農民과 農村이 滅種될 危機에 처한 現實에 대해서 言及하는 知識人이나 環境運動家는 單 한 사람도 없다'는 現實이 問題이다. 그러므로 '오래된 未來'의 文化로서 마을民俗의 生態學的 價値에 대한 調査研究가 緊要하다.

다섯째, 文化資源으로서 마을民俗의 價値이다. 마을民俗이든 傳統文化이든 우리民族의 文化遺産들은 오늘의 現實文化를 生産하고 創造하는 文化資産이자 文化資源 구실을 한다. 文化資源은 文化商品의 生産이나 利潤追求를 위한 文化産業 活動의 緊要한 밑천이 될 수 있다는 文化의 經濟的 價値를 말하는 것이다.

아마 마을民俗이 卽刻 文化資源 구실을 한다면 文化 企劃者들이나 文化商品 生産者들의 關心이 대단했을 것이다. 河回마을처럼 民俗마을이 有名 觀光地가 되면서 마을의 본디 삶을 穩全하게 지켜나가기 어려운 것처럼, 마을民俗도 商品이 된다고 判斷되었다면 제대로 남아

나지 않았을 것이다. 마을民俗의 經濟的 價値는 마치 金鑛石과 같아서 얼른 알아보지 못한다. 金붙이가 所重한 것만 알았지 그 材料인 金鑛石의 效用性을 알지 못한 까닭에 지금까지 노다지로 내버려 둔 셈이다. 이제는 마을과 함께 文化資源의 노다지도 사라지고 있다. 그러므로 마을民俗을 널리 蒐集하는 일은 곧 文化商品으로 利用할 수 있는 源泉資料를 確保하는 셈이다.

마을民俗이 文化資源 구실을 한다는 것은 具體的으로 文化産業의 資源이 된다는 말이다. 마을의 토박이말에서부터 마을의 神話와 傳說, 逸話, 民謠, 俗信, 信仰, 놀이, 歲時風俗, 一生儀禮, 衣食住生活, 農器具, 各種 生業技術 等 民俗文化 各 分野의 資料들은 文化知識 情報 및 藝術創作 資源으로 利用될 수 있다. 基本的으로 地理情報體系는 진작 開發되어 서비스가 可能하지만 알맹이는 充分하게 入力되어 있지 않다. 아직 白紙圖 狀態라 할 만하다. 地理情報體系를 실속 있게 채우는 일도 民俗資料 調査가 이루어져야 可能하다.

文化産業의 視覺에서 보면, 토박이말이 廣告에 利用되는 한편, 傳說이 祝祭의 資源이 되고, 民謠가 손電話의 컬러링으로 商品化되며, 歲時風俗이나 一生儀禮가 文化觀光 資源이 되고 있다. 마을에서 傳承되는 說話를 調査한『口碑文學大系』가 文化原形 事業에 널리 利用되는 것도 좋은 보기이다. 따라서 어떻게 利用할 것인가 하는 具體的인 商品을 겨냥하지 않고 多樣한 産業資源으로 利用할 수 있도록 體系的으로 調査하고 利用하기 쉬운 形態로 資料化하여야 할 것이다. 그러자면 從來의 調査報告書 方式에서 나아가 인터넷으로 接續하여 쉽게 檢索하고 關聯資料들을 有機的으로 利用할 수 있도록 디지털 아카이브 形態로 갈무리하는 것이 바람직하다.

民俗이 文化資源으로서 특히 所重한 까닭은 다른 文化資料와 달리

立體的으로 演行되며 力動的 可變性을 지니는 까닭이다. 民俗은 演行되는 瞬間에 진짜 民俗으로서 살아 機能한다. 音聲資料와 視覺資料가 함께 살아 生動하는 것이 演行되는 民俗資料이다. 다시 말하면 오디오와 비디오가 함께 갖추어진 동영상 資料化가 可能하다는 것이다.

더군다나 다른 文化資料들은 著作權이 있어서 無償으로 共有할 수 없다. 그러나 마을民俗은 共同體文化로서 著作權이 認定되지 않는 까닭에 부지런히 調査하여 蒐集하고 情報化하면 利用 可能한 資源이 無盡藏이다. 지금 우리가 無償으로 쓸 수 있는 資料들은 文字資料에 머물거나 寫眞資料가 고작이다. 音聲資料나 映像資料는 利用하기 어렵다. 檀君神話를 引用하거나 鄕歌를 擧論할 때 文字資料밖에 쓸 수 없다. 檀君神話가 口演되고 鄕歌가 노래되는 音聲資料나 映像資料는 아예 存在하지 않는다.

그러나 民俗資料는 生活 속에서 傳承되는 까닭에 記錄으로 報告하는 文字資料의 限界를 뛰어넘을 수 있다. 실제로 民俗이 演行되는 狀況을 音聲資料와 動映像資料로 갈무리할 수 있다. 從來에는 記錄으로 報告하는 수밖에 없었으나 이제는 多樣한 디지털 裝備가 開發되어 손쉽게 資料를 實際 모습대로 담아둘 수 있다. 풍물을 치는 實際 狀況과 洞祭를 올리는 現場을 動映像으로 찍어서 資料化하고, 喪輿를 메고 가면서 부르는 喪輿소리를 錄音해서 貯藏해 두면 特別히 加工하지 않고도 바로 利用할 수 있는 生生한 文化資源 구실을 하게 되는 것이다. 그러므로 文化資源의 蓄積을 위해서도 마을民俗을 널리 調査하고 디지털 아카이브로 蓄積하는 것이 必要하다.

— 임재해, 「마을민속조사방법」, 『민속 조사의 현장과 방법』, 민속원, 2010.

# 生態條件을 考慮한 마을民俗 새로 보기

마을社會의 生業과 關聯된 生態條件은 크게 自然生態條件과 人文
生態條件으로 나눌 수 있다. 農業이 代表的인 生業이었던 傳統農耕
社會를 例로 본다면, 우선 自然生態條件에는 該當地域의 氣候, 土質
條件 등과 관련된 局地的인 氣象狀況 내지는 土壤條件이 屬한다. 이
는 該當地域이 寡雨地域인가 多雨地域인가, 아니면 서리가 일찍 오는
곳인가 그렇지 않은가를 비롯하여 該當地域의 生業歲時曆의 바탕이
되는 局地 自然曆과 密接하게 關聯되어 多樣한 經濟條件을 決定짓는
要素로 作用한다. 農業의 경우, 氣候와 더불어 生業環境을 決定짓는
또 다른 條件은 土地이다. 土地의 規模는 물론이고 土質의 狀態는 氣
候條件과 關聯되어 作物의 選擇을 決定짓는 要因이 된다. 따라서 局
地的 氣候와 土質, 그리고 作物은 農村社會의 生計活動과 經濟條件
을 決定짓는 重要한 要素가 된다.

두 번째로 人文生態條件에는 人口의 問題는 물론이고 삶의 形態를
決定짓는 多樣한 人文學的 條件들이 된다. 이에는 마을의 主要 姓氏
와 그들의 入鄕 時期, 女性과 男性의 性比率, 年齡別 人口構成, 歷史
的 展開過程, 生業選擇의 選好度 등이 될 수 있다. 이들은 自然環境에
버금가는 重要한 事項으로 該當社會의 民俗의 內容을 決定짓는 要素
들이다. 특히 農業人口問題는 農耕方式이나 勞動力 動員問題 나아가

農業機械化 過程들과도 密接하게 連結되는 것이기에 결코 소홀히 할 수 없다.

특히 마을의 歷史를 비롯한 마을의 主要 姓氏나 入鄕 時期, 班村과 民村의 性格 問題 等은 具體的인 生計活動 方式을 決定짓는 要素가 되기도 한다. 이들 要素들은 社會文化的 性格이 强한 것으로 사람 自身들이 어떤 性向과 特質을 갖는 存在인가 하는 點이 된다. 그러면서 自然生態條件에 對應하는 生計戰略의 方向을 決定짓는 要因이 된다는 點에서 重要하다고 하겠다.

生態條件을 考慮한 마을民俗의 理解 方法은 一方的인 關係 즉 環境決定論的이 아니라 相互關聯이 깊은 環境可能論에 가깝다고 할 수 있다. 具體的인 마을民俗의 事例를 통해 生態條件과 마을民俗의 關係를 되짚어봄으로써 生態條件의 意義를 點檢할 必要가 있겠는데, 먼저 民俗信仰과 마을의 生態條件 關聯性을 보다 새롭게 理解할 수 있는 例로서 東海岸 海村의 祈雨祭를 들어보자.

盈德郡 菖蒲里 마을에서는 內陸의 여느 마을들과 恰似한 方式으로 祈雨祭를 지낸다. 祈雨祭를 지내는 場所는 두 곳으로 바닷가 용지바위[龍祭바위의 變音으로 보임]와 천지산[天祭山의 變音으로 보임]이다. 前者는 盈德郡에서 主催하는 境遇에 祈雨祭를 지내는 곳이고, 後者는 마을 住民들이 主體가 되는 境遇이다. 方式은 各種 禁忌와 더불어 祝文을 곁들인 儒敎式으로 지낸다. 祈雨祭를 지내는 場所나 祭儀方式으로만 보면 內陸의 祈雨祭와 別般 差異가 드러나지 않는다. 水神으로 代表되는 龍이 나왔다는 龍巖을 祈雨祭 場所로 한다는 點이나 마을에서 가장 높고 靈驗한 곳에 該當하는 천지산에서 祈雨祭를 지낸다는 事例들은 內陸의 祈雨祭에서도 쉽게 接할 수 있기 때문이다.

하지만 祈雨祭를 지내는 時期를 考慮한다면 조금 狀況이 달라진다.

內陸의 境遇는 大概 6월 夏至가 지나서도 모내기에 필요한 비가 내리지 않을 경우 祈雨祭를 지내는 例들이 一般的인데, 菖蒲里의 境遇는 處暑까지도 비를 기다리다가 祈雨祭를 마을에서 論議한다는 點이 注目된다. 이는 內陸과 菖蒲里 海村이 갖는 生態條件을 考慮하지 않고서는 그 理由를 쉽게 解決할 수 없다.

첫째 生態條件으로는 氣候를 들 수 있다. 菖蒲里를 비롯한 盈德 隣近 地域은 年中 降雨量이 韓半島의 平均인 1,200mm를 훨씬 밑도는 小雨地域이라는 點이다. 그래서 여간해서 비가 잘 내리지 않는 곳이다. 이런 氣候生態條件을 現地住民들은 다음과 같이 說明한다.

盈德 蔚珍 이 쪽이 전국에서 가장 가뭄이 심한 곳이그던. 그래 洪水가 나고 水害를 보고 사람이 죽었다는 소리가 들기야 이제 비가 좀 왔는갑다 하고 인정하지. 水利施設은 不足하지, 골짝 골짝 능선 너머로 논이 주로 있는데, '호리'로 물을 푸고 해보아도 旱魃 深하면 씨 건지기도 어려워. 그렇지 않으면 處暑 무렵 颱風이라도 닥쳐야 가뭄이 겨우 解決되지.
　-2004. 7. 8. 강선호(당시 68세)씨 제보-

菖蒲里 住民들은 다른 地域에서 洪水被害가 續出하고 비 때문에 사람이 죽었다고 하는 消息이 들릴 정도가 되어야 비로소 自身들의 마을에 적절한 量의 비가 내린 것으로 判斷한다. 그만큼 年中 降雨量이 적은 곳이다.

둘째는 土壤條件과 關聯된 主要栽培作物이다. 菖蒲里의 土壤은 壤土 내지는 砂壤土로써 논의 比率이 대단히 낮다. 산이 있고 골짜기가 깊은 곳은 물 事情이 비교적 좋은 편이나, 土質이 모래땅이고 肥沃하지 못해 논으로 使用하여도 生産力이 낮다. 그리고 밭 역시 바다를 바라보는 산비탈에 주로 있으며 土壤은 크게 두 種類이다. 住民들의 民俗分類體系로 보면 '질땅'과 '참땅'의 區分이 그것이다. 질땅은 찰흙 成分이 많이 包含된 土壤으로 물 빠짐이 좋지 않고 土深도 弱해 좋지 못한 것으로 看做한다. 찰흙 成分이 많이 包含되어 있기 때문에 비가 오면 흙덩이가 많이 진다. 이러한 질땅에는 대체로 조나 보리를 많이 栽培하였다. 강구에서 축산에 이르는 병곡, 원당, 사천 지역은 오늘날까지도 겉보리를 많이 栽培하고 있는 實情이며, 品質이 좋은 것으로 有名하다.

조의 경우는 傳統的으로 가뭄에 강한 作物로 認識되어 벼의 代播作物로 많이 利用되었다. 現地住民들의 境遇 흔히 조 농사를 '사흘서숙'이라고 하는데, 處暑 무렵까지도 가물어서 제대로 자라지 못해 成長狀態가 머리털과 같다가도, 處暑가 지나 颱風이라도 한 번 불어 비가 오게 되면 금방 자라서 이삭을 맺는다고 한다. 결국 사흘과 같은 아주 짧은 期間에 成長과 이삭 맺기가 모두 가능한 穀食이라는 意味에서 '사흘서숙'이라고 한다.

이렇게 봤을 때 內陸地域과 달리 菖蒲里에서 處暑 무렵에 祈雨祭를 지내는 理由는 地域이 갖는 氣候條件上 寡雨地域이기 때문에 벼 栽培가 盛하지 못하고, 대신 田作物로서 보리나 조를 栽培하기 때문인데, 특히 조의 경우 成長期間이 짧기 때문에 處暑 무렵까지 비를 기다리다가 마지막으로 祈雨祭를 지낸 것이라 하겠다. 벼농사를 많이 하는 內陸地方의 境遇 節氣上 處暑 무렵이면 벼꽃이 피고 受粉이 이루어지는 時期이기 때문에 降雨現狀을 대단히 싫어한다. 그래서 '處暑에 비가 오면 단지의 穀食이 준다.'라는 옛말이 있을 程度로 處暑 무렵의 降雨를 忌避하는 傾向이 있다. 그러나 菖蒲里에서는 "處暑 무렵에 颱風이 오면 千石이 더할 수도, 減할 수도 있다"고 하는 말이 전해오고 있다. 이는 處暑 以前에 充分한 비가 내렸다면 處暑 무렵의 颱風은 農事에 큰 쓸모가 없는 비를 몰고 오는 것이 되기 때문에 '千石을 滅하는' 것이 되며, 反對로 處暑 무렵까지 계속 가물었다면 '千石을 더하는' 그런 颱風이 된다는 것이다. 이는 颱風 程度가 불어야 비가 오고, 조 農事를 많이 지음으로 인해 處暑까지라도 비가 내리면 한 해의 農事가 可能하다는 것을 드러내고 있다.

그리고 地理的으로 海村에 該當하는 菖蒲里에서 비록 內陸地域과는 時期的으로 差異가 있지만 祈雨祭의 傳統이 있었던 것은 人文環境에 該當하는 人口學的 特性과도 關聯이 있다. 菖蒲里 住民들은 바다로 나가서 일하는 海事보다는 들에서 일하는 農事를 選好했다. 海事中心의 生業을 일찍부터 維持해온 海村의 境遇는 祈雨祭의 必要性이 農民들만큼 그렇게 繁要하지 않았다. 비가 많이 오는 것이 오히려 海事에 妨害가 되기도 한다. 그런 것에 비해 菖蒲里 住民들은 海事보다는 農事를 選好하고 海事를 賤視하였던 意識들이 있었기에 祈雨祭에 대한 必要性이 컸던 것이며, 그 結果 祈雨祭의 傳統이 最近까지도 維持되었던 것이라 하겠다. 傳統的으로 海事보다는 農事를 重視하였던 菖蒲里 住民들은 마을社會를 運營하는 社會組織의 構成에서도 獨特한 面을 드러내는데, 海事를 重視하던 海村에서 흔히 보이는 元老集團인 老班契 組織이 菖蒲里에서는 存在하지 않는 것이 그 特徵이라고 하겠다.

마을民俗 硏究에서 生態條件에 대한 考慮와 分析은 주로 技術經濟的 側面의 物質文化를 硏究對象으로 삼을 때는 많이 이루어졌다. 그러나 物質文化 以外의 硏究에서는 生態條件을 考慮하는 境遇는 그렇게 흔치 않다. 그런 點에서 民俗硏究의 많은 境遇들이 個別的인 民俗現狀 그 自體에 沒入되는 傾向이 强했다고 하겠다. 그래서 하나의

마을 全體를 調査對象으로 하고 있음에도 不拘하고 多樣한 마을民俗
들 間의 關係가 充分히 前提되거나 解釋되지 못한 채 分節된 境遇들
이 많았다고 하겠다. 이는 마을民俗을 調査하고 硏究함에 있어서 專
功分野別로 硏究對象을 設定한 데서 起因한 것으로 여겨진다. 이러한
마을民俗 硏究의 限界를 克服하기 爲한 代案으로 生態條件을 考慮한
다면 적어도 相當部分 民俗現狀들 間의 有機的 解釋이 可能해질 것
으로 여겨진다.

民俗現狀들 間의 有機的 關係가 밝혀진다는 것은 여러 가지 意味
를 內包하는데, 무엇보다도 以前의 硏究와 比較할 때 民俗學이 갖는
論理的 整合性을 한층 높이는 것이 되며, 文化科學으로서의 民俗硏究
역시 進一步하는 것이 될 것이라 省覺된다. 文化는 破片的이거나 分
節的이기보다는 다른 要素나 現狀들과 有機的인 關聯性 속에서 生成
하거나 變化하는 屬性이 있으며, 文化硏究는 그런 關聯性을 深層的으
로 考慮할수록 學問的 正體性 또한 確固하게 定立하는 것이 되기 때
문이다. 마을文化로서의 마을民俗 硏究 역시 例外는 아니다.


— 金在浩, 「生態條件을 考慮한 마을民俗 새로 보기」, 『民俗硏究』
19輯, 安東大學校 民俗學硏究所, 2009.

# 韓國 衣食住生活의 地域性과 階層性

## 1. 衣食住生活의 地域性

### 1) 衣生活의 地域性

衣生活에서 두드러지는 地域性은 禮學的 側面과 環境的 側面에서 잘 나타난다. 禮學的 立場을 달리하는 사람들 卽, 朝鮮朝의 朋黨體制 下에서 다른 路線을 取하던 사람들이 옷과 帽子를 달리하였다. 代表的인 例로서는 치마를 만들고 입는 法, 족두리를 만드는 法에서 잘 드러난다.

치마의 경우 치마를 마감하는 꼬리가 왼쪽으로 가는 '왼치마'와 오른쪽으로 가는 '오른치마'로 大別되는 바, 一般的으로 왼치마는 老論系에서, 오른치마는 南人系에서 입던 方式이다. 치마꼬리가 方向을 달리함으로써 주름치마의 境遇 주름이 잡히는 方向이 달랐던 것은 勿論이다. 이러한 緣由로 해서 老論의 後裔들이 많이 居住한 畿湖地方에서는 왼치마를 입는 사람이 兩班이었고, 오른치마를 입는 사람은 身分이 낮았다. 反面 嶺南地方에서는 오른치마를 입는 사람이 兩班이었고, 왼치마를 입는 사람은 身分이 낮았다.

족두리는 少論系와 老論系에서 서로 形像이 달랐다. 老論系는 솜족두리를 썼고, 少論系는 종이족두리를 使用하였다. 솜족두리는 안에

솜을 두툼하게 넣은 뒤 헝겊으로 쌌고, 종이족두리는 안에 종이를 여러 겹 붙여서 만든 다음 헝겊으로 包裝하였다. 自然히 솜족두리는 통통한 反面, 종이족두리는 빳빳하고 角이 지게 보였다.

### 2) 食生活의 地域性

嶺南地方에서는 고등어를 日常的으로 즐겨 먹을 뿐만 아니라 祭祀床에도 즐겨 올린다. 그러나 湖南과 畿湖地方에서는 고등어를 日常的으로도 즐겨 먹지 않고 祭祀床에도 올리지 않는다. 한편 湖南地方에서는 洪魚를 매우 所重하게 생각하고 있지만, 嶺南地方에서는 그렇지 않다. 오히려 嶺南에서는 상魚와 文魚를 相當히 價値 있는 飮食으로 여겨서 儀禮飮食에서 重要한 位置를 占하고 있다. 그러나 畿湖ㆍ湖南地方에서는 상魚는 먹을 수 있는 生鮮으로 看做하지도 않고, 文魚 또한 말린 脯만 微微하게 使用될 뿐 嶺南地方에서처럼 싱싱한 것을 쓰지도 않고 儀禮飮食을 構成하는 데도 除外된다.

된醬을 먹을 때도 그것으로 어떤 飮食을 만들든지 간에 嶺南地方에서는 콩알이 그대로 維持되는 것을 選好하는 反面에, 畿湖地方에서는 콩알을 全部 으깨어서 먹는 것을 選好하였다. 김치를 먹어도 嶺南地方에서는 傳統的으로 熟成이 덜 된 것도 즐겨 먹었으나, 畿湖ㆍ湖南地方에서는 熟成된 然後에 먹는 傾向이 强했다.

이러한 飮食의 地域性은 單純히 環境的인 要因에 依해서만 決定된 것이 아니라, 오랜 歷史的 經驗 속에서 蓄積된 嗜好와 趣向이 함께 凝結된 結果이다.

### 3) 住生活의 地域性

韓半島의 집은 房의 配列 行數로 보아 겹집과 홑집으로 大別된다.

겹집은 宗도리를 中心으로 하여 前後 二列로 房을 配置하는 方式으로 서 複列型 家屋이며, 홑집은 宗도리를 中心으로 하여 一列로 房을 配置하는 方式으로서 單列型 家屋이다. 一般的으로 겹집은 韓半島의 東北部 地方에 分布하고, 홑집은 南西部 地方에 分布한다. 겹집은 保溫性이 높아서 추운 氣候에 適應하는 데 有利한 反面, 室內로 햇볕이 잘 들지 않아서 室內가 어둡고 濕氣가 많으며 通風이 잘 이루어지지 않는 短點이 있다. 그런데 홑집은 햇볕이 잘 들어 室內가 밝고 通風이 잘 되지만, 外部 氣溫 變化에 影響을 많이 받아서 여름과 겨울의 寒暑差를 克服하는 데는 短點이 있다(장보웅, 1981). 아직 어떤 家屋形態가 先行된 것인지는 不分明하지만, 地域別로 다른 氣候 條件에 適應하는 데 適切한 構成이라고 하겠다.

氣候條件과 關聯하여 韓半島의 北쪽에는 暖房에 有利한 溫突이, 南쪽에는 더위를 避하는 데 有利한 마루가 더 發達되어 있다. 南北을 比較할 때 溫突의 比重은 北쪽에서 더 크고, 마루의 比重은 南쪽에서 더 크다. 濟州島와 같은 곳에는 溫突이 朝鮮後期에 傳播되었고, 그래서 最近까지도 溫突房과 그렇지 않은 房이 共存하였다.

房물림에서도 地域的인 偏差가 드러난다. 嶺南地方에서는 生時에 房물림을 하고, 그 後 老父母는 이른바 隱居體制에 突入한다고 할 수 있다. 그러나 畿湖와 湖南에서는 一般的으로 父母의 死後에 房물림이 이루어졌다. 濟州島에는 直系家族이 한 집에 살면서도 父母世代와 婚姻한 子息世代가 '안커리'(안채)와 '밖커리'(바깥채)에서 別途로 밥을 지어먹으면서 살았다. 이러한 住生活의 地域性은 環境的 要因과 理念的·社會制度的·經濟的 要因이 함께 作用한 結果이다.

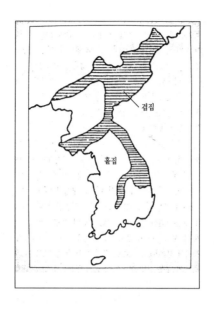

겹집과 홑집의 分布(金光彦, 「韓國의 住居民俗誌」, 1988)

## 2. 衣食住生活의 階層性

身分이 높은 사람과 그렇지 못한 사람은 어느 時代, 어떤 地域에도 存在해왔다. 一般的으로 上層民은 身分的 優位性을 드러내기 爲해 下層民과 어느 정도 區別되는 生活을 하려 했고, 下層民은 自身들의 悠久한 慣習을 維持하면서도 部分的으로는 上層民의 文化를 받아들이려고 하였다. 앞에서 說明한, 衣食住生活에 作用한 社會理念은 上層民으로 갈수록 더 分明하고 下層民으로 갈수록 融通性이 컸다.

前近代에 上層民은 下層民에 比하여 平常服과 儀禮服이 모두 잘 갖추어진 反面에, 下層民은 儀禮服이 未備하고, 平常服 中에서도 作業服을 입는 頻度가 높았다. 같은 옷이라고 할지라도 길이와 文樣을 달리했다. 例컨대, 兩班들의 치마는 一般的으로 통이 너르고 길이가

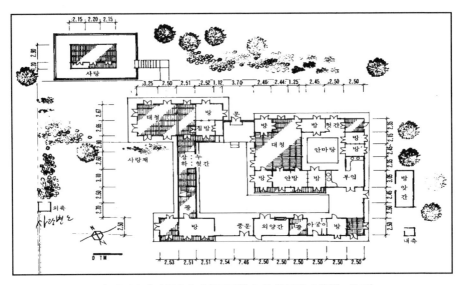

安東 義城金氏 靑溪宗宅의 平面圖(朱南哲, 「韓國住宅建築」, 1980)

길었던 反面에 賤民들의 '두루치'라는 치마는 속옷이 보일 程度로 길이가 짧고 통도 좁았다. 兩班 男性들이 우리가 잘 아는 바지를 입을 때, 身分이 아주 낮은 男性은 길이가 짧은 '잠방이'를 입었다. 따라서 一般的으로 豊盛하고 길이가 긴 옷이 上層民의 옷이라면, 좁고 짧은 옷이 下層民의 옷이었다. 下流層의 옷은 韓國人의 土俗的인 것인 反面에, 上流層의 옷은 官服이나 儀禮服 같이 中國으로부터 導入된 것이라는 데서 外來指向的 性向을 보인다.

飮食에 있어서는 上層民과 下層民의 差異는 日常飮食의 構成에서도 一定하게 나타나지만, 특히 儀禮飮食의 構成에서 더 分明해진다. 日常的으로 上層民은 飮食의 構成이 相對的으로 더 豊盛한 가운데 社會的 格式을 더 갖추어서 먹는 反面에, 下層民의 飮食은 基本飮食 爲主로 構成된 데다가 格式은 相對的으로 약했다. 祭祀와 같은 儀禮飮食에 있어서도 上層民은 禮書에 보이는 儒敎的인 形式을 잘 遵

守하면서 豊盛하게 차린 反面에, 下層民은 儒敎的인 形式을 基本的으로 따르면서도 生時에 父母님께 飮食을 올리듯이 融通性이 많았다. 이를테면, 禮書에서 三湯, 三菜를 쓴다고 하면, 上層民들이 그대로 따르는 反面에 下層民의 境遇 雜湯 形式으로, 混菜 形式으로 한 그릇에 담기도 하였다.

上層民의 住居空間은 最小限 안채와 舍廊채로 分化되어 있고 여기에 많은 房이 마련되어 있다. 16世紀에 築造된 安東 川前里 義城金氏 靑溪宗宅은 안채 · 舍廊채 · 行廊채 · 附屬채 · 祠堂으로 構成되어 있다. 안채는 안房을 包含하여 7個의 溫突房과 1個의 마루房, 大廳, 부엌으로 이루어졌다. 舍廊채는 큰舍廊房과 寢房 · 大廳으로 構成되었으며, 行廊채는 여러 個의 房과 외양間 · 광 等으로 꾸며졌다. 住居空間의 利用方式에 있어서도 男女區分, 序列區分이 뚜렷하였다. 그런데 下層民의 住居空間은 안채와 舍廊채의 分化가 이루어지지 못한 境遇도 제법 많을 뿐만 아니라, 房의 數가 많지 않았기 때문에 男女區分은 있어도 序列區分이 不分明하기도 하였다.

— 裵永東 外,『韓國民俗學 새로 읽기』, 民俗苑, 2001.

# 妻家살이 風習과 半親迎

　　우리 傳統 婚禮 風俗의 固有한 特徵으로, 男歸女家婚[1]을 들 수 있다. 男歸女家婚의 傳統은 우리 神話 속에 나타나는 母系 社會의 痕迹을 勘案해보면, 檀君時代로부터 朝鮮時代까지 展開되어온 아주 오랜 習俗이라고 할 수 있다. 이를테면 後百濟를 建國한 甄萱의 境遇, 紫朱빛 옷을 입은 男子(지렁이)가 每日 밤 어머니의 處所에 와서 자고 간 後 태어났다. 婚姻과 關聯하여 注目되는 點은 正常的이지 않은 만남을 通해 男女가 一時的으로 同寢하여 아이가 태어났다는 點이다. 이러한 아버지 없는 아이의 誕生 卽 어머니를 中心으로 展開되는 아이의 誕生과 養育 및 成長 이야기가 神話와 古代 文獻에 種種 나타나는데, 그 背景의 核心에 婿屋制의 傳統이 있다.

　　그 風俗에 婚姻을 할 때 口頭로 이미 定하면 女子의 집에는 大屋 뒤에 小屋을 만드는데, 婿屋이라 한다. 사위가 저녁에 女家에 이르러 門 밖에서 自身의 이름을 말하고 꿇어앉아 절하면서 女子와 同宿하게 해 줄 것을 哀乞한다. 이렇게 두세 次例 하면 女子의 父母가 듣고는 小屋에 나아가 자게 한다. 그리고 옆에는 錢帛을 놓아둔다. 女子가 낳은 아이가 長成하면,

---

1 男歸女家婚은 婿留婦家婚 혹은 率婿制라고도 한다.

비로소 女子를 데리고 집으로 돌아간다(其俗作婚姻, 言語已定, 女家作小屋於大屋後, 名壻屋, 壻暮至女家戶外, 自名跪拜, 乞得就女宿, 如是者再三, 女父母乃聽使就小屋中宿, 傍頓錢帛, 至生子已長大, 乃將婦歸家).[2]

婿屋制는 高句麗 婚姻 風俗의 固有한 特徵으로, 高麗나 朝鮮時代 男歸女家婚의 起源으로 말해진다. 高句麗 建國 神話에도 婿屋制의 婚禮 風俗이 反映되어 있는데, 朱蒙의 誕生 이야기에 잘 나타나 있다. 이야기를 要約하면, 柳花와 解慕漱가 먼저 만나 私事로이 情을 通하면서 婚姻을 約束하고, 그 後 解慕漱는 柳花의 집으로 찾아간다. 柳花의 父母는 解慕漱의 權能을 實驗한 後 解慕漱를 사위로 맞게 되는데, 그 뒤 解慕漱는 自身의 居處로 돌아가고 柳花는 親庭에 남아 있다가 혼자 아이를 키우며 지낸다. 그러다가, 아이가 長成하면 함께 本家로 간다. 여기에서 注目되는 點은 解慕漱보다는 어머니가 比重 있게 登場하고 있다는 點이다. 이야기가 展開되는 場所的 背景도, 어머니의 집을 中心으로 展開된다.

新羅의 境遇에도 男歸女家婚의 習俗이 나타나 있다. 두 가지 例만 들어보기로 한다. 먼저 炤知王의 이야기이다. 炤知王은 捺已郡에 사는 波路라는 사람의 周旋으로 그의 딸을 만난다. 以後 自身의 宮과 女子의 집을 여러 次例 往來하면서 女子와 同宿한다. 그러다 女子를 自身이 사는 王宮으로 데리고 와서 아들을 낳는다. 아들을 낳기 前 女子를 宮中으로 데리고 갔다는 점에서 解慕漱의 이야기와 差異가 있으나, 男子가 女子의 집을 往來하며 同宿하고 나중에 男子가 女子를 自身의 집으로 데리고 오는 過程은 婿屋制와 類似하다.[3]

---

2 『三國志』卷三十, 魏書, 烏丸鮮卑東夷傳, 高句麗.

3 『三國史記』卷三, 新羅本紀, 炤知 麻立干 二十二年.

다음으로 眞智王과 桃花女의 이야기를 들 수 있다. 眞智王은 桃花女의 집을 訪問하여, 同宿을 請한다. 이에 女子의 父母가 許諾하여 同宿한다. 여기에 婿屋制의 痕迹이 있다. 卽 眞智王은 生時에 桃花女를 만나 男便이 없을 境遇 關係가 可能하다는 約束을 口頭로 받아둔다. 眞智王이 죽은 뒤, 桃花女의 男便이 죽게 되자 眞智王은 魂靈으로 나타나 밤中에 桃花女의 집을 찾아온다. 眞智王의 魂靈은 桃花女에게 自身의 存在를 밝히고 同宿할 것을 要求한다. 桃花女는 아버지의 許諾을 받고 同宿한다. 7일 後에 王은 사라지고 桃花女가 혼자 아이를 낳아 기른다. 이러한 事實이 眞平王에게 알려지면서 아이는 王宮으로 가게 된다.[4]

薯童과 善花公主의 사랑 이야기도 마찬가지이다. 「薯童謠」의 背景 說話에서 善花公主는 귀양 가는 길에 薯童이 나타나 同行하겠다고 하자 公主는 그가 어디서 온 누구인지도 모르면서 기뻐하며 따라가 關係를 맺었고, 나중에 그가 薯童임을 알았다. 그 後 薯童을 따라 百濟로 간다.[5]

이와 같은 이야기들로 미루어 생각할 때, 男女의 結合이 比較的 開放的이었음을 알 수 있다. 大部分의 境遇 實質的인 男女의 結合이 社會的으로 公認되는 어떤 儀禮보다 重要했음을 알 수 있다.

이와는 다르게, 古代 中國은 中媒人을 通하여 中媒를 하고, 父母가 主婚者로 婚禮를 進行하며, 그렇게 婚禮를 올린 男女 結合만을 婚姻으로 보았다. 그렇지 않은 境遇의 男女 關係에 對해서 奔 또는 私通이라 하여 좋지 않게 보았다. 禮를 갖추었으면 妻가 되고 任意로 關係를 맺었으면 妾이 된다는 『孟子』의 記錄에서처럼, 禮式 없이 結合한 男女

---

4 『三國遺事』卷一, 奇異, 桃花女 鼻荊郞.

5 『三國遺事』卷二, 奇異, 武王.

인문학을 위한 한문 읽기

關係를 婚姻으로 여기지 않았다. 古代 中國에서는 結婚이 반드시 中媒로 이루어져야 했다.

그런데 우리 古代 社會는 父母가 決定權을 쥐고 있었다. 또 반드시 婚禮를 치러야만 夫婦로 認定된다는 意識도 보이지 않는다. 王을 비롯한 上流層에서는 盛大한 儀式을 치러 社會的으로 夫婦 關係를 公表하는 婚姻 禮式을 重視하였지만, 經濟的으로 豊足하지 못한 一般人은 特別한 禮式 없이 同居하며 夫婦 關係를 맺는 境遇가 많았다. 그리고 때에 따라서는 男女의 事實婚 關係가 바로 社會的인 夫婦 關係가 되는 境遇도 있었다. 『北史』「高句麗傳」에 "結婚함에 있어서 男女가 서로 사랑하면 바로 結婚시킨다. 男子 집에서는 돼지고기와 술만 보낼 뿐이지 財物을 보내는 例는 없었다. 女子 집에서 財物을 받는 사람이 있으면, 사람들이 모두 羞恥스럽게 여겨 딸을 계집종으로 팔아먹었다고 한다."라고 하였다.

이와 같이 女性들이 婚姻을 하고도 親庭에서 계속 살다가 나중에 媤집으로 가는 妻家살이 風習은 高麗 時代에도 存續되었다. 그 例로 驪興郡 婦人 閔氏 아들의 이야기를 들 수 있다. 그女의 長男 齊閔이 成均館에서 學生들을 가르치고 쉬는 틈에 每日 조용한 곳에 가서 詩를 썼다. 그런데 더위에도 아랑곳 하지 않고 作詩에 熱中하였다. 이러한 모습을 보고 李穡이 다음과 같이 말했다. "그가 外家에서 나서 자라 外祖父를 알고 思慕함이 깊었고, 性品이 文墨을 좋아했기 때문에 이처럼 怠慢하지 않은 것 같다." 또 齊閔은 外祖母의 墓誌銘을 李穡에게 付託하면서 外祖母가 늘 孫女들에게 "男便 섬기는 禮는 오직 恭敬하는 마음 하나로만 할 것이며, 衣服과 飮食에 이르기까지 반드시 精潔하게 하되 오직 그 때에 알맞도록 하면 될 것"을 가르쳤다고 했다. 齊閔의 어머니는 자식들과 함께 親庭에서 살았다. 이러한 男歸女家婚의

傳統은 李穀이 元나라에 보낸 上疏文에 잘 나타나 있다. 即 "男子가 차라리 本家에서 따로 살지언정 女子는 집을 떠나지 않는 게 高麗 風俗이다." 다시 말해 婚禮를 妻家에서 올리고 계속 妻家에서 居住하다가 나중에 自己 집으로 가기도 하고, 妻家에 있다가 벼슬 等을 理由로 分家하기도 했으며, 自己 집이나 第三의 場所에서 살다가 나중에 妻家 地域으로 移住하거나 丈人·丈母를 扶養하기도 했다. 또 無男獨女는 거의 親庭에서 살기도 했다.

王室의 婚姻 儀禮는 『高麗史』 「禮誌」에 잘 나타나 있는데, 그 記錄에 依하면, 먼저 婚姻 對象이 決定되면 新婦집에 婚姻을 請하고, 婚姻 날짜를 定해 使臣을 보내 알린다. 太廟에도 王太子가 婚姻하게 되었음을 告한다. 新婦집에서는 婚書를 받은 뒤 謝禮하는 表를 올리고, 新婦집에 婚姻의 徵標로 禮物을 보낸다. 여기까지의 節次는 納采 擇日 納幣로 要約할 수 있다. 그 다음에는 婚禮를 치른다. 新郎이 新婦집으로 新婦를 데리러 가는데, 이는 親迎이다. 親迎하는 날 太子妃의 臨時 休憩所를 麗正宮 閤門 안에 定하고, 臣下를 太子妃의 집으로 보내 맞아온다. 太子妃가 宮으로 들어오면 太子妃와 太子는 서로 人事하고 寢室로 들어가, 合歡酒를 나누는 同牢儀式을 치른다. 婚禮 後 3日째 되는 날에 太子妃는 일찍 일어나 盛裝하고 王宮의 內殿과 王后 앞으로 가서 拜謁하는데, 이를 妃朝拜라고 한다. 이때 王과 王后가 妃에게 醴를 주고 난 뒤 王은 太子妃로 冊封한다.

이에 比해 一般에서는 父母가 主導하는 中媒가 많았다. 따라서 父母의 指示 없이 婚姻하는 것을 禁했으며, 良賤婚 같이 不法的인 婚姻을 하면 父母가 主婚者로서 處罰되었다. 貴族이나 벼슬아치 집안에서는 婚姻할 때 禮物은 主로 緋緞을 쓰나 庶民들은 술과 쌀을 보낼 뿐이라는 『高麗圖經』의 記錄을 보면 納幣를 했음을 알 수 있다. 그러나 妻

　　　　　　　　　　　　　　인문학을 위한 한문 읽기

家에서 婚禮를 올리므로, 親迎은 行하지 않았다.

朝鮮은 婚禮에 있어서 高麗와는 다른 傳統을 만들려고 하였다. 朝鮮 王朝의 主唱者들은 中國 宋나라 朱熹의『朱子家禮』에서 그 典範을 찾았다.『朱子家禮』에서 提示한 婚禮 節次는 古代 中國 社會의 理想的인 統治 規範을 담은『儀禮』와『禮記』의 六禮를 土臺로 하였다. 六禮는 納采(新郞집에서 請婚하고 新婦집에서 婚姻을 許諾하는 過程), 問名(新婦 이름을 묻는 것), 納吉(吉凶을 점쳐서 좋은 占卦 消息을 新婦집으로 보내는 것), 納徵(新婦집에 禮物을 들이는 것), 請期(新郞집에서 吉日을 택해 新婦집에 可否를 묻는 節次), 親迎(新郞이 친히 新婦를 맞이하여 오는 것) 等으로 要約된다. 朱子는 이 六禮의 基本 틀을 毁損하지 않으면서 時代 狀況에 맞는 合理性을 强化하고 節次를 簡素化시킨다. 그에 依해 完成된 婚禮의 節次는 議婚(婚事를 議論하는 절차), 納采(婚事가 決定되면 新郞집에서 新婦집에 婚姻을 請하는 書式을 보내는 것), 納幣(新婦집에 禮物을 들이는 過程), 親迎, 婦見舅姑(新婦가 媤父母를 뵙는 것), 廟見(新婦가 祠堂에 人事드리는 節次), 壻見婦之父母(新郞이 新婦의 父母를 뵙는 것) 等이다. 이러한 婚禮 過程에서 가장 重要한 것이 親迎이라 할 수 있다. 親迎은 初저녁에 衣服을 갖추어 입은 新郞이 新婦집에 當到하면 新婦집에서 新婦의 醮禮를 擧行한 後 奠雁禮를 行한다. 新郞은 新婦를 이끌고 집에 到着한다. 新郞과 新婦가 新郞집에 오면 交拜禮와 同牢宴을 치르고 賓客을 待接한다. 이튿날 날이 밝으면 新婦는 媤父母를 뵙는다. 그 다음 날 主人은 新婦를 祠堂에 보인다. 4日째 新郞은 新婦의 父母를 뵙고 新婦 집안의 여러 親族을 뵙는 것으로 마무리된다. 朝鮮에서 이와 같은 婚禮 節次를 典範으로 하여『家禮輯覽』(金長生 編, 1685),『四禮便覽』(李縡, 1844) 等이 刊行되었다.

그러나 이러한 새로운 形態의 婚禮는 잘 受容되지 못했다. 다시 말해 親迎이 이루어지기보다는 古來로부터 이어온 婚禮인 男歸女家婚이 흔했다. 朱子家禮에 立脚한 儒教式 婚禮는 16世紀 中盤에 이르러서야 婚姻하는 날 저녁에 新婦집에 가서 婚禮를 行하고 그 다음날 媤父母를 뵙는 半親迎의 形態로 朝鮮의 生活 속에 파고들기 始作했다. 丁若鏞은 『家禮酌儀』에서 서울 兩班家의 婚俗에 對해 하루 동안에 婚禮를 치르고 新婦가 媤父母에게 人事하는 것을 '當日 新婦'라고 불렀는데, 이를 두고 但只 合졸禮를 新婦집에서 할 뿐 親迎이나 다름없다고 하였다. 또 이사벨라 비숍은 朝鮮의 婚禮 風俗에 對해, 婚禮 當日 午後에 新婦가 婚禮服을 입고 가마를 타고서 媤宅으로 가 媤父母에게 人事하고 돌아온 後, 3日이 지나 永遠히 媤家에 살러 들어간다고 記錄하였다. 이러한 例들은 어찌 보면 우리 古代의 傳統 婚姻儀禮가 儒教式 禮法에 依해 徐徐히 바뀌어 간 事情을 反映한다고 할 수 있겠지만, 儒教的 禮法을 理想으로 삼은 朝鮮 王朝의 視覺을 뒤집어 보면, 民衆 속에 뿌리 내려 우리 婚禮文化의 固有한 特質로 자리 잡은 男歸女家婚의 傳統이, 儒教的인 要素를 受容하는 過程에서 創出한 婚禮 樣式이라고 할 수도 있겠다.

　　— 李永培, 「혼인 습속의 고유성과 巫 의식의 사회문화적 의미」, 『국어문학』 50, 국어문학회, 2011.

# 다시 男子가 丈家가는 世上을 위하여

## 장가가기, 우리의 오랜 전통

흔히들 結婚[조선시대에는 주로 婚姻이라 했다]을 男子들은 '丈家 간다'고 하고, 女子들의 結婚을 '시집간다'고 한다. 그런데 시집간다는 말은 女子가 結婚해서 男便의 집으로 가는 것인데, 丈家간다는 말은 이러한 論法에 잘 들어맞지 않는다. 그럼, 男子가 어디로 간다는 말인 가?

'간다'는 말의 辭典的인 意味는 이곳에서 저곳으로의 移動을 의미 한다. 따라서 이것은 女子가 男子의 집으로 시집을 가듯이, 男子가 女 子의 집으로 丈家를 가는 것을 意味한다. 그런데 우리는 現實에서 이 러한 境遇를 거의 볼 수가 없다. 그런데도 丈家간다는 말은 男子들의 結婚을 指稱하는 말로 아주 一般的으로 쓰이고 있다.

그러면 丈家간다는 말은 實相과는 無關한 말인가? 그렇지 않다. 우 리의 結婚風俗에는 정말로 男子가 丈家를 가던 時節이 있었다. 그것 도 暫時 한때의 이야기가 아니라 오랜 우리의 傳統이었다. 高麗時代는 勿論이고, 朝鮮王朝의 前半期까지도 그러했으니 朝鮮 後半期 以後에 야 시집을 가게 된 것과는 比較가 되지 않는다.

丈家를 간다는 것은 男子들이 結婚을 해서 妻家에서 아들 딸 낳아 기르면서 妻의 父母를 모시고 사는, 말하자면 '妻家살이'를 意味한다. 이 같은 結婚風俗을 男歸女家婚이라고 하고, 女子들이 시집을 가는 오늘날과 같은 婚俗을 親迎禮라 한다. 前者가 우리 固有의 風俗이라면, 後者는 中國의 風俗이었다. 女子가 시집을 가는 中國의 風俗은 朝鮮 初期까지만 하더라도 거의 行해지지 않았다. "우리나라 風俗은 中國과 달라 親迎禮를 行하지 않는다. 男子들은 모두 妻家를 자기 집이라고 하고, 妻의 父母를 아버지 어머니라고 하면서 自己 親父母같이 섬긴다. 이것 또한 綱常이다"고 하는 記錄을 朝鮮 初期 世宗·成宗 年間의 實錄에서 자주 볼 수 있다. 綱常이란 倫理 道德的으로 떳떳하다는 말이다. 이것은 男子가 丈家를 가는 것이 朝鮮 初期의 兩班 士大夫 家門에서 當然視되었음을 意味한다. 이것이 더 오랜 眞正한 우리의 傳統이었다.

## 시집가기, 중국의 婚俗

男子가 丈家를 가는 狀況에서는 特定한 마을에 아버지와 아들 孫子로 이어지는 父系 血統의 子孫들이 閉鎖的인 血緣社會를 만드는 것이 不可能할 뿐만 아니라 아들이 없다고 하여 朝鮮後期와 같이 반드시 養子를 들일 必要도 없었다. 이 時期에 外孫奉祀는 흔한 일이었다. 따라서 이러한 時節에는 적어도 家庭的으로는 아들딸의 差別이 없었고, 또 아들에 執着할 理由도 없었다.

그러나 朝鮮社會에서 儒敎에 대한 理解가 더욱 깊어지면서, 그리고 儒敎가 政治理念으로서만이 아니라 日常生活에까지 漸次 그 影響力을 擴大해 가면서 男子들의 丈家가기는 問題가 되기 始作했다. 儒敎는 徹底히 아들, 그것도 맏아들 中心의 家族秩序의 確立을 目標로 하

　　　　　　　　　인문학을 위한 한문 읽기

고 있기 때문이다. 男子가 丈家를 가는 것이 우리 固有의 風俗이라는 朝鮮 初期 實錄의 記錄은 現狀에 대한 單純한 指摘이 아니라 이제는 그 같은 風俗을 淸算하고 中國의 儒敎的인 親迎禮를 行해야 한다는 것으로 連結되고 있다. 이 같은 雰圍氣 속에서 親迎禮는 朝鮮 初期 王室 또는 儒學者들 사이에서 一部 行해지기도 하였지만, 그것은 말 그대로 一部에 不過한 것이었다. 그러나 16, 17世紀를 거치면서 하나의 大勢를 이루어 마침내는 새로운 傳統이 되어 버렸다.

## 팔푼이의 생각

우리는 한 때 妻家살이하는 男子를 '팔푼이'라고 빈정거린 적이 있다. 뭔가 모자라서 妻家에 얹혀산다고 생각했기 때문이었다. 그래서 '팔푼이'들이 흔하지도 않았을 뿐더러, 堂堂하지도 못했던 것 또한 事實이다. 이미 男子 中心의 堅固한 社會體制가 만들어졌기 때문이다. 오늘날의 男子 中心의 社會體制는 많은 問題를 惹起하고 있다. 그것은 무엇보다도 家庭的으로는 아들에 대한 極端的인 執着과 社會的으로는 血緣·地緣·學緣을 만들어냈다. 물론 아들에 대한 執着과 血緣·地緣·學緣은 別個의 것이 아니고, 血緣·地緣·學緣은 또한 그 自體로서 끝나는 것이 아니라 地域感情으로 쉽게 進化하게 마련이다. 또 地域感情은 政治的인 도구로서만이 아니라 우리의 日常에서 憎惡와 咀呪로 늘 살아서 꿈틀댄다. 해서 大部分의 境遇 전혀 意識하지 못하기 일쑤이다. 設或 血緣·地緣·學緣이 地域感情에까지 이르지 않는다 하더라도 그것은 오늘날 우리 社會의 큰 病弊이고, 따라서 이를 克服하지 않고서는 健康한 民主社會로의 발전이 어렵다는 것 程度는 同意할 수 있을 것이다.

그러면 이를 어떻게 克服할 것인가? 既得權을 누리는 相當數의 謀利輩들은 克服에 힘을 기울이기는커녕 도리어 政治的인 利害得失을 따져 利用하고 助長하기에 汲汲하다. 그동안 이곳저곳에서 내놓은 多樣한 方案들은 一回用 行事이거나 觀念的이어서 實現 不可能한 幻想에 不過한 것들이 大部分이다. 그래서 아무 것도 하지 않는 것이 차라리 最善의 方策이라고도 한다. 그러면 眞正 方法이 없는 것일까?

筆者는 가끔 이런 생각을 해본다. 男子들 多數가 팔푼이가 되어 妻家살이를 한다면, 아니 男子가 다시 丈家를 간다면, 그러면 解決될 수도 있을 것이라고. 男子들이 말로만이 아니라 行動으로서 丈家를 간다면, 굳이 아들에게 執着할 必要도 없을 것이고, 아들을 媒介하여 形成된 血緣은 물론이고 地緣과 學緣도 더 이상 擴大되거나 意味를 가지지 못하게 될 것이기 때문이다.

## 世上을 바꾸는 方法

아무리 좋은 方案도 그 社會에서 容納되지 못한다면 아무런 意味가 없다. 그것은 歷史的 傳統과 社會的 情緒와 乖離되기 때문이다. 男子가 丈家를 가는 것은 우리 固有의 傳統이었다는 點에서, 또한 오늘날 젊은 夫婦들에게 보다 쉽게 容納될 수 있다는 點에서 그 實現 可能性은 높다.

女子들이 시집을 가는 한 夫婦 간의 平等은 쉽지 않다. 社會的 弱者인 女子가 强者인 男便 家族과 親族들 巢窟로, 그것도 子子單身으로 들어가 새로운 人間關係를 맺어야 하기 때문이다. 境遇에 따라서는 '시집살이'의 매운맛과 어려움을 不可避하게 堪耐해야만 한다. 물론 오늘날의 '시집살이'는 옛날과 크게 다르다. 結婚觀과 삶의 形態가 옛날과 같지 않기 때문이다. 오늘날의 夫婦들 大部分은 父母와 함께 살지 않고 있다. 그렇다고 하더라도 시집살이의 問題가 根本的으로 解決된 것으로는 보이지 않는다. 姑婦間과 시집과의 葛藤은 다만 隱閉되어 있을 뿐이고, 도리어 父母奉養과 子息들로부터의 疏外라는 새로운 問題를 惹起시키고 있다. 말하자면 오늘날과 같은 女子들의 어중간한 '시집살이'는 시집과의 葛藤이나 父母奉養이라는 問題 어느 것도 解決할 수 없다.

그러면 다시 男子들이 丈家를 간다면 어떻게 될까? '妻家살이'는 男子들을 팔푼이로 만들지는 몰라도 적어도 姑婦間의 葛藤을 원천적으로 봉쇄할 뿐만 아니라 男子들이 아빠와 엄마 사이에서 苦悶하게 하지는 않을 것이다. 물론 父母奉養의 問題도 딸이라는 立場에서 훨씬 쉽게 接近할 수 있게 된다. 夫婦間에 있어서도 社會的 强者인 男便과 家族과 親族의 든든한 背景을 가진 아내의 힘이 均衡을 이룰 수 있게 될 것이다.

무엇이 問題되랴! 이것은 國籍 不明의 輸入品도 아니다. 잊혀졌던 우리 傳統의 復元에 不過하다. 새 千年의 보다 健康한 삶을 위해서도 아들에 대한 執着과 血緣, 地緣, 學緣은 이제 克服되어야 한다. 지금이야말로 진정으로 男子들이 丈家를 가야 할 때다!

다시 男子가 丈家를 가는 世上을 期待해 볼 만하다.

— 鄭震英,「혼례, 신부를 맞이하다」,『향토문화의 사랑방, 안동』 147, 2013년 7 · 8월호 改稿

# 韓國 民俗宗敎의 槪念과 性格

## 1. 韓國 民俗宗敎의 槪念

어느 社會나 마찬가지이겠지만 韓國人의 宗敎的 삶은 佛敎, 儒敎, 基督敎 等 이른바 制度宗敎에 依해서만 이뤄지지 않는다. 宗敎라는 別途의 制度化된 領域을 確保하지 않은 채, 韓國人의 日常 삶에서 그 한 部分으로 實踐되는 民俗宗敎 亦是 韓國人의 宗敎的 삶의 一部를 構成하고 있다.

制度宗敎는 韓國人의 日常 삶과 區分되는 別途의 宗敎的 領域을 確保하고, 나름의 宗敎組織을 갖추고 있으며, 自己 宗敎의 敎理나 理念에 依해서 움직인다. 이들 宗敎는 自己宗敎의 엘리트들에 依해 잘 整理된 標準的인 믿음과 儀禮體系를 갖고 있으며, 다른 社會集團과 區分되는 獨立된 宗敎集團을 形成하고 있다. 이런 點에서 制度宗敎는 一般社會와 區分되는 뚜렷한 境界線을 갖는다.

反面에 民俗宗敎는 家庭이나 마을 等 一般 社會集團과 區分되는 獨立된 宗敎集團을 形成하지 않으며, 別途의 宗敎組織 亦是 構成하지 않는다. 오히려 家庭이나 마을 같은 一般 社會集團이 民俗宗敎의 宗敎集團으로 機能함으로써, 民俗宗敎는 一般 社會에 스며들어 있다. 그래서 民俗宗敎는 擴散宗敎(擴散宗敎, diffused religion)로 規定되며,

인문학을 위한 한문 읽기

制度宗敎와는 달리 一般社會와 區分되는 分明한 境界線을 設定하지 않는다.

이러한 民俗宗敎의 性格은 그것이 行해지는 脈絡에서 잘 드러난다. 民俗宗敎 行爲 卽 民俗宗敎 儀禮가 行해지는 契機는 韓國人의 一般的인 삶의 리듬이나 삶의 必要에 依해서 주어진다. 民俗宗敎의 定期的 儀禮가 行해지는 週期는 韓國人의 삶의 傳統的 生活週期와 一致한다. 反面에 制度宗敎는 各 宗敎의 敎理와 理念, 歷史에 依해 定해진 宗敎曆에 따라 儀禮가 行해지기 때문에, 儀禮가 行해지는 時點은 韓國人의 一般的인 삶의 리듬과 基本的으로 다르다.

民俗宗敎의 儀禮가 行해지는 儀禮空間 亦是 民俗宗敎의 性格을 잘 보여준다. 民俗宗敎의 儀禮空間은 日常의 삶이 이뤄지는 家庭이나 마을 같은 삶의 空間이거나 그것과 連結된 산이나 물가와 같은 自然空間이다. 卽 日常的인 삶의 空間과 自然空間이 바로 儀禮空間으로서 機能한다. 反面에 制度宗敎는 各 宗敎가 設定한 聖스런 空間에서 儀禮를 行한다. 勿論 制度宗敎의 聖스런 空間 亦是 實際로는 日常的인 삶의 空間과 自然空間에 位置해 있다. 그러나 日常의 삶의 空間과 自然空間이 그 自體로서 宗敎的 意味를 附與받는 民俗宗敎와는 다르다. 制度宗敎는 나름의 空間에 대한 意味附與 메커니즘을 通해 日常的인 삶의 空間과 自然空間에 宗敎的 意味를 附與한다. 이런 點에서 制度宗敎의 聖스런 空間은 日常的인 삶의 空間과 自然空間에 位置할 수 있으나, 單純한 日常의 空間이나 自然空間은 아니다.

또한 民俗宗敎에서 民俗宗敎 儀禮의 進行을 主導하는 것은 一般 사람들이다. 이 點 儀禮의 進行이 이른바 別途의 宗敎空間에서 이뤄지고, 儀禮 進行 亦是 各 宗敎의 宗敎專門家가 主導的 役割을 하는 制度宗敎와 다르다. 勿論 民俗宗敎라 하더라도 例컨대 巫俗信仰의

境遇 巫堂이라는 宗敎專門家가 存在한다. 그러나 巫堂 亦是 一般 사람들의 要請이 있을 때 비로소 儀禮를 行한다는 點에서, 儀禮 全般에 對한 主體的 決定을 내리는 制度宗敎의 宗敎專門家의 役割과는 差異가 있다.

이는 民俗宗敎의 信仰對象도 마찬가지이다. 民俗宗敎에서 登場하는 神들은 韓國人의 삶의 現實을 反映한다. 韓國人의 삶이 이뤄지는 空間인 집이나 마을, 이를 둘러싼 보다 넓은 自然의 領域인 山이나 바다 江 하늘, 그리고 그러한 空間과 領域에 存在한다고 믿어지는 여러 存在들이 神格化되어 나타난다. 韓國 民俗宗敎에는 直接的인 삶의 空間이나 自然, 또는 現實 삶의 人間關係나 社會的 關係를 超越한 보다 抽象的인 다른 世界나 存在, 普遍的인 宇宙規範이나 社會規範 等을 象徵하는 神이 뚜렷하게 자리잡고 있지 않다.

이른바 制度宗敎는 文字化된 經典, 標準化되고 洗練된 敎理와 儀禮體系, 나름의 宗敎組織을 中心으로 獨立된 宗敎集團을 갖추고, 專門的인 宗敎專門家를 中心으로 運營된다. 反面에, 위에서 본 것처럼, 民俗宗敎는 그러한 要素들 없이 다른 方式으로 存在하며 機能한다. 別途의 宗敎集團을 形成하지도 않고 文字化된 經典, 明確하게 定義된 標準化된 믿음과 實踐의 體系 等을 갖고 있지 않다. 그러면서도 韓國人의 宗敎的 欲求와 必要를 充足시켜주며 傳承되어 韓國人의 宗敎的 삶의 一部로 자리잡고 있는 宗敎傳統이 民俗宗敎이다. 그것은 오랜 時日에 걸쳐 韓國人에 依해 選擇되고 그들의 삶에 맞게 受容된 宗敎現象으로, 宗敎엘리트의 産物이 아니라 韓國人들의 生活 가운데서 形成된 것이다. 이런 點에서 韓國 民俗宗敎는 韓國人의 삶과 가장 가깝고, 삶과 分離되지 않은 채 그 가운데서 實踐되어 온 宗敎現象이라고 할 수 있다.

## 2. 韓國 民俗宗敎의 性格

韓國 民俗宗敎는 韓國社會에서 孤立된 외딴 섬처럼 存在하지 않고 他宗敎와의 相互關係 속에서 存在해왔다. 바꿔 말하면, 韓國 民俗宗敎는 韓國社會에서 歷史的으로 相互作用하며 存在해 온 여러 宗敎 가운데 하나이다.

이러한 여러 宗敎 가운데, 現在의 觀點에서 韓國의 他宗敎와 比較해 볼 때, 韓國 民俗宗敎는 韓國人과 가장 가까우면서도 親熟한 宗敎라고 말할 수 있다. 韓國 民俗宗敎의 이러한 特徵은, 앞에서 말한, 韓國 民俗宗敎 儀禮가 行해지는 契機 儀禮空間 儀禮의 主體 民俗宗敎의 信仰對象인 神 等을 通해서도 잘 드러난다. 이는 特히 韓國 民俗宗敎의 多樣한 儀禮의 類型을 通해서 잘 드러난다.

韓國의 民俗宗敎는 韓國人의 삶 全般 또는 거의 모든 삶의 問題와 直結되는 儀禮를 提供한다. 먼저, 民俗宗敎는 한 個人의 誕生에서 죽음에 이르는 삶의 全體 過程, 卽 出生 成人됨 婚姻 還甲 죽음 等 삶의 重要한 轉換點에 行해지는 通過儀禮를 갖고 있다. 또한 民俗宗敎에는 韓國社會의 基本的 삶의 單位인 家庭과 마을에서 每年 되풀이되는 年中活動과 聯關된 定期的 儀禮가 있다. 이른바 一年 中 定해진 一定한 節氣마다 行해지는 歲時儀禮, 年中儀禮가 바로 이것이다. 뿐만 아니라 個人과 家庭, 마을에서 發生하는 多樣한 삶의 問題들에 對應하여 行해지는 臨時儀禮도 갖고 있다. 例컨대 個人의 病이나 家族의 憂患, 마을의 事故, 가뭄과 같은 自然災害, 새로운 일의 始作 等 넓은 意味의 危機狀況에서 行해지는 儀禮도 있다.

이런 點에서 韓國社會에서 한 個人이 重要한 삶의 轉換點을 맞이하거나, 한해를 보내고 또 다른 한해를 맞이할 때, 그리고 이른바 實存

的 삶의 危機나 問題에 부닥쳤을 때 民俗宗敎는 가장 손쉽게 依支할 수 있는, 日常의 삶에서 가장 가까우며 親熟한 宗敎였다. 個人의 生老病死에서부터, 家庭과 마을의 大小事 大部分이 民俗宗敎와 連結되어 있었다. 아들을 낳고 싶을 때, 病에 걸렸을 때, 가뭄이나 돌림病과 같은 災難이 마을을 휩쓸 때, 고기를 많이 잡고 싶을 때, 한해를 맞이하고 보낼 때, 새로운 일을 始作할 때, 사람들은 民俗宗敎의 여러 儀禮를 行하였다. 그럼으로써 사람들은 삶의 不安感을 解消하고 삶에 對해 새로운 意味附與를 하며 새롭게 삶을 始作하는 契機를 맞이했던 것이다.

그런데 이처럼 韓國人의 具體的인 삶과 直接的으로 連結되는 韓國 民俗宗敎의 多樣한 儀禮는 韓國 民俗宗敎의 一次的 關心이 '只今 여기에서의 삶'이라는 것을 보여준다. 韓國의 民俗宗敎는 彼岸 卽 只今 이 자리가 아닌 다른 世界나 죽음 以後의 삶에 큰 關心을 두지 않는다. 오히려 家庭과 마을을 單位로 한 現在의 삶이 別다른 問題없이 調和롭게 이뤄지길 바란다. 民俗宗敎의 多樣한 儀禮는 아이의 出産, 結婚, 죽음의 處理, 疾病의 治癒, 憂患이나 災難 事故가 없는 生活, 집안의 平安과 繁昌, 마을共同體의 安寧 等 只今 이 자리에서의 人間 삶을 現實的으로 維持하는데 要求되는 여러 條件과 必要를 充足시키고자 한다. 이처럼 韓國人의 삶의 具體的 現實과 맞닿아 있는 多樣한 儀禮를 通해 韓國 民俗宗敎의 現實主義的 性格을 確認할 수 있다.

이러한 現實主義的 性格과 함께 韓國 民俗宗敎는 共同體的 性格을 함께 갖고 있다. 韓國 民俗宗敎는 個人中心의 宗敎는 아니다. 家庭이나 마을 같은 一定한 共同體를 基礎로 하는 宗敎이지, 個人을 爲한 個人 中心의 宗敎는 아니다. 個人이 關心의 對象이 된다하더라도 共同體를 構成하는 한 成員으로서의 個人으로 認識되며, 獨立된 存在라는 近代的 意味의 個人은 想定되지 않는다. 個人의 存在는 家庭이나 마을과 같은 共同體的 關係를 通해서 確認된다. 이런 點에서 그리스도教에서 말하는 '하나님 앞에 홀로 선 나'라든지, 佛教의 '나 自身만의 깨달음' 같은 獨立된 主體로서의 個人 槪念이 韓國 民俗宗教에는 나타나지 않는다.

韓國 民俗宗教의 共同體性은 民俗宗教가 實踐되는 方式에서도 잘 드러난다. 마을을 單位로 한 마을信仰의 共同體性은 두말할 必要가 없다. 家庭을 單位로 한 民俗宗教 行爲에서도 共同體性은 드러난다. 例컨대 한 家庭을 爲해 行해지는 巫俗儀禮인 굿에는 그 家庭의 家族들뿐만 아니라, 그 家庭이 屬해있는 마을 사람들도 參與한다. 卽 한 家庭을 爲한 굿이 한 家庭에게만 限定된 閉鎖的 儀禮가 아닌 마을사람들이 參與하는 開放的 儀禮가 된다. 한 家庭에서 行해지는 家神을 爲한 儀禮 亦是 儀禮飮食을 이웃과 나눔으로써, 그 儀禮는 이웃과 이웃의 紐帶關係를 敦篤하게 하는 效果를 發揮한다. 個人을 爲한 民俗宗教 儀禮에서도 個人을 爲해서 뿐만 아니라 家族 모두를 爲한 祈願이 이뤄진다. 占卜信仰이나 風水信仰 亦是 삶의 基本單位인 家庭과 마을의 脈絡에서 行해진다.

이러한 韓國 民俗宗教의 共同體性은 相互依存的인 韓國 傳統社會의 共同體的 삶의 方式을 反映한다. 同時에 이것은 基本的으로 이 世界의 存在를 獨立된 個體로 보기 보다는 周邊 다른 存在와의 有機的 相互關係 속에서 바라보는 民俗宗教의 世界認識과 連結되어 있다.

한편 이처럼 韓國의 民俗宗教가 韓國人의 現實的 삶이 이뤄지는 삶의 共同體에 基盤을 두기 때문에 그러한 共同體가 자리 잡은 地域 文化의 影響을 받으며, 따라서 韓國의 民俗宗教는 地域에 따른 地域性과 多樣性을 보여준다. 民俗宗教는 制度宗教와 달리 統一된 宗教組織이나 標準化된 믿음과 實踐의 體系를 갖지 않기 때문에 이러한

地域性과 多樣性은 더 두드러진다.

韓國 民俗宗敎가 文獻傳統이 없는 儀禮中心의 宗敎라는 點 亦是 그러한 性格을 浮刻시키는 要因으로 作用한다. 韓國 民俗宗敎에는 宗敎的 理念이나 世界觀을 文字로 記錄한 經典이 存在하지 않는다. 모든 것이 行爲體系인 儀禮를 通해 口傳되는 宗敎이다. 이러한 文獻傳統의 不在와 儀禮 中心的 性格은 地域에 따른 差別性과 地域性을 더 두드러지게 하는 要因 가운데 하나로 作用한다.

이는 韓國 民俗宗敎가 그러한 地域의 共同體를 基盤으로 살아온 一般사람들이 主體를 이루고 있다는 點에서도 그렇다. 韓國의 民俗宗敎는 地域의 共同體的 삶을 土臺로 한 사람들의 生活經驗에 뿌리박고 있으며, 그러한 삶의 리듬과 問題에 對應하여 行해진다. 佛敎나 儒敎, 道敎 等 他宗敎와의 相互關係를 通해 새로운 要素가 導入된다 하더라도, 그것은 사람들의 삶의 經驗과 必要에 依해 選擇, 受容된다. 이런 理由로 韓國 民俗宗敎는 同一한 現象이 地域에 따라 地域의 삶의 條件과 文化를 反映하는 獨特한 特徵을 지니게 된다. 이처럼 普通의 韓國 사람들 삶에 뿌리박고 그들의 삶의 經驗과 必要에 따라 選擇되며 地域의 삶의 條件과 文化를 反映한다는 點에서, 韓國 民俗宗敎는 韓國人의 삶의 모습과 歷史的 經驗이 凝縮된, 韓國人의 삶과 文化를 알려주는 重要한 資料 가운데 하나이다. 이런 脈絡에서 韓國 民俗宗敎는 韓國의 固有信仰으로 일컬어지기도 한다.

― 李龍範

# 日帝强占期 村落 政策과 마을 社會의 變化

　　日帝의 村落政策은 單純히 政治 經濟的 支配만을 意味하는 것이 아니었으며, 日常과 같은 社會文化의 全 領域을 아우르는 것이었다. 植民權力이 자신들의 政策을 마을 水準에서 實現시키기 위해서는 必然的으로 그것을 主導的으로 修行할 機構, 團體 等이 必要했다. 日帝 强占期 植民權力의 마을關聯 主要政策, 鳳停마을의 近代的 社會組織의 結成과 解散, 그리고 大同契의 設立과 變化過程을 簡略하게 整理하면 다음과 같다.

　　〈表-1〉에서 確認할 수 있듯이 日帝强占期 植民權力은 마을社會의 效率的 統治를 위해 多樣한 戰略을 全方位的으로 驅使해 왔다. 植民權力은 軍隊와 警察과 같은 物理的 支配方式 外에도 1910年 始作된 土地調査事業을 筆頭로 行政區域改編, 金融組合의 設立과 改編, 模範部落의 造成 그리고 農村振興組合이나 殖産契의 設立 等 마을과 農民들을 效率的으로 統制할 수 있는 政策을 多樣한 經路와 形態로 緻密하게 펴나갔다.

　　簡略하게 時期別 統治戰略을 整理하면 1910年代는 農村 마을의 效率的 統治를 爲한 基盤 事業, 例를 들면 土地調査事業이나 面制의 定着과 같은 行政區域改編 等에 置重되어 있었다. 마을에 對한 植民權力의 浸透와 統制가 아직 實效的인 것이 아니었으며, 그것의 基盤

[표 1] 植民權力의 마을 關聯 政策과 鳳停마을의 社會組織[1]

| | 植民權力의 마을關聯 主要 政策 | 鳳停마을 社會組織 | 鳳停마을 大同契 |
|---|---|---|---|
| 1910 年代 | 土地調査事業(1910–1918)<br>郡面統廢合(1914)<br>地方金融組合令 發布(1914) | | |
| 1920 年代 | 産米增産計劃(1920)<br>道訓令(靑年會 組織, 1920)<br>土地改良事業保護規則(1920)<br>金融組合令 改正(道單位, 1920)<br>模範部落·團體調査(1926)<br>模範部落 造成(1927) | 靑年會(1922, 3–4년)<br>少年團(1923, 2–3년) | 大同契 結成(1920)<br>竹城과 德陽마을 參與(1926)<br>竹城과 德陽마을 脫退(1927) |
| 1930 年代 | 更生指導部落造成(1930)<br>金融組合聯合會令(1933)<br>自作 農創定 貸出(1933)<br>棉花 獎勵(1933)<br>朝鮮農地令(1933)<br>部落振興會(1933)<br>殖産契領, 金融組合의 部落指導<br>(1935)<br>經濟警察制(1939) | 靑年團(1935, 5–6년)<br>少年團(1938, 2–3년)<br>農村振興實行組合設立<br>(1930年代)<br>殖産契 設立(1930年代) | 組織의 再整備와 財政關聯 規約의 追加(1933)<br><br>大同契 解體(1939) |
| 1940 年代 | 國民總力朝鮮聯盟 發足(1940)<br>團體整備令(殖産契 中心, 1940)<br>愛國班 體制(1940) | 幼年團(1941, 4–5년) | |

을 닦는 데에 集中하고 있었던 時期이다. 1919年 3.1 運動과 같은 汎國民的 抵抗을 經驗한 日帝는 武斷統治에서 文化統治로 轉換을 하게 되었다. 마을에 對한 統治戰略 역시 傳統的인 秩序를 否定하는 方式이 아닌 鄕約이나 洞契 等과 같이 傳統的인 마을 自治組織을 活用하는 한편 官制化 하거나 包攝해 나가는 方式의 政策을 펴나간다.[2]

---

1 이 表는 봉정어린양회, 『살기 좋은 우리마을』, 1972를 通해서 再構成한 것이다. 한편 植民權力의 마을關聯 主要政策은 김민철, 『기로에 선 촌락: 식민권력과 농촌사회』, 혜안, 2012, 306-307쪽을 參照해 作成했다.

2 윤해동, 『지배와 자치: 식민시기 촌락의 삼국면구조』, 역사비평사, 2006; 김민철, 『기로에 선

　　　　　　　　　　　　　인문학을 위한 한문 읽기

1920年代 日帝의 農政은 植民朝鮮을 自國의 食量基地로서 活用하려는 '産米增産計劃'으로 代表된다. 이 時期의 代表的인 農政인 '模範部落 造成事業' 等은 農村마을을 日帝가 願하는 方向으로 再編하고자 하는 試圖였다.[3] 그러나 1920年代 '産米增産計劃'으로 代表되는 農政은 1928年 大恐慌을 거치면서 失敗한 것으로 判明되었다. 農村의 荒廢化와 小農의 沒落은 植民當局으로 하여금 '農村振興運動'으로 代表되는 農政을 펴게 만들었다. 이 時期 마을의 運營과 農政에 '農村振興組合', '殖産契', '金融組合' 등과 같은 官制機構가 前面에 登場을 하고 있다는 点을 注目할 必要가 있다.

〈表-1〉에서 整理하고 있듯이 日帝强占期 鳳停마을에서는 靑年會, 幼年會, 靑年團, 幼年團 그리고 農村振興實行組合이나 殖産契 등과 같은 社會團體의 結成 解體가 持續的으로 일어나고 있었다. 이때 考慮해야 할 点은 비슷한 形式을 지닌 團體라 하더라도, 그 內容이나 活動 역시 비슷한 것은 아니라는 점이다. 例를 들면 1920年代 鳳停마을 靑年會나 幼年會의 境遇 留學生을 비롯한 마을 內 學生들이 中心이 되어 結成되었다. 그 活動 亦是 討論會, 한글講習, 스포츠 活動 等이 中心을 이루었고, 마을의 運營과는 直接的 關聯이 없는 것이었다.[4] 이 時期 靑年會 또는 幼年會의 活動은 愛國啓蒙運動, 農村啓蒙運動 等의 影響力 속에서 일어났던 것으로 보인다.

反面에 1935年에 結成된 靑年團은 마을의 運營에 直間接的으로 關與하고 있는, 말 그대로 靑年들의 組織이었다. 그들의 活動은 農繁

촌락: 식민권력과 농촌사회』, 혜안, 2012 等 參照.

3 이하나, 「日帝强占期 '模範部落' 정책과 조선농촌의 재편」, 『學林』 第19輯 , 연세대학교 사학연구회, 1998 參照.

4 봉정어린양회, 같은 책.

[표 2] 鳳停 大同契의 運營組織과 規約의 變化

| 年度 表記法 | 運營組織의 構成 | 主要內容 |
|---|---|---|
| 庚申 正月<br>(1920) | (竹城과 德陽을 除外한) 鳳停마을 居住者 141人 參與 | ·呂氏鄕約의 强調 |
| 丙寅年, 大正拾五年(丙寅) 陰七月拾六日夜 (1926) | 規約實行委員: 都監督委員, 副監督委員, 上洞委員, 東洞委員, 中洞委員, 西洞委員, 下洞委員, 竹城委員, 竹城委員, 竹城委員, 德陽委員, 顧問委員, 顧問委員.(本文에 大同契長이라는 表現이 보임) | ·飲酒, 吸煙, 竊盜, 賭博에 對한 規定과 그에 따른 懲戒 |
| 丁卯年, 陰七月十五日, 十一月十七日<br>(1927) | 改選規約實行委員: 都監督委員, 副監督委員, 上洞委員, 東洞委員, 中洞委員, 西洞委員, 下洞委員, 參與 委員(2人), 總務委員, 顧問(6人) | ·任員會議 權限强化<br>·殖利制의 改編問題 |
| 昭和八年 三月二十日(1933) | 大同契長, 副契長, 評委員(6人), 幹事(3人), 理事(1人), 總務(1人), 契員(83人) | |

期의 共同作業, 마을 內 時間을 알리는 鐘樓의 設置 및 運營, 마을淸掃, 迷信打破, 禁酒禁煙 運動 그리고 洞約의 實踐과 逸脫者의 處罰等과 같이 마을의 實質的 運營과 緊密하게 關聯을 맺고 있었다.[5] 그리고 이 時期 靑年團 活動은 參與者들의 意識 그리고 마을 內에서의 實質的 役割과 實踐과는 別個로, 總督府의 村落政策과 一定하게 關聯을 맺고 있었던 것으로 보인다.

1920年 正月 鳳停 大同契가 처음 結成되었을 當時, 이 마을에서는 總 141人의 誓約者가 參與를 하고 있었다. 鳳停 大同契의 規約은 舊鄕約에서 依倣'했음을 明示하고 있으며 '呂氏鄕約'을 强調하고 있었다.

二. 本契는 舊鄕約에 依倣되었으므로 本契員은 一切 模倣의 意로 朱

---

5 봉정어린양회, 같은 책.

子 增損 呂氏鄕約文을 本規約案의 編首인 다음에 抄記홈.

하지만 過去 이 마을에 鄕約이 實在하고 있었는지에 對한 根據는 남아있지 않다. 한편 '鄕約'의 强調와 大同契의 設立이 마을의 主體 的 決定이 아닌, 日帝의 洞契政策에 對한 마을 水準에서의 反應이었 을 可能性 亦是 一定하게 存在한다. 왜냐하면 日帝는 村落統治의 效 率性을 높이기 爲해서 1910年代에 '鄕約'을 注目하였으며, '鄕約精神' 을 强調하는 洞契의 設立을 積極的으로 勸奬해 왔기 때문이다.[6] 1920 年 大同契 結成이 마을 自體의 必要에 따른 主體的 決定이었는지, 아 니면 植民統治의 戰略에 對한 反應으로 構成되었는지 오늘날 確認할 수 있는 方法은 없다.

筆者는 日帝의 農村 統治戰略과 마을 自體의 必要性이 附合되는 部分에서 鳳停 大同契가 設立되었을 可能性을 上程하고 있다. 例를 들면 1920年 結成된 大同契는 1926年 竹城과 德陽마을이 同盟의 形 態로 合流하기 前까지, 自然마을 單位인 鳳停里 自體만의 洞契였다. 大同契의 結成範圍가 行政區域上의 鳳停里가 아닌 竹城과 德陽을 除 外한 鳳停마을이었다는 事實은, 行政의 政策에 의한 一方的 結成이 었다기보다는 오히려 마을 內의 必要에 따른 自律的인 決定의 側面을 一定하게 反映하고 있다고 할 수 있다.

1926年 陰曆 7月 16日 밤에 承認된 一回 總會協定事項의 內容은 이 마을의 社會的 再編과 關聯해서 重要한 意味를 지니고 있다. 當時 自然마을인 竹城과 德陽이 同盟의 形態로 鳳停 大同契에 參與하는 모습을 보이기 때문이다. 元來 獨立的으로 存在하던 마을이 1914年

---

6 윤해동, 앞의 책, 306-323쪽 參照.

行政組織改編을 通해 人爲的으로 하나가 되었지만, 마을 水準에서 社會文化的인 統合이 試圖되었던 것은 十餘 年의 時間이 흘러서였음을 確認할 수 있다. 하지만 이와 같은 試圖가 있었음에도 不拘하고 自然마을 間에 完全한 統合이 이루어진 것은 아니었으며, 不完全한 形態의 結合이었던 것으로 보인다.

三. 第五條에 違反(本件은 委員會의 判定에 依하여서만 有效함)된 者有한 時는 被發見者 居住洞民 一同은 發見者 居住洞에 對하여 連帶責任으로 一日의 勞役에 服從할 事.

위 條項을 通해 竊盜와 關聯된 懲戒方式을 逸脫者 個人에게 附課하는 方式이 아닌, 그가 속한 '居住洞'을 單位로 適用하고 있음을 確認할 수 있다. 특히 '告發資/被告發者'의 關係가 個人的 次元에서 벌어지는 것이 아닌 地緣을 中心으로 한 居住 單位였다는 点에서, 이러한 條項 自體가 마을 間의 葛藤要素로 飛躍할 可能性이 濃厚해 보인다. 비록 세 自然마을이 行政的 統合에 대한 反應으로 人爲的인 統合을 試圖하고 있었지만, 그것이 매우 不安定한 形態였음을 暗示해 준다. 實際로 바로 이듬해인 1927년 竹城과 德陽마을이 鳳停 大同契에서 脫退하여, 庚申年(1920) 大同契의 體系로 되돌아간 것에서도 確認되고 있다.

丁卯年 第二回 總會協定事項. 第一條 丙寅年 第一回總會 協定細則을 一層 勵行할事. 第二條 丙寅年 第一回總會 協定에 依한 竹城, 德陽과의 同盟 解消할 事.

이러한 모습은 當時 마을 水準에서의 植民權力 浸透가 制限的인 것이었음을 보여주는 同時에, 여전히 個別 自然마을이 一定한 自治性을 지니고 運營되고 있었음을 엿볼 수 있게 한다. 한편 1930年代 植民權力의 農村 支配政策은 洞契와 같은 마을 自治組織의 特性을 認定하고 活用하던 方式에서, 農村振興組合이나 殖産契 그리고 金融組合과 같은 官制機構가 마을 運營의 前面에 나서는 方式으로 轉換해 나가고 있었다.[7]

正確한 設立年代는 確認할 수 없지만 이 마을에서도 1930年代 中半 農村振興實行委員會나 殖産契 등이 設立되어 多樣한 活動을 벌였던 것은 그러한 모습을 잘 反映하고 있다.[8] 이 時期 마을의 運營은 大同契, 靑年會 그리고 農村振興實行組合 等의 關係 속에서 이루어졌던 것으로 보인다.

實際로 1933年 改定된 大同契의 規約은 日帝의 影響力과 關聯性이 좀 더 深化되어가는 모습을 보이고 있었다. 먼저 1933年 追記된 規約에는 旣存의 干支表示를 代替하여 '昭和 8年'이라는 日本式 年度만으로 表記하고 있음을 確認할 수 있다. 앞의 1920年의 境遇 '庚申 正月'이라고 表記되어 있었고, 1926年의 境遇 丙寅과 日本式 年號인 大正을 倂記하는 方式을 取하고 있었다. 이러한 變化가 當時 日常的으로 쓰이던 日本式 表記의 自然스러운 使用인지, 아니면 特定한 目的과 意圖에 立脚한 것이었는지는 確認할 수 없다. 만약 特定한 目的과 意圖를 上程한다면 植民權力의 檢閱 또는 一定한 關係 속에서 洞契가 位置하고 있었을 可能性이다.

---

7 신기욱·한도현, 「식민지 조합주의: 1932~1940년의 농촌진흥운동」, 『한국의 식민지 근대성』, 삼인, 2006, 129-160쪽 參照; 윤해동, 앞의 책, 345-359쪽 參照.

8 봉정어린양회, 같은 책, 14-15쪽 參照.

마지막으로 中日戰爭, 太平洋戰爭의 時期를 거치면서 植民權力은 마을에 대해서 보다 直接的이며, 收奪的인 統治方式을 띄게 된다. 그리고 이러한 모습은 이 마을에서도 確認되고 있다.

1939年. 드디어 日人들이 소나무에서 송진을 빼서 戰爭하는 飛行機에 써야겠으니 洞山을 팔라고 強要하기에 이르렀다. 당시 형편으로는 울며 겨자먹기로 130町步의 洞山을 9,000圓(當時 上畓 50斗落分)에 팔았으나 契員들에게는 한 푼도 못 나눠주게 하고 강제로 石谷金融組合에 預金시켜 버렸다. 이리하여 大同契 等은 實質的으로 1939年 9,000圓의 預金通帳과 기름때 묻은 文書만을 남기고...우리 鳳停을 영영 작별했던 것이다.[9]

鳳停마을 사람들이 洞契를 活用해 洞山이나 洞畓을 購入하려는 意志는 매우 強한 것이었으며, 洞契 規約을 通해 一貫되게 表明된 것이었다. 위의 引用文을 通해 30餘 年의 時間이 흘렀음에도 不拘하고, 植民權力에 依한 大同契의 解散과 그 過程을 아쉬워하는 마을 사람들의 意識을 엿볼 수 있다.

以前時期 日帝의 農村 統治戰略이 大同契 等과 같은 마을의 自治傳統을 어느 정도 認定하고 農村振興實行組合 等을 活用해 洞契를 包攝해 나가는 方式이었다면, 이 時期는 全혀 다른 次元에 들어서고 있음을 確認할 수 있다. 1930年代 後半 韓國社會는 日本帝國主義가 修行하는 戰爭을 爲한 總動員體系로 變化하게 되며 植民統治 方式도 '經濟警察制'와 같이 보다 直接的이고, 強壓的인 方式으로 變化하게 된다. 內鮮一體를 強調하며 創氏改名을 強要하던 抑壓的 統治方式

---

9 봉정어린양회, 같은 책, 14쪽.

인문학을 위한 한문 읽기

이, 洞契와 같은 傳統的인 마을의 社會組織에도 그대로 適用이 되는 것이다. 이러한 過程 속에서 鳳停마을 大同契는 그 經濟的 基盤을 잃고 消滅하게 되었다.

— 李鎭敎, 「일제강점기 마을사회의 동향과 동계의 역동성」, 『比較民俗學』第54輯, 比較民俗學會, 2014.

# 1960年代 以前, 農村의 '서리' 慣行과 그 意味
## -慶北 K마을의 事例를 中心으로 -

## I. 서리의 追憶

서리의 辭典的 意味는 "떼를 지어 남의 과일, 穀食, 家畜 따위를 훔쳐 먹는 장난"이다. 그렇다면 장난의 辭典的 意味는 무엇일까? "어린 아이들이 재미로 하는 짓, 또는 심심풀이로 하는 짓"이다. 綜合하면 서리는 '어린 아이들이 재미삼아 또는 심심풀이로 남의 穀食이나 과일, 家畜을 훔쳐 먹는 일'이다. 果然 서리는 이와 같은 辭典的 意味만 가지고 있을까?

1969年, 初等學生이었던 나는 '어깨동무'라는 어린이 雜誌에 連載되었던 漫畫를 보고 刺戟을 받아 親舊들과 수박서리를 企劃했다. 漫畫의 內容은 이러했다. 내 또래의 어린애들이 몸에 아프리카 原住民들처럼 흙漆을 한 뒤에 수박서리를 하다가 主人에게 들켰다. 아이들은 애初에 計劃한 대로, 재빨리 수박밭 近處의 개울물에 뛰어들어 흙을 씻어내 딴 아이들처럼 보이게 함으로써 危機를 벗어날 수 있었다.

늘 먹을 게 不足했던 우리는 當時만 해도 貴한 과일인 수박으로 배를 채우기 爲해 漫畫처럼 온몸에 흙을 바르고, 대낮에 수박밭으로 기어들어갔다. 入口부터 익은 수박을 가려내기 爲해 수박을 두드려 봤지만 經驗이 不足해서 判斷이 어려워지자 돌멩이로 수박을 깨기 始作했다. 不幸히도 아직 收穫期가 아니었는지라 익은 수박을 찾기가 어려웠다. 닥치는 대로 수박을 깨면서 나아가다가 한참을 지나 익은 수박 한 통을 찾아서 들고 나오려고 할 때쯤, 園頭幕에 머물던 主人이 낌새를 알아채고 내려와 "이놈들 게 섰거라."고 하면서 우리를 잡으려고 했다. 놀란 一行은 재빨리 逃亡쳐서, 다른 아이들이 멱을 감고 있던 近處의 냇물로 뛰어들어 흙을 씻어냈다. 主人이 냇가로 와서 "너희들 中에 分明히 서리한 놈이 있다는 걸 알고 있으니 나오라."고 했지만 우리는 모른 척했고, 主人은 우리가 偽裝을 지운 탓에 쉬 찾을 수 없어 발만 동동 굴렀다. 그러다가 火가 난 主人은 及其也 "잡히기만 하면 支署로 데려가서 監獄살이를 시키겠다."고 脅迫을 했다. 그러자 一行 中 어린 親舊 하나가 怯에 질려 逃亡을 치기 始作했다. 主人은 그 아이의 뒤를 쫓아가 잡았고, 마침내 그 아이가 實吐함으로써 事件의 全貌가 드러났다.

그 날 午後 내내 나는 歸家하지 못하고 마을을 徘徊했다. 或是나 支署로 끌려가 도둑으로 處罰받고 監獄에 갈지도 모른다는 두려움, 부모님의 叱責과 體罰, 곧 事件을 알게 될 先生님과 學友들의 失望 等等이 走馬燈처럼 떠오르며 어린 나는 極度의 不安 속을 서성이고 있었다. 周圍가 漸漸 어두워지자 내 이름을 부르며 동네를 돌아다니는 어머니의 목소리가 들려왔다. 虛飢와 不安感에 지쳤던 나는 自暴自棄의 心情으로 어머니를 向해 걸어갔다. 뜻밖에도 어머니는 서리에 關해선 一切 얘기하지 않고 "밥 때가 됐는데 어딜 그렇게 쏘다니냐?"면서 집으로 데려가 보리밥 한 그릇을 챙겨주었다. 虛飢진 배를 채우고 나니 아버지가 "서리에도 程度가 있지 남의 수박밭을 그렇게 망쳐놓으면 안 된다. 다음부터는 絶對 그런 짓을 하지 마라."고 하면서 밭 主人을 찾아가 謝罪하라고 했다. 未安함과 若干의 두려움을 무릅쓰고 밭 主人을 찾아가서 容恕를 비니 "다음부터는 그러지 말아라."고 하면서 順順히 보내주었다. 그걸로 모든 게 끝이었다. 나중에 함께 서리를 한 親舊들을 만나 물어보니 그 아이들도 나처럼 父母님이나 밭 主人으로부터 別다른 懲戒를 받지 않았다고 했다.

나는 왜 서리를 했을까? 只今 記憶이 흐릿하지만 나와 親舊들은 그때 늘 배가 고팠다. 그리고 뭔가 色다른 것을 먹고 싶었다. 또한 나는 그 漫畫를 보면서 나도 漫畫 속의 아이들처럼 짜릿짜릿함을 느끼면서, 그때까지 體驗한 穀食서리와 다른 類의 冒險的 서리를 하고 싶었다. 말하자면 나는 그때 수박을 먹고 싶은 마음과 새로운 冒險에 挑戰하는 마음, 이 두 欲望을 바탕으로 서리를 企劃하고 實行했던 것이다. 그렇다면 나는 이 事件을 通해 무엇을 배웠을까? 이 事件 以後에 어떻게 달라졌을까? 于先 서리에도 適正線이 있다는 걸 배웠다. 萬若 우리가 잘 익은 수박을 골라서 한두 통만 가져왔다면 別 問題가 되지 않았을 것이다. 그러나 우리는 익은 수박을 가려낼 만큼 자라지 못했고, 그래서 수박 數十 통을 망쳐놓고 말았다. 이 때문에 밭 主人은 끝까지 우리를 追擊해서 잡아내고 父母님들께도 이 事實을 알려 再發을 防止하도록 要請한 것이다. 또한 서리가 犯罪가 될 수 있다는 것도 배웠다. 主人의 脅迫을 듣는 瞬間 怯이 났고, 歸家할 때까지 갖가지 想像을 하면서 罪意識에 시달려야 했다.

게다가 아이들이 모르는 어른들의 世界가 있고 마을을 움직여가는 어떤 原則 같은 게 있다는 것도 느낄 수 있었다. 나중에 어머니에게 들어보니, 밭 主人은 나를 비롯해 서리에 參加한 아이들의 父母를 만나서 自初至終을 얘기했고 父母들은 子息을 제대로 管理하지 못한 데 對해 깊이 謝過하면서 賠償을 하겠다고 했지만, 밭 主人은 賠償을 辭

讓하고 再發防止를 約束 받은 뒤 그 事件을 덮어주었다. 밭 主人은 當時만 해도 高價였던 수박밭 一部를 망침으로써 分明한 經濟的 損失을 입었음에도 不拘하고 왜 우리를 容恕했을까? 父母님은 子息이 남의 財産을 훔치고 相當한 被害를 입혔음에도 不拘하고 왜 타이르는 것으로 그쳤을까?

50代 以上의 韓國人 가운데 農村에서 자란 男性이라면 大部分 靑少年期에 서리를 經驗했을 것이다. 그만큼 서리는 農村의 普遍的 文化現象이었고 成長期의 아이들에게, 中年이 된 只今까지도 印象的인 記憶으로 남을 만큼 重要한 活動이었다. 그럼에도 不拘하고 只今까지 서리 慣行을 本格的으로 調査해서 그 意味를 探索한 作業은 찾아보기 어렵다. 이런 狀況에서 이 글은 한 農村을 對象으로 서리 慣行을 살펴보고, 내가 어린 時節에 經驗한 서리 文化가 果然 普遍性을 지닌 것이었는지를 探索하는 作業의 한 過程이 될 것이다.

돌이켜보면 서리는 于先 먹는 問題와 結付된 것이었다. 뭔가 먹을게 必要해서 食材料 또는 飮食 그 自體를 對象으로 서리를 했기 때문이다. 따라서 서리 文化를 제대로 把握하기 爲해서는 當時의 生業과 食生活 現況을 살펴보는 게 緊要한 일이다. 다음으로 서리를 오직 먹기 爲해서만 한 것은 아니었다. 내 經驗에서 드러나듯 어떤 種類의 서리에는 分明히 놀이的 緊張과 재미의 要素가 存在했고, 이 때문에 서리는 흔히 '장난'으로 認識되는 傾向이 있었다. 그 行爲만 두고 볼 때 分明히 犯罪行爲임에도 不拘하고 서리를 寬容하는 文化의 裏面에는 어떤 價値觀이 자리 잡고 있을까? 놀이와 犯罪의 境界 또는 그 사이에서 벌어지는 서리의 多樣한 모습을 通해 이 물음에 對한 答을 찾아보고 싶다.

한편 서리는 一定한 倫理的 基盤 위에서 이루어졌다. 말하자면 '倫

理的 도둑질'이라는 矛盾的 命題가 서리에 通用되었다. 萬若 一定한 線, 卽 서리의 倫理를 벗어나지 않는다면 그걸 處罰하는 이가 오히려 指彈받는 事例를 어린 時節에 目擊한 바 있다. 수박서리 事件이 있었 던 그 해 가을의 일이었다. 나보다 한두 살 위의 兄들이 果樹園에 들어 가 沙果 몇 個를 따서 나오다가 主人에게 잡혔는데, 主人은 그 前에 벌 어진 서리까지 擧論하며 過度한 賠償을 要求했고 이 때문에 마을 어 른들은 勿論 아이들에게도 指彈의 對象이 되었다. 이 일을 目擊하면서 나는 서리의 倫理, 나아가서 우리 마을을 움직여가는 共同體倫理 같은 게 있구나 하는 點을 어렴풋이 느낄 수 있었다.

어린 時節의 서리, 그리고 發覺됨으로써 事件化한 서리 經驗과 他 人의 서리를 지켜보면서 알게 된, 아니 이제야 回顧를 通해서 그 뜻을 되새기게 된 서리의 意味는 普遍的인 것이었을까, 아니면 나의 事例에 局限한 것이었을까? 이제 한 자그마한 農村마을의 서리慣行에 對한 探索을 通해서 未洽하나마 그 答을 찾아보려고 한다.


## II. 서리의 意味

1970年代 初半에 統一벼가 補給되고 機械化學農法이 一般化되면 서 食量問題가 解決되자, 배고픔을 解決하기 爲해 했던 서리는 漸次 자취를 감추게 되었다. 그 뒤로 果菜類와 닭서리 따위의 家禽類 서리 는 한동안 傳承되었지만 그 本質은 相當히 달라져 놀이의 性格이 짙 었다.

1960年代, 나아가 1970年代 以後까지 傳承된 서리에는 어떤 意味 가 담겨 있었을까? 辭典的 意味처럼 심심풀이, 또는 재미로 하는 짓이

었을까? 疏略하게 살펴본 K마을의 事例는 서리의 意味가 그처럼 單純하지 않았음을 보여준다.

서리는 아이들이 一方的으로 選擇한 먹을거리의 確保 方式 또는 놀이方式이 아니라 어른들과의 相互作用, 나아가서 그것이 容認되어온 歷史 및 共同體 文化의 傳統 속에서 傳承되어온 것이다. 그렇다면 '文化的으로 許容된 도둑질'인 서리에는 어떤 생각이 담겨 있을까?

于先 確認할 수 있는 건 劣惡한 現實에 對한 認識의 共有와 集團的 對應이다. 낮은 農業生産性과 높은 人口壓力 때문에 多數의 農家에서는 年中 穀食의 節約과 一定 程度의 缺食이 不可避했다. 이런 狀況은 自然스레 서로 協力해야만 現實의 桎梏을 헤쳐 나갈 수 있다는 認識을 심어주었고, 그 結果 아이들의 서리뿐만 아니라 靑年들의 서리까지 어느 程度 容認하는 傳統이 樹立된 것으로 보인다.

이런 脈絡에서 注目되는 것이 互受性(reciprocity)의 原理이다. 穀食과 果菜類, 副食類 그리고 家禽類 가운데 닭은 어느 집에나 있는 것이기 때문에 늘 서리의 對象이 될 수 있었다. 서리를 하는 集團의 構成員들은 事實上, 그 構成員들의 집을 次例대로 돌면서 서리를 하는 것이나 마찬가지였다.[1] 勿論 比較的 形便이 좋은 一部 家庭에 負擔이 偏重될 수도 있지만, 그런 負擔은 스콧이 말한 바 있는 '危險의 配分'이 必要한 狀況에 處했을 때, 더 가진 者가 지켜야 할 倫理的 義務라는 觀點에서 充分히 受容할 수 있을 程度였던 것으로 보인다.[2]

---

1 서리의 이런 性格을 두고, 한 同姓마을의 서리 慣行을 묘사한 李文烈은 "親族相盜例의 慣習的 適用"이라고 했다(李文烈, 『그대 다시는 고향에 가지 못하리』, 나남, 1986, 88쪽). 調査地인 K마을은 N氏 20家口 程度, T氏 10家口 程度, G氏 5家口 程度 等이 居住해서 同姓마을은 아니었지만, 이런 樣相은 크게 다르지 않았다고 한다.
2 제임스 스콧 著, 김춘동 譯, 『농민의 도덕경제』, 아카넷, 2004, 64~68쪽 參照.

또 하나 눈여겨 봐야할 것은 行爲(過程) 그 自體보다는 目的을 重視하는 文化的 傳統이다. 目的指向的인 倫理體系 下에서는 設令 도둑질이라 하더라도 왜 했느냐에 따라서 그 處罰이 달라지기 마련이다. 배가 고픈 아이들이 虛飢를 달래기 爲해, 혼자서가 아니라 親舊들과 함께 한 도둑질은 容恕해줘야 한다는 게 서리를 바라보는 共同體의 觀點이었다. 이 때문에 서리를 하다가 發覺된 아이를 過度하게 懲戒하면, 오히려 서리 때문에 被害를 입은 當事者가 指彈받는 逆說的인 狀況이 發生할 수 있었던 것이다.

이와 같은 共同體文化의 背景 속에서 傳承된 서리의 機能 또는 意味는 무엇일까? 于先 들 수 있는 것은 서리가 食量危機 狀況에서, 靑少年들이 먹을거리를 確保하기 爲해서 벌인 切迫한 活動이었다는 點이다. 公的인 靑少年福祉 시스템이 갖춰지지 않은 狀況에서, 아이들이 制限된 食事量과 食事機會 때문에 빚어진 虛飢를, 一部나마 解消할 수 있는 方法은 아직 덜 익은 穀食 또는 果菜類를 서리해서 攝取하는 것뿐이었다.

서리의 이런 性格은, 穀食서리가 主로 春窮期에 集中的으로 벌어졌다는 것을 通해서도 確認할 수 있다. 서리를 한 穀食을 加工하는 方法은 불에 그슬려 먹는 게 大部分인데, 불에 그슬렸을 때 가장 맛나게 먹을 수 있을 때가 밀, 보리를 收穫하기 보름 前이었다. 이때가 바로 春窮期의 食量 危機가 頂點에 達해 山野를 헤매고 다니면서 풀뿌리와 칡뿌리, 송구[松肌] 等을 구해와야만 겨우 延命할 수 있는 時期였다. 따라서 이 時期에 行해진 서리는 아이들이 나름대로 春窮期의 食量 危機에 對應하는 方式이었던 것으로 보인다. 勿論 서리의 이와 같은 性格은 아이들이 홀로 構成한 것이 아니라, 互受性에 基盤한 非公式的 社會保障體系, 特히 '靑少年福祉'라는 觀點에서 어른들에 依해

인문학을 위한 한문 읽기

許容된 것이라는 게 現在의 생각이다.

다음으로 살펴볼 수 있는 것은 서리의 遊戲性이다. 서리 가운데 穀食 서리는 別다른 制裁 없이 할 수 있지만 果菜類와 家禽類, 그리고 副食 서리는 事情이 달랐다. 이들 서리는 大概 春窮期라는 食量 危機 狀況에서 行해진 게 아니라, 比較的 食量 事情이 괜찮을 때에 行해진 것, 다시 말해서 죽으로라도 끼니를 때운 뒤에 하는 것이라서 穀食서리 와는 性格이 다를 수밖에 없었다. 이 때문에 이런 類의 서리에 對한 共同體의 寬容 程度도 달라져서 適正線을 넘는 서리에 對해서는 一定한 處罰이 따랐다.

서리의 遊戲性은 바로 이 地點에서 發現되는 것이었다. 社會的으로 禁止된 것을 違反하는 데서 얻는 재미, 卽 處罰을 甘受하고 '하지 말아야 할 짓', '하지 말라고 한 짓'을 할 때의 즐거움이 서리에 內在되어 있었다. 提報者들은 서리할 때의 緊張感과 서리에 成功한 다음의 成就感에 對해, 마치 戰士들이 武勇談을 얘기하듯이 陳述했다. 分明한 目的과 그 目的에 到達하기 爲한 技術(策略), 그리고 暗默的이긴 하지만 서리 對象의 所有者를, 놀이的 競爭의 相對者로 設定한 點 等은 서리가 分明히 놀이的 要素를 갖고 있었음을 보여준다.

이런 狀況에서 서리는 祕密스런 浸透[緊張]와 目標의 達成[弛緩] 이라는 構圖 위에서, 模倣과 再現이라는 미미크리(mimicry)的 要素와 各種 難關을 克服하는 戰略的 아곤(agon)의 要素, 그리고 무엇보다 '아찔아찔함'이라는 일링크스(ilinx)의 要素가 結合되어 그 相互作用을 通해 實踐된 複合的 性格의 놀이였다고 하겠다.[3] 食量 問題가 解決된 1970年代 以後, 農村地域 人口의 寡少化와 老齡化가 進行되고

---

3 로제 카이와 著, 이상률 譯, 『놀이와 人間』, 文藝出版社, 1994, 39~57쪽 參照.

靑少年들의 進學率이 높아져 靑少年들을 찾아보기 어려운 地境에 이르기 前까지, 한동안 과일서리와 家禽類 서리가 傳承될 수 있었던 것은 바로 이들 서리가 갖는 强力한 遊戲性 때문이었다고 해도 無妨할 것이다.[4]

다음으로 살펴봐야 할 것은 아이들의 社會化 또는 文化化(enculturation), 卽 日常的, 非公式的 活動을 通해 마을文化를 內面化하는 過程에서 서리의 役割이다. 社會化는 個人들 속에다 集團의 文化的인 內容들을 심고 일구는 過程이다. 따라서 社會化는 두 가지 意味를 갖는다. 于先 個人의 立場에서 보면, 社會化는 사람다운 사람이 되기 爲하여 各自에게만 特有한 自我性, 혹은 퍼스넬리티(personality)를 形成하는 過程이다. 다음으로 社會의 立場에서 보면, 각 사회가 그 文化的 遺産을 世代에서 世代로 綿綿히 이어가는 過程이다.[5]

이런 觀點에서 봤을 때 서리는 靑少年의 文化化에 어떤 影響을 미쳤을까? 于先 아이들이 제대로 서리를 하기 爲해서는 農耕地의 作付體系와 農作物의 播種, 成長과 收穫時期를 알아야 했고, 各 農作物의 量과 質, 맛과 屬性도 把握해야 했다. 이 뿐만 아니라 집안과 이웃의 經濟事情, 그리고 이웃 住民들의 性格까지 어느 程度 알아야만 서리 對象의 選定에서부터 서리한 物件의 處理, 그리고 發覺된 以後의 對應에 이르기까지 제 過程을 圓滿하게 遂行할 수 있었다. 結局 서리는 아이들이 집과 이웃, 그리고 마을의 經濟現實에 눈 뜨게 하는 活動 가

---

4 그렇다고 해서 穀食서리에 遊戲性이 없었던 건 아니다. 穀食서리 役시 서리에서 加工까지 一定한 틀이 있었고 이 過程에서 아이들은 놀이的 재미를 느낄 수 있었다. 한편 食量 事情이 좋아서 굳이 穀食서리로 배를 채우지 않아도 괜찮지만 또래 集團의 活動이기 때문에 서리에 加擔한 아이의 境遇에는 相對的으로 놀이의 성격이 더 强했을 可能性이 높다.

5 金璟東, 『現代의 社會學』, 博英社, 1982, 222쪽.

운데 하나였던 셈이다.

또 하나 눈여겨 봐야할 것은 아이들이, 서리에 對한 寬容과 處罰의 過程을 經驗하면서 마을文化가 追求하는 價値와 共同體倫理를 體感한다는 것이다. 서리의 倫理는 곧 共同體의 倫理와 맞물린 것이었다. 비록 잘못된 行爲라고 하더라도 狀況的 不可避性이 있을 境遇 어느 程度 寬容이 이뤄지고 危機 또는 危險의 配分이 必要한 局面에서 個別的 對應보다는 集團的 對應을 追求하며, 不可避하게 他人의 權利를 侵害하더라도 深刻한 被害에 이르지 않도록 適正線을 지켜주는 것 等이, 서리를 通해서 아이들이 배우는 共同體倫理의 要素들이었던 것으로 보인다.

마지막으로 짚어 볼 것은 서리가 또래集團의 文化로서 갖는 性格이다. 서리를 함께 하는 集團으로서 '서리牌'는 大槪 비슷한 나이의 年齡集團으로 構成되었고 서리는, 놀이와 犯罪의 境界線에 놓여 있는 特有의 位相 때문에 그 構成員들을 同志的 連帶關係로 끈끈하게 묶어주는 機制로서 作用했다. 이 때문에 特定한 서리에 參與한 經驗이 있는 者를 그 集團의 構成員으로서 資格을 獲得한 者, 卽 入社式을 通過한 者로 認定하는 傾向이 나타났다. 이런 樣相은 家禽類 서리에 參與하는 年齡이 10代 後半 以上으로 限定되는 것을 通해 어느 程度 確認할 수 있다. 家禽類 서리에 加擔하는 것은 곧, 그가 마을의 靑年集團에 所屬되었음을 보여주는 徵表 가운데 하나였던 것이다.

— 韓陽明, 「1960년대 이전, 농촌의 '서리' 관행과 그 의미에 관한 탐색」, 『韓國民俗學』56輯, 韓國民俗學會, 2012.

# 安東의 祝祭와 놀이傳統

安東은 '傳統文化의 고장'으로 널리 알려져 있다. 高麗時代까지 安東은 佛敎의 搖籃으로써 아직도 많은 佛敎遺跡들이 남아 있고, 鄒魯之鄕이라는 表現이 말해주듯 朝鮮性理學의 本據地이기도 해서 有形無形의 儒敎文化遺産들이 散在해 있다. 뿐만 아니라 全國 어느 地域과 견주어도 뒤지지 않을만한 民俗文化의 傳統을 간직한 곳이기도 하다. 이런 點에서 安東은, 傳統文化에 뿌리를 둔 地域祝祭를 創出하기에 適合한 文化的 與件을 갖춘 地域이라고 할 수 있다.

傳統社會에서 安東地域의 祝祭는 크게 두 가지 水準으로 傳承되었다. 于先 安東邑治를 中心으로 벌어진 고을祝祭이다. 이 祝祭는 主로 대보름[上元]과 端午에 벌어졌는데, 安東의 邑權을 掌握했던 衙前들이 主導하고 民衆들이 呼應한 祝祭로서 車戰, 놋다리밟기, 줄당기기, 石戰, 地神밟기 等 大同놀이와 城隍祭를 비롯한 邑治祭儀를 主要한 演行으로 삼았다. 고을祝祭는 다시 〈열린고을型〉의 祝祭와 〈닫힌고을型〉의 祝祭로 나눌 수 있는데, 前者는 고을사람 全數의 參與를 前提로 進行된 開放型 祝祭였고 後者는 邑治의 住民들만이 參與하는 小規模의 祝祭였다.

다음으로 邑外의 각 마을에서 벌어진 祝祭이다. 이 祝祭는 대보름과 端午, 그리고 百中에 벌어졌으며, 共同體神에 對한 祭祀인 洞祭와

인문학을 위한 한문 읽기

줄당기기, 車戰, 횃불싸움, 놋다리밟기, 씨름, 윷놀이, 地神밟기 等의 大同놀이를 主要한 演行으로 삼았다. 마을 祝祭 亦是 두 形態로 傳承되었는데 〈닫힌마을型〉과 〈열린마을型〉이다. 前者는 마을사람들만이 參與하는 祝祭인데 比해 後者는 外部集團의 參與를 保障하는 開放型의 祝祭였다. 河回에서 傳承된 別神굿은 代表的인 〈열린마을型〉祝祭로서 河回別神굿탈놀이는 바로 이 類型의 祝祭에서 演行된 것이었다. 마을祝祭는 班常의 區別 없이 參與하는 게 原則이었지만, 主로 民衆들이 主導했고 兩班들은 消極的으로 參與하는 게 一般的이었다.

한편 安東은 달리 '兩班고을'이라고 할 만큼 兩班들이 得勢한 곳이었기 때문에 兩班들의 놀이文化 亦是 남달랐다. 兩班들의 놀이는 크게 산놀이[遊山]와 뱃놀이[船遊]로 나눌 수 있는데, 安東은 黃池에서 發源한 洛東江의 本流가 邑基를 감싸고 흐를 뿐만 아니라 半邊川, 吉安川 等의 支流가 發達하여 뱃놀이의 適地였다. 이에 따라 兩班들은 主로 五月에서 十月에 이르는 時期의 달 밝은 밤에 多樣한 形態의 뱃놀이를 즐길 수 있었다. 現在 탈춤페스티벌에서 重要한 演行으로 자리잡은 船遊줄불놀이는 바로 河回의 兩班들이 每年 百中 무렵에 즐겼던 뱃놀이를 再現한 것이다.

只今까지 살펴본 대로 車戰과 놋다리밟기, 河回別神굿탈놀이 等 無形文化財로 指定된 民俗은 한결같이 共同體祝祭의 現場에서 演行되었던 것들이기 때문에, 祝祭의 傳承力이 弱化하면 함께 衰殘해질 수밖에 없는 運命을 갖고 있었다. 알다시피 甲午改革과 함께 衙前制度가 革罷되면서 고을祝祭는 傳承의 動力을 喪失했고 이에 따라 邑治祭儀로서 城隍祭는 傳承集團이 바뀌거나 消滅하였다. 또한 고을祝祭에 속했던 大同놀이도 祝祭로부터 離脫해 個別化된 놀이로 位相이 格下되었고, 그마저도 日帝强占期에 傳承이 中斷되었다. 마을祝祭도 事

情은 크게 다르지 않아서 洞祭와 地神밟기만이 겨우 命脈을 維持했을 뿐 다른 大同놀이는 大槪 日帝强占期에 傳承이 中斷되었다.

傳承이 斷絶되었던 民俗을 再構成해 以前의 傳承脈絡과는 다른 次元에서 傳承하게 된 데는 全國民俗競演大會의 開催와 文化財保護法의 制定에 따른 無形文化財指定이 큰 影響을 미쳤다. 가장 먼저 再構成한 것은 河回別神굿탈놀이(以下 河回탈놀이)이다. 이 탈놀이는 1928年의 마지막 別神굿을 끝으로 傳承이 中斷되었다. 그 뒤 1935年 日帝의 行事에 動員되어 共演하기도 하고 1941年 宋錫夏의 現地調査 當時에 公演하기도 했지만 이런 公演은 이미 마을祝祭와는 無關한 것이었다.

河回탈놀이가 다시 注目받게 된 것은 1958年에 이르러서이다. 1958年 8月 13日에 열린 第1回 全國民俗競演大會에, 춤과 服飾, 伴奏音樂 等에 對해 外部 專門家의 指導와 諮問을 받고, 元來의 모습과는 다른 形態로 再構成한 公演物을 들고 나가 大統領賞을 受賞했다. 이것을 契機로 斯界의 耳目을 集中시켰고 1964年 河回탈이 國寶 第24號로 指定되면서 河回탈놀이에 對한 地域 內의 關心도 高調되었다. 이런 地域 雰圍氣와, 1970年代 初부터 展開된 '탈춤復興運動' 및 無形文化財에 對한 政策的 關心 等으로 탈춤에 對한 關心이 드높아진 地域 外의 雰圍氣를 背景으로, 1973년 安東에 假面劇硏究會가 만들어졌다. 假面劇硏究會는 아직 演行의 텍스트를 確定짓지 못한 채 地域 內에서 一定한 活動을 展開하던 中, 1928年 마지막 共演 때 각시役을 맡은 李昌熙를 찾음에 따라 本格的인 再構成 作業에 들어가 텍스트를 確定하고 마침내 1980年 重要無形文化財 第69號로 指定되었다.[6] 文化財로

---

6 河回탈놀이의 再構成 問題에 對한 詳細한 論議는 유정아, 「하회탈놀이의 의미변화」, 서울大學校 大學院 人類學科 碩士學位論文, 1989; 조정현, 「하회탈춤 전통의 재창조와 안동문화의

인문학을 위한 한문 읽기

指定된 텍스트는 角逐하던 몇 個의 텍스트 가운데 選擇된 것으로써, 아직 이 텍스트의 眞本性을 疑心하는 이들이 地域社會에 남아 있다.

다음으로 安東車戰이다. 이 놀이는 이미 日帝强占 初期에 傳承力이 弱化되어 穩全한 傳承이 이루어지지 않다가 1922年 安東에 居住하던 日本人들의 關心 속에서 小規模로 再開되었다. 이 車戰에서 兩便의 싸움이 워낙 激烈하게 進行되고 마침내 投石戰으로까지 번져 數十 名의 負傷者가 發生하자 日帝는 이를 理由로 車戰의 演行을 嚴禁하였다. 여러 番에 걸친 地域民의 要求에도 不拘하고 車戰의 演行을 許諾하지 않던 日帝는, 1936年 陰曆 2月末 慶北線 鐵道의 開通에 즈음해서 한 便의 參與 人員을 500名으로 制限한다는 條件 下에 車戰의 演行을 許可했다. 人員의 制限에도 不拘하고 數千 名이 參與하여 展開한 이 車戰은 놀이 道具인 동채가 登場하기도 前에 앞머리꾼들의 싸움이 벌어져서 몇 名의 負傷者가 發生하고 幕을 내렸다.

本格的인 車戰의 傳承은 中斷되었지만 略式동채를 利用한 小規模의 車戰은 邑內 各 마을의 靑少年 또는 邑外의 瓮泉과 琴韶 等地에서 1940年代 初盤까지 傳承된 것으로 確認된다. 그러나 갈수록 甚해지는 日帝의 窮民化政策과 解放 以後의 混亂, 그리고 韓國戰爭을 거치면서 더 이상 車戰의 傳承은 이루어지지 않았다. 그러다가 1966年 安東中學校 開校 20周年 記念行事를 準備하던 敎師들이 나중에 初代 技能保有者가 된 金明漢의 도움을 받아 車戰을 再構成함으로써 安東車戰은 새로운 傳承의 局面을 맞게 된다. 以後 1967年 全國民俗藝術競演大會에서 文化公報部長官賞을 受賞하고 다음 해에는 大統領賞을 受賞했으며 마침내 1969年에는 重要無形文化財 第24號로 指定되었다.

---

이미지 변화」, 『比較民俗學』 29輯, 比較民俗學會, 2005를 參照.

再構成해 傳承하는 過程에서 車戰은 相當한 變化를 겪는다. 于先 정동채를 利用한 싸움은 人命 被害의 危險 負擔 때문에 採擇되지 않았다. 정동채를 利用한 車戰은 머리꾼들이 激烈한 싸움을 展開해서 相對便의 동채를 腕力으로 부숴버리거나, 相對便의 동채 위에 自己便의 동채를 얹은 뒤 사람들이 함께 내리눌러 勝負를 決定하는 方式으로 展開되었다. 이 過程에서 肉薄戰이 不可避하기 때문에 負傷者의 發生은 必然的이었다. 1966年의 再構成 當時 安東中學生들이 車戰에 參與했고, 다음 해부터는 安東高等學生들이 車戰을 演行하게 됨으로써 學生들을 危險에 露出시키기는 어려웠다. 또한 記念行事와 全國民俗競演大會 等에 參加하기 爲해 公演物로 改變하다보니, 印象的이고 華麗한 싸움의 過程이 要求되었다. 정동채는 多彩로운 空中戰이 거의 不可能한 構造를 갖고 있으므로 움직임이 容易한 略式동채를 擇했고, 놀이의 方式도 兩便의 동채를 마주 걸어 空中으로 數次例 솟구쳐 오르고 回轉하다가 相對便의 동채를 내리눌러 땅에 먼저 닿는 쪽이 지는 方式으로 바꾸었다. 1940年代 以前에 靑少年들 또는 邑外의 瓮泉과 琴詔 等地의 住民들이 벌인 略式동채를 利用한 車戰도, 마주 걸어서 空中으로 솟구쳐 오르는 따위의 움직임은 거의 찾아보기 어려웠다는 點을 勘案할 때, 再構成過程에서 挿入한 華麗한 空中戰은 새로운 車戰의 誕生을 알려주는 것이었다.

다음으로 놋다리밟기이다. 女性들의 集團歌舞戲인 이 놀이 亦是 日帝強占期에 傳承力이 弱化했고 1930年代에 이르러 傳承이 中斷되었다. 이 時期에 宋錫夏는 놋다리밟기를 簡略하게 紹介했고 1957年에는 崔常壽가 調査 結果를 發表했다. 그 뒤 地域 內外의 人士들에 依해 調査가 이루어져, 그 結果를 바탕으로 再構成한 놀이를 1965年 安東女高 學生들이 演行하게 되었다. 1967年에 任東權은 無形文化財

調査報告의 一環으로 現地調査를 遂行해 規模 있는 報告書를 提出했고, 1973年 9月에는 成炳熙가 安東 邑內의 놋다리밟기에 對한 調査를 遂行해서 實際 놀이 經驗이 있는 女性 네 名을 찾아냈다. 成炳熙의 調査 結果를 바탕으로 再構成한 놀이를 같은 해 10月에 열린 安東民俗祝祭에서 慶安女商 學生들이 演行했으며, 이 텍스트를 가지고 다음 해 8月 釜山에서 열린 全國民俗競演大會에 慶北代表로 나가 獎勵賞을 受賞했다. 1973年 成炳熙의 調査 結果가 發表되고 이를 바탕으로 한 慶安女商 學生들의 演行은 地域 內에 이 놀이의 原形, 特히 옹굴놋다리에 關한 論爭을 觸發했고 이 論爭은 1974年의 民俗藝術競演大會까지 이어졌는데, 1975年 慶尙北道의 '全國民俗藝術競演大會 出戰種目 調査作業'은 論難을 잠재우는 契機를 마련했다. 이 調査는 1975年 7月 23日부터 사흘 동안 이루어졌으며, 崔正如 · 權寧徹 · 金宅圭 · 成炳熙 · 趙東一 等의 硏究者들이 調査者로 參與했다.[7] 이 調査에서 놋다리밟기를 實行한 9名의 提報者를 찾아내, 그 뒤 가장 權威를 認定받는 텍스트를 確定했고, 이 텍스트를 바탕으로 再構成한 놋다리밟기는 1984年 慶北無形文化財 第 7號로 指定되었다. 그러나 이 텍스트도 事實은 多樣한 놀이로 이루어진 安東地域 놋다리밟기의 몇 過程만을 再構成한 것에 不過하고 이 再構成도 꼬깨싸움에 對한 理解가 不足한 狀態에서 이루어졌다는 것이 그 뒤에 이루어진 調査로 밝혀졌다.[8]

한편 船遊줄불놀이는 20世紀 初까지 傳承되다가 日帝强占期에 이

---

7 崔正如 外, 「安東 놋다리밟기 硏究」, 『韓國民俗硏究論文選 II』, 一潮閣, 1982, 128~132쪽 參照.

8 놋다리밟기에 관해서는 林在海, 「놋다리밟기의 유형과 풍농기원의 의미」, 『民族과 文化一』(民俗 · 宗教), 正音社, 1988 및 韓陽明, 「琴韶의 대보름놀이와 그 意味」, 『韓國民俗과 文化研究』, 螢雪出版社, 1990을 參照.

르러 傳承이 中斷되었다. 그러다가 1974年 柳增善이 船遊줄불놀이에 對한 調査를 遂行해 簡略한 報告書를 提出했고[9] 그 뒤 金原吉 等이 調査한 內容을 바탕으로 1981年 安東民俗祝祭 現場에서 再現된 뒤[10] 只今까지 탈춤페스티벌 現場에서 演行되고 있다. 元來 줄불놀이는 뱃놀이의 付屬 行事에 不過했지만 再現되는 過程에서 뱃놀이가 뒷전으로 밀려나고, 華麗한 볼거리를 提供하는 이 놀이가 中心的인 演行으로 浮刻되었다.

오랜 斷絶의 時間을 보내고 全國民俗藝術競演大會와 文化財 指定 等, 國家 水準에서 進行된 民俗談論을 背景으로 再構成된 民俗들이 地域 內에서 一定한 傳承力을 확보하는 데는 安東民俗祝祭의 役割이 컸다. 安東民俗祝祭는 1968年 安東車戰이 全國民俗藝術競演大會에서 大統領賞을 受賞한 것을 記念하기 爲해 만들어진 것으로서 1965年에 社團法人으로 登錄한 安東文化院이 主管해 벌인 祝祭이다. 祝祭의 名稱에서 드러나듯이, 이 祝祭는 安東地域의 民俗을 바탕으로 構成되었으며, "民俗의 保存·發掘과 이를 通한 傳統文化 및 地域文化의 暢達"을 目標로 삼았다. 草創期 祝祭의 演行構成은 關聯 資料가 없어 알 수 없지만 1975年의 第6回 民俗祝祭(1972年과 1973年은 豫算問題 等으로 未 開催)를 보면 이미 河回別神굿탈놀이, 安東車戰, 놋다리밟기, 苧田農謠(苧田논매기) 等이 主要 演行으로 자리 잡고 있으며 이밖에도 風物, 씨름, 윷놀이, 널뛰기, 줄당기기, 성주풀이, 假農作, 서낭祭 等의 地域民俗과 원놀이, 塔돌이 等의 一般民俗 또는 外地 民俗이 演行에 包含되어 있다. 民俗 外에도 市民大合唱, 儀仗隊示範, 寫眞展, 演劇公演, 詩畵展, 白日場 等 多彩로운 文藝行事가 包含되었는

---

9 류증선, 「河回 불꽃놀이 小考」, 『安東文化 5』, 安東大學校 安東文化研究所, 1974.
10 安東民俗文化祭委員會, 河回줄불놀이 팸플릿, 1981.

데, 이처럼 地域民俗과 各種 文藝行事가 結合해 祝祭를 構成하는 것은 1960年代 以後 地域祝祭의 一般的인 패턴이었다. 이렇듯 出帆 以後 30年 가까이 安東地域 民俗의 公演場으로서 役割을 遂行했던 安東民俗祝祭는 1997年 安東國際탈춤페스티벌이 만들어지면서 吸收, 統合되어 오늘에 이르고 있다.

　　— 韓陽明,「地域祝祭의 傳承과 民俗의 變容」,『比較民俗學』35輯, 比較民俗學會, 2007.

# 內陸에서 만들어진 安東간고등어

## 1. 옛날 安東에서는 왜 간고등어가 重要했나?

安東에서 옛날에 간고등어가 注目받을 만한 理由는 무엇인가?

첫째, 安東은 內陸에 있어서 싱싱한 고등어를 먹기 어려웠기 때문이다. 交通이 不便하던 時節에는 바다에서 잡아 올린 싱싱한 生鮮을 內陸 깊숙이 位置한 安東까지 쉽게 短時間에 運送하기 어려웠다. 이런 條件 속에서 長時間을 보내면 싱싱한 고등어라도 腐敗할 수밖에 없다. 그래서 商人이나 運送者들은 고등어의 腐敗를 抑制하기 爲해 배를 가르고 內臟을 꺼낸 뒤 소금을 듬뿍 쳐서 간고등어를 만들어서 供給하게 되었다.

둘째, 安東에서는 간고등어가 儀禮飮食으로도 使用되었기 때문이다. 忠淸北道와 같이 바다를 全혀 끼지 않은 地域에서도 간고등어를 즐겨 먹지만, 그곳에서는 간고등어를 儀禮飮食의 項目으로 分類하지 않는다. 그들의 論理대로라면 "비늘이 없는 生鮮은 生鮮답지 않아서 祭祀床에 올릴 수 없다"는 것이다. 간고등어에 關한 한 이 點에서 安東을 中心으로 하는 慶北 北部地域과 다른 地域 間에 顯著한 差異가 있다. 安東은 全國에서 오래된 集姓村이 무척 많은 곳이고, 朝鮮時代에 서울 다음으로 많은 數의 科擧合格者를 輩出한 만큼 儒敎文化的

色彩가 强하여 祖上祭祀를 爲始한 一生儀禮를 매우 重要하게 여겼기 때문에, 儒教式 一生儀禮가 잘 遵守된 곳이다. 따라서 自己 집에서 儀禮를 行하지 않아도, 그리고 自己가 간고등어를 먹으려고 準備하지 않아도, 安東사람들이 간고등어를 먹을 수 있는 機會가 많다는 點 또한 他地域과 相當히 區別되는 點이다.

셋째, 安東에서 간고등어는 손님을 爲한 特別한 飯饌이었기 때문이다. 安東은 선비들이 많았고 儒教에서 所重하게 생각했던 接賓文化가 强盛한 곳인데, 接賓客을 할 때 一般的으로 가장 흔히 올라가던 生鮮이 바로 간고등어였다. 勿論 그 바탕에는 간고등어가 맛이나 營養價面에서도 相當히 괜찮은 生鮮이었다는 點이 前提되어 있다. 굳이 儒生이 아니라 普通 사람이라도 제법 特別한 손님으로 남의 집에 갔을 때 간고등어를 먹을 可能性은 매우 높았던 것이다.

넷째, 간고등어는 低廉하고 長期保存이 可能한 實用的인 食品이었기 때문이다. 低廉하면서도 長期 保管이 쉽다는 點은 副食으로서는 實用性과 長點이 크다는 뜻이다. 事實 간고등어의 이러한 長點이 結局은 가난한 사람들에게조차도 一生儀禮의 實行을 쉽게 도와줄 뿐만 아니라, 집으로 찾아오는 손님에게도 比較的 제때에 無理 없이 待接할 수 있도록 해주는 것이다. 그런데 祭祀와 같은 儀禮에서는 간고등어의 品格이 相對的으로 낮은 便인데 反해서, 平素 손님에게 간고등어는 그 品格이 높은 便이었다.


## 2. 安東사람들은 언제부터, 어떻게 고등어를 즐겨먹었나?

安東地域에서 옛날에 얼마나 많은 量의 간고등어가 消費되었는가

하는 點에 對해서는 헤아리기 어렵다. 그런데 고등어 漁獲量은, 日帝
初期인 1911年에 比하여 1932年에는 無慮 767%나 增加했다. 또 고등
어 漁獲 從事者 가운데 朝鮮人은 1911年에는 30%, 1932年에는 13%
이었고, 그 나머지는 모두 日本人이었다. 日本人들에 依해서 고등어의
生産과 消費가 增加되었음을 알 수 있다. 따라서 安東地域에서 간고
등어의 消費量은 日帝强占期에 크게 增加하였다고 봐야 옳을 것이다.

安東地域에 供給된 간고등어는 東海에서 잡힌 것이 盈德에서 陸路
로 安東 臨東面 챗거리場을 거쳐 들어오는 것, 그리고 南海岸에서 잡
힌 것이 釜山에서 洛東江을 타고 倭館을 거쳐 豊川 九潭으로 들어오
는 것 두 가지였다. 옛날에는 東海岸 고등어가 主로 安東으로 들어왔
다. 그러다가 交通網과 運搬 手段이 좋아짐에 따라 간고등어의 主供
給地는 盈德에서 '釜山共同魚市場'으로 옮겨졌다. 그 後 交通網이 整
備되고 冷凍輸送이 一般化된 1980年代 後半부터 바다 汚染 問題로
釜山에서는 고등어에 소금을 치지 않고 冷凍貯藏을 하여 安東까지 가
져왔다. 그래서 只今 安東에서 流通되는 고등어는 大部分 釜山에서
들어온 것이며, 自然히 安東에서 배를 갈라 內臟을 꺼내고 씻은 뒤에
소금을 치고 있다.

安東사람들이 즐겨먹은 간고등어의 調理 形態는 구이, 찌개, 밥솥
속의 찜 等과 같은 것이었다. 남의 집에 일을 하러 가도 重要한 飯饌으
로는 明太구이 아니면 고등어구이가 나왔고, 祭祀가 드는 큰집에 갈
때면 고등어 한 손을 가지고 가는 것이 茶飯事였다. 그러므로 5日 週期
로 열리는 安東場에 가면 고등어를 사오는 것은 基本이나 다름없었다.
安東사람들이 고등어를 자주 接하여 그와 親近해지자, "朴正熙 大統
領도 고등어껍질은 실컷 못 먹었다고 하더라."든지, "고등어 껍질로 쌈
을 싸먹으면 둘이 먹다가 한 名 사라져도 모른다.", "崔富者가 고등어

껍데기 먹다가 亡했다."는 말이 있는 것처럼, 고등어 껍질에 對해서까지도 무척 맛이 좋은 것으로 여겼다.

한편, 고등어는 消費의 集中現狀이 두드러지는 生鮮이다. 가을철 時享祭를 지낼 때, 八月 한가위, 설 直前에 가장 많이 팔린다. 이런 時期에는 모두 祖上에게 祭祀를 지내고, 이 때 고등어를 祭床에 올리기 때문이다. 옛 儀禮飮食의 傳統이 고등어 消費에 그대로 反映된 것이다.


## 3. 安東간고등어가 어떻게 成功的인 文化商品이 되었나?

1990年代에 접어들면, 安東을 떠난 出鄕人들이 如前히 옛날 安東의 고등어 맛을 잊지 못한 反面에, 安東에 사는 사람들에게 고등어는 그리 脚光받을 만한 生鮮은 아니었다. 이런 狀況에서 1999年 8月에는 '安東간고등어'라는 商品을 生産·販賣하기 爲하여 '安東食品'(2000年 1月에 (株)安東간고등어로 法人化)이 安東에 設立되었다. 그 消息을 接한 安東사람들은 大體로 疑訝하게 생각했다. "간고등어는 魚物廛에 가면 숱하게 있는데 그걸 만들어서 어떻게 팔아?", "물이 줄줄 흐르고 비린내가 나는 간고등어로 장사가 될까?" 等과 같이 사람들의 反應은 거의 否定的이었다. 그러나 現在 (株)安東간고등어의 社長이 된 젊은 安東 土박이는 이미 事業의 可能性을 어느 程度 看破하고 있었다.

商品開發 過程에서는 地域 言論으로부터 아이디어를 提供받고, 安東科學大學의 産學協力研究 成果에 힘입었다. 勿論 安東市의 行政的 支援도 적지 않게 받았다. 安東科學大學에서는 出市日을 앞두고 9個月餘에 걸쳐 包裝用 비닐팩을 開發했고, 로고와 디자인을 考案했고, 傳統의 맛을 살리기 爲해 食品工學的 支援을 아끼지 않았다. 또 安東

市는 간고등어를 地域 特産品으로 指定해 販促을 支援하였다.

1998年부터 商品을 企劃하여 몇 年間 準備하여 出市하려고 하였으나, 1999年 4月에 엘리자베스 英國 女王의 安東訪問을 契機로 出市日을 1999年 9月 秋夕 前으로 크게 앞당겼다. 安東간고등어 試製品 2,000마리를 百貨店 바이어에게 보낸 時點도 秋夕을 앞둔 때였다. 勿論 試製品에 對해서 "맛은 옛날 그대로인데, 包裝은 現代式"이라며 좋은 反應을 얻게 되었다.

그런데 비린내가 나고 물이 흐르는 生鮮을 包裝하여 文化商品으로 出市하는 것은 큰 危險負擔을 안고 있었다. 그래서 비닐팩에 간고등어를 넣고 密封하는 것은 勿論이고, 옛날 간고등어를 먹던 經驗을 想起시키는 適切한 弘報와 充實한 說明文으로 世人의 關心을 끌어 危險負擔을 낮추기 始作했다. 40年 '간잽이'를 내세워 安東의 傳統 이미지를 담아 디자인한 종이箱子에 간고등어를 담아 商品價値를 높였다. 이렇게 만든 간고등어는 다른 어떤 文化商品보다 低廉하고 여러 名의 家族이 함께 푸짐하게 먹을 수 있는 日常的 消費財이므로, 多數 사람들이 손쉽게 購入할 수 있는 商品이 될 可能性이 컸다.

安東의 간고등어가 大衆的 商品으로 거듭난 社會的, 文化的 背景과 要因은 이러하다.

첫째, 무엇보다 安東이 處한 自然地理的 條件 때문에 간고등어는 安東의 傳統的 飮食文化의 一部였다는 點이다. 바닷가에 사는 사람들과 달리 安東사람들에게 고등어라고 하면 應當 간고등어라는 等式이 成立되어 있었다.

둘째, 간고등어는 安東地域 儀禮飮食의 一部로서 相當한 意味를 갖는 生鮮이었다는 事實이다. 儒敎的 儀禮를 代表하는 祭禮에서 一部의 有名 宗家를 除外한 大部分의 집에서는 간고등어를 즐겨 써왔다.

後孫들이 相當히 嚴正하게 儀禮를 遵守하려는 宗家의 不遷位祭祀에도 간고등어를 올리는 집이 相當數 있다. 다른 地域에서 "고등어는 비늘이 없으므로 祭祀床에 올리지 않는다"는 主張을 해도 多數의 安東사람들에게는 그게 問題가 되지 않는다. 많은 집에서는 고등어를 吉凶事의 儀禮飲食으로 즐겨 使用해왔다. 남의 집 儀禮에 參席하거나, '祭祀飲食 돌리기' 等의 慣習에 依해 安東사람들은 고등어를 먹는 頻度가 다른 地域 사람들보다 더 높았다. 따라서 安東地域 사람만큼 간고등어를 자주 먹던 사람들이 全國的으로 거의 없다고 해야 옳다.

셋째, 産業化, 安東댐·臨河댐 建設 等으로 말미암아 安東을 떠난 數많은 出鄕人들에게 간고등어는 입맛과 鄕愁를 刺戟하는 代表的인 生鮮이었다는 點이다. "大都市에 가 봐도 安東의 魚物塵에 나는 그런 간고등어는 찾아볼 수 없다"는 것이다. 出鄕人들은 食卓에 生鮮이 오르면, 자꾸만 옛적 간고등어 생각이 났기에 간고등어에 대한 需要는 潛在되어 있었다.

넷째, 安東國際탈춤페스티벌 開催 以後 安東文化의 特徵的인 것을 發掘하려는 움직임이 高調되면서 安東간고등어가 再發見되었다. 이것은 더 根源的으로 地方自治制 施行, 文化觀光의 雰圍氣 高調, 地域文化의 活性化 等과 關聯되어 地域正體性을 살린 商品을 開發하려는 努力에서 胚胎되었다. 決定的인 契機는 1999年 4月 엘리자베스 女王의 安東訪問이었다.


## 4. 간고등어는 從前과 어떻게 달라지고 있는가?

새로운 商品으로 開發된 安東간고등어는 차츰 安東地域 고등어 生

産·消費의 傳統을 벗어나게 되었다. 예전의 간고등어에 比해서 販賣場所도 多樣해졌고, 鹽度도 훨씬 낮다. 또 文化商品으로 開發된 安東간고등어는 現代人의 趣向에 맞게 變身을 거듭하고 있다. 이를테면 主婦들이 調理하기 便利하게 다듬고 손질한 간고등어, 竹鹽으로 간을 한 竹鹽간고등어, 綠茶와 結合한 綠茶간고등어, 靈光굴비+安東간고등어 세트 等이 그것이다. 또한 2001年부터 安東의 食堂에서는 간고등어찜이나 구이를 包含한 '安東간고등어 定食' 같은 메뉴도 開發되어 팔리기 始作했다.

安東의 代表的인 觀光地이자 休息空間인 安東댐 周邊과 河回마을 안팎의 食堂에는 '安東간고등어'라는 메뉴 또는 글귀가 헛祭祀밥과 나란히 적혀 있다. 安東에서 (安東)간고등어를 標榜하고 있는 메뉴는, 20餘 年 前에 開發되어 觀光商品으로 定着된 '헛祭祀밥'보다 더 好況을 누리고 있다. 거기에는 外地에서 歷史文化都市 安東을 찾는 觀光客이 安東文化를 經驗하는 次元에서 간고등어가 包含된 새로운 메뉴를 選好하는 心理가 깊이 作用하고 있다.

2002年에는 安東간고등어가 美國 뉴욕 롱아일랜드에 現地工場을 設立하여 간고등어를 生産하기 始作했다. 이곳에서는 노르웨이産 고등어를 利用하여 安東간고등어를 生産·販賣하는데, 現地 僑胞들에게 매우 큰 呼應을 얻고 있다고 한다. 그들에게 安東간고등어는 單純히 飮食의 맛을 넘어서서, 韓國文化의 趣向과 結付된 입맛을 刺戟하는 生鮮일 것이다.

安東간고등어가 安東을 알리는 地域觀光商品 혹은 安東 사람들의 삶의 方式(특히 飮食文化와 儀禮文化)과 結合된 文化商品으로 成功하자, 類似한 模倣商品이 開發되어 販賣되고 있다. '安東자반간고등어', '安東傳統ㄹ고등어', '安東얼간재비고등어', '安東兩班간고등어',

'安東춤간고등어' 등이 代表的이다. 包裝한 간고등어로 模倣商品을 만든 것은, 亦是 安東의 舊市場과 新市場의 魚物廛에서 예전부터 간고등어를 持續的으로 販賣하던 사람들로부터 始作되었다. 아무튼 이들 後發業體에서 만든 包裝 간고등어는 在來式 魚物廛에서 뿐만 아니라, 多樣한 現代式 商街에서 販賣되고 있다.

간고등어의 文化商品化가 이루어진 以後에는 包裝 간고등어와 非包裝 간고등어로 分化되어서 그 性格과 意味가 달라지고 있다. 包裝 간고등어는 外地人의 安東文化 體驗飮食, 現代的 感覺의 膳物과 紀念品, 地域經濟를 살리는 孝子 商品 등의 位相과 意味를 갖는 反面, 非包裝 간고등어는 現在 土박이 安東 사람들의 儀禮飮食이자 日常飮食이며, 傳統 · 촌스러움 등과 같은 이미지를 維持하고 있다.

아무튼, 安東에서 간고등어가 包裝商品으로 바뀐 以後, 安東에서 간고등어의 販賣量이 크게 增加하여 在來式 魚物廛이 活性化되는 肯定的 效果를 누리게 되었다. (株)安東간고등어의 境遇에는 會社 設立 6年만인 2005年에 賣出額 400億원을 達成하여 設立當時에 比해 會社의 經營規模를 100倍 假量 擴張하게 되었다. 이제는 바다로부터 멀리 떨어진 安東에서 過去에 하는 수 없이 먹던 간고등어가 웰빙飮食으로 評價될 뿐만 아니라, 地域經濟의 든든한 버팀木으로 자리 잡았다.

— 裵永東, 「安東의 브랜드商品, 安東燒酒 · 安東布 · 간고등어」, 『安東文化 바로 알기』, 韓國國學振興院, 2006.

# 百濟와 高句麗 故地에 對한 唐의 支配 樣相

## 羅唐聯合의 成事와 決裂

4世紀 中盤부터 始作된 高句麗와 百濟의 戰爭은 6世紀 中盤 新羅가 漢江 一帶를 차지하면서 三國間의 熾烈한 角逐戰으로 轉換되었다. 한편 오랫동안 分裂되었던 中原 大陸을 統一한 隋와 唐은 自己 中心의 一元的 世界秩序를 標榜하며 여기에 介入하였다. 그 結果 6世紀 後半부터 三國間의 抗爭은 東아시아 國際戰의 樣相을 띠게 되었다.

隋唐의 主敵은 高句麗였고, 新羅의 主敵은 百濟였다. 隋는 連이은 高句麗 征伐에 失敗하여 滅亡하였다. 그 뒤를 이은 唐 亦是 高句麗 單獨 攻擊이 失敗한 뒤 新羅와 聯合함으로써 百濟와 高句麗를 滅亡시킬 수 있었다. 그런데 唐은 百濟와 高句麗 故地에 熊津都督府와 安東都護府를 設置함으로써 新羅의 期待를 저버렸다. 결국 新羅는 高句麗 遺民의 反唐鬪爭을 支援하며 唐과의 一戰을 不辭하지 않을 수 없었다.

마침내 熊津都督府가 廢止되었고 安東都護府마저 鴨綠江 너머 遼東地域으로 退却함으로써, 三國中 最後의 勝者가 된 新羅는 一統三韓을 標榜하였다. 그럼에도 不拘하고 遼東地域에서 安東都護府는 儼存하고 있었고, 安東都護府의 廢止를 前後하여 옛 高句麗 勢力이 渤海를 建國하였다. 結局 唐이 安東都護府를 通해 具現했던 一元的 世

界秩序는 不過 30年만에 變質되고 退色되어 버렸던 것이다.

그런데 百濟와 高句麗 滅亡 以後에 新羅와 唐의 關係가 惡化되어 相互間의 戰爭으로 치닫게 된 理由는 무엇일까? 또한 失敗로 끝난 百濟 復興運動과 달리 高句麗 復興運動이 渤海의 建國으로 이어진 理由는 무엇일까? 이미 적지 않은 論議가 이루어진 만큼 多少 陳腐한 主題이지만, 여기서는 百濟와 高句麗 故地에 대한 唐의 支配 樣相의 差異點에 注目하고 싶다.

卽 百濟 地域에 羅唐軍이 함께 駐屯한 데 反해 高句麗 地域에는 唐軍만 駐屯하였고, 唐은 高句麗 遺民에 對해서만 大規模의 强制 移住를 實施하였던 것이다. 또한 高句麗 滅亡 以後 唐과 新羅는 各各 百濟 遺民과 高句麗 遺民을 後援하였다. 이러한 差異點들을 解明한다면 新羅와 唐의 衝突 背景을 理解할 수 있을 것이다.

한편 高句麗 遺民의 反唐鬪爭 및 羅唐戰爭에 注目한 硏究成果들이 적지 않은데, 그것들은 安東都護府의 遼東 退却까지만 論議의 對象으로 限定하였다. 그 結果 新羅의 '三國統一'이 强調되고 渤海의 建國은 副次的으로 認識되었다. 따라서 三國時代에서 南北國時代로의 轉換을 繼起的으로 把握하기 爲해서는 安東都護府의 廢止까지 考察하지 않으면 안 된다.


## 唐의 東方政策과 百濟·高句麗 遺民 및 新羅의 對應

以上의 論議를 土臺로 唐의 東方政策에 對한 百濟·高句麗 遺民과 新羅의 對應 樣相의 特徵을 整理하면 다음과 같다. 滅亡 直後부터 活潑하게 일어난 百濟 復興運動은 羅唐間에 高句麗 滅亡이라는 共同

의 目標가 남아 있는 狀況에서 存續되기 어려웠다. 따라서 百濟遺民
은 熊津都督府에 參與함으로써 百濟 復活을 試圖할 수밖에 없었다.
反面 高句麗 復興運動은 變數가 좀더 있었다. 鴨綠江 以南에서 展開
된 復興運動이 熊津都督府라는 形態의 百濟 復活에 不滿을 품은 新
羅의 支援을 받을 수 있었던 것이다. 이로 因해 安東都護府가 動搖하
게 되었고, 結果的으로 遼東 地域에서의 復興運動은 渤海 建國으로
歸結되었던 것이다.

熊津都督府의 設置와 渤海의 建國은 唐 中心의 世界秩序에 對한
百濟 遺民과 高句麗 遺民의 參與와 拒否라는 서로 다른 選擇의 結果
이다. 反面 新羅는 唐의 論理를 利用하여 對抗論理를 내세웠는데, 이
는 唐 中心의 世界秩序를 認定한 위에서 나온 自救策의 一環이었다.

마지막으로 言及하고 싶은 것은 寶藏王의 流配 以後인 683年에 新
羅가 安勝의 高句麗國 即 報德國을 廢止한 事實이다. 高句麗의 新羅
編入이라는 點에서 新羅는 一統三韓을 標榜할 수 있었다. 그러나 이
때의 高句麗는 鴨綠江 以南에서 復興運動을 일으킨 高句麗 遺民에
不過하고, 遼東 地域의 高句麗 遺民은 苦難 끝에 渤海를 建國하였다.

따라서 當時에 新羅가, 嚴密하게 말하면 中代王室을 비롯한 眞骨
貴族이 標榜한 一統三韓 意識은 一種의 虛僞意識에 不過하였다. 더
구나 渤海의 建國은 그조차도 根底에서 否定하는 것이었기 때문에 이
들에게 渤海는 未開한 靺鞨로 認識되었다. 中世的 正統論과 近代的 滿
鮮史學의 無媒介的 結合 속에 當然視되어온 '統一新羅' 대신 '南北國
時代'가 韓國史에서 設定되어야 하는 根據 中의 하나는 여기에 있다.

— 金鍾福, 「百濟와 高句麗 故地에 對한 唐의 支配 樣相」, 『歷史와 現實』
78, 韓國歷史研究會, 2001.

# 兩班, 그들은 누구인가

兩班이란 말은 아주 폭넓고도 多樣하게 쓰여 왔다. 元來는 高麗時代 文班과 武班을 指稱하는 것에서 由來된 것이다. 兩班이란 말이 支配 身分層을 지칭하는 意味로써 보다 普遍的으로 쓰이게 된 것은 朝鮮時代였다. 그러나 朝鮮時代에도 兩班이라는 用語가 法制的으로 分明하게 規定되어 있었던 것은 아니었다. 따라서 具體的으로 누가 兩班인지 分明하지 않았다. 더욱이 世上은 어느 때 없이 變化하기 마련이고, 身分 역시 固定不變일 수만은 없었다. 따라서 兩班은 具體的인 對象과 意味가 달라질 수도 있었다. 身分的으로 兩班이라는 것과는 달리 '이 兩班, 저 兩班'으로 指稱되기도 하였던 것은 이 같은 現實을 잘 보여준다.

그럼에도 不拘하고 兩班을 朝鮮時代의 身分制와 分離하여 理解할 수는 없다. 朝鮮時代의 身分制는 兩班·中人·平民·賤民의 4分法的으로 理解되는 것이 一般的이다. 그러나 처음부터 이렇게 編制되어 있었던 것은 아니었다. 크게는 良人과 賤人이라는 二分法的인 區分 위에 現實的으로 經濟的·社會的, 또는 政治的인 特權을 掌握한 良人 上層이 兩班으로서 存在하면서 漸次 一般 良人들과 區別되었고, 17世紀에 이르러 다시 兩班과 平民 사이의 高級 專門職種의 從事者를 中心으로 한 中人層이 分化됨으로써 마침내 4개의 身分層이 形成되었던 것이다. 이러한 過程을 거치면서 점차 兩班은 排他的이면서도 特權的인 存在로 固定되어 갔다.

身分制社會에서 身分을 嚴格히 區分하는 것은 아주 重要한 問題였다. 이것은 바로 體制를 維持하는 問題와 直結된 것이다. 그래서 이를 區分하기 위해 거의 모든 文書에는 身分이 記載되기 마련이었다. 戶籍이니, 號牌니 하는 國家의 公的 記錄에는 勿論이고, 個人間의 私文書에도 반드시 身分을 表記하였다. 그렇다고 하여 여기에 兩班이니 平民이니 하는 式으로 적은 것이 아니라, 個人이 지고 있는 國家에 대한 義務인 職役을 記載하였다. 이것이 事實上 身分을 區分하는 根據였다.

兩班이란 말은 士大夫나 士族이란 말과도 通用된다. 士大夫란 讀書하는 선비[士]와 前現職 官僚[大夫]를 일컫는다. 前現職 官僚라 하더라도 선비에서 出發하였고, 또 身分이 個人的인 問題가 아니라 家門을 單位로 決定되는 까닭에 이들을 士族이라고 하였던 것이다. 선비가 官僚가 되는 一般的인 方法은 科擧를 통해서였다. 兩班이 參與하는 科擧에는 文科 · 武科가 있고, 또 여기에 大科 · 小科가 있었다. 文武의 大科 合格者를 及第라고 하고, 小科 合格者를 生員 · 進士, 또는 出身이라 하였다. 功臣 또는 高官을 歷任한 자들의 子孫에게는 蔭職이 주어지기도 하였고, 忠順衛 · 忠贊衛 등을 두어 國家有功者의 後孫을 禮遇하기도 하였다. 이러함에도 모든 兩班이 官職이나 品階를 가질 수 있었던 것은 아니었다. 官職이나 品階를 가지지 않은 이들을 通稱해서 幼學이라고 하였다. 말하자면 兩班이란 크게는 幼學層을 基盤으로 하여 前現職 官僚와 品階를 가진 사람들이라고 할 수 있다.

그러나 兩班을 이러한 職役으로만 區分하기엔 어려울 때도 있게 된다. 假令 官職과 品階를 가졌다 하더라도 實際로는 平民이나 賤民일

수 있기 때문이다. 平·賤民層은 돈으로 官職과 品階를 살 수도 있었다. 壬辰倭亂 以後에는 不足한 國家財政을 補充하기 위한 方便으로 空名帖이니 納粟帖이니 하는 것을 濫發해서 相當數의 平·賤民들에게 官職과 品階를 주었다. 平·賤民들은 나아가 有功者의 後孫들을 禮遇하기 위해 設置하였던 忠順衛·忠贊衛 등에 投屬하기도 하였고, 兩班의 一般的인 呼稱이던 幼學을 冒稱하기도 하였다. 이로 말미암아 幼學層이 急激히 增加하였다. 幼學層의 急激한 增加는 勿論 旣存 兩班의 數的 增加에서도 오는 것이었지만, 보다 直接的으로는 平·賤民들의 冒稱 때문이었다. 下層民들은 社會的인 差別만이 아니라 經濟的으로도 軍役을 비롯한 各種 役을 負擔해야만 했고, 兩班 職役의 取得은 下層民들이 身分的인 或은 經濟的인 桎梏에서 벗어날 수 있는 唯一한 方法이었다.

아무튼 18世紀 以後에는 職役만으로는 兩班인지 아닌지를 區分하기가 몹시 어렵게 되었다. 그래서 兩班을 職役이 아닌 누구의 子孫인가로 判斷해야 한다는 主張도 있다. 즉, 直系 祖上 중에 學問이나 官職으로 뛰어난 사람이 있으면 兩班으로 認定될 수 있다는 것이다. 事實 當時 地域社會에서는 이런 基準에 의해 兩班 중의 兩班을 區別하고 있었다. 이들은 스스로를 門族·世族 또는 淸門士族으로 認識하고 있었다.

18~19世紀 朝鮮王朝의 身分制는 크게 動搖되고 있었다. 이 같은 動搖는 農業의 發展을 土臺로 한 것이었다. 이에 따라 兩班 중에서도 沒落하는 境遇가 있었고, 常賤民이 經濟的인 富를 蓄積할 수도 있게 되었다. 沒落兩班은 大體로 兩班의 地位를 維持하기 어려웠고, 富의 蓄積이 可能하였던 農民은 이를 바탕으로 身分을 上昇시키기도 하였다. 이러한 事情을 두고 李重煥은 『擇里志』에서 "士大夫가 或 平民이

되기도 하고, 平民이 오래되면 或 士大夫가 된다."고 하였고, 茶山 丁
若鏞은 "한 나라가 모두 兩班이 되면 將次에는 兩班이 없게 될 것"이
라고 하였다.

　아무튼 兩班이란 法制的으로 明確하게 規定되어 있었던 것도, 朝鮮
王朝 全時期를 두고 똑같은 意味를 가졌던 것도 아니었다. 그렇다 하
더라도 兩班이란 朝鮮王朝의 支配層으로, 科擧 등을 통하여 官職에
나아갈 수 있으며, 비록 科擧에 合格하지 못하더라도 鄕村社會를 號
令하면서 軍役을 擔當하지 않고, 生產活動에 直接 參與하지 않으면서
도 살아갈 수 있는 사람들이라고 整理해 볼 수 있다.

　── 鄭震英, 「安東에는 왜 兩班이 많은가?」, 『安東文化의 수수께끼』, 知識
産業社, 1997.

# 19世紀 後半 嶺南儒林의 政治的 動向

## 19世紀 後半의 朝鮮 狀況

19世紀 後半 朝鮮社會가 直面한 問題는 안으로는 歷史的 機能을 다해 形骸化된 封建體制의 改革과 밖으로는 侵略的인 外勢와의 關係를 어떻게 定立할 것인가 하는 問題였다. 이러한 歷史的인 課題에 대해 當時代人들은 서로 다른 생각과 對應方式을 가지고 있었음은 周知하는 사실이다. 支配層의 境遇에는 一定한 改革과 開化政策을 推進해 갔던 執權勢力과 이를 反對한 在野 儒生層의 두 集團으로 나눌 수 있지만, 執權勢力이라 하더라도 改革과 開化에 대해 同一한 立場이었던 것은 아니었다. 이를 單純化한다면 改革勢力과 保守勢力, 開化派와 斥邪派로 區分할 수 있을 것이다. 그런데 問題는 開化派와 斥邪派는 뚜렷이 구분될 수 있는데 반해, 改革과 保守는 그 基準과 區分이 事實上 明確하지 못한 實情이다. 그것은 當時의 改革이 根本的인 것이 아니라 一定한 限界를 가진 相對的인 것이었고, 또 이 같은 改革은 執權勢力 內部에서도 大體로 그 必要性을 切感하고 있었기 때문이었다. 그러나 在野 儒生層은 이러한 改革에 대해서도 反對하고 있었다.

우리의 관심 對象인 嶺南의 儒林은 이 같은 問題에 대한 그들의 立場을 보다 分明히 하고 있었다. 이들의 立場을 우리는 反改革·反開

化라고 할 수 있겠고, 또 傳統的인 朝鮮 封建體制를 守護하고 西洋을 排斥한다는 意味에서 衛正斥邪論이라고도 할 수 있을 것이다. 이들은 個別的 또는 集團的으로 改革과 開化에 대해 그들의 意思를 보다 積極的으로 表明하고 있었다. 集團的인 意思 表明의 形態가 바로 萬人疏였다.


## 萬人疏, 嶺南 儒林의 政治的 活動

萬人疏는 肅宗朝 以來 오랫동안 權力의 核心에서 疎外되고, 老論 勢力에 의해 多樣한 方法으로 言路를 遮斷 당하고 있던 嶺南 儒生들이 公論을 集約하고, 나아가 이를 國王에게 傳達할 수 있는 거의 唯一한 方法이었다. 19世紀 後半의 改革과 開化에 對해서도 嶺南 儒生들은 重要 事案마다 萬人疏를 通해 集團的이고 積極的인 形態로 그들의 立場을 表明하고 있었다. 그 具體的인 事案이란 大院君에 依해서 推進된 書院毁撤에 對한 反對(高宗 8년, 1871), 失勢 後 楊州 直谷에 머무르고 있던 大院君의 奉還運動(高宗 12, 1875), 黃遵憲의 『朝鮮策略』에 대한 批判(高宗 18, 1881), 服制改革에 對한 反對(高宗 21, 1884) 등이 바로 그것이다.

嶺南 萬人疏라면 대부분 1881년(高宗 18)의 斥邪萬人疏만을 생각한다. 이것은 斥邪萬人疏만이 알려져 있었고, 또 具體的인 研究成果를 가지고 있기 때문이다. 餘他의 萬人疏는 最近에 紹介되었거나, 아니면 그 存在조차도 確認되지 않았기 때문이다.

19世紀 後半 嶺南 萬人疏는 多樣함에도 불구하고, 그 存在가 確認되지 않았던 事情에서 個別的으로 檢討될 수밖에 없었다. 勿論 이러

한 個別的인 硏究로는 여기에서 究明하고자 하는 嶺南儒林의 動向을 把握하는 데 限界를 가질 수밖에 없고, 그 歷史的인 意味 또한 제대로 밝혀낼 수 없다고 생각한다. 따라서 旣往의 硏究에서는 個別 萬人疏의 具體的인 實狀을 밝히거나, 그 性格을 民族主義 運動, 또는 衛正斥邪運動으로만 자리매김하고 있다. 앞에서 提示한 嶺南 萬人疏는 性格上 서로 다른 個別 事案에 대해 嶺南儒林이 그때그때마다 對應한 것이었지만, 이것은 一定한 聯關性을 가지고 展開되었던 것이다. 聯關性이란 다름 아닌 嶺南 南人의 政治的인 活動이다. 따라서 嶺南 萬人疏는 嶺南儒林의 政治的 活動이라는 관점에서 接近해야 한다.

事實 萬人疏 自體가 바로 嶺南 南人들의 政治活動이었다. 一般的으로 儒疏는 王命出納을 管掌하던 承政院을 거쳐 御前에 올라갈 수 있었으나, 이에 앞서 成均館 掌議의 儒疏에 대한 回通인 '謹悉'을 받도록 되어 있었다. 말하자면 謹悉은 嶺南 儒疏를 封鎖하기 위한 것이었다. 따라서 嶺南 儒疏는 老論이 掌握하고 있는 成均館으로부터 '謹悉'을 받을 可能性이 거의 없었다. 이에 따라 嶺南 儒疏는 謹悉 없이도 上疏가 可能했던 萬人疏의 形態를 取하였다. 그러나 萬人疏라 하더라도 亦是 老論이 掌握하고 있는 承政院에서 갖은 妨害로 遲延되기 일쑤였다.


## 嶺南 儒林과 大院君

19世紀 後半의 嶺南 萬人疏 중 一般的으로 嶺南 萬人疏로 알려진 斥邪萬人疏가 너무나 分明하게 斥邪라는 名分을 내세우고 있었고, 南人만이 아니라 少論과 一部의 老論도 參與하고 있었던 事情에서 이것

이 가지는 政治的인 意味는 縮小·隱蔽될 수밖에 없었다. 硏究者들 또한 萬人疏가 가지는 政治的인 意味에 대해 미쳐 關心을 가지지 못하였다. 그러나 斥邪라는 側面에서만 보더라도 그 頂点에는 大院君이 位置하고 있었고, 비록 大院君이 失勢하였다 하더라도 여전히 斥邪에 대해 큰 影響力을 가지고 있었고, 또한 高宗의 開化政策과 더불어 推進된 斥邪運動은 大院君에 對한 鄕愁를 더욱 增幅시키고 있었다. 이러한 事情에서 斥邪運動은 斥邪派와 開化派의 對立構圖만이 아니라 斥邪派와 大院君과의 關係를 어떻게 設定할 것인가도 重要한 問題이다.

또한 萬人疏를 主導한 疏儒들은 當時 廣範하게 存在하고 있던 幼學層 뿐만 아니라 生員·進士와 前職官僚들을 包含하는, 말하자면 官僚豫備軍이거나 前職 官僚들이었다. 이들은 그 自體가 政治勢力이며, 政治集團이었다. 嶺南의 儒林은 政治的으로는 大體로 南人이었다. 嶺南 南人은 오랫동안 權力에서 疏外되어 있었고, 따라서 政治的으로 再起할 수 있는 契機를 가질 수도 없었다. 그러나 19世紀 後半 大院君의 執權은 이러한 嶺南 南人들에게 政治的인 再起의 可能性을 보여주고 있었고, 이것은 部分的으로 現實化하기도 하였다. 즉, 大院君에 의한 嶺南人(南北人)의 登用이 그것이다. 따라서 19世紀 後半 嶺南 儒林의 動向은 大院君과의 關係를 排除하고서는 제대로 理解할 수 없을 것이다. 이것은 大院君 政權의 政治勢力이나 性格 糾明에 있어서도 마찬가지로 成立된다.

― 鄭震英, 「19世紀 後半 嶺南儒林의 政治的 動向」, 『韓末 嶺南 儒學界의 動向』, 영남대학교 출판부, 1998.

# 抗日鬪爭期의 進步와 保守 區分 問題

## 어떻게 區分하나

그렇다면 무엇이 進步이며, 무엇이 保守인가? 辭典的인 意味로 整理하자면 進步는 社會의 旣存 矛盾을 解決하려는 思想이나 새로운 體制를 指向해 나가는 行爲 그 自體이다. 따라서 進步의 基準은 그 社會의 矛盾을 무엇으로 把握하느냐에 달려 있다. 이와 反對로 保守는 旣存 體制를 維持하면서 社會發展을 圖謀하려는 것이다. 이 말은 進步만이 아니라 保守도 發展 論理에 屬한다는 뜻이다.

대개 旣存體制에 매달리거나 혹은 舊體制로 回歸하자는 論議까지도 保守의 領域에 包含시키는 境遇가 많다. 그렇지만 그 主張은 옳지 않다. 例를 들자면, 大韓帝國 時期에 自由(民主)主義를 推進하는 '進步'와 立憲君主社會를 指向하는 '保守'는 모두 發展指向的이었다. 그런데 이와 달리 專制君主社會로 돌아가자는 主張도 존재하였는데, 이것은 '保守'가 아니라 '反動'이었다. 따라서 保守와 反動은 다른 것이고 區別해서 使用해야 한다.

그런데 特定 時期를 이처럼 進步와 保守 및 反動으로 나누기가 그리 쉽지만은 않다. 첫째 理由는 그것이 時期에 따라 矛盾도 달라지고, 이에 따라 그 矛盾을 打破하려는 指向點도 달라지기 때문이다. 즉 矛

盾과 그에 대한 對應이 恒常 하나의 基準이나 槪念으로 持續되지 않고, 歷史의 發展과 더불어 끊임없이 變하게 마련이다. 어제의 進步는 오늘의 保守로 자리 잡게 되고, 다시 새로운 進步 槪念을 찾아내게 된다는 말이다. 둘째, 區分線이 模糊한 境遇가 워낙 許多하고, 더구나 區分할 수 있는 要素들을 내걸더라도 그것이 重疊되어 있으므로 하나의 線을 擇하기 어렵다. 셋째, 비록 같은 時期일지라도 地域에 따라 基準點이 다르기 때문이기도 하다. 地域的인 差異에서도 國內와 國際社會의 範圍에 따라 달리 나타난다. 결국 進步와 保守를 區別하기가 쉬운 일이 아님을 알 수 있고, 또 二分法的인 區分 자체가 그리 바람직하지 않을 수 있다는 意味이기도 하다. 넷째, 同一한 人物의 境遇에도 時期에 따라 進步와 保守를 오갔기 때문에 劃一的으로 한 人物을 評價하기 困難하다.

進步와 保守를 이야기하면서 다른 次元에서 問題와 부딪친다. 즉 하나의 基準만으로 特定 時代, 특히 여기에서 다루는 抗日鬪爭期를 區分하기 어렵다는 말이다. 왜냐하면 이보다 더 重要한 基準으로 民族問題가 擡頭되어 있던 狀況이기 때문이다. 다시 말해 階級問題와 民族問題 가운데 어느 것을 根本的인 矛盾으로 選擇하느냐에 따라 進步와 保守의 基準이 달라지기도 한다. 또 그 區分을 떠나 民族問題 解決을 위한 가장 適切한 方案을 찾는 것이 더욱 重要하다고 여겨질 수도 있다. 그래서 于先 進步와 保守라는 軸으로 抗日鬪爭期를 檢討하고, 이어서 가장 基本問題인 民族矛盾에 對한 것을 또 다른 軸으로 삼아 評價하고 綜合하려 한다.

인문학을 위한 한문 읽기

## 새로운 基準, 人間의 尊嚴性

抗日鬪爭期 韓國史의 特性은 民族問題라는 最優先 課題에 進步性向을 만들어 代入시켜 나간 點이다. 1910年代에 共和主義라는 進步論과 武力鬪爭이라는 方略을 結合시켜 새로운 進步論을 만들어 낸 光復會를 비롯하여, 1920年代 後半의 新幹會와 唯一黨運動, 1930年代 中盤 以後 左右合作(協同戰線 統一戰線), 1940年代 臨時政府의 左右合作 實現은 思想과 理念의 差異를 克服하고 民族問題에 集中한 韓國史의 特性을 보여주는 대목이 아닐 수 없다. 그럼에도 不拘하고 進步와 保守라는 틀만으로 한 時代를 裁斷하려 드는 姿勢는 歷史를 다시 歪曲시키는 것일 뿐만 아니라 우리의 歷史를 矮小하게 만드는 일이기도 하다.

歷史評價에서 單純한 基準이 아니라 複合的인 基準 適用이 必要하다. 大槪 民主主義의 構成 要素로 自由와 平等, 그리고 人間의 尊嚴性을 이야기한다. 좀 거칠게 表現하자면, 自由에 무게를 둘 境遇 自由民主主義가 되고, 平等에 比重을 두면 平等民主主義, 즉 社會民主主義가 된다. 이 基本的인 틀에서 어느 方向으로 어느 程度 치우치느냐에 따라 그 社會의 性格이 달라진다. 하지만 무엇보다 重要한 것이 '人間의 尊嚴性'이 保障되는 社會로 나아가야 한다는 事實이다. 自由와 平等을 아무리 내세우더라도 人間의 尊嚴性이 무너지는 境遇는 또 다른 全體主義 社會나 獨裁體制 社會가 되는 現像을 確認해 왔고, 또 目擊하고 있기 때문이다.

'人間의 尊嚴性'의 保障은 進步指向을 評價하는 重要한 잣대가 되어야 한다. 요즈음 世界的으로 重視되는 環境問題도 이 基準과 直接 連結되어 있다. 人間 스스로의 尊嚴性을 無視하는 體制나 理論은 人

類의 公敵이다. 21世紀에 들어 '人道主義'가 다시 重要하게 提起되는
理由도 여기에 있다.


— 金喜坤, 「抗日鬪爭期의 進步와 保守 區分 問題」, 『臨時政府 時期의
大韓民國 研究』, 知識産業社, 2015.

# 禹倬의 易學과 思想

## I.

禹倬(1262~1342)은 朝鮮時代 5百年을 風靡하였던 程朱 性理學이 輸入되던 高麗時代 後半에 그것을 이 땅에 定着시킨 有名한 思想家로 이미 잘 알려져 있다. 그리고 비록 晚年의 몇 해일뿐이었지만 禹倬은 安東 地域과 因緣을 맺은 最初의 朱子學者이다.

1989년 늦가을 安東大學에서는 退溪學硏究所 主催로「易東 禹倬과 退溪學」이라는 學術 세미나를 開催한 일이 있었다. 文學, 歷史, 哲學 敎授 몇 분이 參加한 그 세미나는 나에게는 禹倬을 처음으로 접하는 機會였다. 그 以前에는 韓國思想史에 紹介된 몇 줄의 皮相的인 記錄을 읽었던 것 以外에는 禹倬에 관해 完全한 無知의 狀態에 있었다. 때문에 禹倬의 評價에 걸맞는 思想이 담긴 著述들을 찾으려고 그간의 硏究物과 記錄들을 檢討하여 보았다. 그러나 뜻밖에도 그의 著述이 전혀 남아있지 않았다. 著述이 없다는 것은 그의 思想을 硏究하려는 硏究者들에게는 如干 困難한 일이 아닐 수 없다. 그리하여 그날의 세미나에서는 '禹倬 硏究의 難點'이 眞摯하게 論議되었고, 禹倬의 學問 性格을 알려주는 旣存 資料에 대한 再檢討가 이루어졌다.

## II.

禹倬이「易說」「易論」「初學啓蒙」「家禮要精」등 적지 않은 著述을 남겼다는 歷史 文獻의 記錄이 있음에도 불구하고, 이 책들은 물론 그의 生涯와 생각들을 確認할 수 있는 거의 모든 資料들이 모두 사라져 버렸다. 이러한 形便에 그의 思想을 논하는 것은 몇몇 사람들의, 그것도 그를 直接 접하지 않은 사람들의 陳述에 따라서 想像 속의 몽타주를 그리는 것과 事實上 다를 바 없는 것이었다. 이는 그 동안『韓國儒學史』를 整理한 모든 學者들이 共히 느꼈던 苦悶이요 難題였을 것이다. 그리하여 旣往의 思想史에서는 禹倬이 남겼던 學問的 成果에 比하여 초라하기 짝이 없는 한 段落 程道의 言及에 그쳐버리곤 했었던 것이다. 禹倬에 관한 記錄이 전혀 없는 것은 아니다. 그의 後孫들과 安東 地方의 士林들은『高麗史』나 李穀의『稼亭集』, 李穡의『牧隱集』, 權近의『陽村集』등 그와 가까운 時代를 살았던 이들은 물론 李滉의『退溪集』같은 後人들의 文獻에 이르기까지 禹倬에 관한 記事는 모두 拔萃하여 여러 책들을 編輯하였다.『易東先生事蹟抄』『尙賢錄』『易東先生實記』『易東禹倬先生考實』인데, 興味로운 事實은 나중에 編輯된 것일수록 앞의 것보다도 그 分量이 늘어난다는 점이다. 특히 禹倬의 弟子로서 그의 著述을 교정하여 정리했다고 알려진 이로 申賢 (1298~1377)이 있다. 그 申賢에 관한 記錄이 담긴『華海師全』이라는 책은 禹倬과 그 사이에 있었던 學問的 問答을 실어 禹倬의 思想을 多少라도 斟酌할 수 있는 貴重한 資料로 評價 받아왔다. 그러나 이 책은 1852년 湖西地方에서 出現하고 1920년에 刊行된 책이므로 資料의 出現 時期로 보아 疑問이 전혀 없을 수가 없다.

## III.

記錄이 限定되었음에도 歲月이 지날수록 그에 관한 책의 分量이 늘어나는 理由는 무엇일까? 이러한 疑問과 關聯하여 檢討할 것이 하나 떠오른다. 『高麗史』에는 禹倬이 寧海에서 迷信을 打破한 事實과 忠宣王의 失德에 대하여 죽음을 무릅쓰고 直諫한 忠節의 顚末을 적은 뒤에 이어서 다음과 같은 記錄을 남기고 있다.

倬은 經傳과 歷史에 通達하였는데, 그 중에도 易學에 가장 造詣가 깊었으므로 占을 쳐 適中하지 않은 적이 없었다. 『程傳』(伊川 程頤의 『程氏易傳』)이 우리나라에 처음 傳來되었을 때 아무도 理解하는 사람이 없었는데, 倬이 門을 닫고 들어 앉아 硏究하기 한 달, 生徒들에게 가르치니 理學이 비로소 行해졌다.

그런데 이와 비슷한 사실이 『東國遺事』라는 記錄에 적힌 것이 있다. 이를 옮겨 앞의 記錄과 함께 檢討하기로 한다.

우리 東方에는 易이 없었다. 先生[禹倬]이 中國에 使臣으로 갔을 때, 元 順帝에게 아뢰기를 "臣의 나라에는 易이 없습니다."라고 하니, 天子가 말하기를 "그대는 易理를 通達하였는가?"라 되물었다. 先生이 "아무리 널리 通한 君子라도 易理를 通達할 수 있겠습니까? 易은 理學의 根本이니 한번 만이라도 보기를 願합니다."라고 아뢰자, 天子가 易을 내려 주었다. 先生이 玉河館으로 나와 하룻밤을 보고 다음날 返納하였다. 天子가 "다 읽었는가?"라고 묻자, "거의 훑어 보았습니다."라고 對答하였다. 이에 順帝가 외우라 하니 先生이 모두 외워 막힘이 없었다. 順帝가 놀라, "훌륭하다. 작고 외진 나라에 두기 아깝구나. 朱夫子[南宋의 朱熹]가 東方에 다시 났도다.”라고 稱讚하였다. 先生이 歸國한 뒤에 외워보니 다소 疑問處가 있어 한달 남짓 문을 닫은 뒤에 完全히 解讀하였다. 다음 해에 中國에 보내 原本과 比較하니 한 글자도 誤差가 없었다.

『東國遺事』라는 책에 실린 이 기록은 『易東先生考實』에 收錄된 것인데, 위의 두 記錄을 比較하면 易學을 둘러 싼 禹倬의 모습에 적지 않은 昏亂을 남긴다. 『東國遺事』의 記錄은 『高麗史』의 기록을 土臺로 敷衍한 것임이 今方 드러나는데, 『高麗史』에 비하여 曲盡한 대신에 적지 않은 誇張이 드러난다. 우선 이것을 除外한 다른 책에는 어디에도 禹倬이 中國에 使臣으로 다녀왔다는 기록이 없다. 設或 使臣으로 갔었다 하더라도 順帝가 元의 皇帝가 된 것은 1333년, 禹倬 72세의 일이다. 이미 隱退할 나이가 지난 때이다. 또 易이라는 책은 아무리 天才的인 記憶力의 所有者라도 하룻밤 사이에 다 외울 수 있는 책이 아님은 禹倬의 말을 통해서도 알 수 있다. 더욱이 “우리나라에 易이 없다.”는 말도 또한 歷史的 事實을 度外視한 기록이다. 『고려사』의 여러 部分에 朝廷의 文臣, 學者들 사이에서 易理에 관한 討論이 進行된 사실이 기록되어 있고, 禹倬보다 200여년 앞선 尹彦頤(?~1149)라는 사람은 『易解』라는 책을 著述했던 것으로 보아 高麗의 易學은 相當히 높은 水準이었음을 짐작할 수 있다.

『동국유사』의 기록보다는 仔細치 않지만 『고려사』에 그려진 우탁의 易學 研究가 훨씬 客觀的이고 사실에 가까운 것이 아닐까 짐작한다. 이에 의하면 우탁은 이미 易學에 達通한 大家였다. 다만 그가 從前에 익숙했던 것은 점치는 역학으로서 性理學者들이 理解하는 自然과 人間의 一般的 構造를 說明한 이른바 義理易은 아니었다. 그런데 중국에서는 北宋時代의 程頤(1033~1107)에 의하여 義理學的 解釋이 이루어졌다. 이것이 『程氏易傳』, 줄여서 『程傳』이다. 義理易은 占과 같은 神秘的인 方法보다는 人間의 思考에 의한 合理的 理解를 重視한다. 當時의 『程傳』 도래는 中國의 性理學이 도입되던 初期였으므로 고려의 학자들에게는 生疎한 것이었으나, 우탁은 이미 역학에 精通한 학자였기에 한 달여의 集中的인 연구 끝에 그 이해가 可能하였던 것이다. 우탁의 『정전』 연구는 性理學的 易學이 이 땅에 紹介된 最初의 일이었다. 그리고 그것은 그와 함께 安珦의 弟子였던, 同時代의 權溥(1262~1346)가 主導한 『四書集註』 刊行과 아울러 성리학이 고려 知識人들 사이에서 널리 퍼지는 重要한 계기를 마련했던 것으로 짐작된다. 『고려사』의 引用 중에 뒷부분 "理學이 비로소 행하여졌다"는 것은 이러한 學術的 功勞를 기록한 것이다.

그러나 『고려사』도 사실은 다시 생각해 볼 구석이 있다. 『고려사』의 기록은 禹倬 易學의 結論이 정이의 『역전』이라는 생각을 우리에게 심어준다. 그러나 『고려사』라는 책 또한 性理學的 儒敎觀이 完全히 定着된 조선 시대에 들어와 國家事業으로 編纂된 이른바 官撰書이다. 어쨌든 歷史書의 기록을 통하여 過去의 사실을 알 수밖에 없는 後學들은 이러한 것을 眞實로서 당연히 받아들인다. 우탁이 성리학적 易學을 접한 것은 70여세에 이른 晚年의 일로서 그 以前에 이미 經史에 通達한 훌륭한 易學者였고, 占術의 大家였었다. 그러나 『고려사』의 기록 이후에는 七十 平生 研究한 象數易에 관한 造詣보다는 月餘間의 연구 끝에 정이 『역전』을 통해 性理學을 이 땅에 傳播한 학자로서 우탁의 모습이 우리 앞에 그려져 있다.

이제 우탁의 사상을 보는 視覺은 다음과 같이 정정되어야 할 것이다. 우선 義理易 이전에 이 땅에 流行하였던 象數易에 이미 精通한 학자였었다는 사실이 우탁에 대한 평가에 보태져야 한다. 당시의 新思潮인 성리학 수용의 觀點에서 논할 때에만, 우탁은 고려에 유행하였던 상수역 중심의 역학 이해가 義理學 중심의 思辨的 易學으로 轉移되는 계기를 마련한 학자이다.

禹倬과의 學問的 脈絡을 斷言할 수는 없으나, 麗末에 살았던 鄭夢周(1337~1392)의 詩文 가운데 여러 편에 易學에 관한 대단한 이해가 엿보이는 대목이 있고 權近(1352~1409)의 『五經淺見錄』과 『入學圖說』은 『정전』 서문의 관점인 體用 關係로 易經 등 五經을 설명하는 義理學的 입장을 취하면서도 의리역과 더불어 상수역을 表裏關係로 파악한 점으로 미루어 보아, 성리학이 유행한 뒤에도 의리학적 전통 못지 않게 상수역의 傳統이 계속 持續되었음을 알 수 있다.


## IV.

禹倬의 人間과 思想을 살펴볼 때, 지나치기 어려운 問題가 또 하나 있다. 그것은 禹倬에 관한 古典的인 記事들에서는 찾기 어려웠던 「誠敬問答」을 둘러싼 그의 性理學의 實體이다. 「誠敬問答」은 禹倬과 申賢과의 사이에 있었던 문답으로 出典은 앞에 언급한 『華海師全』이다. 이 책은 두 사람의 성리학적 見解를 알 수 있는 唯一한 資料일 터인데, 문제는 1980년대 이후에 發表된 禹倬의 思想 硏究에는 거의 빠짐없이 登場한 자료라는 점이다. 誠의 思想을 담은 『中庸』은 『周易』과 함께 性理學者들의 理論的 論據가 되는 가장 중요한 經典이다. 그리고 敬의 理論은 程朱學에 있어서 涵養省察의 中心的 課題가 되었고, 특히 李滉에 의해 平生 지켜야 할 工夫의 窮極的 과제로 규정되면서 退

溪學派에서 가장 중시하였던 학문의 목표였었다. 이러한 점에서 만약 이를 둘러싼 우탁과 신현의 문답이 그들 生存 當時의 記錄이 分明하다면 禹倬의 學說은 程朱 性理學의 眞髓를 꿰뚫어 朝鮮朝 性理學, 특히 退溪學派에 그것을 傳授하였던 卓越한 사상이 아닐 수 없다. 그러나 나의 寡聞의 탓이나 李滉은 물론 그의 後學 누구도 禹倬의 이러한 생각을 繼承했노라고 분명히 밝힌 것은 아직 듣지 못하였다.

게다가 이러한 內容을 담은 『華海師全』이라는 책이 李滉과 그의 繼承者들의 文獻에 전혀 보이지 않는다. 게다가 安東 出身 선비 金烋(1597~1639)가 編纂한 『海東文獻總錄』은 당시 知識人들의 知的 成果를 총정리한 책으로서 특히 嶺南의 文獻이 網羅되었을 것으로 보이는데, 이 책 어느 곳에도 이 책에 대한 言及은 보이지 않는다. 『한국인명대사전』에 申賢에 관한 기사가 실려 있으나 그 출전은 바로 『화해사전』이다. 이 기사에 소개된 바, 신현이 중국 황제의 信任을 받았었다는 『화해사전』의 기록을 認定한다면 당시로는 드문 인재였을 터인데 『고려사』는 물론이고, 그가 살았던 전후의 시대인 麗末鮮初의 어느 문헌에도 신현에 관한 記錄이 全無하다. 즉 『화해사전』과 함께 신현이라는 인물도 가공일 可能性이 濃厚한 것이다.

따라서 『화해사전』에 근거하여 禹倬의 哲學思想을 다룬 近來의 연구들은 充分히 再考되어야 할 것이다. 禹倬의 忠節과 進退를 稱頌하고, 그를 기리기 위하여 易東書院의 創設을 주도한 사람이 바로 退溪 李滉이며, 그렇게 세워진 역동서원은 安東地方에서 가장 먼저 세워진 書院임은 잘 알려진 사실이다. "禹先生은 經史, 특히 易學에 밝았다.'는 李滉의 評價는 앞에서 소개하였던 『고려사』의 기록에 근거한 것임을 알 수 있는데, 그 이상의 다른 讚辭를 남기지 않았다는 것도 눈여겨 볼 일이다.

# V.

以上에서 적은 바, 禹倬의 易學과 思想에 관한 나의 주장도 실상은 그것을 證明할 著述이 남아 있지 않다는 점에서 그 實體를 確認할 길이 없다. 그럼에도 불구하고 내가 우탁의 역학을 재론하는 이유는 남아 있는 자료가 단편적일지라도 根據 있는 자료를 土臺로 하여 그의 人間과 思想을 살피기 위한 것이다. 나아가 朝鮮時代 性理學을 중심으로 그 사상을 논하기에 앞서 우리의 視野를 더욱 확장시켜 韓國思想史 전반의 흐름 속에서 禹倬의 학문이 갖는 位相을 살펴야 한다는 것이 나의 所見이다. 물론『고려사』의 몇 줄 기사로 禹倬의 학문과 사상 全貌를 드러내는 일은 不可能하다. 그러나 아무리 그러하더라도 사실이 아닌 歪曲된 자료에 의하여 그 모습이 그려지는 것은 피해야 할 것이다.

禹倬의 學問은, 그것이 易學이건 性理學이건 그것은 安東의 易學, 性理學이 아니고 高麗時代 後半期에 찾아온 歷史的 轉換期에 存在했던 韓國思想史의 必然的 흐름의 所産이었다. 그것은 그 시대에 禹倬이라는 學者가 없었더라도 다른 누구인가에 의해 進行될 수밖에 없었던 學術이요 思想인 것이다. 물론 禹倬의 易學은 韓國思想의 흐름에 적지 않은 자취를 남겼음은 斷片的인 資料라는 限界가 있음에도 불구하고『高麗史』列傳의 記錄이 그 사실을 證明한다. 이를 土臺로 하여 禹倬의 學問的 性格을 究明하는 것이 우리가 할 일이다.

— 安秉杰,「안동의 인물, 우탁의 역학과 사상은」,『향토문화의 사랑방, 안동』13, 1991년 3ㆍ4월호 改稿.

# 뜻으로 본 李滉의 聖學十圖

孔子가 처음으로 틀을 만들었다고 하는 儒學의 본뜻은 내 안에 있는 '참나'를 發見하고 깨달아 그것을 바탕으로 내가 살아가는 現實에서 能動的으로 實踐하여 아름다운 世上을 만들고자 하는 데 있다. 그것을 흔히 修己治人, 스스로를 修養하고 다른 이들을 일깨워 이끌어간다고 풀이한다. 다른 말로는 內聖外王, 안으로는 거룩한 人格이 되고 밖으로는 올바른 政治를 행한다고도 說明한다.

儒學이 修己治人을 目標로 하고 있으므로 거룩한 學問은 거룩한 임금의 學問이라는 性格을 지닐 수밖에 없는 것이다. 孔子 以前의 聖人이라 일컬어지는 堯임금, 舜임금, 禹임금, 湯임금, 文王, 武王, 周公 등은 모두 임금이요 政治家였다. 孔子는 모든 사람 안에는 거룩한 本性이 있다고 생각하였다. 그러한 생각은 人間에 대한 하염없는 사랑에서 나온 것이다. 모든 이를 사랑하고자 한 孔子는 分明 聖人이었다. 그는 그러한 사랑을 마음속에 지니고 몸으로 實踐하는 사람을 어진사람[仁人]이라고 하였다.

中國 宋代의 士大夫들은 實踐倫理의 性格이 강했던 儒學의 內容을 體系的으로 정리하고, 儒學의 精神世界를 論理的으로 構成하여,

哲學的 깊이를 갖춘 새로운 儒學으로 만들었다. 그들은 누구나 배움을 통하여 聖人이 될 수 있다고 생각했다. 이는 孔子의 人間에 대한 사랑과 孟子의 性善說로부터 이어온 人間의 거룩한 本性에 대한 確實한 믿음이기도 하였다.


## II.

李滉은 朝鮮의 性理學者로서 宋代의 性理學을 충실히 이으면서 조선 성리학의 기본 틀을 거의 처음으로 짠 사람이다. 그의 學問은 孔子와 孟子, 宋代의 性理學者들로 이어진 儒學的 傳統을 충실하게 이어받고 있다고 보아도 무리는 없다.

李滉의 學問의 內容과 깊이를 잘 드러내는 것 중의 하나는 그가 宣祖에게 올린 聖學에 대한 10가지 그림인 『聖學十圖』와 그림을 올리면서 더불어 그 그림을 올리는 動機와 目的과 그림의 核心內容을 集約하여 쓴 글 「進聖學十圖箚子」이다. 『聖學十圖』는 1568년 12월 69세를 눈앞에 둔 李滉이 새로이 登極한 어린 임금 宣祖에게 聖學을 說明하기 위하여 올린 그림과 그 解說이다. 먼저 李滉이 이 10가지의 그림을 임금에게 올리게 된 動機와 背景을 좀 살펴보자.

조선 13대 임금 明宗은 代를 이을 아들이 없었다. 그래서 1567년 明宗이 돌아가자 王室에서는 明宗의 동생인 德興君의 셋째 아들로서 당시 16세이던 河城君으로 明宗의 대를 잇게 하였다. 그가 바로 宣祖이다. 그런데 宣祖가 明宗의 대를 잇게 된 것과 關聯하여 다음과 같은 이야기가 전해온다. 아들이 없던 明宗은 宗室의 어린 아이들 가운데 동생인 德興君의 세 아들을 퍽이나 귀여워하였다고 한다.

어느 날 明宗은 세 아이를 불러놓고 임금만이 쓸 수 있는 翼善冠을 가리키며 "머리의 크고 작음을 알기 위함이니 차례로 한번 씩 써보라"고 하였다. 위의 두 형들은 아무 생각 없이 시키는 대로 하였으나 막내만이 "이것이 어찌 普通 사람이 함부로 쓸 수 있는 것이겠습니까?"하며 恭遜하게 받들어 제자리에 가져다 두었다. 그 뒤 明宗은 막내 아이를 특히 아꼈고 마음속으로 자신의 대를 잇도록 작정하였다고 한다.

『聖學十圖』를 올리던 1568년 여름, 故鄕에 돌아와 弟子들을 가르치며 學問에 熱中하고 있던 李滉은, 지난해부터 이어지는 새 임금의 거듭된 부름을 끝내 뿌리치지 못하고 判中樞府事로 任命되어 서울에 올라왔다.

『星學十圖』는 聖王이 되기 위해서는 우선 거룩한 人格을 갖추어야 한다는 儒學의 基本 立場에 따라 聖人이 되기 위한 學問과 마음가짐에 대하여, 李滉 自身이 平生 동안 공부하며 쌓아온 學問 內容을 정리하여 임금에게 올린 것이다. 李滉이 『聖學十圖』를 올린 理由는 宣祖가 지녔던 캐릭터와 關聯이 있어 보이기도 한다. 앞서 翼善冠 이야기를 통하여 宣祖가 어려서부터 明敏한 部分이 있었다고 暗示했다. 李滉은 宣祖의 그러한 性格을 勘案하여 훌륭한 임금이 되려면 먼저 거룩한 人格을 갖추어야 한다는 뜻으로 『聖學十圖』를 지어 올린 것은 아닌가 한다.


## III.

우선 『聖學十圖』의 전체 틀을 理解하기 위하여 「進聖學十圖箚子」[이하 箚子]는 요즘 말로 말하면 『聖學十圖』의 서론과 결론을 함께 적은 글이라고 할 수 있다. 李滉은 箚子에서 『聖學十圖』의 10가지 그림 중 7개 그림은 모두 옛 賢人君子들의 聖學에 관한 실마리와 마음을 다스리는 方法에 관한 그림과 說明을 뽑고, 「心統性情圖」의 중도와 하도 그리고 「小學圖」「白鹿洞規圖」「夙興夜寐箴圖」의 3개 그림은 다른 先賢들의 學說을 따라서 스스로 지었다고 하였다.

그런데 다른 先賢들의 그림 7개 또한 李滉 自身이 選擇한 것이고 各各의 그림에 李滉 스스로가 補充說明을 붙이고 있으므로 결국 10가지의 그림 모두는 李滉의 聖學에 대한, 나아가 儒學에 대한 觀點과 立場을 나타내는 것이며 李滉의 世界觀, 宇宙觀, 人間觀, 價値觀을 모두 그 안에 담고 있는 것이라 할 수 있다.

『聖學十圖』 모두를 꿰뚫는 공부 방법은 무엇인가? 그는 箚子에서 거룩한 學問을 밝히고 마음을 다스리는 方法을 얻기 위해서는 마음이 밝게 생각하는 것이 必要하다고 하였다. 그는 마음의 밝게 생각하는 作用은 마음의 本質이 神靈스럽기 때문인데, 내 마음의 神靈스러움을 恭敬스럽게 움직여서 밝게 생각하면 바깥 事物의 결이 밝게 내 마음에 비추어져 이르게 된다고 하였다. 이처럼 李滉은 恭敬스럽게 마음을 갈고 닦으면 마음이 맑아지고 밝아져서 나의 本質을 깨달을 수 있을 뿐 아니라 事物의 결도 바르게 理解할 수 있다고 본다.

그러나 그는 마음을 갈고 닦으려면 생각만으로는 不足하다고 보았다. 그래서 孔子의 "배우고 생각하지 않으면 어둡고, 생각만 하고 배우지 않으면 위태하다."고 한 말을 引用하여 생각함[思]과 더불어 배움[學]을 强調하였다. 배운다는 것은 '그 일을 익히어 참으로 실천하는 것'을 이르는 것이다. 李滉이 보는 마음, 이황이 생각함이라고 보는 마음의 作用은 무엇인가? 理性的으로 合理的으로 思考하기인가? 아니면 가슴으로 느끼기일까? 事物의 결을 바르게 理解하는 것이라면 合理

인문학을 위한 한문 읽기

的 사고일 것이오, 사람을 사랑하는 것이라면 가슴으로 느끼고 보듬는 일일 것이다.

그러면 배움은 무엇인가? 배움이 '그 일을 익히어 참으로 실천하는 것'이라면 그 일은 과연 무엇이며 어떻게 익히고 실천해야 하는 것일까? 예전에 어떤 글에서 理性과 感性, 理論과 實踐의 관계를 "사람의 머리와 가슴은 아득히 멀고 가슴과 손발은 한없이 멀다"는 말로 比喩한 것을 본 적이 있다. 李滉은 생각함과 배움은 서로 북돋아 주며 함께 나아가는 것이라고 말하였지만, 이 部分에 대한 좀 더 具體的이고 親切한 解答은 分明 10가지의 그림을 꼼꼼히 들여다보면 찾을 수 있을 것이다.

聖人이 된다는 것은 단지 내가 '참나'를 깨닫는 것에 그치는 것이 아니라 그것을 實踐하여 '참나가 되는 것', '나와 다른 사람이 아름다운 만남을 이루어 잘 어울리는 것', '나와 사물이 밝은 만남을 이루는 것', '宇宙가 存在의 아우름 속에서 하나가 되는 것'이다. 이것들 모두는 '거룩한 하늘과 하나가 되는 것[天人合一]'이기도 하였다. 이는『聖學十圖』가 꿈꾸는 窮極的인 目標이다.

이 거룩한 학문을 하는 방법으로서 배움과 생각함을 하나로 꿰뚫고 있는 것은 '공경스러움을 지니는 것[持敬]'이다. 이러한 마음가짐과 몸가짐을 지니는 것이야말로 생각함과 배움을 함께 지니며, 움직일 때나 고요히 있을 때나 모두 통하며, 안과 밖을 하나로 합하며, 겉으로 드러남과 안에 숨겨져 隱微함을 하나로 잇는 길이다. 그러므로 거룩한 학문을 이루기 위해서는, 곧 거룩한 인간이 되기 위해서는 반드시 恭敬스러움을 지녀야 하는 것이다.

# IV.

거룩한 學問에 관한 10가지 그림은 첫째「太極圖」, 둘째「西銘圖」, 셋째「小學圖」, 넷째「大學圖」, 다섯째「白鹿洞規圖」, 여섯째「心統性情圖」, 일곱째「仁說圖」, 여덟째「心學圖」, 아홉째「敬齋箴圖」, 열째「夙興夜寐箴圖」이다. 李滉은 이 10 그림의 構成과 배열의 의미를 箚子와 각 그림을 설명하는 곳곳에서 말하고 있다.

이황은 차자에서 10가지 그림의 구성을 두 단락으로 나누어 본다. 그는 첫째 그림「太極圖」에서 다섯째 그림「白鹿洞規圖」까지를 한 단락으로 보고, 여섯째 그림「心統性情圖」에서 열째 그림「夙興夜寐箴圖」까지를 한 단락으로 본다.

그는 다섯째 그림「白鹿洞規圖」에 대한 자신의 설명에서 "이상 다섯 그림은 하늘의 法則에 根本을 둔 것인데 그 목적은 모두 人倫의 道理를 밝히고 덕을 쌓는 일에 힘쓰는 데 있다."고 하였다. 즉 앞의 다섯 그림의 목적은 인간의 道德原理와 善을 행하는 일이 하늘의 거룩한 法則을 따르는 일이라는 것을 밝히기 위한 것이라는 意味이다. 또 열째 그림「夙興夜寐箴圖」의 보충 설명에서는, "여섯째 그림「心統性情圖」에서 열째 그림「夙興夜寐箴圖」까지의 다섯 그림은 마음과 本性에 根源을 둔 것으로 그 要點은 日常生活에 있어서 공경스러움을 지니는 것이다."라고 하였다. 이는 성인이 되기 위해서는 인간의 마음과 본성이 어디에 뿌리를 두고 있는가를 밝히고 그 마음을 공경스럽게 가다듬어 일상생활에 있어서 올바르게 실천할 수 있어야 한다고 본 것이다.

다음은 내용상의 구분이다. 몇 가지만 살펴보면「大學圖」의 설명에서 "10 그림 모두 敬으로써 주장을 삼는다."고 하였다. 10 그림 모두 공경스러움이 핵심내용이라는 것이다. 또한 셋째「小學圖」와 넷째「大學

인문학을 위한 한문 읽기

圖」가 10 그림의 主軸을 이룬다고 보았다. 원래 『小學』과 『大學』은 사람이 어릴 때부터 어른이 될 때까지 무엇을 공부하고 어떻게 배울 것인가?, 또 공부하고 배운 내용을 어떻게 努力하고 實踐할 것인가를 논한 책이다. 그리하여 한 개인으로서 거룩한 人格을 完成하고 이를 바탕으로 家族, 이웃, 國家, 온 世界에 미쳐가서 아름다운 세상을 만드는 것이 『小學』과 『大學』의 目標였다. 李滉은 이러한 목표를 위하여 10 그림을 그리고 설명하였던 것이다.

그는 세 번째 그림 「小學圖」에 관한 설명에서 『小學』은 마음의 근본자리를 기르는 것이라고 보았다. 이는 어려서부터 흐트러지는 마음을 거두어들여 안정시키고 道德性을 기르는 것이었다. 마음을 안정시키고 도덕성을 기르려면 淸掃하기, 人事하고 應對하기, 나아가고 물러남과 같은 日常生活의 節次를 바르게 하여야 한다. 또한 日常生活에 반드시 필요한 六藝(禮樂射御書數, 옛날에는 예절, 음악, 활쏘기, 말몰기, 글씨쓰기, 셈하기였으나 요즘 식으로 표현하면 예절, 음악, 자동차 운전, 컴퓨터 활용능력 등이 이에 해당될 것이다.)와 같은 기본 교양을 제대로 습득하여야 한다. 小學 공부를 바탕으로 마음의 근본자리가 잘 길러지면 이를 바탕으로 大學의 내안의 밝은 道德을 밝히고 百姓을 새롭게 일깨우고 아름다운 세상을 만드는 일이 이루어진다.

그런데 마음의 근본자리를 기르는 일도 아름다운 세상을 만드는 일도 모두 恭敬스러움을 지녀야 이루어지는 일이다. 그는 셋째 「小學圖」와 넷째 「大學圖」에 관하여 說明하면서 『小學』과 『大學』은 '하나이면서 둘이고, 둘이면서 하나인[一而二 二而一]' 關係이므로 두 說을 密接한 관련 속에서 이해하여야 하며, "위아래의 여덟 그림 모두 이 두 그림을 통해서 보아야 한다."고 하였다. 이는 앞에서 말했듯, 결국 10 그림 모두가 『小學』과 『大學』의 目標를 이루는 延長線 위에 있는 것이며 그 내용은 거룩한 人格을 바탕으로 아름다운 世上을 만드는 데 있다는 것을 뜻하고 있는 것으로 보인다.


## V.

李滉이 바라는 참된 學問은 성인이 되는 학문이었다. 『聖學十圖』의 10 그림은 임금 宣祖에게 올린 것이어서 聖王이 되는 학문이라고 解釋할 餘地가 있지만 실제 내용은 바로 성인이 되는 학문이었고, 바로 인간 누구나가 거룩하게 되기 위한 학문이었다. 箚子와 그림을 설명하는 가운데 李滉은 사람 누구나가 '참나'가 되고 거룩하게 되려면 먼저 마음을 잘 다스려야 한다고 하였다.

그런데 마음을 잘 다스리려면 恭敬스러움을 지녀야 한다. 바꾸어 말하면 공경스러움으로 마음을 잘 다스리고 가꾸면 누구나 '참나'가 된다. 참됨을 이룬 나는 그것을 모든 만남 속에서 實踐해간다. 왜냐하면 공경스러움이 바로 모든 것을 통하여 窮極的으로 하나로 아우러지게 하는 統一의 原理이기 때문이다.

내가 거룩한 人格, 참나가 되면 어느덧 자연스레 事物의 결은 내 마음에 밝고 맑게 비치고, 참나가 펼쳐지는 사랑은 다른 사람과의 만남을 아름답게 한다. 인간 社會의 모든 만남이 아름다워지고 인간이 모여 사는 세상은 아름다운 세상이 된다. 결 따라 흐르는 참나의 사랑은 人間 社會에만 머물지 않는다. 채 녹지 못한 얼음 아래를 숨죽여 흐르는 냇물에도, 이른 햇살이 비껴드는 매화 꽃잎 하나하나에도, 처마를 사납게 울리는 소나기에도, 짙은 어둠을 머금어 더욱 빛나는 별빛에도 그 사랑은 흐른다. 世上이 存在하고 季節이 바뀌는 自然의 原理와, 깨달아 참

인문학을 위한 한문 읽기

나가 된 마음이 담고 있는 사랑의 原理가 모두 거룩한 하늘의 원리를
따르는 것이기 때문이다.

— 李海英, 「성학십도는 어떻게 만들어졌는가」, 『향토문화의 사랑방, 안
동』114, 2008년 1,2월호 改稿.

# 敬堂 張興孝 先生의 하루

## 金鷄里의 새벽

鶴山[鶴駕山]의 양지바른 山麓에 자리 잡은 조용한 마을, 金鷄里는 짙은 어둠 속에 가라앉아 있었다. 산바람이 밤을 누비며 돌아다니는 산짐승들의 소리를 마을로 실어 나르다 지칠 때쯤, 밤 동안 마을을 占領하였던 어둠의 작은 알갱이들은 서서히 마을을 떠나 산곡 쪽으로 꼬리를 사리며 잦아들고, 마을은 薄明 속에 차분하게 가라앉아 있었다. 그러나 時刻은 벌써 寅時의 끝을 향하여 치달려 가고 있었으므로, 마을의 하늘을 지배하고 있는 밤의 平和가 早晩間 깨져 나가리라는 것은 分明한 노릇이었다.

마을의 한쪽에 있는 敬堂 先生의 집 뒤울 닭장의 횃대 위에서 죽은 듯 눈 감고 잠들어 있던 나이 든 장닭이 목청껏 울음소리를 토해내고 있었다. 그 소리를 듣고 舍廊房에서 잠들었던 敬堂 선생은 習慣처럼 눈을 떴다. 닭 울음소리를 信號로 삼아 잠자리에서 눈을 뜨는 것은 선생의 오랜 버릇이었다. 선생은 눈이 오나 비가 오나 정해놓고 닭 울음소리와 같이 잠에서 깨어나는 습관을 유지하고 있었고, 언제나 마을에서 제일 먼저 잠자리를 떨치고 일어나는 사람인 것만은 틀림없는 사실이었다. 그러한 선생의 습관은 벌써 오래 전부터 마을사람 모두가 알고

인문학을 위한 한문 읽기

있는 사실이었다.

"선생 댁의 며느님 노릇은 죽기보다도 힘든 일일 것이야."

마을 사람들은 선생이 듣지 않는 곳에서는 그렇게 수군거리곤 하였다.

그것은 맞는 말이었다. 집안의 어른인 선생이 일어나기 전에 며느님들은 자리에서 일어나 무엇보다도 먼저 祠堂의 換氣를 시켜 놓고 세숫물을 대령하여만 하였기 때문이다. 따라서 선생의 며느님들도 선생과 같이 닭 울음소리를 신호로 하여 자리에서 일어나지 않으면 안 되었다.

선생은 아직 이부자리 위에 누워 있었다. 선생은 손발을 조금씩 움직거려 보고, 천천히 깊은 숨을 들이마셔 보고 하면서 時間을 보내고 있었다. 밤 동안 肉身의 깊은 곳으로 돌아갔던 生命力을 불러내는 선생 나름대로의 方法이었다. 그리고 그것은 며느님들이 自身보다도 먼저 사당에 이르러 換氣를 하고, 세숫물을 대령할 수 있는 시간을 주고자하는 선생의 배려이기도 하였다. 사당의 문을 여는 소리가 들렸다.

세수를 끝낸 선생은 방으로 들어가 衣冠을 整齊하고 다시 밖으로 나왔다. 선생은 뜰 위에 반듯하게 놓인 신발을 신고 조용히 사당을 향하여 걸음을 옮기었다. 그의 걸음걸이는 마치 자신의 발의 움직임을 처음부터 끝까지 지켜보면서 걷는 듯 조심스럽기 이를 데 없었다. 한발 떼어 놓는 발걸음으로부터 옷자락의 움직임, 생각의 끄트머리가 돌아가는 方向까지 완전히 흔들림 없는 한 마음으로 統制하여 내려는듯한 眞摯함이 그의 態度에서는 강하게 풍겨나고 있었다.


## 金誠一과 張興孝

그러한 조심스러움은 스승 鶴峯 金誠一(1538~1593) 선생의 훈도로 起因한 것이었다. 아직 어린 아이였을 때, 선생은 鶴峰 선생의 門下에 들었다. 선생이 行原이라는 字로 불리는 것에 더욱 익숙한 나이였다. 선생의 이름은 興孝이고, 나이가 들어 스스로 붙인 호가 敬堂이었다.

선생은 수학할 나이가 되자 가까운 곳에 사는 鶴峰 선생에게 出入하며 學問을 익히게 된다. 학봉 선생은 1556년에 退溪 李滉 선생의 문하에 들어가 공부하였고, 1568년에는 文科에 及第하여 벼슬살이를 시작한다. 학봉 선생의 벼슬살이는 1586년까지 멈춤 없이 계속된다. 그러므로 그 동안에는 학봉 선생이 故鄕에 돌아와 있는 시기는 거의 없었다. 따라서 설령 경당 선생이 학봉 선생을 만나서 배우는 機會가 있었다고 하더라도, 어쩌다 고향에 들른 학봉 선생을 잠깐 만나보고, 몇 마디 깨우치는 말을 듣곤 하는 것이 고작이었다. 경당 선생이 학봉 선생에게 本格的으로 가르침을 받았던 것은 1586년에서 1588년에 이르는 아주 짧은 기간뿐이었다.

敬堂 선생은 旣往에 뵙는 鶴峰 선생의 가르침을 따라 『小學』을 떼고 있었고, 『近思錄』과 여러 性理書를 읽고 있었다. 책을 읽고, 배운 것을 익히고, 의문 나는 것을 스승에게 質問하고 하는 것은 경당 선생에게는 즐거운 일이었다. 경당 선생의 學問하는 目標는 배우고 익히고 實踐하는 것 自體에 있었다. 그는 科擧工夫를 따로 하지도 않았고, 科場에 出入하느라고 時間을 虛費하지도 않았다. 그저 熱心히 책을 익히고, 열심히 스승의 훈도를 구할 따름이었다. 경당 선생의 成就는 놀라웠다. 학봉 선생은 그런 그를 눈여겨보았다.

"이 아이의 공부하는 태도에는 흔들림이 없으니 나중에 커다란 성취를 이룰 수 있으리라! 나는 제자들 중에서 오직 이 아이를 얻었을 뿐이로다!"

학봉 선생은 경당 선생을 두고 그런 評價를 하였다고 한다. 따라서 학봉 선생의 경당 선생에 대한 가르침도 한결 切實하고 實際的인 것이었다. 학봉 선생은 경당 선생의 글공부는 물론이고 마음공부나 몸공부에도 細心한 주의를 기울였던 것이다.

어느 날, 경당 선생은 학봉 선생을 뵈러 스승의 집으로 향하였다. 그는 지난밤의 讀書에서 解決하지 못한 몇 가지 問題를 스승께 여쭈어 보러 가는 참이었다. 조금이라도 빨리 문제를 해결하고 싶은 마음에 그의 발걸음은 빨라지고 있었다. 아침시간이 막 지났을 따름인데 스승은 書室을 떠나 樓臺로 나가 앉아 계셨다. 멀리서 禮를 올리며 그는 서둘러 樓臺에 올랐다. 그의 급한 마음은 누대의 나무계단을 오르며 가벼운 音響을 만들어 내고 있었다. 그 소리를 들으며 누대 한가운데 冊床을 놓고 앉아있던 학봉 선생의 眉間이 조금 찌푸려졌다. 경당 선생이 스승에게 정중한 예를 표하고 앉아서 자신의 문제를 끌어내기도 전에 학봉 선생은 조용히 입을 열었다.

"발걸음이 거칠구나! 그것은 너의 마음이 안정되어 있지 않다는 것일 터, 경계할 일이로다!"

鶴峰 선생의 音聲은 낮고 부드러웠으나 表情은 嚴肅하기 이를 데 없었다. 경당 선생은 스승의 준엄한 나무람에 고개를 들 수가 없었다.

"첫 걸음을 떼어 놓을 때 마음은 그 첫걸음 위에 머물러 있어야 하고, 두 번째 걸음을 떼어놓을 때면 마음은 그 두 번째 걸음 위에 머물러 있어야 하는 법이다. 이리하여야 흐트러지지 않을 수 있느니! 발걸음 하나에까지 정력을 다하라! 그것이 배움의 要諦이니…… 알겠느냐?"

"銘心하겠습니다. 스승님!"

경당 선생은 얼굴을 발갛게 붉히며 겨우 한마디를 할 수 있었을 따름이었다. 그는 견딜 수 없는 부끄러움에 몸둘 바를 몰랐다. 스승은 그의 부끄러움을 줄여주기 위하여 이것저것을 묻고, 스승의 물음에 따라

그도 지난 밤 자신이 알고 싶었던 바에 대한 가르침을 請하였지만, 이미 어떤 다른 말도 그의 귀에는 들리지 않고 있었다.

"발걸음 하나에도 정력을 다하여라."

그의 귓속에는 스승의 음성으로 그 소리만이 幻聽처럼 거듭되고 있을 뿐이었다. 그날 경당 선생은 어떻게 스승의 앞을 물러나왔는지 몰랐다. 그러나 그날의 일은 그에게 엄청난 깨달음을 안겨 주었다.

"발걸음 하나에까지 정력을 다하라! 그것이 배움의 요체이니..."

그날 이후 그는 언제나 자신의 귀 속에 울리는 그 소리를 들어야 하였다. 그것은 자신이 당시 스승의 나이보다 더 나이를 먹어버린 지금에 이르러서도 마찬가지였다. 처음에 그것은 스승의 목소리를 하고 있었다. 그러나 언제부터인가 그것은 자신의 목소리로 바뀌어 있었다. 나이가 들어서야 그는 그것이 저 程子로부터 朱子에게로, 朱子로부터 스승의 스승이신 退溪 선생에게로, 퇴계 선생으로부터 스승인 鶴峰 선생에게로, 그리고 스승인 학봉 선생으로부터 자신에게로 전하여진 心法의 要體라는 것을 깨달을 수 있었다.

"敬虔함의 德目이야말로 吾門의 가장 重要한 德目인 것이다."

경당 선생은 그러한 깨달음을 얻을 수 있었던 그 날의 幸運을 잊을 수가 없었다. 스승은 그로부터 얼마 지나지 않아서 다시 出仕를 하였고, 얼마 뒤 壬辰亂 때는 나라를 전장의 慘禍로부터 건져내기 위하여 애를 쓰다가 병으로 돌아가셨다. 스승의 他界는 경당 선생에게는 있어서는 한 世界의 終末을 뜻하는 슬픈 일이 아닐 수 없었다.

그의 마음 속 깊은 곳에 자리 잡고 있었던 것은 언제나 어려서부터 가르침을 받곤 하였던 학봉 선생이었다. 무엇보다도 그가 이제까지의 삶을 통하여 소중히 가꾸어 온 것은 바로 그 스승인 학봉 선생이 그에게 깨우쳐준 敬虔함의 美德을 언제나 잃지 않기 위하여 努力하는 態度

였다. 그러한 美德을 잃지 않고자 하는 所望으로 그는 그 경건함의 敬이라는 글자를 넣어서 자신의 號를 지은 것이었다.

"敬虔함을 잃는다면 만 가지 私慾이 일어나는 것이니…"

그는 늘 그런 態度로 자신의 마음을 熾烈하게 다스리곤 하였다.

그는 조심스럽게 섬돌 위에 올라서서 신발을 벗었다. 그리고 祠堂 안으로 들어가 뒤돌아서서 허리를 굽혀 자신의 신발을 가지런히 돌려 놓았다. 사당 안에는 그의 祖上들의 神位와 함께 朱子의 畫像이 모셔져 있었다. 주자의 화상은 孔子로부터 朱子에까지 이르는 모든 中國의 儒學者들과, 安珦으로부터 退溪 선생과 鶴峰 선생으로 이어지는 朝鮮의 모든 儒學者들을 代表하는 性格을 띠고 있었다.

선생은 조상들의 신위 앞에 엎드려 절하였다. 그러고 나서 그는 朱子의 畫像을 拜謁하였다. 시간이 많이 소요되는 일은 아니었다. 그러나 最大의 敬虔함을 요하는 일임에는 틀림없었다.


## 光風亭과 霽月臺

아침 식사 뒤에 선생은 書室에 있었다. 선생은 易書를 들여다보는 데 餘念이 없었다. 그는 20여 년 전 젊은 날, 易學啓蒙을 보았을 때 玉齋胡氏의 分配節氣圖에 錯誤가 있다고 생각하였다. 그 錯誤를 바로잡고자 한 것이 선생을 易學에 沒頭하게 하였다. 그리하여 長久한 歲月을 투자하여 선생은 十二圈圖를 作成하였던 것이다. 그의 圖解는 一元消長圖라고 이름 붙여졌다. 원형 속에 12달을 배치하고, 그 속에 24節氣를 나누어 배치하였으며, 元會運世와 歲月日辰의 數를 더하여 만든 것이었다. 그 一元消長圖는 중인들의 찬탄을 불러 일으켰다. 그러나 아무리 남들이 칭송한다고 하여도, 경당 선생으로서는 그것으로 충분한 것이라 할 수는 없었다. 따라서 경당 선생은 오늘도 아침 일찍부터 易書를 들여다보고 있는 것이었다. 자신의 입장에 誤謬가 있는지, 자신의 說을 더 확장하여 낼 수는 없는지 하는 것은 요즈음의 그의 眞實한 關心事였다.

지금 선생이 앉아있는 곳은 光風亭의 書室이다. 선생이 앉은 자리의 왼편 벽에는 선생이 自筆로 쓴 敬이라는 글자가 붙여져 있었다. 光風亭의 뒤쪽으로는 얼마쯤 떨어져서 높은 바위절벽이 거의 수직으로 가로막고 서 있었다. 그 바위절벽을 선생은 '霽月臺'라고 불렀다. 선생의 벗 權直은 다음과 같은 글을 남겼다.

"金鷄 골짜기의 첫 번째 굽이에 바로 行原[경당선생의 字]의 거처가 있다. 푸른 峻嶺은 그 북쪽을 들러 막고 섰고, 칡덩굴로 덮인 산기슭과 버드나무 다리는 사립문 너머로 숨겨져 있으니, 朱陳村(朱氏와 陳氏가 世居하였다는 중국 徐州의 마을)과 彷佛하였다. 行原은 집 뒤로 나아가 남쪽으로 버티고 서 있는 푸른 바위절벽을 바라보곤 하였다. 절벽 아래에는 나무들이 심겨져 있었고, 중간쯤에는 10여 명이 앉을 수 있는 자리가 마련되어 있었다. 수레로 거름을 실어내다 땅을 비옥하게 하고, 가시나무와 개암나무를 캐낸 것이다. 바위절벽에 의지하여 바라보면 鶴山의 봉우리가 조금 서쪽 하늘에 보이고, 그 밖의 여러 봉우리들은 東南方으로 치달려 가는 것이 흡사 손을 모으고 서있는 듯하였다. 작은 시내는 앞으로 졸졸 흐르고, 소나무와 측백나무 10여 그루가 위 아래로 심겨져 있고, 배나무나 옻나무 같은 것들도 심겨져 있었는데, 마치 앞에 侍立하고 있는 듯한 모양인 것이 果然 하늘이 감추고 땅이 아낄만한 곳이었다. 行原은 이곳을 날마다 명아주 지팡이를 끌고 거닐었으며, 霽月이라고 이름 지었다."

霽月臺와 그 주변의 모습을 그려주고 있는 文章이라 할 수 있을 터이다. 여기 그려진 대로 霽月臺는 華麗하지는 않지만 잔잔한 興趣가 느껴질 수 있는 곳이라 할 수 있었다. 언젠가 弟子 중의 하나가 선생의 호인 敬堂과 光風亭, 霽月臺 등이 지니는 意味를 물었던 적이 있었다.

"나는 일찍이 程子의 뜻을 취하여 내 집을 敬堂이라고 이름 붙였고, 그것으로 號를 삼았네. 또한 周子의 뜻을 취하여 내 亭子를 光風이라고 命名하고, 내 臺를 霽月이라고 부르기로 하였지. 스스로 그러한 이름들의 實質을 내가 갖추었다고 믿기 때문은 아닐세. 古人들의 말을 標準으로 삼아서 그리 되었으면 하고 바라는 마음이 있기 때문이지. 대저 敬이 없으면 한 마음을 主宰하는 것이 있을 수 없게 되고, 光風과 霽月이 아니라면 이 道理의 體와 用을 形容할 것이 따로 있을 수 없게 되는 것이지 않은가?"

그것이 선생의 對答이었다. 그러니까 그 모든 이름들이 어느 하나 마음을 바르게 하고자 하는 선생의 意志를 반영하지 않은 것이 없는 셈이었다.


## 敬堂 선생과 그의 학생들, 그리고 鏡光書堂

경당 선생의 노안이 조금 떨리기 시작할 때 弟子들이 하나 둘씩 나타나기 시작하였다. 學生들은 하나씩 들어와 恭遜하게 예를 표하고는 멀찍이 떨어져 무릎을 꿇고 앉았다. 이제 막 千字文을 익히는 아이로부터 朱子集註를 읽는 학생들까지, 크고 작은 여러 명의 학생들이 금방 방 안에 들어찼다. 처음 書堂을 열었던 때부터 경당 선생에게는 많은 학생들이 모여 들었다. 선생의 문명은 近洞에 이미 소문이 나 있었기 때문이었다. 경당 선생은 학생들을 향해 조용히 입을 열었다.

"책을 읽음에 있어서 귀하게 여겨야 할 것은 그 내용을 몸으로 익혀 내는 것이다. 진실로 그렇지 못하다면 책을 읽지 않는 것과 무슨 차이가 있겠느냐? 모름지기 이 점을 명심하도록 하여라."

"예"

학생들은 고개를 숙여 예를 표하며 異口同聲으로 대답하였다.

점심 식사 후에 얼마쯤 집안을 돌아보고, 선생은 衣冠을 整齊하고 명아주 지팡이를 끌고 집을 나섰다. 오늘은 선생의 집으로부터 얼마쯤 떨어진 곳에 있는 鏡光書堂에 나가는 날이었던 것이다.

벌써 오래전부터 선생은 鏡光書堂長을 맡고 있었다. 경광서당은 주변 여러 마을의 儒生들이 모여 공부하는 곳이었다. 선생은 며칠에 한 번씩 書堂에 나가서 유생들을 대상으로 講學을 하곤 하였다. 그러나 오늘은 단순히 강학을 하기 위해서만 경광서당으로 나가는 것은 아니었다. 오늘은 朔望이기 때문이었다. 每月 朔望이면 鏡光書堂에서는 特異한 場面이 펼쳐지는 것이었다. 그것은 물론 선생이 提案한 것이었다.

"내 計策은 이러합니다. 매월 삭망이면 65세 이하 46세 이상의 尊長들을 上座에 앉히고 예를 드립니다. 예를 마친 다음 45세 이하의 모든 사람들은 각자 읽는 글에 따라 앞으로 나와서 그 구절을 暗誦하고 물러갑니다. 만약 자신이 읽는 글에 통하지 못한 사람이 있다면 20세 이하의 사람들에게는 夏礎[회초리]의 벌을 내리고, 30세 이하의 사람에게는 많은 사람들 앞에서 꾸짖는 벌을 주고, 40세 이하의 사람에게는 상좌에 앉은 사람들이 면책을 하고, 45세 이하의 사람에게는 堂長이 면책을 하는 것이니, 부끄러움을 이기지 못해 뜻을 거듭 새롭게 하기를 바라는 것입니다. 무릇 이와 같이 한다면 배우는 사람들이 매일 스스로를 닦고자 하는 노력이 이 서당과 더불어 같이 새로워질 것입니다."

인문학을 위한 한문 읽기

이러한 경당 선생의 제안은 받아들여졌다. 그리하여 경광서당에서는 매달 삭망 때면 45세 이하의 모든 유생들이 마음을 졸이는 글 朗誦의 시간이 반복적으로 계속되기에 이른 것이었다. 座中에 선생에게 배운 洪汝河도 있었다. 그는 어려서부터 선생에게 배운 사람이었다.

"修養이란 얼마나 重要한 것인가?"

그는 생각하였다.

"스승님의 몸을 바르게 유지하고자 하는 수양은 능히 그 나이를 이겨내는구나! 죽음이 目前에 다가오더라도 스승님의 저런 꼿꼿한 자세는 흐트러지지 않으리라!"

그는 전일 선생의 生日 때의 일을 回想하였다. 그날 선생의 가까운 제자들은 술 한 병씩을 싸 들고 선생의 댁으로 모여들었다. 선생은 술을 즐겨하는 편이 아니었다. 그러나 꼭 마셔야 할 자리라면 酒量에 따라 몸가짐을 흐트러트리지 않을 정도는 마실 줄 알았다. 선생은 堂에 올라 弟子들에게 再拜禮를 올리게 하였다. 예를 마친 다음에 선생은 제자들에게 한잔씩 술을 따르게 하였다. 선생은 제자들의 술을 다 받아 마시고, 또 自酌 한잔을 하였다. 그리고 모든 제자들에게 한잔씩 따라 주었다. 제자들이 술을 한잔씩 다 마시고 나서 선생은 다시 再拜禮를 올리고 제자들을 물러가게 하였다. 그것이 前日 선생의 생일 때의 일이었다. 酒量이 많지도 않은 선생이었지만 數十 盞의 술을 받아 마시고도 조금치의 흐트러짐도 보여주지 않았던 것이다. 저번 선생의 생일날은 그렇게 끝이 났다. 그러나 그 전번의 생일날에는 제자들이 그대로 물러나지를 않았다.

"樂人을 불러 즐기도록 하시지요."

"어찌 歌兒와 舞女를 써서 내 집을 어지럽힌단 말이냐? 그렇지만 너희들이 스스로 노래하고 스스로 춤추는 것은 가한 일이다."

선생은 그렇듯이 제자들에게 하나씩 唱을 하고 한 번씩 춤을 추게 하였다. 그렇게 한 가지씩 시키고 나서 선생은 자리를 파하게 하였다. 그러나 제자들이 선생의 唱을 들을 수 있는 것은 아주 드문 일이었다. 선생은 退溪 선생의 '陶山十二曲'이나 스스로 지은 가사를 창하는 경우도 있었다. 술을 마실 때에나 노래를 할 때에나, 춤을 출 때에나 언제나 일정한 節度를 잃지 않는 선생이었다. 洪汝河 등 제자들은 그런 선생의 자로 잰 듯한 절도를 欽慕하였다.

홍여하는 그런 생각을 하면서 선생을 이윽히 바라보고 있었다. 오늘 선생의 입가에는 微笑가 많이 피어올랐다. 그만큼 書堂의 諸生들의 學問에 많은 進展이 있었음을 말하여 주는 것일 터였다.


## 金鷄里의 밤

밤은 이미 이슥하였다. 敬堂 선생은 書卓 앞에 앉아 있었다. 오늘은 마음을 洽足하게 하는 일이 더 많았던 하루였다. 무엇보다도 書堂 儒生들이 선생의 마음을 즐겁게 하였다. 儒生들의 朗誦이 다 끝나고 나서 경당 선생은 가벼운 酒果를 내오게 하여 한잔씩 술을 마시게 하였다. 그것은 선생이 흡족함을 느끼고 있다는 證據였다. 眞實로 洽足하지 않았다면 선생은 그냥 한마디 激勵의 말만 하고 나왔을 것이었다. 그러나 오늘 선생은 군이 酒果를 내오게 하였다. 後生들의 發展을 보는 것은 그만큼 선생에게는 기분 좋은 일이었다.

선생은 조용히 붓을 들었다. 선생은 오래 習慣이 된 日記를 적기 시작하였다. 簡單한 記錄이었지만, 선생은 日記를 쓰는 일을 하루라도 걸러본 적이 없었다. 젊은 날에는 香을 태워 하늘에 告하는 일과 日記

인문학을 위한 한문 읽기

를 쓰는 일을 함께 하였었다. 그러나 晩年에는 향을 살라 하늘에 고하는 일은 그만두고, 일기를 쓰는 일에만 專念하였다.

일기를 쓰는 일은 선생의 하루를 마감하는 일이었다. 선생은 일기를 쓰면서 하루의 일을 反芻하여 보고, 자신이 或時 잘못한 것이라도 있는지를 反省하여 보는 것이었다. 그렇게 선생은 스스로를 돌아보는 일을 게을리 하지 않았던 것이다. 그러한 선생의 습관은 죽을 때까지 그대로 維持되었다.

日記를 다 쓰고 나서 선생은 燈燭의 불을 끄고 자리에서 일어났다. 밖은 어둠이었다. 어둠 속에서 金鷄里의 하늘은 無數한 별들로 반짝이고 있었다. 밤바람은 울 밖 나무들의 잎과 가지를 흔들어대며 속삭이는 듯한 소리를 만들어 내고 있었다. 선생은 조금 하늘을 올려다보고 섰다가 大廳마루를 건너 잠자리가 마련되어 있는 사랑으로 들어갔다 그렇게 경당 선생의 하루는 끝나가고 있었다.


後記

敬堂 선생은 癸酉年(1633)에 世上을 떠났다. 선생의 나이 70때의 일이었다. 그 해 봄에 선생은 朝著[朝廷]에 推薦되어서 昌陵參奉에 봉해진다. 그러나 그 직첩이 채 이르기도 전, 2월 7일에 선생은 생을 마감하는 것이다.

선생은 1개월 남짓 病席에 누워 지냈다. 병석에 누워서도 선생은 조금치도 흐트러진 모습을 보이지 않았다. 臨終하던 날 저녁에도 그러하였다. 임종 직전까지 선생은 孟子의 盡心章을 읊고 있었다. 그러다가 선생은 둘러앉은 제자들을 향하여 조용히 입을 열었다.

"지난 밤 꿈에 하늘이 내게 관을 내렸다. 그러니 나는 이 병석을 떨치고 일어날 수 없을 것이다."

선생은 말을 마치고 조용히 웃었다. 그것이 선생의 마지막 말이었다. 선생은 天燈山 辛坐의 들에 묻혔다. 선생이 他界한지 오래 뒤에 土林은 선생을 鏡光書院에 配享하였고, 辛未年(1691)에 土林이 賜額書院을 請願하였을 때에 선생에게는 특별히 司憲府 持平이 追贈되었다.

— 尹天根, 「경당 장흥효선생의 하루」, 『향토문화의 사랑방, 안동』 46, 1996년 9,10월호 요약.

文史哲 기초 자료

## 六書, 漢字의 形成 原理

漢字는 靑銅器 時代의 甲骨文과 金文을 거쳐 形成되었는데, 수많은 한자들은 여섯 가지 原理에 의해서 만들어졌다.

1. 象形: 事物의 模樣을 單純化하여 만든 글자
   예) 日 月 山 水 등

2. 指事: 抽象的인 槪念 등을 나타내는 글자
   예) 一 二 三 등의 숫자, 上 下 本 末 등의 글자

3. 會意: 이미 만들어진 象形이나 指事 같은 글자들을 結合하여 새롭게 만든 글자
   예) 明 林 鳴 東 好 등

4. 形聲: 뜻과 소리를 意味하는 글자가 結合하여 만들어진 글자, 한자의 80% 정도가 이에 該當함
   淸 簡 栢 詩 聞 등

5. 轉注: 하나의 글자가 여러 音과 뜻을 지니는 글자, 또는 한 私物이나 槪念을 두세 가지 한자로 表記하는 현상
   예) 樂 復 등, 之와 的, 于와 於 등

　　　　　　　　　　　　　　　인문학을 위한 한문 읽기

6. 假借: 하나의 글자로 여러 意味를 나타내거나 外來語를 音借하여 表記하는 境遇

　예) 道 景[影] 등, 可口可樂 東伯林 英國 拿破崙 등

# 漢文의 構造

1. 主語+述語 구조

水淸 月明 春來 花開 등

2. 述語+賓語 구조

讀書 修學 耕田 愛國 등

3. 述語+補語 구조

登山 入學 出戰 報國 등

4. 竝列 구조

天地 山川 日月 喜怒哀樂 등

5. 修飾 구조

形容詞+名詞: 紅葉 靑山 黑髮 幼兒 등

動詞+名詞: 流水 走馬 鬪犬 飛鳥 등

副詞+動詞: 疾走 直行 漸進 最古 등

副詞+形容詞: 至當 極小 非凡 不利 등

인문학을 위한 한문 읽기

# 漢詩의 型式과 分類

漢詩는 중국 上古時代부터 출현한 韻文 형식의 글쓰기로 많은 작가들에 의하여 다양한 작품이 생산되었다. 수많은 유형의 한시는 크게 古詩와 近體詩로 분류한다. 고시의 경우 다시 고시와 樂府詩로 세분하기도 한다. 근체시, 고시, 악부시의 기원과 형식적 특징, 詩型 등을 간략히 소개한다.

## 1. 近體詩〔今體詩〕

平仄·押韻·對偶 등을 엄격하게 지키는 漢詩의 한 형식으로 唐代 초기에 형성되었다. 梁나라 沈約의 八病說 이후 規則性이 강화되었고, 初唐의 王勃·楊炯·盧照鄰·駱賓王 이후 규칙화되었다. 당나라 이후에 창작된 한시 중에서 平仄·押韻·對偶 등 근체시의 형식적 요건을 갖춘 시는 모두 근체시에 포함된다.

### 平仄法

平聲과 仄聲을 규칙적으로 배열하되 二四六不同, 一三五不論의 원칙이 있다. 孤平과 孤仄을 경계하는데, 拗體는 기본 平仄法에 변화를 준 것이다. 다음은 絶句의 기본적인 平仄法이다.

仄起式(平起式)
(측측)평평측측평　(평평)측측측평평
(평평)측측평평측　(측측)평평측측평

平起式(仄起式)

(평평)측측측평평　(측측)평평측측평

(측측)평평평측측　(평평)측측측평평

앞의 두 글자를 빼면 五言絶句의 평측법이고, 律詩는 위의 평측이 다시 반복된다.

押韻法

짝수 구에 동일한 韻目에 속하는 한자를 사용해야 한다. 간혹 첫째 구에 押韻하는 경우도 있는데, 이를 首句押韻이라 한다. 총 106개의 韻目이 있다. 운은 寬韻, 中韻, 窄韻, 險韻 등으로 분류한다. 排律의 경우 換韻할 때에 隣韻, 通韻 등을 허용하기도 한다.

平聲: 上平(15): 東冬江支微魚虞齊佳灰眞文元寒刪

　　　下平(15): 先蕭肴豪歌麻陽庚靑蒸尤侵覃鹽咸

仄聲: 上聲(29): 董腫講紙尾語麌薺蟹賄軫吻阮旱潸銑篠巧皓哿馬養梗迥有寢感琰豏

　　　去聲(30): 送宋絳寘未御遇霽泰卦隊震問願翰諫霰嘯效號箇禡漾敬徑宥沁勘豔陷

　　　入聲(17): 屋沃覺質物月曷黠屑藥陌錫職緝合葉洽

對偶法

동일한, 혹은 비슷한 부류에 속한 사물, 예를 들면 天文, 地理, 時令, 器物, 衣服, 飮食, 文具, 草木, 干支, 人名, 地名, 副詞, 助詞 등을 홀수 구와 짝수 구의 같은 위치에 배치하여 대를 맞춘다. 絶句는 대우를 지키지 않아도 무방하지만 律詩의 경우 頷聯과 頸聯은 반드시 대우를 맞춰야 한다. 工對(天文 對 天文 등), 隣對(器物 對 衣服 등), 寬對(名詞 對 名詞 등), 借對(해당 글자의 다른 뜻을 빌어 대를 맞춤, 渺渺奇觀窮漢上, 漫漫喜氣滿天東에서 漢과 天, 漢은 본래 漢江이나 雲漢의 漢을 빌어 天과 대를 맞추었음) 등 다양한 방식이 있다.

### 근체시의 종류

1) 絕句: 오언절구와 칠언절구. 起承轉結 4구로 구성.

2) 律詩: 오언율시와 칠언율시. 首頷頸尾 8구로 구성.

3) 排律: 보통 12구로 이루어지나 20구, 40구, 100구, 200구 등으로 짓기도 함.

### 2. 古詩〔古體詩〕

唐代 이전에 지은 한시는 모두 고시이고, 唐代 이후에 지은 한시 중에서 근체시의 격률을 벗어나 고시를 모방하여 지은 시는 고시에 포함된다. 字數와 句數의 제한을 받지 않고, 엄격한 평측 · 압운 · 대우 등을 요구하지 않는다. 장편고시의 경우 一韻到底한 것도 있으나 換韻한 것이 많다. 오언고시, 칠언고시, 雜言詩 등이 있다.

### 3. 樂府詩

漢代 樂歌를 수집하던 관청인 樂府에서 유래한 명칭이다. 후에 民歌風의 한시를 지칭하는데, 낭만성이 짙고 다양한 형식이 있다. 古樂府, 擬古樂府, 小樂府, 紀俗樂府(竹枝詞), 詠史樂府 등 다양하게 분류한다.

# 漢文 散文의 文體와 分類

　漢文散文의 문체는 기본적으로 儒教經典과 諸子書에서 기원하였
는데, 후대로 내려올수록 더욱 다양한 문체가 출현하고 이를 분류하는
작업이 이루어졌다. 한문산문은 크게 古文·辭賦·騈儷文으로 분류한
다. 古文은 秦漢 이전의 散文, 唐宋代의 古文[新古文], 明代의 擬古文
등을 포함한다. 辭賦는 屈原과 宋玉에서 유래하였으며 漢魏六朝唐宋
때에 성행하였고, 주로 直敍體 또는 問答體로 작품을 구성한다. 騈儷
文은 四六文으로도 불리는데, 六朝와 晩唐 때에 성행하였다.

　중국과 우리나라에서 여러 문인들이 문장[간혹 시를 포함하기도
함]을 분류하였는데, 그 중에서 일부를 소개한다. 晋나라 陸機는『文
賦』에서 詩 賦 碑 誄 銘 箴 頌 論 奏 說 등 10종, 梁나라 劉勰은『文心
雕龍』에서 明詩 樂府 詮賦 頌賦 祝盟 箴銘 誄碑 哀弔 雜文 諧隱 史傳
諸子 論說 詔策 檄移 封禪 章表 奏啓 議對 書記 등 20종, 梁나라 蕭統
은『文選』에서 賦 詩 騷 七 詔 冊 教 策文 表 上書 啓 彈事 牋 奏記 書
移 檄 難 對問 說論 辭 序 頌 贊 符命 史論 史述贊 論 連珠 箴 銘 誄
哀文 碑文 墓誌 行狀 弔文 祭文 등 39종, 宋나라 鄭樵는『通志』에서
楚辭 別集 總集 詩總集 賦 讚頌 箴銘 碑碣 制誥 表章 啓事 四六 軍事
案刊 刀筆 俳諧 奏議 論策 書 文史 詩 등 21종, 清나라 姚鼐는『古文
辭類纂』에서 論辯類 序跋類 奏議類 詔令類 書說類 贈序類 傳狀類 碑
誌類 雜記類 箴銘類 頌贊類 哀祭類 辭賦類 등 13종으로 분류하였다.
우리나라의 경우 徐居正은『東文選』에서 辭 賦 詩 詔勅 教書 制誥 冊
批答 表箋 啓 狀 露布 檄書 箴 銘 頌 贊 奏議 箚子 文 書記 序 說 論

傳 跋 致語 辨 對 志 原 牒 議 雜著 策題 上樑文 祭文 祝文 疎 道場文
齋詞 請詞 哀詞 誄 行狀 碑銘 墓誌 등 52종으로 분류하였다.

淸나라 姚鼐가『古文辭類纂』에서 분류한 13종의 문체에 따라 각종
문체의 특징을 간략히 제시한다.

### 1. 論辨類

諸子書에서 기원한 글쓰기 방식으로 어떠한 사실이나 사건, 가치
등에 대하여 자신의 주장을 개진하여 타인의 설득과 공감을 목적으로
한다. 오늘날의 論說文과 같은 성격의 글이다. 論·辯·說·議·解·
原·難·釋 등의 글을 포함한다. 賈誼의「過秦論」, 許筠의「豪民論」,
韓愈의「諱辨」, 洪奭周의「無命辨」, 柳宗元의「捕蛇者說」, 韓愈의「師
說」, 李奎報의「鏡說」, 姜希孟의「盜子說」, 韓愈의「獲麟解」와「原道」,
朴趾源의「限民名田議」, 卞榮晚의「原死」등이 대표적인 작품이다.

### 2. 奏議類

臣民이 자신의 생각과 주장을 적어 임금에게 올린 글로 上書·上
疏·章表·奏啓·議對·封事·箚子·箋狀 등을 포괄한다. 堯舜時代
및 三代에 賢臣이 君主에게 올린 글에서 기원하였다. 上疏의 경우 辭
職上疏가 대부분이다. 金后稷의「上眞平王書」, 金昌協의「辭戶曹參議
疏」, 諸葛亮의「出師表」, 李密의「陳情表」, 金富軾의「進三國史記表」,
賈誼의「治安策」, 丁若鏞의「文體策」, 李珥의「萬言封事」등이 대표적
인 작품이다.

### 3. 詔令類

임금이 신하에게 내리는 글로 詔策·命令·制誥·教戒·檄移·露

布 · 綸音 · 批判 등을 포괄한다. 『書經』의 命 · 誥 · 誓 등에서 유래하였다. 조령류의 경우 임금이 직접 지은 御製도 있지만 신하들이 임금을 대신하여 지은 代作이 많은 것이 특징이다. 崔致遠의 「檄黃巢書」, 文武王의 「大赦文」, 肅宗의 「戒酒綸音」 등이 있다.

## 4. 書牘類

윗사람에게 올리거나 친구 사이에 주고받는 글로 오늘날의 편지에 해당한다. 書說 · 牘札 · 簡帖 등을 포괄한다. 牘은 나무에 써서 보내면 札, 대나무에 써서 보내면 簡이라고 한다. 보통 상대의 안부를 묻는 것이 대부분이만 간혹 사상 · 문학론 등을 개진한 경우도 있다. 司馬遷의 「報任安書」, 韓愈의 「答李翶書」, 李齊賢의 「上元伯柱丞相書」, 宋時烈의 「上淸陰金先生書」, 金邁淳의 「答丁承旨若鏞書」, 崔益鉉의 「致日本政府大臣書」, 李奎報의 「答全履之論文書」, 金澤榮의 「答人論古文書」 등이 대표적인 작품이다.

## 5. 贈序類

師弟 · 朋友 · 親知 등과 이별할 때 주는 글, 祝壽 · 祝賀 등의 글, 詩序 등의 글을 포함한다. 본래 詩序에서 유래하였으나 후에 餞別宴 등을 하면서 쓴 것이 많다. 詩序에서 출발한 예로는 王羲之의 「蘭亭集序」, 王勃의 「滕王閣序」, 李白의 「春夜宴桃李園序」 등이 있다. 작별할 때 준 送序로는 韓愈의 「送孟東野序」, 柳宗元의 「送徐無黨南歸序」, 李齊賢의 「送辛員外北上序」, 李植의 「送權生尙遠序」, 洪奭周의 「送鄭景守世翼宰鎭安序」 등이 있다. 이외에 壽序 · 賀序 · 謝序 등의 글도 있다.

## 6. 傳狀類

인물의 一代記를 적은 글로 傳記와 行狀을 지칭한다. 傳은 司馬遷의 『史記』 列傳에서 기원하였는데, 인물의 일대기를 적고 해당 인물에 대한 褒貶을 한다. 行狀은 傳에 비하여 평생의 사적이 상세하고, 폄하는 없고 칭상으로만 구성한다. 史書에 실린 史傳과 문집에 실린 私傳으로 나뉘는데, 私傳에는 自傳·家傳·自托傳·假傳 등이 있다. 전은 기본적으로 역사적 인물을 대상으로 하나 허구적 인물을 설정하고, 소설로 발전한 경우도 있다. 陶潛의 「五柳先生傳」, 柳宗元의 「種樹郭橐駝傳」, 崔瀣의 「猊山隱者傳」, 韓愈의 「毛穎傳」, 林椿의 「麴醇傳」, 朴趾源의 「兩班傳」, 趙緯韓의 「崔陟傳」, 權韠의 「周生傳」 등이 있다.

## 7. 碑誌類

인물의 행적과 공덕을 칭송하는 글이다. 일반적으로 碑誌 중에서 땅 위에 세우는 것을 墓碑·墓表·神道碑·墓碣이라 하고, 땅에 묻는 것을 墓誌·壙誌라고 한다. 보통 誌[산문]와 銘[운문]으로 구성되는데, 간혹 銘이 없는 경우도 있다. 韓愈의 「柳子厚墓誌銘」, 班固의 「封燕然山銘」, 朴趾源의 「洪德保墓誌銘」, 李建昌의 「兪叟墓誌銘」, 洪奭周의 「觀音浦遺墟碑」 등이 있다.

## 8. 雜記類

山川·樓臺·大小事를 기념하기 위하여 지은 글로 크게 器物類·山水記·人事雜記 등으로 분류한다. 특히 각지를 여행하면서 견문한 사항과 감회 등을 적은 遊記文, 곧 기행문이 성행하였다. 韓愈의 「畫記」, 歐陽修의 「醉翁亭記」, 蘇軾의 「喜雨亭記」, 李齊賢의 「雲錦樓記」, 金昌協의 「三一亭記」, 金宗直의 「遊頭流錄」, 朴趾源의 「一夜九渡河

記」 등이 있다.

## 9. 序跋類

議論과 敍事를 겸한 글로 책의 앞뒤에 붙이는데, 序·題·跋·引·書 등을 포함한다. 序는 『詩經』의 詩序에서 유래하였고, 司馬遷 『史記』의 「太史公自序」가 규범이다. 成俔의 「樂學軌範序」, 金邁淳의 「三韓義烈女傳序」, 金澤榮의 「重編燕巖集序」 등이 있다. 跋은 일반적으로 글이나 책 뒤에 붙이는데, 題跋로 통칭한다. 李滉의 「陶山十二曲跋」, 申從濩의 「東文粹跋」 등이 있다.

## 10. 箴銘類

勸勉과 警戒의 말을 적은 글로 箴·戒·規 등을 포함한다. 箴銘의 경우 幷序에 해당하는 부분은 散文으로 쓰고, 銘 부분은 韻文으로 쓰는 것이 일반적이다. 箴은 신하가 임금에게 諫言을 올리는 官箴과 개인이 자신의 過失을 비판하고 경계로 삼는 私箴이 있다. 韓愈의 「五箴」, 柳宗元의 「三戒」, 李達衷의 「愛惡箴」 등이 있다. 銘은 碑誌의 銘과 달리 주변의 기물 등에 새겨 스스로 경계를 삼는 글이다. 劉禹錫의 「陋室銘」, 李奎報의 「琴銘」, 鄭道傳의 「竹窓銘」, 權近의 「鑄鐘銘」 등이 있다.

## 11. 頌讚類

어떤 인물이나 사물을 칭송하는 글로 『詩經』의 頌에서 기원하였다. 李奎報의 「平契丹頌」, 李齊賢의 「三王頌」, 李穡의 「判三司崔公畫像讚」, 姜希孟의 「假山讚」 등이 있다.

인문학을 위한 한문 읽기

## 12. 哀祭類

死者의 죽음을 애도하는 글로 祭文·哀辭·誄·弔 등을 포함한다. 천지와 산천 등에 제사하는 경우도 있다. 韓愈의 「祭柳子厚文」, 張維의 「祭金而好文」, 金昌協의 「亡弟再期祭文」, 金宗直의 「弔義帝文」 등이 있다. 誄는 諡號를 정할 때에 쓰는 글이나 후대에 諡冊·諡議가 쓰임에 따라 이와 무관하게 지어진 것도 있다. 哀辭는 요절한 인물을 애도할 때 주로 쓰이는데, 金昌協의 「黃生柱河哀辭」, 朴趾源의 「李夢直哀辭」 등이 있다.

## 13. 辭賦類

屈原의 『楚辭』에서 기원하였는데, 운문과 산문의 중간적 성격을 띠고 있다. 辭는 운문 쪽, 賦는 산문 쪽에 가깝다. 운을 사용하는 것이 일반적이나 그렇지 않은 것도 있다. 屈原의 「離騷」, 宋玉의 「九辨」, 賈誼의 「弔屈原賦」, 司馬相如의 「上林賦」, 潘岳의 「秋興賦」, 歐陽脩의 「秋聲賦」, 蘇軾의 「赤壁賦」, 陶潛의 「歸去來辭」, 李奎報의 「祖江賦」, 李崇仁의 「哀秋夕賦」, 成俔의 「石假山賦」, 鄭斗卿의 「劍賦」 등이 있다.

## 韓國 歷代 詩選集

우리나라의 詩選集은 고려시대에는 崔瀣의 『東人之文』(四六·五七·千百), 趙云仡·崔瀣의 『三韓詩龜鑑』, 『夾注名賢十抄詩』(忠肅王 6년, 대부분 唐詩이나 최치원·박인범·최승우·최광유 등 한시 수록) 등이 편찬되어 우리 한시 작품을 선집하고자 하였다. 조선시대에는 서거정의 『東文選』, 김종직의 『靑丘風雅』, 허균의 『國朝詩删』, 남용익의 『箕雅』 등이 편찬되었고, 중인들도 『昭代風謠』 등을 편찬하였다. 그리고 장지연이 1918년에 『大東詩選』을 편찬하여 역대 한시를 총괄하고자 하였다. 조선시대에 편찬된 시선집의 주요 사항을 소개한다.

### 1. 徐居正, 『東文選』

목록 3권 원편 130권 합 45책의 官撰 詩文選集이다. 삼국시대부터 편찬 당대까지 500여 작가의 작품 4300여 편을 수록하였다. 『文選』의 체재를 좇아 시문을 52종으로 분류하여 선발하였으나 뚜렷한 선발 기준이 없이 다양한 작품을 선발하였기에 후대에 '博而不精'이라는 평가를 받기도 하였다. 그러나 우리나라 역대 시문을 총집한 우리 문학의 보고로써 가치가 매우 크다. 참고로 서거정은 『東人詩話』를 편찬하였다.

### 2. 金宗直, 『靑丘風雅』

7권 1책의 私撰 시선집으로 宋詩學을 극복하고자 하는 의식을 보여준다. 신라말부터 조선초기까지 126인 작가의 작품 503수를 정선하여

인문학을 위한 한문 읽기

수록하였다. 김태현 · 최해 · 조운흘 등의 시선집과 변계량의 원고를 바탕으로 하여 편찬하였다.

### 3. 許筠, 『國朝詩刪』

조선 鄭道傳부터 權韠까지 35인 작가의 한시 888수를 선발한 9권 4책의 시선집이다. 권말에 「許門世藁」가 부록으로 실려 있다. 聲律과 色澤을 중시하고, 작품에 批와 評을 단 수준 높은 시선집이다. 허균이 逆謀罪로 죽었기 때문에 1697년에 이르러서야 廣州府尹 朴泰淳에 의하여 비로소 간행되었다. 참고로 허균은 『惺叟詩話』 등을 편찬하였다.

### 4. 南龍翼, 『箕雅』

신라 崔致遠부터 조선 肅宗代까지의 497인 작가의 한시를 선발한 14권 7책의 활자본 시선집이다. 『동문선』 · 『청구풍아』 · 『국조시산』 등을 기본 자료로 하고 『국조시산』 이후의 작품은 여러 작가의 문집에서 선발하였다. 참고로 남용익은 『壺谷詩話』를 편찬하였다.

### 5. 中人의 시선집 편찬

六家雜詠: 崔奇男 · 南應琛 · 鄭禮男 · 金孝一 · 崔大立 · 鄭相壽 등 委巷詩人 6인의 시를 선발하고, 1668년에 간행하였다.

海東遺珠: 洪世泰가 위항시인들의 시를 선발하여 1책으로 편집하고 1712년에 간행하였다.

昭代風謠: 蔡彭胤과 高時彦 등이 조선초기부터 숙종대까지의 위항시인 162인의 시를 선발하여 1737년에 2책으로 간행하였다. 이후 60년마다 위항시인들의 시선집을 간행하기로 하였다.

風謠續選: 千壽慶과 張混 등이 편찬하여 1797년에 간행하였다. 『소대풍요』이후의 위항 작가 333인의 작품 723수를 선발하였다.

　　風謠三選: 劉在建 등이 편찬하여 1857년에 간행하였다.『풍요속선』
이후의 위항 작가 305인의 작품을 선발하였다.


### 6. 閔百順,『大東詩選』

　　箕子의「麥秀歌」부터 18세기 중반까지의 작가의 작품을 선발한 필
사본 시선집이다. 閔百順이 洪大容의 부탁을 받아 1770년대 중반에
편찬하였다. 홍대용과 함께 편찬한『海東詩選』에 일부 작품을 증보·
산삭하였고, 17세기 후반에서 18세기 전반의 작가 작품을 상당수 수록
하였다.


### 7. 張志淵,『大東詩選』

　　고조선부터 구한말까지의 작가 2000여 명의 시를 선발하여 1918년
에 간행하였다. 우리나라 역대의 시선집을 참조하여 편찬하였다. 위항
인의 시선집 전통을 계승하고 있으나 유리왕·진덕여왕 등 제왕의 시
를 수록하여 민족의식을 보여주고, 우리나라 한시 작품을 총집하였다
는 측면에서 의의가 크다.

# 詩話集의 編纂과 特徵

　詩話集은 '시가 중심이 된 이야기'로 한시 작가에 대한 논의, 시와 관련된 일화, 시에 대한 비평, 詩作法 등을 총괄한 성격의 책이다. 우리나라에서는 고려시대 李仁老의 『破閑集』이 나온 이후로 조선후기까지 지속적으로 편찬되었다. 중국에서는 歐陽脩의 『六一詩話』가 나온 이후로 明淸代까지 각종 시화집이 편찬되었다. 우리나라 시화집은 시화 관련 기사만 실린 경우보다는 다른 성격의 글도 많이 실린 경향이 강한데, 우리나라 시화집의 편찬 과정과 특징을 간략히 소개한다.

　李仁老의 『破閑集』(3권)은 우리나라 시화집의 효시로 83개의 기사가 실려 있다. 詩會 구성원간의 담론, 여러 시인의 題詠, 역대의 인물 및 각지의 풍속·경관 등에 대한 기술, 특히 用事論으로 이야기되는 作詩論을 개진하였다. 李奎報의 『白雲小說』은 新意論과 관련된 기사가 주목되는데, 「答全履之論文書」가 대표적이다. 홍만종의 『시화총림』에 몇 조목이 실려 있다. 崔滋의 『補閑集』은 鄭知常부터 당대까지의 시작에 대한 품평인데, 『파한집』을 보유한 것이지만 이규보의 시문론과 접맥된다. 李齊賢의 『櫟翁稗說』前集에는 祖宗의 世系와 公卿의 언행, 골계담 등, 後集에는 詩話 관련 기록이 집중적으로 실려 있다.

　徐居正의 『東人詩話』(1책)는 우리나라 최초의 전문적인 시비평서로, 氣象論, 效用論, 用事論, 意境論, 品評論 등을 다루었다. 成俔의 『慵齋叢話』(10권)에는 320여 기사가 실려 있는데, 역대의 시문에 대하여 4자의 성어를 사용하여 품평하였다. 李濟臣은 『淸江詩話』에서 詩篇의 의경을 중시하는 한편 辭語의 적절한 구사, 호기로운 시작 등을 강조하였다. 梁慶遇는『霽湖詩話』에서 詩型·詩語·押韻·平仄·聲律·風格 등의 詩論, 작가의 생애 및 作詩의 배경 등과 관련된 逸話, 작품에 대한 批評 등을 담았다. 李睟光의『芝峯類說』은 奇事逸文에 대한 수준 높은 실제 비평이다. 許筠은『惺叟詩話』와『鶴山樵談』을 편찬하였다.『惺叟詩話』는 허균이 25세에 편찬한 책으로 108개의 기사가 실려 있고,『鶴山樵談』은 허균이 43세(1611년) 함열 유배시기에 편찬한 책으로 최치원부터 당대까지 시대 순서에 따라 기사가 실려 있다. 洪萬宗은『小華詩評』『詩評補遺』『詩話叢林』 등을 편찬하였다.『소화시평』은 1672년에 편찬한 책으로 삼국시대부터 당대까지의 시를 선발하고 시와 작가에 대하여 품평하였고,『시화총림』은 고려부터 당대까지 역대의 여러 문헌에서 시화 관련 기록만을 모은 4권 4책의 시화집이다. 南龍翼의『壺谷詩話』는『壺谷漫筆』(3권)의 제3권에 해당하는데, 唐詩, 宋詩, 明詩, 東詩의 체재로 구성되어 있다. 東詩에는 眞德女王부터 당대까지의 작자와 작품평을 수록하였다. 河謙鎭의『東詩話』는 1934년에 편찬한 것으로 한문학사 마지막의 시화집이라 할 수 있다.

이 외에도 沈守慶의『遣閑雜錄』, 車天輅의『五山說林』, 李睟光의『芝峰類說』文章部, 金萬重의『西浦漫筆』, 金昌協의『農巖雜誌』, 李瀷의『星湖僿說』詩文門, 李德懋의『淸脾錄』 등에도 시화 관련 기사가 다수 수록되어 있다.

# 收取制度의 種類와 變化 樣相

韓國을 비롯한 前近代 東아시아 社會에서 基本 産業은 農業이다. 일찍이 中國의 唐나라가 直接生産者인 農民에게 그 義務로써 租庸調의 三稅를 賦課한 以來로 그것은 高麗와 朝鮮에서도 規範으로 存在하였다.

原來 租는 土地에서 나는 收穫物, 庸은 土地를 所有한 成人 男子의 勞動力, 調는 該當 地域에서 나는 土産物을 國家가 徵收하는 것이다. 租는 租稅·田租·田稅라고도 한다. 庸은 力役·身役이라고도 하는데, 다시 勞動力의 使用處에 따라 軍役과 徭役으로 區分된다. 調는 貢賦·貢物이라고도 한다.

朝鮮 後期에 調는 貢物의 弊端으로 인해 大同法이 實施되면서 사라졌고, 그 代身 貧農의 救恤을 위해 마련된 還穀이 農民에게 새로운 負擔이 되었다. 그래서 三政[田稅, 軍役, 還穀]의 紊亂이 社會的 問題로 登場하였다.

## 身分制의 變遷 樣相


原始共同體의 平等한 人間關係는 農耕이 始作되고 私的 所有가 發展하면서 崩壞되었다. 그래서 共同體 構成員 사이에 貧富의 隔差가 나타나고, 이를 바탕으로 權力과 階級이 發生하였다. 國家는 階級의 差異를 制度的으로 固定시켜 身分制를 만들어 내었다. 身分은 法的으로 規定된 特權과 差別이 血統에 따라 世襲되는 閉鎖的인 集團이다.

新羅의 骨品制를 비롯하여 高麗와 朝鮮의 身分制는 權利와 義務의 所持 與否에 따라 良人과 賤人으로 區分되는 良賤制에 基盤을 두었다. 良人은 租庸調의 三稅를 負擔하는 代身에 官職에 나아갈 수 있는 機會가 있지만, 賤人은 國家에 人格的으로 隸屬된 公奴婢나 良人에게 隸屬된 私奴婢처럼 아무런 義務와 權利가 없었다. 良人은 公民이라고도 하고, 賤人은 私民(=私的 隸屬民)이라고도 한다.

그런데 朝鮮時代에 官職을 차지한 兩班은 良人 身分 안에서 自身만이 優越한 身分임을 誇示하기 위하여 農民을 常民으로 불렀다. 兩班과 常民의 差別 關係는 日常 生活을 規制하는 身分規範이 되었다. 要컨대 良賤制가 法制的 身分制度라면, 班常制는 社會的 身分制度였다.

# 科擧制의 種類

科擧란 國家에서 必要한 人材 즉 官吏를 等級이나 分野·種類에 따라[科] 選拔하는[擧] 試驗이다. 國家의 成立 以後 官職은 王族과 貴族이 獨占하고 世襲하였다. 그러나 官僚制의 發達로 門閥보다 個人의 能力이 重視되면서 世襲이나 推薦보다 試驗으로 官吏를 選拔하는 科擧制度가 中國과 韓國에서 오랫동안 實施되었다.

朝鮮時代의 科擧는 應試者의 專攻 分野에 따라 文科와 武科, 雜科로 區分된다. 文科는 生員試와 進士試의 合格者만이 應試할 資格이 있었다. 그래서 生員試와 進士試를 小科라고 부르고, 文科를 大科라고도 부른다.

小科에서 雜科까지의 試驗들은 1次 試驗인 初試와 2次 試驗인 覆試(또는 會試)의 2단계를 거치는데, 文科(大科)와 武科만은 다시 3次 試驗인 殿試를 치루었다.

科擧는 時期에 따라서 3年마다 定期的으로 施行되는 式年試와 特別 試驗인 別試로 區分된다. 別試에는 增廣試, 謁聖試, 庭試, 春塘臺試 등이 있다.

# 朝鮮時代의 中央政治機構

韓國의 前近代 國家는 王朝體制인 만큼 國王이 最高 支配者이지만, 宰相을 비롯한 많은 官僚들의 도움 없이 國家를 統治하는 것은 不可能하였다. 그래서 王朝體制는 官僚制를 基盤으로 運營될 수 있었다. 위로 國王을 輔弼하고 아래로 官僚들을 指揮 監督하는 最高 官廳으로 新羅에는 執事省, 高麗에는 中書門下省이 있었듯이, 朝鮮에는 議政府가 있었다. 議政府에는 領議政·左議政·右議政(正1品), 左贊成·右贊成(從1品), 左參贊·右參贊(正2品) 등 7名의 宰相이 屬해 있었다.

議政府 밑에 行政執行機關으로 吏·戶·禮·兵·刑·工의 六曹가 있었다. 所屬 官員으로 長官인 正2品의 判書를 비롯하여 參判·參議·正郎·佐郎 등이 있었는데, 主要 實務는 正郎과 佐郎이 맡았다.

한편 司憲府, 司諫院, 弘文館의 三司는 議政府 및 6曹와 같이 統治의 實權을 가진 官廳을 監視·批判하였다. 三司에는 學問이 뛰어나고 性品이 剛直한 젊은 官員들이 주로 勤務하였다. 그래서 三司의 官職을 淸要職이라 불렀다.

이밖에 임금의 辭命을 작성하는 藝文館, 歷史를 編纂하는 春秋館, 外交文書를 作成하는 承文院, 王命의 出納을 擔當하는 承政院, 最高 敎育機關인 成均館, 書籍을 刊行하는 校書館, 都城인 漢陽의 行政과 治安을 擔當하는 漢城府, 王命에 따라 罪人을 審問하는 義禁府 등이 있었다.

# 地方制度의 整備와 地方官職

鐵器文化를 基盤으로 小國(初期國家)에서 出發한 三國은 周邊의 小國과 邑落을 倂合하면서 古代國家로 成長하였다. 이때 被征服 地域은 旣存의 小國이나 邑落을 單位로 集團的으로 隸屬시켜 間接的으로 支配하였다. 4世紀 무렵에 三國은 主要 據點地域에 地方官을 派遣하여 常駐시킴으로써 地方民을 直接 支配하기 始作하였다. 高麗時代에도 地方官이 派遣된 州縣보다 그렇지 않은 屬縣이 3倍나 되었다. 全國에 郡縣을 設置하여 中央集權體制를 構築하는 것은 朝鮮時代에 비로소 可能하였다.

朝鮮은 全國을 八道로 나누고 그 長官으로 觀察使(從2品)를 두었다. 道 밑에는 府, 大都護府, 牧, 都護府, 郡, 縣 등 364개의 行政區劃을 설치하였는데, 여기에는 國王이 하루에 한 郡縣을 다스림으로써 1年에 全國을 다스린다는 意圖가 깔려있었다. 各 長官은 府尹(從2品), 大都護府使(正3品), 牧使(正3品), 府使(從3品), 郡守(從4品), 縣令(從5品) 또는 縣監(從6品)이다. 이들은 上下關係가 아니라 竝列關係이므로 統稱하여 守令이라 불렀다. 다만 觀察使는 監營이 있는 府尹이나 牧使를 兼하기도 하였다.

慶尙道의 境遇, 世宗 때에는 慶州府, 安東大都護府, 尙州牧·星州牧·晉州牧, 密陽都護府·寧海都護府·順興都護府·善山都護府·金海都護府·昌原都護府, 그리고 21郡 50縣이 設置되었는데, 나중에 大丘郡·靑松郡·星州 八莒縣(漆谷縣)이 都護府로 승격되었다.

# 諸子百家와 主要 思想

春秋末期 孔子와 그 門徒들에 의하여 儒家가 形成되자, 그와 思想을 달리하는 思想家들이 出現하여 集團을 이루었다. 諸子는 그 思想家들을 말하고, 百家는 그들이 이룬 集團的 學派를 말한다. 百家 중에 主要한 學派는 儒家·道家·墨家·法家·陰陽家·名家·兵家·農家·從橫家·小說家·雜家 등이 있는데, 그 중 後代까지 影響力이 컸던 것은 儒家·道家·墨家·法家·陰陽家·兵家이다.

## 1. 儒家

主要 思想家는 孔丘[孔子], 顔回[顔子], 曾參[曾子], 孟軻[孟子], 荀況[荀子]이다. 前漢 武帝 以後에 國家 指導理念으로써 影響力을 發揮하였다. 關聯 文獻은 五經과 四書가 있다.

孔子 사상: 仁義禮智, 孝悌, 忠信, 恕, 忠恕, 中庸, 爲己之學, 德治
孟子 사상: 性善, 五倫, 求放心, 盡心, 存養, 擴充, 良知, 良能, 王道,
        人政, 井田
荀子 사상: 性惡, 化性起僞, 人爲, 禮治, 後王

## 2. 道家

主要 思想家는 老聃[李耳, 老子], 莊周[莊子], 關尹, 楊朱, 列禦寇[列子] 등이다. 兩漢 時代에서 魏晉에 道敎로 進展되어 百姓들 사이에 至大한 影響力을 끼쳤다. 關聯 文獻은 『老子』와 『莊子』가 있다.

老子 사상: 有無, 無爲, 自然, 道, 德, 絶聖棄智, 絶仁棄義, 小國寡民

인문학을 위한 한문 읽기

莊子 사상: 逍遙, 齊物, 養生, 坐忘, 心齋, 無知, 無心, 無欲, 無己,
無我

楊朱 사상: 爲我, 養生


### 3. 墨家

兼愛와 交利, 卽 普遍的 사랑을 主張하였다. 中心人物은 墨翟과 禽
滑釐, 宋鈃이다. 『墨子』에 그들의 思想이 담겨 있다. 主要 主張으로는
兼愛, 交利, 尙同, 尙賢, 節用, 節葬, 非攻, 非樂, 天志, 明鬼의 十論이
있다.


### 4. 法家

刑名參同을 主張하였다. 戰國時代 末期의 韓非子가 中心 學者인
데, 春秋時代의 管仲·晏嬰·商鞅·申不害 等이 있다. 戰國時代의
秦나라가 이를 採擇하여 富國强兵을 이루고 中國 最初의 統一王朝를
이루었다. 『韓非子』가 中心的인 著作이다.


### 5. 陰陽家

五行의 相生, 相剋을 土臺로 한 五德終始說을 主張하였다. 鄒衍이 中
心人物이다. 主要 學說로는 五德終始說, 五行相生, 五行相剋 등이
있다.


### 6. 名家

鄧析, 公孫龍, 尹文, 惠施 등을 꼽는다. 主要 學說로는 白馬非馬,
堅白石辨, 無厚辨, 名實論 등이 있다.

## 7. 兵家

孫武 · 吳起 · 孫臏 등이 中心 人物이다. 關聯 文獻으로 『孫子兵法』과 『吳子』가 있다.

# 儒學의 古典

儒學의 經書는 여러 異稱이나 合稱으로 불리기도 하였는데, 分類에 따라 다음과 같이 區分한다.

1. 三經: 詩經[毛詩·葩經], 書經[尙書], 易經[周易]
2. 五經: 三經에 禮記[禮經], 春秋[麟經]
3. 三禮: 儀禮, 周禮, 禮記
4. 三傳: 公羊傳, 穀梁傳, 左氏傳
5. 六經: 五經에 樂經[樂記]
6. 九經: 三經, 三禮, 三傳
7. 十三經: 九經에 論語, 孟子, 孝經, 爾雅
8. 四書: 論語, 大學, 中庸, 孟子[中庸과 大學을 庸學, 論語와 孟子를 論孟이라 合稱하기도 함]

# 儒學의 歷史와 主要 概念

儒學은 悠久한 歷史만큼 哲學的 主題가 아주 多彩롭다. 儒學의 歷史的 變遷과 主題에 따른 主要 概念들을 紹介하면 다음과 같다.

## 1. 時代別 儒學의 歷史

1) 先秦諸子 시대: 孔子의 仁, 孟子의 王道, 荀子의 禮

2) 兩漢經學 시대: 訓詁學, 今文學, 古文學

3) 魏晉玄學 시대: 崇有論

4) 唐宋佛敎 시대: 韓愈의 原道와 李翱의 復性

5) 宋明理學 시대: 道學, 理學, 氣學, 心學, 性理學, 程朱學, 朱子學,
   陽明學

6) 淸代實學 시대: 考據學, 考證學, 實學, 公羊學


## 2. 主題別 主要 概念

1) 四德: 仁義禮智 * 四端: 惻隱, 羞惡, 辭讓, 是非

2) 五常: 仁義禮智信 * 四端에 誠實

3) 性論: 性善說, 性惡說, 性有善有惡說, 性無善無惡說

4) 君子小人論: 爲己之學, 爲人之學, 義利之辨, 聖賢, 聖人, 賢人,
   君子, 小人

5) 政治論: 修己安人, 修己安百姓, 德治, 王道[仁政], 覇道[力政],
   禮治[荀子]

6) 大學: 三綱領[明明德, 親[新]民, 止於至善]

八條目[格物 致知 誠意 正心 修身 齊家 治國 平天下]

7) 中庸: 天命, 性, 道, 敎, 中和, 喜怒哀樂, 未發, 已發, 中庸, 三達德[知仁勇], 五達道[父子 君臣 夫婦 昆弟 朋友], 天道, 人道, 誠者, 誠之者 聖人

8) 宇宙: 天道, 天命, 天人相關, 天理[公], 道, 形而上

9) 人間: 人道, 性命, 天人合一, 形氣[私], 器, 形而下

10) 마음: 心, 性, 情, 道心, 人心, 四端, 七情[喜怒哀懼愛惡欲], 人欲

11) 根源: 無極, 太極, 四像[五行], 八卦, 萬物

12) 理氣: 天理, 所以然之理, 所當然之則, 理氣, 氣質

13) 道德: 道, 德, 德性, 明德, 良知, 良能

14) 修養: 誠, 窮理, 盡性, 求仁, 居敬, 存(心)養(性), 省察, 克己復禮, 求放心, 操存, 擴充, 精一, 執中

한문 기초 자료

# 나이를 나타내는 漢字 語彙

15세: 志學  20세: 弱冠  30세: 而立  40세: 不惑  50세: 知天命

60세: 耳順 六旬  61세: 還甲 回甲 華甲

70세: 從心 또는 古稀

77세: 喜壽  80세: 傘壽  81세: 望九  88세: 米壽

90세: 卒壽  99세: 白壽  100세: 上壽

子曰, 吾十有五而志于學, 三十而立, 四十而不惑, 五十而知天命, 六十而耳順, 七十而從心所欲不踰矩. (『論語』「爲政」)

古稀는 杜甫의 「曲江」 중 "酒債尋常行處有, 人生七十古來稀." 下 句에서 유래

[참고] 結婚 記念日 漢字 語彙

1주년: 紙婚式  5주년: 木婚式  10주년: 錫婚式  15주년: 銅婚式

20주년: 陶婚式  25주년: 銀婚式  30주년: 眞珠婚式  35주년: 珊瑚 婚式

45주년: 紅玉婚式  50주년: 金婚式  60주년: 金剛婚式

## 五行과 象徵 意味

宇宙 萬物을 이루는 다섯 가지 원소인 木·火·土·金·水를 이른
다. 五行에 바탕하여 自然現象이나 人事現像의 一切를 解釋해서 說明
하려는 思想을 五行說이라고 하며, 中國 古代에 成立하였다. 五行의
相生相剋과 象徵 意味는 다음과 같다.

相生: 木生火 火生土 土生金 金生水 水生木
相剋: 木剋土 土剋水 水剋火 火剋金 金剋木

| 五行 | 五色 | 季節 | 五方 | 五常 | 四神 | 五臟 | 四大門과 鐘閣 |
|---|---|---|---|---|---|---|---|
| 木 | 靑 | 春 | 東 | 仁 | 靑龍 | 간 | 興仁之門 |
| 火 | 赤[朱] | 夏 | 南 | 禮 | 朱雀 | 심장 | 崇禮門 |
| 土 | 黃 | 換節期 | 中 | 信 | | 지라 | 普信閣 |
| 金 | 白 | 秋 | 西 | 義 | 白虎 | 허파 | 敦義門 |
| 水 | 黑[玄] | 東 | 北 | 智 | 玄武 | 콩팥 | 肅淸門 |

# 干支와 六十甲子

干支는 十干[天干]과 十二支[地支]의 통칭으로 中國이나 아시아의 漢字文化圈에서 年月日時나 方位, 事物의 順序를 나타내는 데도 利用되었다. 또한 陰陽五行說 등과 結合해서 여러 가지 占術이나 呪術에도 應用되었다.

干支의 結合 方法은 처음에 十干의 첫째인 甲과 十二支의 첫째인 子를 붙여서 甲子를 얻고, 다음에 그 둘째인 乙과 丑을 結合하여 乙丑을 얻는다. 이와 같이 順序에 따라 60개의 干支를 얻은 후, 다시 甲子로 되돌아온다. 이를 還甲이라 한다. 結果的으로 하나의 干에 6개의 支가 配當된다. 天干과 地支, 六十甲子를 차례로 제시한다.

六十甲子
甲子 乙丑 丙寅 丁卯 戊辰 己巳 庚午 辛未 壬申 癸酉
甲戌 乙亥 丙子 丁丑 戊寅 己卯 庚辰 辛巳 壬午 癸未
甲申 乙酉 丙戌 丁亥 戊子 己丑 庚寅 辛卯 壬辰 癸巳
甲午 乙未 丙申 丁酉 戊戌 己亥 庚子 辛丑 壬寅 癸卯
甲辰 乙巳 丙午 丁未 戊申 己酉 庚戌 辛亥 壬子 癸丑
甲寅 乙卯 丙辰 丁巳 戊午 己未 庚申 辛酉 壬戌 癸亥

| 天干 | 甲 | 乙 | 丙 | 丁 | 戊 | 己 | 庚 | 辛 | 壬 | 癸 |
|---|---|---|---|---|---|---|---|---|---|---|
| 年度 | 4 | 5 | 6 | 7 | 8 | 9 | 0 | 1 | 2 | 3 |
| 五色 | 靑(蒼) | | 赤(朱) | | 黃 | | 白 | | 黑(玄) | |
| 方位 | 東 | | 南 | | 中 | | 西 | | 北 | |

| 地支 | 子 | 丑 | 寅 | 卯 | 辰 | 巳 | 午 | 未 | 申 | 酉 | 戌 | 亥 |
|---|---|---|---|---|---|---|---|---|---|---|---|---|
| 띠 | 쥐[鼠] | 소[牛] | 범[虎] | 토끼[兎] | 용[龍] | 뱀[蛇] | 말[馬] | 양[羊] | 원숭이[猿] | 닭[鷄] | 개[狗] | 돼지[豚] |
| 월 | 11월 | 12월 | 1월 | 2월 | 3월 | 4월 | 5월 | 6월 | 7월 | 8월 | 9월 | 10월 |
| 시간 | 23-01 | 01-03 | 03-05 | 05-07 | 07-09 | 09-11 | 11-13 | 13-15 | 15-17 | 17-19 | 19-21 | 21-23 |

# 二十四節氣

太陽의 黃道上 位置에 따라 季節을 區分하기 위해 만든 것으로, 黃道에서 春分點을 起點으로 15° 間隔으로 점을 찍어 총 24개의 節氣로 나타낸다. 中國의 曆法은 달의 位相 變化를 基準으로 하여 曆日을 정해 나간 것에, 太陽의 位置에 따른 季節變化를 參酌하여 윤달을 둔 太陰太陽曆이었다. 節氣는 매달 2개, 季節마다 6개가 配置되어 있다.

| 봄 |
|---|
| 立春(2월 3~5일) 봄이 시작되는 시기 |
| 雨水(2월 19~20일) 강물이 풀리기 시작하는 때 |
| 驚蟄(3월 3~6일) 동물이 冬眠을 마치고 깨어나는 시기 |
| 春分(3월 20~22일) 밤과 낮의 길이가 거의 같음 |
| 淸明(4월 4~5일) 날씨가 맑고 청명함 |
| 穀雨(4월 20~21일) 봄비가 내려 百穀이 윤택해짐 |

| 여름 |
|---|
| 立夏(5월 5~6일) 여름이 시작되는 시기 |
| 小滿(5월 21~22일) 만물이 성장하여 가득 찬다는 의미 |
| 芒種(6월 5~6일) 벼와 보리 등의 곡식을 파종하는 시기 |
| 夏至(6월 21~22일) 낮이 제일 길고 밤이 제일 짧은 시기 |
| 小暑(7월 7~8일) 본격적인 더위가 시작됨 |
| 大暑(7월 22~23일) 더위가 가장 심한 시기 |

| 가을 |
|---|
| 立秋(8월 7~8일) 가을이 시작되는 시기 |
| 處暑(8월 23~24일) 더위가 풀려가는 시기 |
| 白露(9월 7~8일) 이슬이 내리고 가을 기운이 완전함 |
| 秋分(9월 23~24일) 낮과 밤의 길이가 같아짐 |
| 寒露(10월 8~9일) 찬 서리의 기운이 싹틈 |
| 霜降(10월 23~24일) 서리가 오기 시작함 |

| 겨울 |
|---|
| 立冬(11월 7~8일) 겨울이 시작되는 시기 |
| 小雪(11월 22~23일) 눈이 오기 시작하는 때 |
| 大雪(12월 7~8일) 눈이 많이 오는 시기 |
| 冬至(12월 21~22일) 낮이 제일 짧고 밤이 제일 긴 시기 |
| 小寒(1월 5~6일) 겨울 중 가장 추운 때 |
| 大寒(1월 20~21일) 추운 시기 |

# 口訣과 口訣表

口訣은 漢文을 우리말로 새겨 읽을 때 漢文의 單語 또는 句節 사이에 들어가는 우리말로서 吐라고도 한다. 漢文에 口訣을 다는 일을 '口訣을 달다, 吐를 달다, 懸吐하다, 懸訣하다'라고 한다. 口訣의 表記方法은 한글로 하는 方法과 漢字를 借用하는 方法이 있었다.

口訣은 印刷된 漢文의 行間에 써넣기 때문에 借用된 漢字는 普通 劃數를 最小限으로 줄인 略字로 表示되었다. 이러한 略字는 吏讀表記 등에도 나타나지만 口訣表記에서 廣範圍하게 使用되므로 口訣文字라고 한다. 口訣文字는 漢字의 音을 따라 만든 것, 訓을 따라 만든 것, 音과 訓을 複合하여 만든 것 등이 있다. 口訣表와 口訣이 表記된 『童蒙先習』과 『古文眞寶』의 寫眞 資料를 차례로 提示한다. 『童蒙先習』은 朝鮮 中宗 때에 朴世茂(1487~1564)가 지은 兒童用 漢文 敎材이다.

## 1. 음을 따라 만든 것

| 한자 | 구결 | 음 | 한자 | 구결 | 음 | 한자 | 구결 | 음 |
|---|---|---|---|---|---|---|---|---|
| 隱 | 卩 | 은, 는, ㄴ | 乙 | 乙 | 을, 를, ㄹ | 厓 | 厂 | 에, 애 |
| 刀 | 刀 | 도 | 面 | 丆 | 면 | 屎 | 尸 | 히 |
| 牙 | 牙 | 아 | 也 | 𠃌 | 야 | 旀 | 亦 | 며 |
| 古 | 口 | 고 | 尼 | 匕 | 니 | 羅 | 𠆢 | 라 |
| 時 | 寸 | 시 | 多 | 夕 | 다 | 小 | 小 | 소 |
| 那 | 尹 | 나 | 代 | 弋 | 대 | 乎 | 乎 | 호 |
| 戾 | 户 | 러 | 奴 | 又 | 노, 로 | 於 | 亽 | 어 |
| 里 | 日 | 리 | 舍 | 士, 舍 | 사 | 西 | 西 | 서 |
| 馬 | 馬 | 마 | 言 | 言 | 언 | 矣 | 厶 | 의 |
| 底 | 广 | 저 | 五 | 五 | 오 | 丁 | 丁 | 정 |
| 巨 | 巨 | 거,커 | 申 | 申 | 신 | | | |

## 2. 훈을 따라 만든 것

| 한자 | 구결 | 음 | 한자 | 구결 | 음 | 한자 | 구결 | 음 |
|---|---|---|---|---|---|---|---|---|
| 爲 | 丷 | 하<br>(할 위) | 是 | 丶 | 이<br>(이 시) | 飛 | 㔾 | 나<br>(날 비) |
| 等 | 朩 | 드<br>(등급 등) | 月 | 月 | 다<br>(달 월) | 加 | 力 | 더<br>(더할 가) |

# 3. 복합형

| 구결 | 음 | 구결 | 음 | 구결 | 음 | 구결 | 음 | 구결 | 음 | 구결 | 음 |
|---|---|---|---|---|---|---|---|---|---|---|---|
|  | 인 |  | 든 |  | 달 |  | 실 |  | 새 |  | 잇 |
|  | 릿 |  | 케 |  | 난 |  | 에 |  | 온 |  |  |

# 4. 실용례

| 하고 | 하니 | 하니라 | 하야 | 하야는 | 하야난 | 하나니 | 하라 | 하니라 | 하시니 | 인저 |
|---|---|---|---|---|---|---|---|---|---|---|
| 하며 | 하시면 | 하신대 | 화대 | 할새 | 하노라 | 하노니 | 하소서 | 하더니 | 이니 | 인대 |
| 이나 | 이라 | 이라도 | 이어니 | 이어늘 | 이어든 | 이러니 | 이러이다 | 잇가 | 이릿고 | 이니이다 |
| 이아 | 호대 | 호대 | 호니 | 호리라 | 호이다 | 으로 | 로다 | 로대 | 로이다 |  |
| 로소이다 | 난 | 리오 | 언정 | 언마는 | 케이다 | 이실새 | 하실새 | 하사 | 하사 |  |

東方初無君長有神人降于太白山檀木下國人立以爲君與堯並立國號朝鮮是爲檀君周武王封箕子于朝鮮教民禮義設八條之教之化燕人衛滿因盧綰亂命來誘逐箕準據王儉城至擬中華稱之曰小中華茲豈非箕子之遺化耶嗟爾小子宜其觀感而興起哉

童蒙先習 終

『童蒙先習』

詳說古文眞寶大全卷之二　後集

陶淵明

五柳先生傳

先生不知何許人亦不詳其姓字宅邊有五柳樹因以爲號焉閑靜少言不慕榮利好讀書不求甚解每有意會便欣然忘食性嗜酒家貧不能常得親舊知其如此或置酒而招之造飲輒盡期在必醉既醉而退曾不吝情去留環堵蕭然不蔽風日短褐穿結簞瓢屢空晏如也常著文章自娛頗示己志忘懷得失以此自終贊曰黔婁有言不戚戚於貧賤不汲汲於富貴極其言茲若人之儔乎酣觴賦詩以樂其志無懷氏之民歟葛天氏之民歟

北山移文

孔德璋

鍾山之英草堂之靈馳煙驛路勒

『古文眞寶』

# 인문학을 위한 한문 읽기

1판 1쇄 발행  2015년 8월 25일

엮은이 | 김남기, 김윤희, 김종복, 안병걸, 정진영, 한양명
펴낸이 | 조영남
펴낸곳 | 알렙

출판등록 | 2009년 11월 19일 제313-2010-132호
주소 | 서울시 강서구 공항대로45길 101 강변샤르망 202동 304호
전자우편 | alephbook@naver.com
전화 | 02-325-2015
팩스 | 02-325-2016

이 출판물은 정부(교육부)의 재원으로 한국연구재단의 지원을 받아 수행된 연구임.
(This research was supported by the National Research Foundation of Korea(NRF) funded by the Ministry of Education)

ISBN 978-89-97779-53-6  93810

＊책 가격은 뒷표지에 있습니다.